白き刹那

イローナ・アンドルーズ
仁嶋いずる 訳

WHITE HOT
by Ilona Andrews
Translation by Izuru Nishima

mira

WHITE HOT

by Ilona Andrews

Published by K.K. HarperCollins Japan, 2024

謝辞

編集者のエリカ・ツアンに、その助言と理解、ストーリーへの終始変わらぬ信頼を感謝します。

わたしたちの悪ふざけにも決してくじけなかったエージェントのナンシー・ヨーストと、NYLA（訳注：ナンシー・ヨースト出版エージェンシー）のすばらしいチーム、とりわけサラ・ヤンガーとエイミー・ローゼンバウムに深く感謝します。

アンドリュー・スーとクリス・バーディックに、銃器に関するアドバイスを感謝します。事実の誤りはすべて著者の責任であり、二人の助言とは関係ありません。

貴重な時間を費やして初期草稿を読み、意見を出してくれた次の皆さんにも感謝します。ニコル・クレメント、ロビン・スナイダー、ジェシカ・ハルスカ、シャノン・デイグル、クリスティ・ド・コーシー、サンドラ・ブロック、ジョー・ヒーリー、オマー・ヒメネス、キャスリン・ホランド、ローラ・ホッブス、ジャンとスーザン、そのほかの人たちに。

最後に読者の皆さんに感謝します。こんなに長くお待たせしてごめんなさい。

白き刹那

おもな登場人物

ネバダ・ベイラー――探偵事務所の経営者
コナー・ローガン――大富豪。通称マッド・ローガン
ペネロープ・ベイラー――ネバダの母親
フリーダ――ネバダの祖母
カタリーナ――ネバダの上の妹
アラベラ――ネバダの下の妹
バーナード(バーン)――ネバダのいとこ
レオン――ネバダのいとこ
コーネリアス・ハリソン――ネバダのクライアント
ナリ――コーネリアスの妻。故人
マチルダ――コーネリアスの娘。四歳
バグ――ローガンの部下。情報収集専門家
リンダ・シャーウッド――ローガンの元婚約者
オリヴィア・チャールズ――リンダの母親
ヴィクトリア・トレメイン――尋問者
オーガスティン・モンゴメリー――ネバダの上司。モンゴメリー国際調査会社の経営者

プロローグ

かつて賢者が言った。〝人の心の中では常に感情と理性が闘っている。人類にとって残念なことに、勝つのはいつも感情だ〟わたしはこの言葉がとても好きだ。わたしはそここそ知性的な人間だけど、気がつくとばかなことばかりしている。〝ネバダ・ベイラー、手の施しようのないばかか〟の一言で片付けるより、この格言のほうがずっといい。

「こんなことはやめたまえ」背後からオーガスティンの声がした。

わたしはモニターに映るジェフ・コールドウェルに目をやった。床にボルトで固定された椅子につながれている。着ているのはオレンジの囚人服だ。外見はとりたててどうということはない。普通の身長、普通の体格、普通の顔をした五十代の禿《は》げた男だ。わたしは今朝この男に関する記事を読んだ。仕事は市の職員。教職員の妻、大学生の二人の子ども。魔力はなく、ヒューストンを牛耳る有力一族とのつながりもない。友人は、彼を親切で思いやりがある男だと言っている。

ジェフ・コールドウェルは暇になると少女を誘拐した。そして一週間だけ生かしておき、そのあと絞め殺して遺体を花の咲き乱れる公園に捨てた。被害者の年齢は五歳から七歳。その遺体の状況を知ったら、ジェフ・コールドウェルが死後に落ちる地獄がありますようにと誰もが思いたくなるだろう。おとといの夜、この男は花咲く墓標に小さな遺体を遺棄しようとしているところを見つかり、逮捕された。この一年ヒューストンを震撼《しんかん》させてきた恐怖がようやく終わりを告げた。

ただ一つだけ問題があった。七歳のエイミー・マドリッドが行方不明のままなのだ。二日前、この少女は自宅から二十五メートルもないスクールバスのバス停から誘拐された。その手口は、偶然ではすまされないほどジェフ・コールドウェルのこれまでの犯行と酷似していた。もしこの男に誘拐されたのだとしたら、少女はまだどこかで生きているはずだ。この二日間、わたしはエイミーの発見の知らせを待ち続けた。しかし続報はなかった。ヒューストン警察がジェフ・コールドウェルを逮捕してから三十六時間が経《た》った。警察は自宅を捜索し、家族、友人、同僚から話を聞き、携帯電話の記録を調べ上げた。そして本人を何時間も尋問した。コールドウェルは供述を拒んだ。

でも今日はしゃべらせる。

「一度こういうことをしたら、またできると思われるぞ」オーガスティンが言った。「それを断ると相手は気分を害する。〝超一流〟が手を出さないのはそれが理由だ。体は一つしかない。水使いが一度火を消したが最後、そのあと一度でも失敗すれば世間にたたかれることになる」

「そうは思えないな。きみがその才能を隠しているのは、世間の好奇の目を避けるためだ」

「わかってるわ」

わたしが尋問者の力を隠しているのは、それがめったにない力だからだ。警察署に行ってジェフ・コールドウェルから無理矢理《むりやり》真実を引き出したら、数時間後には軍、国土安全保障省、FBI、CIA、有力一族、その他百パーセント確実な尋問者の力を求める者が殺到するだろう。そうなったら人生おしまいだ。わたしは今の生活が好きだ。家族経営の小さな会社ベイラー探偵事務所を経営し、二人の姉妹と二人のいとこの面倒を見ているが、この生活を変えるつもりはない。わたしの尋問は法廷で証拠として認められない。ああいう組織に引き抜かれたら、小ぎれいなスーツを着て法廷で証言することなどない。極秘の軍事施設で、頭に袋をかぶせられ椅子に縛り付けられた瀕死《ひんし》の男の前に立つだろう。わたしの言葉が人の生死を左右する。そんな目にあわないためならなんでもするつもりだった。

「事前に打てる手は全部打ったが」オーガスティンが言った。「きみがその……装束を身につけていても、正体がばれる危険はある」

ガラスに自分の姿が映っている。全身をおおい隠すフード付きの緑のマント、黒い手袋、フードの下のスキーマスク。このマントと手袋はヒューストンのある劇場から借りたものだ。オーガスティンは、皆この異様な外見に気をとられてわたしの声、身長、その他細かい特徴など思い出さないだろうと言っている。

「きみとは相容《あいい》れないことも多いが」オーガスティンが口を開いた。「きみ自身の利益に反することをしろとはとても言えない」

わたしは、いつもの魔力がむずむずと働いてこの言葉が嘘《うそ》であることを告げるのを待ったが、何もなかった。どんな理由があるのかわからないが、オーガスティンは確実に自分の得になる取り決めからわたしに手を引かせようとしている。それも心から本気で。

「オーガスティン、もしうちの妹が誘拐されたら、わたしは妹を取り戻すためになんでもするわ。今この瞬間も小さな女の子が空腹と渇きで死にかけている。この件で傍観者でいるのは無理よ。約束したでしょう?」

モンゴメリー一族の家長でモンゴメリー国際調査会社の社長であるオーガスティン・モンゴメリーは、うちの事務所を担保にとっている。うちにクライアントを押し付けることはできないが、今朝彼は警察に出かけようとするわたしの携帯に電話してきた。わたしを指名して仕事を依頼したいというクライアントがいるという。そこで、正体を隠してジェフ・コールドウェルを尋問する手はずを整えてくれるなら、そのクライアントの話を聞くと約束した。オーガスティンは気が変わったのだろうか。

わたしはオーガスティンのほうを振り向いた。〝超一流〟の幻覚の使い手である彼は、思考しただけで外見を変えられる。今日の顔はただハンサムというだけではない。ルネサンス期の最高傑作並みに完璧だ。しみ一つない肌、外科医の正確さでブラッシングされた白っぽい金髪。威厳とエレガンス、超然とした冷たさを感じさせる顔立ち。

「約束したでしょう?」わたしはそう繰り返した。

オーガスティンはため息をついた。「結構。ではこちらへ」

わたしは彼のあとについて木製のドアに向かった。オーガスティンがドアを開けた。わたしは奥の壁にマジックミラーが仕込まれた小部屋に入った。

ジェフ・コールドウェルが顔を上げてこちらを見た。その目を探ったが何も見えない。平板でなんの感情もない。マジックミラーの向こうには立会人がいる。オーガスティンは警官しか入れないことにしたと言っていた。

背後でドアが閉まった。

「なんですか、これは」コールドウェルが言った。

わたしの魔力が男の心に触れた。最悪だ。ヘドロの中に手を突っ込んだみたいだ。

「悪いことなんかしてませんよ」男が言った。

真実だ。この男はそう信じ込んでいる。その目は依然としてかえるみたいに無表情だった。

「そこに突っ立ってるつもりですか?　ばかみたいだな」

「エイミー・マドリッドを誘拐したの？」わたしはたずねた。

「してない」

頭の中で魔力が音をたてた。嘘だ。このうじ虫野郎。

「エイミーをどこかに閉じ込めてる？」

「いや」

嘘だ。

魔力がはじけ、男を締め上げた。コールドウェルの体がこわばった。呼吸が荒くなって鼻孔が開く。ようやく目に感情が表れた。それはむき出しの鋭い恐怖だった。

わたしは口を開き、魔力のすべてを声に込めた。人のものとは思えない低い声だ。「エイミーの居場所を言いなさい」

1

人の嘘《うそ》を感知するわたしの能力は生まれつきのもので、なんの努力も必要ない。けれども相手を押さえつけて質問に答えさせるのは話が別だ。数カ月前まで、自分にそんな力があることすら知らなかった。ジェフ・コールドウェルの心の中を調べるのはまるで下水の中で泳ぐようなものだった。コールドウェルは何度も抵抗し、自分を守るために心を壊そうとさえした。こうなると情報を引き出すどころではない。裁判に耐えられる程度に相手の精神力を残しておかないといけない。とにかく目的は達した。モンゴメリー国際調査会社のビルを出ると、パトカーの一団が耳障りなサイレンでキャピトル・ストリートを先導してくれた。

ジェフ・コールドウェルの尋問のせいでわたしは疲れきってしまった。車を運転するのはつらかった。わたしはなんとかヒューストンの悪名高い混雑を切り抜け、自宅に続く道に入ったが、もう少しで停止標識を無視しそうになった。ここは危ないのだ。配送のトラックが傍若無人に飛び出してくることがよくあるから。

今日は車は出てこなかった。わたしは道に目をやった。十五センチほどのスパイクが突き出した高さ六十センチの金属製のフェンスが道をふさいでいる。あのスパイクに血のりとぼろ布をプラスすれば文明滅亡後の世界を描く映画になりそうだ。数日前まであのフェンスはなかった。この前二台のトラックの衝突事故があり、それが訴訟沙汰に発展したのだろう。

わたしはあくびをして進んだ。家はすぐそこだ。倉庫の前の駐車場にマツダのミニバンを入れる。両脇は母の青いホンダといとこのフォード・マスタングだ。いとこのバーンのぼろぼろのシビックは、一カ月前大学の駐車場で二つの有力一族の子弟が口論したとき、ついにだめになった。その口論というのは、造園デザインに使われている二百キロ超の岩で相手をつぶしあうというものだ。残念ながら狙いが甘く本人たちに怪我《けが》はなかった。だめになった車は二人の一族が弁償してくれた。その結果、シビックのあった場所にガンメタル・グレーのマスタングが停《と》まることになった。

訴訟沙汰にはならなかった。この世界では魔力は究極の権力だ。魔力さえあれば多くのルールが勝手に曲がってくれる。

体を引きずるように車から降り、セキュリティシステムの暗証番号を打ち込む。頑丈なドアがかちりと音をたてる。ドアを開けて中に入り、背後で閉める。いつものようにオフィスの壁、平凡なベージュのカーペット、ガラスのパネルがわたしを出迎えてくれた。

家。

今日という一日がようやく終わった。今日、マントの装束を身にまとう前にクライアントのオフィスに寄ったので、〝貧乏じゃないことを強調するスーツ〟を着たままだ。わたしは高価なスーツを二着とそれに合うハイヒールを二足持っていて、外見で押しが利きそうなクライアントに会うときはそのうち一着を着用し、そのクライアントから集金するときに別の一着を着る。

ドアにノックの音がした。

きっと気のせいだろう。

またノックの音だ。

わたしは振り返ってモニターを確認した。ドアの前に金髪の男性が立っている。小柄な体、真剣な顔、思慮深そうな青い目。年頃は三十手前というところだ。両手に革のフォルダーを持っている。ハリソン一族のコーネリアス・ハリソンだ。数カ月前、わたしはオーガスティンから脅迫されて、狂気の能力者アダム・ピアース捜しにあたった。アダムは念火力の持ち主で、魔力的な血統からいうと貴族階級に属する男だった。コーネリアスは子どもの頃からそのアダムの〝付き添い役〟を家族に強要されていた。アダムの捜索を手伝ってくれたのがコーネリアスだ。コーネリアスの姉が今ハリソン一族を率いている。

わたしの記憶にあるコーネリアスは、きれいに髭《ひげ》を剃《そ》り、小ぎれいな服を着ていた。今外にいるコーネリアスも服装は整っていたが、頬には無精髭が浮き、目の下には大きなくまがある。まるで心の底をえぐられるような何かを目にして、そのショックからまだ立ち直れないみたいだ。

　隣にセーラームーンの小さなリュックを背負った女の子がいる。きっと三歳か四歳ぐらいだろう。黒っぽいまっすぐな髪と目はアジア系を感じさせるが、顔立ちはコーネリアスにそっくりだ。コーネリアスに娘がいるのは知っていたけれど、会ったことはなかった。女の子の隣には背丈が変わらない大きなドーベルマンが座っている。

　ヒューストン魔力界のエリートがわたしになんの用だろう？　それがなんであれ、いい話ではないはずだ。ベイラー探偵事務所は地味な調査を専門としている。探偵小説みたいに、夫を殺した犯人を探す美しい未亡人だの行方不明の妹を捜す独身の億万長者だのがやってくることはない。保険金詐欺、浮気調査、経歴チェックがうちのメインだ。どうか浮気調査ではありませんように。子どもがからむと気持ちが重くなるからだ。

　わたしはドアの鍵を開けた。「ミスター・ハリソン、なんのご用ですか？」

「こんばんは」コーネリアスの声は低かった。「助けてほしいんだ。オーガスティンから、ここに行けばいいと言われてね」

　オーガスティン……そうか、会えと言われていたクライアントはコーネリアスだったのだ。

「入ってください」

わたしは二人を入れてドアを閉めた。

「あなたはマチルダね」わたしは女の子に笑顔を向けた。

マチルダはうなずいた。

「あなたの犬？」

ふたたびうなずく。

「名前は？」

「バニー」少女は小声で言った。

バニーは毒蛇でも見るような目でこちらを見た。コーネリアスの魔力はめずらしいもので、彼は動物を操る力がある。ということはバニーはただの犬ではない。弾丸を込めたライフルがこちらを狙っているのと同じだ。

「笑えるの」マチルダが言った。「バニー、笑って」

バニーがきらめく白い牙を見せた。わたしは後ずさりしたくなる衝動をこらえた。

「話の間、マチルダを待たせる場所があるとありがたいんだが」コーネリアスが言った。

「もちろんありますよ。どうぞこちらへ」

わたしは会議室のドアを開けて明かりをつけた。マチルダはリュックを下ろしてテーブルに置き、そばの椅子に座った。そしてリュックからタブレットと塗り絵の本とマーカーを取り出した。

バニーはマチルダの足元に座って、わたしをにらんだ。

「ジュース、飲む?」わたしは小さな冷蔵庫を開けた。「りんごとキーウィ・ストロベリーがあるけれど」

「りんごジュース、お願いします」

わたしはジュースを渡した。

「ありがとう」

マチルダの物腰にはどこか大人びたところがあった。子どもの頃のコーネリアスもこうだったとしたら、アダム・ピアースのめちゃくちゃな行動にさぞ頭を悩ませただろう。どちらの一族とも距離をとったのも不思議はない。

「子連れのクライアントが多いのかな?」コーネリアスがたずねた。

「多くはないですね。これはわたしのジュースで、妹たちにとられないように隠しておくんです。あの子たちが押し入ってこないのはここだけなので。じゃあ、オフィスで話しましょう」

廊下の向こうのオフィスへとコーネリアスを案内したとき、わたしは頭が爆発しそうになった。『ブライダル』誌の切り抜きがガラスのドアに貼り付けてある。白くて長い羽根でできたすてきなドレスを着た女性の写真だ。誰かが——たぶんアラベラだろう、自撮りしたわたしの顔を切り抜いて、花嫁の顔に貼り付けている。ドレスの上にはピンクのマーカーで描いた大きなハート。ハートの中は、〝N+R=LOVE〟と書いてあって、わたしの顔のまわりに小さなピンクのハートがたくさん飛んでいる。

これではわたしの第一印象はめちゃくちゃだ。穴があったら入りたいとはこのことだ。中のデスクの上に、きらきらしたドルマークをちりばめたもう一つのブライダル写真が置かれているのがガラス越しに見えた。ドレスの上に、カタリーナの丹念なブロック体で大きく〝彼と結婚して。わたしたちの大学進学資金のために〟と書いてある。

あとで妹たちを殺すしかない。地上のどんな陪審もわたしを有罪にはできないだろう。自分で弁護したって勝つに決まっている。

わたしはガラスから切り抜きをはがし、ドアを開けた。「どうぞ」

コーネリアスはクライアント用の椅子に座った。わたしは二つ目の切り抜きを手にとり、二つまとめて丸めると、ごみ箱に投げ捨てた。

「結婚するんだね?」コーネリアスが言った。

「いいえ」

Rはローガンのだ。コナー・ローガン。誰もそうは呼ばないけれど。人は彼をマッド・ローガン、メキシコの虐殺王と呼ぶ。ヒューストンを救おうとして、街の中心部をがれきの山にしかけた男。ビルを真っ二つにし、野球のボールでも投げるようにバスを投げる。しかもアダム・ピアースの一件が片付いたとき、わたしにあんなことを言った……丁寧に言えば〝愛人になってください〟という内容だ。断るには強い意志が必要だった。今でも彼のことを考えると心拍数が跳ね上がってしまう。不幸なことに、喧嘩《けんか》別れするわたしたちの様子を目撃した祖母が、いずれ二人は結婚すると思い込んだ。そして妹たちといとこたちにそう話してしまった。それ以来、十八歳未満の三人はわたしをからかい続けている。

「コーヒー？　紅茶？」

「結構だよ」

目を閉じれば、オフィスにいたマッド・ローガンを思い出すことができる。肌に触れた手、唇の味。わたしはそこで記憶を封じた。わたしとローガンは始まるチャンスなどないまま終わっている。

わたしはコーネリアスについて思い出せることを全部思い出そうとしながら椅子に座った。彼は一族と距離を置き、一族のテリトリーから離れて、一族の基準からするとつつましいが住みやすい地域に移った。専業主夫で、妻は外で働いている――どこで働いているかは知らない。彼はピアース一族を毛嫌いしている。これぐらいだろうか。

「なんの件なのか教えてください。うちにその問題を解決する力があるかどうかわたしが判断します」

「火曜日の夜、妻が殺された」

なんてことだろう。「お悔やみを申し上げます」

コーネリアスは椅子に沈み込んだ。灰をまぶしたように目から力が抜ける。彼の言葉が宙に漂い、テーブルの上にずしりとのった。

「何があったんですか?」

「妻は……フォースバーグ一族に雇われていた」

「フォースバーグ調査サービス?」

「ああ。妻は法務部の弁護士だった」

探偵業というのは狭い世界で、ライバルのことはすぐにわかる。オーガスティンのモンゴメリー国際調査会社のような手広い大手はめずらしい。たいていはうちのように専門を持つ。マティアス・フォースバーグの会社は産業スパイの防止を専門としており、盗聴器を探したり、情報セキュリティの検査やリスク評価をおこなったりする。噂《うわさ》ではこの会社は検査の規模が大きくなると鞍替《くらが》えし、守るべきものを攻撃する側にまわるという。ときどき訴訟の噂が流れるが、一度もマスコミ沙汰になったことはない。フォースバーグ一族が有能な法務部を抱えている証拠だ。

「火曜の夜の九時半、妻から残業で遅くなると電話があった」コーネリアスの声にはいっさいの感情がなかった。「十一時に妻は同僚の三人の弁護士といっしょにホテル・シャシャに入ったが、出るときは死体になっていた。有力一族の仕事では、職務中に死亡した者の扱いには決まったやり方がある。今朝フォースバーグ一族に連絡したら、妻の死は私的なものであり、職務とは関係ないと言われた」

「どうして仕事がらみだと思ったんですか？」ホテル・シャシャはメインストリートに面した高級ブティックホテルだ。小さくてひっそりしており、ここで秘密の相手と会ってもうらぶれた気分にはならない。これまで何度かこのホテルでクライアントの配偶者の浮気相手を追ったことがある。

「ぼくは〝超一流〟じゃないが、〝一流〟だし有力一族の一人でもある。情報は求めれば得られる」コーネリアスはフォルダーから書類を取り出して差し出した。「ナリは二十二回撃たれた。遺体は――」コーネリアスの言葉が詰まった。「遺体は穴だらけだった」

わたしは検死報告書を読んだ。ナリ・ハリソンの遺体は、弾痕が左から右へと走っている。ほぼ同時に受けた傷なのは間違いない。倒れたら弾丸の軌道が変わるからだ。二発は額に入っている。顔には火薬輪。報告書の余白に、誰かが急いで書いたような走り書きがある。〝HK4、六×三十ミリ。HTSPの跡。火薬輪あり、三十～四十五センチ〟。

心臓のすぐ下に冷たく重い塊ができたようないやな気がした。「このメモを書いたのは？」

「捜査主任だよ。くれたのはこれだけだが、これだけでも大変な手間がかかった」

「説明は受けましたか？」

コーネリアスは首を振った。

彼の愛する女性が亡くなった。わたしはこれからその状況を説明しなければならない。彼は生身の人間で、目の前に座っている。その娘は隣の部屋にいる。

わたしは声を落ち着けるために深呼吸した。コーネリアスはプロのアドバイスを求めてやってきた。最高の答えを返さなければいけない。

「奥さんは、ボディアーマーを貫通するヘッケラー＆コッホＭＰ７で撃たれています。ドイツ軍とドイツ警察の対テロ部門用に開発された銃で、高い貫通力が特徴です。銃創のパターンからすると、奥さんは交差する弾道の中心にいたと考えられます」

わたしは子猫のイラストのあるマグカップをデスクの真ん中に置き、二本のペンを持ってマグカップの正面に向けて交差させた。一本は左向き、もう一本は右向きだ。

「ＨＴＳＰは高張力ポリエチレンの略です。奥さんは防弾ベストを身につけていたようですね」

「わけがわからないな」コーネリアスはわたしを見つめた。「防弾ベストを着ていたのに死んでしまうなんて」

「ええ。フィクションでは防弾ベストさえあればどんな弾丸も防げるけれど、現実には防げるものにはレベルがあるんです。奥さんが着用していたのはおそらくレベル三で、七・

六二ミリのライフルの連射に耐える力があります。それでも実際に撃たれたらハンマーで殴られたほどの衝撃を受けるでしょう。奥さんを撃ったのはボディアーマーを貫通するように設計された軍用の銃です。死は一瞬だったはずです」これが言えるのがせめてもの幸いだ。

それを聞いてもコーネリアスは安堵《あんど》したようには見えなかった。

話を続けなければならない。始めたのだから終わらせなければ。「火薬輪は至近距離で撃たれた場合にできるもので、皮膚には発射残滓《ざんし》が残ります」

コーネリアスは右手を握りしめた。こぶしが真っ白になった。ナリの顔を思い浮かべているのだろう。

「この報告書によれば、奥さんは亡くなって倒れたあとに額に二発撃ち込まれています。捜査主任はその距離を三十~四十五センチと見積もっていますね」ヘッケラー&コッホをまっすぐ下に向けた場合、ちょうどこれぐらいの距離になる。

「なぜだろう?　妻はもうことときれていたのに」

「犯人が念入りな訓練を受けていて抜け目がないからです。ほかの三人の弁護士の検死報告書が入手できたとしたら、やはり頭部に銃弾を受けているでしょう。何者かが奥さんと同僚を待ち伏せし、軍レベルの正確さで殺し、あえて現場に残って全員の頭に弾を二発撃ち込んだ。生存者を残さないためです。これをヒューストンのど真ん中でやってのけ、逃げおおせている。プロの仕業であるのはもちろん、これはメッセージでもあります」

「こちらはおまえよりも強い。いつどこでもおまえたちに対して同じことができる。そういうことだね」コーネリアスが静かに言った。

「そうです」

コーネリアスは有力一族同士の権力争いについてわたしよりよく知っている。生まれてからずっとそれを目の前で見てきたのだから。

「ミスター・ハリソン、ここへ来たのはわたしの意見を聞くためでしたね。あなたのお話を聞くかぎり、この件にはフォースバーグ一族が関わっています。ただあなたの奥さんが……」

「ナリだ。それが妻の名前だ」

「ナリがフォースバーグ一族の味方だったのか敵だったのかはわかりません。わかるのはフォースバーグ一族が何もなかったふりをしていることです。つまり、あの一族が警告のために奥さんや同僚を殺したか、犯人のメッセージを受け取って震え上がったか、どちらかです。近づかないことをお勧めします」

コーネリアスの顔のすべての筋肉がゆがんだ。「そんな選択肢はない」

生きて帰ってこられるような話ではない。考え直すよう説得しなければいけない。わたしは身を乗り出した。「これは有力一族同士の抗争です。この前話したとき、あなたはあえて自分の一族と距離を置いていると言いましたよね。家族は大事だけど、利用されるのは不愉快だ、と」

「記憶力がいいね」

「あれから気が変わったんですか？　一族の助けが望めますか？」

「それはない。向こうが助けたいと思ったとしても、使える力は限られている。ハリソン一族は無力ではないが、抗争に乗り出そうとはしないだろう。とりわけぼくのためにはね。ぼくは末っ子で〝超一流〟でもない。一族の未来に欠かせない人間というわけじゃないんだ。これが兄か姉なら事情は違うだろうが」

コーネリアスは淡々と言った。わたしの家族はわたしのためならなんでもしてくれるだろう。燃える家に閉じ込められたら、あのどうしようもない妹たちやいとこだって救出に駆けつけてくれるはずだ。コーネリアスは妻を亡くしたのに一族は何もしようとしない。こんなのは不公平だ。

「すべてはぼくにかかっている」

わたしは声を落とした。「あなたにはこの戦いに使える武器がない。お嬢さんはすでに母親を失っています。この上父親まで失わせるんですか？　お嬢さんにはもうあなたしかいないんです。あなたが死んだらどうなります？　誰が面倒を見るんですか？」

「ぼくは十秒後に動脈瘤《どうみゃくりゅう》で死ぬかもしれない。もしそうなれば、ナリの両親がマチルダを育ててくれるだろう。姉はマチルダが一歳のとき以来会っていないし、兄は姪《めい》に会ったことがない。二人とも未婚だから養親としては不適切だ」

「コーネリアス……」

「復讐《ふくしゅう》では気は晴れないと言うつもりなら……」

「それは復讐の内容によります。アダム・ピアースを殴ったのはわたしの人生で最高の瞬間でしたから。思い出すたびに笑顔になりますよ。でも復讐には代償がある。祖母はもう少しで焼死するところだったし、大きいほうのいとこは中心街の崩落に巻き込まれて死ぬところでした。わたしも何度も死にかけた。あなたの代償は大きなものになりますよ」

「それはぼくが決めることだ」

コーネリアスの目には鋼の冷たさがあった。引き下がろうとしない。

わたしは椅子に座り直した。「それなら結構。でも自殺行為に手を染めるつもりなら別の協力者を探してください」

「きみの助けがほしい」

「だめです。首を吊《つ》る決意が固いようですが、わたしはロープを持つのはごめんです。そもそもベイラー探偵事務所は小さな会社です。リスクの低い調査が専門で、あなたに協力するような力はありません」

コーネリアスは検死報告書を指さした。「力なら充分あるように思えたけどね」

「銃器にくわしいだけです。うちの母方は昔から軍人が多いので。母も祖母も退役軍人です。だからってこの調査を引き受けるわけじゃありませんよ。ほかをあたってください」

「ほかって?」

「オーガスティンとか」

「オーガスティンとはもう話した。率直に語ってくれたよ。ぼくの自由になる金額では総合的な調査は無理だ。もしオーガスティンが引き受けてくれたとしても、フォースバーグ一族は一般的な調査に対してはしっかり備えを固めている。調査は長引き、費用がかさむだろう。結果を手にする前に資金が尽きてしまう。オーガスティンの話だと、きみなら一般的じゃない調査が可能だそうだ。プロとして優秀で誠実で、人に対する直感が鋭いと言っていた」

ありがとう、オーガスティン。「だめです」

「ぼくは家を抵当に入れた」

わたしは片手で目をおおった。

「今日百万払える。妻がなぜ殺されたか、誰の仕業か教えてくれたらもう百万を払う」

絶対にだめだ。「お帰りください、ミスター・ハリソン」

「妻は死んだ」抑えきれない感情で声が震えている。目に何かが光っている。「彼女はぼくの光だった。人生の暗闇の中にいたぼくに、何かを見出《みいだ》してくれた……もっとよい人間になれると信じてくれた。ぼくは分不相応のしあわせに恵まれたよ。彼女はぼくを愛してくれた。目覚めたとき隣に彼女がいるのを見て、なんてしあわせな男だろうと思った。やさしくて頭がよくて、娘が育つ世界をよりよいものにするため、正しいことをしようと努力していた。その妻があんな目にあういわれはない。長生きするのが当然だった。それを奪う権利は誰にもないんだ」

むき出しの苦痛と悲しみでコーネリアスの顔がゆがんだ。わたしは必死に泣くまいとした。

「ナリの決意の強さが好きだった。ナリの夫なのが誇らしかったよ。ところが彼女は死んでしまった。何者かがあんなにもすばらしい女性を死体に変えたんだ。娘と思い出以外に何も残っていない。ぼくは妻が考えていたような男になりたいんだ。娘が大人になったとき、母はなぜ殺されたのかたずねたらぼくが答えなければならない。自分の行動を説明しなきゃいけない。そのとき、手を下した者を探し出して、二度と誰にもあんなことをできないようにしたよ、と答えたいんだ」

コーネリアスは怒ったように目をぬぐった。

「ほかにやる者はいない。ナリの家族には手段がないし、ぼくの一族は無関心で、雇用主は犯人かもしれない。ぼくしかいないんだ。どうか助けてほしい」

コーネリアスは口をつぐんだ。助けを求めている彼をオフィスから放り出すわけにはいかない。そんなことはできない。父の治療費を工面するために母が家を売ったときのことを思い出した。事務所を担保に入れたのは父には秘密だった。父が知ったらどんな病気より早く命を奪ってしまうからだ。大事な人が殺されたら、わたしもコーネリアスと同じことをするだろう。彼には頼る人がいない。彼を拒絶したら、わたしは鏡の中の自分と目を合わせられなくなる。

わたしはデスクのいちばん上の引き出しから青い新規クライアントフォルダーを取り出した。そしてそれをコーネリアスに向けて広げ、一枚目の余白に五万ドルと書き込んだ。

「手付け金です。これは事情にかかわらず事務所に入る金額で、交渉は受け付けません」わたしはペンで右端いちばん下の数字にまるをつけた。「これがうちの単価。今回はリスクの高い仕事になると思われるので最高単価が適用されます。時間単価ではなく一日単価です。場合によっては危険手当や臨時出費を負担してもらいます。費用は手付け金から差し引かれる仕組みで、総額が手付け金額を超えたら一万ドル単位で追加してもらいます。この話が終わったら銀行へ行って最低二万ドル引き出してきてください。賄賂の必要性が生じるかもしれないし……」

「ありがとう」

「お勧めできませんね。どうか考え直してください」

コーネリアスは首を振った。「無理だ」

わたしは個人情報保護方針を説明し、あらゆる権利放棄の条項に署名させた。「犯人が見つかったらどうするんですか？」

「そこからはぼくが引き受ける」

「奥さんを殺した者を殺すということですね」

「それが有力一族のやり方だ」

「そうですね、わたしは有力一族じゃないのでわかりませんが、わたしならこの国の法律に従おうと考えるでしょう。あなたや自分自身を守ることに躊躇《ちゅうちょ》はないけれど、殺人に目をつぶるつもりはありませんよ」

「わかった」コーネリアスが答えた。「どこから始める？」

「マティアス・フォースバーグと話がしたいですね。質問できるように、直接顔を合わせて。明日電話してみますが、面会は断られるでしょう」

「きみには社会的地位がないし、あの男のライバル会社のもとで働いている」コーネリアスはうなずいた。「マティアスは評議会に積極的に参加している。一度も欠かしたことがない。明日は十二月十五日で、会議は午前九時に始まる」

「わたしは入場許可がありません」評議会とは、州レベル、国レベルで能力者を統制する非公式で排他的な集まりだ。テキサス州評議会はヒューストンで開かれる。ある家族が有力一族と認められるには、〝超一流〟レベルの能力者を三世代中少なくとも二人輩出していなくてはならない。その一族につき議席が一つ与えられる。理屈の上では評議会は国内ではなんの力も持たないが、現実問題、複数の有力一族がいっせいに声をあげれば議会もホワイトハウスも耳を傾ける。

「一族の名前さえあればいい」コーネリアスはにっこりした。しかしほほえみは目までは届かず、憑《つ》かれたように苦いままだ。「〝一流〟でなおかつ有力一族の子息であるおかげで、ぼくは自由に評議会に参加できる上、同伴者を一名連れていける。この調査に関してはぼくも積極的に関わっていくつもりだよ、ミズ・ベイラー」

「ネバダと呼んでください」わたしはそう言った。「それなら結構。明日の朝七時にここで会いましょう」

コーネリアスとマチルダは番犬バニーを引き連れて帰っていった。わたしはしばらくデスクに残ってバーンにメールで関係者全員の名前と事件のあらましを送り、深く息を吸い込んでゆっくり吐き出した。家族にこの件を打ち明けたら厄介なことになりそうだ。母に勘当されるかもしれない。

わたしはごみ箱からドルマークのついた花嫁の切り抜きを拾い上げ、できるだけきれいに伸ばして、検死報告書といっしょにフォルダーに入れた。この仕事は家族全員に影響する。みんなリスクを知っておく権利がある。何より、経験から言ってベイラー家の人間が隠しごとをしてもうまくいかない。遅かれ早かれ秘密は暴かれ、重大な結果を招くと同時に大勢の感情を傷つけてしまう。

わたしはフォルダーを脇にはさみ、シュタール作の『魔術学』の本を手にとった。数週間前、玄関に本の包みが届いた。全部で六冊で、呪文、魔法陣、魔術理論について述べたものだ。そっけない長方形のメモに一言、ネバダへ、とだけ書いてあった。家族を問い詰めたが手がかりはなかった。皆この本がどこから来たか知らないし、注文していないし、誰が送ったかもわからないと言った。とはいえ突拍子もない仮説はいろいろ聞かされた。入っていた封筒から指紋を採ろうとしたが、見つからなかった。わたしの名前は二十二ポイントのタイムズ・ニューローマンで印刷されていた。

読んでみると内容はとても有益で、わたしはずっとなおざりにしていた魔術理論をあらためて学び直そうとしていっきに読んだ。この一冊は呪文関連で、人の心に情報を封じ込める魔術について書かれている。数週間前、わたしはある強力な呪文に阻まれ、ヒューストンを救うためにそれをこじ開けることを強いられた。この本を読んで、あのとき無知のせいでもう少しで一人の男性を殺すところだったのがわかった。

わたしはオフィスの裏のドアから広い廊下に出た。メキシコ風牛肉のグリルのおいしそうなにおいが周囲に漂っている。わたしは右に曲がってキッチンに向かった。

父が癌《がん》との苦しい闘いを続けていたとき、家を売った。売れるものはなんでも売ったが、最低限暮らしていくものは必要だ。そこでわたしたちは戦略的な決断をした。仕事を利用して大きな倉庫を買ったのだ。東側はベイラー調査事務所の入口になった。中には壁と低い天井を入れ、小さいが居心地のいいオフィスを作った。一方にはオフィスが三つあり、もう片方には休憩室と会議室がある。西側は車庫で、祖母フリーダがヒューストンのエリート層の戦車や装甲車の修理を請け負っている。オフィスと車庫の間には、車庫と一枚の大きな壁で区切られた三百平米近い生活スペースがある。

両親はこの生活スペースを普通の家のような内装にする予定でいた。けれども、必要になれば壁をつけ足し、そうでなければ何もしないという改装の結果、まるで室内改造のショールームみたいになってしまった。キッチンもそういう場所の一つだ。四角く広々としていて、大きなアイランド式カウンターとキッチンテーブルがある。テーブルは今半分しか埋まっていなかった。母ペネロープ、祖母フリーダ、年上のほうのいとこバーン。二人の妹とバーンの弟レオンはもう出ていったようだ。よかった。

テーブルの真ん中には小さな皿がいくつかあり、粉チーズ、サルサのピコ・デ・ガヨ、アボカドのディップなどが揃《そろ》っている。ソフトタコス・ナイトだ。わたしは歓声をあげたくなるのを我慢し、キッチンの引き出しからエプロンをとってきてつけ、祖母の隣に座った。目の玉が飛び出るほど高価なスーツにしみをつけるわけにはいかないし、カジュアルな服に着替えるのは時間が惜しい。それぐらい腹ぺこだった。

「かくて猟師は山より帰りぬ」バーンが言った。

わたしはバーンを横目で見た。「結局英文学をとることにしたの？」

「ましなほうを選んだんだ。今度の学期は忍耐力を試されそうだよ」バーンは料理をのみ込み、次のタコスに手を伸ばした。身長百八十センチ、体重九十キロを超えるバーンの体はほとんど骨と筋肉だけでできている。バーンは週に二回柔道に通い、冬眠に備える熊並みの食欲を持っている。

わたしは温かいソフトタコスを手にとり、おいしい具材をのせた。大学時代、家族の大黒柱だったわたしは大学生活を早足で駆け抜けた。でも今は事務所がお金を生んでくれる。リッチではないけれど、バーンが教育に時間をかけられる程度のものはある。バーンには学生生活を楽しんでほしいと思っている。ところが本人はチャンスさえあれば新しい講義をとろうとする。

わたしは母の皿を見やった。タコスが一つだけ。祖母フリーダは生まれつき細身で、プラチナホワイトのカールした髪、大きな青い目の持ち主だ。もともと母は筋肉質のスポーツマンタイプで、たくましくて根性もあった。しかし従軍したせいで足が不自由になった。今の母は全体的にふっくらしている。それが気になるらしく、どんどん食べる量を減らしている。二週間前、わたしたちは母が夕食を抜いていることに気づいた。

「これで三つ目よ。じろじろ見ないで」

「嘘じゃないわよ」祖母がそう言ってタコサラダをつついた。

「二つ食べるのを見たから」

「わたしはただ事務所の装備がいつでも使える状態かどうかたしかめたかっただけ」わたしは母に向かって舌を出した。「仕事中に空腹で気絶したら困るでしょう。ガーザ上院議員の件で何かニュースは？」

「なし」祖母が言った。

「今のところ突拍子もない憶測ばかりよ」母が言った。「マスコミはあんなことをするのは〝超一流〟だけだって煽《あお》ってるけれど」

ティモシー・ガーザ上院議員は、土曜日いとこの家の前で殺された。ボディガードも巻き添えになった。事件があまりにセンセーショナルなため、ジェフ・コールドウェルの逮捕さえ影が薄れてしまった。上院議員の殺人について警察は何も発表しておらず、マスコミの憶測はひどくなるばかりだ。もし〝超一流〟が関わっているとしても意外ではない。ガーザは有力一族の影響力を限定する政策を進めていたため、テキサス魔力界のエリート層からはうとまれていたからだ。

「何をたくらんでいるの？」母が口を開いた。

わたしはソフトタコスを口に入れ、噛《か》みながら時間を稼いだ。いずれは白状しなければいけない。「ハイリスクな仕事を受けたの」

「ハイリスクってどれぐらい？」母がきいた。

わたしはフォルダーを開いて検死報告書を母に差し出した。母はそれを読んで眉をひそめた。「今度は殺人事件に手を出すつもり？」

「誰が殺されたの？」祖母が口をはさんだ。

「一度話した動物使いのこと覚えてる？　娘にジュースを持ってくるあらいぐまを飼っている人」

「コーネリアス・ハリソンか」バーンが言った。

「そう。その奥さん」

母の顔がどんどん険しくなっていく。母は検死報告書を祖母に渡した。

祖母は報告書を見て口笛を吹いた。

「これはうちの料金レベルを超える仕事だわ」母が言った。

「わかってる」

「どうして受けたの？」

彼がうちのオフィスに座って泣くのを見て気の毒に思ったからだ。「亡くなったのに誰も気にしないからよ。それに支払いをはずんでくれるわ」

「そこまでお金に困ってるわけじゃないのよ」母が言った。

「妹たちに言わせれば困っているみたいよ」わたしはドルマークのついた切り抜きを差し出した。

母はさっと祖母を振り向いた。「母さん！」

祖母の目がまん丸になった。「何？　そんな目で見ないで」

「母さんが変なことを言い出すから」

おもしろい。矛先が変わった。

「そんなことしてないでしょ。わたしは無実。なんでもわたしのせいにするのね」

「母さんが焚《た》き付けたのよ。そのせいでこの子は罪悪感を抱いて殺人事件なんか受けてしまって。食卓に食べるものを運ばなきゃいけない義務感でね。これをみんながどう受け止めると思う？」

「愛は強し？」祖母はにやりとした。

バーンは立ち上がってわたしのほうに身を乗り出した。「全員の経歴チェックをしようか？」

「ええ、お願い。メールを送っておいたわ。明日評議会に出向くから、マティアス・フォースバーグに関するものだと助かる」

「了解」バーンは皿をシンクに運んだ。

「あなたの孫娘たちはリッチな〝超一流〟に学費を肩代わりしてもらう必要なんかありません！」母が言った。「そのために姉や母や祖母が長時間働いているの。うちの家族は必要なものは自分で支払うわ」

「ペネロープ、落ち着いて。そういう意味で言ったんじゃないのよ」

「じゃあいったいどういうつもりで言ったの？」

祖母は手を振った。「冗談で言っただけよ。ネバダはもう二カ月も落ち込んでるわ」

「落ち込んでなんかないって。ローガンにはノーと言ったし、もう二度と会わないぐらいがちょうどいいの」

「またそんなこと」祖母はうんざりした顔をした。

「わたしは本気よ。だからあきらめて。あの人はうちのドアをたたいてわたしに永遠の愛を誓ったりしないわ」

誰にも言えない恥ずかしい瞬間、わたしは彼がまさにそうすることを夢見た。一度真夜中に目が覚めて、ローガンが外にいるにちがいないと思ったことがあった。危うくパジャマのまま外に駆け出すところだったが、ありがたいことに誰かに見られる前に理性を取り戻した。

ローガンは二度と現れなかった。電話もメールもない。わたしをものにしようと必死になることもない。彼がうちの修理工場で地球上のどこでも言ってくれれば連れていくと約束したとき、断ったのはつくづく正解だった。マッド・ローガンが求めているのは遊び相手だ。

「あの本を送ってきたじゃない！　わたしがノーと言ったら彼は忘れた。

「ローガンとは限らないわ」

「ほかに誰が送るのよ?」祖母は両手を広げてみせた。

「オーガスティンかもね」そんなことは絶対にありえない。自分の利益にならないことには指一本動かさない人なのだから。

「ローガンとは終わったわけじゃないわ」祖母はわたしにフォークを突きつけた。「見てなさい。運命の女神があなたたち二人をくっつけるから。ある日あなたは彼の胸に飛び込んで、真実の愛が完成するの」

「あのね、運命の女神がそんなよけいなことをするなら顔を殴りつけてやる」わたしは母に向き直った。「この事件、手伝うのか手伝わないのかどっち? もしわたしともっと喧嘩したいなら、今がチャンスよ」

母はしばらくじっとわたしを見つめていた。

しまった。とくに理由もないのに母に対して声を荒らげてしまった。

「ごめんなさい」

「自分で言ったわよね、よけいな手出しをするなって」

「ママ……」

「もちろんわたしたちはあなたの味方よ。でもこれがプロの犯行だってことは言わなくてもわかるわね。用心しないと」

「もちろん」

「相手はあなたと彼を追ってくる。わたしたちも狙われるかもしれない。そのクライアントは一族のサポートは期待できるの？」

「いいえ。彼は親子三人でロイヤル・オークスで暮らすことを選んだの。自立するのが大事だと考えたのよ」

「家にセキュリティシステムは？」

「ないも同然だわ」実際にはバニーがセキュリティシステムのようなものだが、銃を持った殺人者の一団に対して一匹の犬ができることはたかがしれている。

「奥さんの両親は？」

「わたしが聞いたかぎりでは有名な一族の後ろ盾はないみたい」

「あなたはそのクライアントのことをどう思う？」

わたしは顔をしかめた。「奥さんを崇拝していた人。復讐のためならなんでもすると思う」

母はうなずいた。「クライアントとよく話して。女の子は祖父母のところよりうちにいたほうが安全だわ」

「ありがとう」

母はため息をついた。「母親としての務めよ。あなたがばかなことをしでかすのは止められないけれど、それをなるべく安全にやり遂げられるように手を貸すことはできる」

わたしはキッチンを出て自分の部屋にのぼるはしごに向かった。

「あの子の首が赤くなったのを見た?」背後で祖母がこれみよがしにつぶやいた。「彼のこと、忘れてないのよ」

「聞こえてるから!」わたしははしごをのぼり、それを引っ張り上げた。そこはちょっとしたロフトで、広い寝室とバスルームがある。この倉庫に引っ越してきたときはプライバシーがほしい年頃だった。年をとるにつれ、プライバシーのありがたみは強くなった。スーツを脱いでガーメントバッグに入れ、クローゼットの奥に吊《つる》した。

わたしはローガンを忘れられない。

ゼロ空間の中でキスしたとき、彼の姿が見えかけた。つかの間、彼はマッド・ローガンではなく、〝超一流〟でさえなく、ただの……ただのコナー、ただの男に戻った。わたしはその男のことを知りたいと強く思った。ところが彼は、ドアがわずかに開いたことに気づいた瞬間、ぴしゃりと閉めた。

わたしは水を温めようとしてシャワーを出し、服を脱いだ。実現しないことをくよくよ考えてもしかたがない。シャワー、着替え、睡眠。明日は忙しい一日になるし、寝る前に少し調べものをしなければいけない。

2

朝が雨とコーネリアスを連れてきた。コーネリアスはシルバーのＢＭＷに乗って七時五分前に現れた。つややかでウルトラモダンなハイブリッド車だ。

コーネリアスならハイブリッド車に乗るだろう。水のペットボトルも買わないタイプだ。昨日バーンがいつものようにコーネリアスの経歴チェックをしてくれた。新たな借り入れをのぞけば借金はない。信用履歴はきれいなもので、犯罪歴もない。動物関連のチャリティには大金を寄付している。妻の死にフォースバーグ一族が関わっているという彼の言葉は正しかった。マスコミに記事が出ないのだ。ガーザ上院議員の事件があらゆるニュース番組にあふれているにしても、中心街のホテルで四人が惨殺されたのだから一言ぐらい触れてもいいはずだ。ところがなんのコメントもないところをみると、どこかの誰かがせっせと火消しにまわっているということだ。フォースバーグ一族がなんの関係もないなら、伏せる理由もない。

コーネリアスが車から降りてきた。襟元を開け、袖をまくり上げた白いドレスシャツ、ダークブラウンのパンツ、すり切れた茶色の靴。着心地優先の服だとわたしは思った。無意識のうちに体になじんだものを選んだのだろう。

大きな赤い鳥が曇り空から舞い降りてきて、駐車場の向こうのオークの巨木に止まった。

「あれはタロンだ」コーネリアスが言った。「アカノスリは家禽《かきん》を襲う鳥と思われているが、誤解だよ。評議会は犬の同伴は禁止だ。銃の持ち込みも禁じられている。しかし四階のトイレの窓は改造されていて、セキュリティシステムに引っかからないんだ。開けっ放しのことも多い」

「こっそり喫煙するため？」

コーネリアスはうなずいた。「火災探知機から遠いせいで、窓さえ開けておけば探知される心配はない。きみは武装しているのかい？」

「ええ」アダム・ピアースの仕事をする前は九割方テーザー銃で間に合わせていた。今は外出時には必ず銃を持つし、毎週練習を欠かさない。

「見せてくれ」

わたしはグロック二六をジャケットの下のホルスターから取り出した。命中精度が高く、比較的軽量で、持っていても気づかれにくい。安いパンツスーツを選んだのは、逃げるときに走れる靴をはきたかったのと銃を隠す余裕のあるジャケットを着たかったからだ。はき古したジーンズとランニングシューズという普段着では評議会ビルに入れてもらえるかどうかわからなかったというのもある。入館のためにはX線と金属探知機をくぐり抜けなければいけない。

コーネリアスは銃を調べた。「どうしてここが派手な青に塗ってあるんだ？」

「これはマットタイプのマニキュアで、黒い照準器だと黒いものを狙うのが難しいんです。マニキュアを塗れば解決できるし、ぎらつきも抑えられる」

「重さは？」

「七百四十グラムぐらいですね」装弾はホローポイント弾が十発。予備のマガジンもたくさん携帯している。ローガンとの一件があったせいですっかり慎重になってしまった。

「タロンがトイレの窓からきみに渡してくれるよ」

まずい。こんな考えはつぼみのうちに摘み取ってしまわなくては。ヒューストンのトップクラスの能力者がうようよいる建物に丸腰で入るのが不安でないわけではない。実際不安だ。危険に直面したとき、わたしの好きな戦略は逃げることだ。逃げる者は命が助かるし、医療費がかさむこともなく、仕事時間をロスすることもなく、保険料が上がることもない。よけいなリスクを避けろと家族に説教されることもない。銃を使うのはほかにどうしようもないときだけだ。〝超一流〟が大勢いる建物の中で〝超一流〟と対決するはめになったら逃げるのは難しいだろう。そう考えると武装したくなる。しかしテキサス評議会に銃を持ち込むのは自殺行為だ。〝テロリストです。撃ってください〟と書いた的を胸に貼るようなものだ。

「どうして銃を持ち込まなきゃいけないんですか？」

「役に立つかもしれない」コーネリアスが静かに言った。

やっぱり。「コーネリアス、わたしに協力してほしいなら隠しごとはいっさいやめてください。評議会に銃を持ち込めというのは、フォースバーグが奥さんを殺したという確信があって、わたしに彼を撃ってほしいからでしょう？」

「昨日、きみに会いに行く前にあの一族に接触したとき、護衛の一人がこう言ったんだ。ナリはほかの二人の弁護士と浮気していたんじゃないかって。それは考えにくいと言うと、そいつはこう言った。〝人は結婚相手のことを全部わかっているわけじゃない。捜査でどんな意外な事実が出たっておかしくない。横領、セックス中毒、薬物、ひどいものだ〟とね。あいつらは妻の死を無視するだけじゃない。彼女と距離を置こうとしている。もしわたしがうるさく騒ぎ続ければ、妻の名誉を汚すと脅しているんだ」

「ひどいですね。でもだからってマティアス・フォースバーグが有罪とは限りません。フォースバーグ調査サービスがろくでもない奴《やつ》らを雇っていて、尻ぬぐいに必死なのかもしれないし」

コーネリアスは目をそらした。

「うちに来たのは真実を求めるためですよね。だから真実を探しましょう。犯人を特定するのは勘や雰囲気じゃありません。クロだという証拠です。軽々しく人を殺人の罪に問うのは間違ってます。確実な証拠が必要です」

「そのとおりだ」

「よかった。だから、家で待っているマチルダのためにも、できるだけ安全に注意深く証拠を探しましょう。わたしの調査では、評議会の警備は厳しいものです。身分証明書と中に入る理由がなければ駐車場にも入れない。あなたの計画に従ってわたしが銃を持ち込んだことがばれても、警備に引き留められたりはしませんよ。同伴者もろとも撃たれるだけです」

コーネリアスの顔を見れば、それはごめんだと思っているのがわかった。

「フォースバーグに襲われたら？」

「混みあった評議会の中で？　衆人環視の中で、こちらは丸腰なんですよ」

コーネリアスは顔をしかめた。

わたしはにっこりしてみせた。「銃のことはひとまず棚上げしましょう。もし襲われたら、わたしが全力でなんとかします」

決して無防備というわけではない。殺される前に相手に手をかけることができれば、一泡吹かせてやれるはずだ。軍は能力者の採用を増やしてきた。しかし軍の環境にはストレスがつきものだ。採用した能力者を無力化する必要に迫られるのに時間はかからなかった。

電気ショック装置が考案されたのはそのためだ。これを身体に備え付けるには専門家の手が必要だ。その専門家は、人の生存域を越える神秘の領域に手を入れ、誰もはっきりした生態を知らないある生き物を取り出し、それを人の腕に埋め込む。アダム・ピアースを追っていたとき、わたしはそれを埋め込んでもらった。自分の魔力でそれにエネルギーを与え、苦痛に耐えなければならないが、誰かに触れるとその苦痛が相手に襲いかかり、痙攣《けいれん》するほどの激痛を与える。相手を殺すほどの力はないとされるが、わたしの魔力は強い。〝平均〟レベルの魔力の使い手なら命を奪えるだろう。〝超一流〟レベルに対しては一度使っただけだが、彼が何かを感じたのは間違いない。

「きみの判断に従うよ」コーネリアスは車のドアを開けた。「乗ってくれ」

「わたしの車にしましょう」わたしはミニバンのほうにうなずいてみせた。

ミニバンを見たコーネリアスは注意深く感情を隠した。子育てママが好むタイプの古ぼけたミニバンはいい印象を与えなかったようだ。

わたしはミニバンに近づいていって助手席のドアを開けた。「乗ってください」

コーネリアスは自分の車のトランクを開け、大きなビニール袋を持ち上げた。安いドッグフードの袋にそっくりだが、色は白で何も書かれていない。彼はそれを肩に担ぎ上げ、ミニバンに運んだ。わたしがトランクを開けると、彼はそれを積み込んだ。

二人とも車に乗り込んでシートベルトを締めた。駐車場から車を出し、右折する。コーネリアスはむっつりしている。まだわたしを信用していないのだ。信用には時間がかかる。

「どうしてきみの車で行くんだ？」

「運転に慣れているし、スピードを出さなきゃいけない事態になるかもしれないからです。こういうタイプの車は周囲に溶け込むけど、あなたの車は目立ちすぎる」アダム・ピアースとの一件があったあと、祖母がエンジンを改造し、窓を防弾に換えてくれたが、コーネリアスに言う必要はない。「さっきの袋の中身は？」

「個人的なもので、評議会訪問とは関係ない」

なるほど、お互いさまということか。でも今は中身がなんなのか知りたくてたまらなかった。

「煙草《たばこ》を吸うんですか？」

「いや」

「じゃあどうして喫煙用のトイレのことを？」二人で評議会に行くことをコーネリアスが誰にも言っていないといいんだけれど。

「兄は心底煙草を嫌っている。喘息《ぜんそく》を患っているからね」

真実だ。コーネリアスはこれまで一度も嘘《うそ》をついていない。

「今度はぼくの番だ。フォースバーグと話をすることで何が得られると思ってる？　彼は自分がやったとは認めないだろう」

「人間観察の経験をたくさん積んできたおかげで、　相手が嘘をついているかどうかわかるんです」

「おもしろいことに、オーガスティンからきみについて同じことを言われたよ」

オーガスティンは秘密を守っている。〝超一流〟がなんの動機もなく行動することはない。彼が何をたくらんでいるのか探り出すのが楽しみだとはとても思えなかった。

「気が変わったんですか？　今ならまだ大丈夫。このままUターンして、手付け金を返金します」

「だめだ」コーネリアスは窓の外を見た。「今朝起きたとき、フォースバーグを誘拐して知ってることを洗いざらい話すまで拷問しようと考えていた」

殺人幻想はよくない兆候だ。「最悪のアイデアですね。まず、違法です。フォースバーグが関わっているかわからないし、無関係だとすれば無実の人を拷問することになる。いとこがフォースバーグ一族の経歴を調べたけれど、ヒューストン一の富豪じゃないとはいえ相当な資産家だし、私設軍隊も充実しています。フォースバーグを誘拐する途中で殺されなかったとしても、捜し出されていずれは殺されるでしょう」

コーネリアスは答えなかった。

昨夜はバーンと二人で遅くまでフォースバーグ一族について調べた。マティアス・ミルトン・フォースバーグは五十二歳、四代前からテキサス人なのを誇りにしている――大学も普通ならアイビーリーグに行くところだが、テキサス大学を選んだ。十二年前に父親が引退し、一族の家長の座を継いだ。既婚で成人した子どもが二人。サム・ヒューストン・フォースバーグとスティーヴン・オースティン・フォースバーグ。テキサスの地名を入れたこの名前を見て、わたしはコーヒーを噴き出しそうになった。二人でやめたのは正解だ。このままだと誰かがダラスになってしまっただろう。マティアスに逮捕歴はなく、従軍の経験もなく、破産を宣告されたこともない。家屋をたくさん所有している。

魔力的には彼はジャンパーだ。ジャンパーは自分の周囲の空間を圧縮し、自分自身や対象物をそこに飛ばす。その距離はたいてい短く、最長でも三十メートルに満たない。それでも短距離を高速で移動できるのは間違いなく、移動中に狙うのは難しいため軍では重用される存在だ。これまでジャンパーに会ったことがなかったので、ＹｏｕＴｕｂｅの動画を見てみた。そのほとんどは、十五歳から二十五歳の男性が魔力を使ってすいかやかぼちゃやペンキ缶を壁に投げつけるものだ。ガソリンタンクにハイソックスで作った導火線を入れ、点火して投げるというばかばかしいものもあった。結果は予想どおりだ。ほとんどは自分自身を投げたり互いに投げ飛ばしあうというもので、たいていはパワー不足だった。せいぜい友人を一メートルほどよろめかせておしまいだ。バーンによると、対象物の質量とサイズが鍵らしい。

ネットの情報では、〝超一流〟ランクのジャンパーはジャンプのタイミングさえ合わせれば壁を抜けることもできるという。それが本当なら、フォースバーグが産業スパイに関わっているという評判もうなずける。

公的な記録とYouTubeだけでは情報量は知れている。コーネリアスは有力一族のデータベースにアクセスできるし、フォースバーグ本人にも会ったことがあるはずだ。

「マティアス・フォースバーグってどんな人ですか？」

「典型的なヒューストンの〝超一流〟だ。一族の富を守っている。自分のような社会的立場にある者がすべきこと、してはならないことを把握していて、周囲の好奇の目を避けている。対等とみなす者はほとんどおらず、たいていの相手を見下している」

「壁を抜けられるんですか？」

「ああ。次の出口を出てもらえないか？」

わたしは高速道路を降りた。

「右折して車を止めてほしい」

車は右に曲がって建設現場の前で止まった。建物の形をとりつつある鉄筋を足場が囲んでいる。コーネリアスは車を降りてトランクから袋を取り出し、ビルの間の道に消えていった。タロンが舞い降りてきてそのあとを追った。

あの袋の中身はなんだろう？　ネットで補強されたビニールのようだけど。中にばらばら死体が入っていたっておかしくない。

わたしはダッシュボードを指でたたきながら、ラジオをつけた。「……ガーザ上院議員が殺害された件に関して捜査に進展はなく、警察は依然として……」

わたしはラジオを消した。

死体のはずはない。死体なら袋がでこぼこになるはずだ。でもあの袋は丸かった。コーネリアスが死体をすりつぶしたのでもないかぎり……いや、こんな病的な考え方はやめよう。四カ月前なら中に死体が入っているなんて考えもしなかったはずだ。

コーネリアスが空の袋を持って戻ってきた。あれにまずいものが入っていたとしたら、車に乗り込んだときににおいでわかるはずだ。

コーネリアスは丁寧に袋をたたんでトランクに入れた。変なにおいはしないし、怪しい水分が垂れている様子もない。

「ありがとう。出発しよう」

評議会は、ウォー・ドライブとアレン・パークウェイの角に立つ優雅な高層ビル、アメリカ・タワーの中にある。白っぽい壁と黒い窓が美しいカーブを描く四十二階建てのこのビルは、ヒューストンの中心街にそびえ立っている。今年の十二月は雨続きで、空はいつもどんよりと曇っていた。そんな背景の前に立つアメリカ・タワーは、あたかも魔法使いの不思議な塔が伝説の世界から抜け出してヒューストンの真ん中に姿を現したかのようだ。

中は特殊な力を持つ人々であふれているが、この人々は愛らしい歌を歌ったりはせず、人を冒険の旅に送り出したりもしない。彼らは一瞬で人を殺し、その後弁護士たちが犯罪捜査の気配を握りつぶすのだ。

コーネリアスが身分証明書を見せてセキュリティチェックをクリアし、わたしは車を停《と》めて外に出た。タロンが舞い降りてきてまた飛び立ち、白い霧に包まれた大きなたんぽぽ型の噴水を越えてそばの木立に止まった。

きれいに刈り込まれたエメラルドグリーンの芝生を過ぎ、ガラス張りのエントランスに向かう。銃の重みが恋しかったが、グロックは車に置いていくしかない。

「あなたの魔力はどんな仕組みなんですか？」わたしは小声できいた。「テレパシーでタロンをコントロールする？　タロンの目を通して景色が見えるんですか？」

「いや、違う」コーネリアスは首を振った。「タロンは自立した存在だ。ぼくが餌とすみかと愛情を与え、そのお返しとして、何かを頼めば応えてくれる」

タロンはただの鳥ではなくペットだ。ということはバニーもきっとペットなのだろう。もしこの動物たちに何かあったらコーネリアスは強く反応するだろう。それを覚えておかなければいけない。

もうすぐ入口だ。

「フォースバーグはわたしが何をきいても答えようとはしないでしょう」

「そのとおりだ」

「質問はあなたがしてください。単刀直入にお願いします。イエスかノーで答えられる質問がベストです」

「いきなり近づいていって、ナリの死に責任があるかどうかきけということとか？」

「いいえ、それではあいまいすぎます。事件になんの関係もなくても、彼女があんな目にあったことに罪悪感や動揺があるかもしれない。フォースバーグがみずから手を下したわけじゃないことはわかっています。殺人のあった時間、彼は消防署の資金集めの夕食会に出ていて、五十人もの人たちといっしょに写真におさまっているんですから。殺すように命じたかどうかきいてください。どんな返事が返ってきたとしても、次は〝誰がやったか知っているか〟とたずねること。フォースバーグの反応が見たいんです。質問は短く、要点だけに留めて、くわしく言い直さないこと。言い逃れる口実を与えないためです。沈黙は人にかなりのプレッシャーを与えるので、相手は答えようとします。フォースバーグが嘘をついていると判断したらうなずいて知らせます」

コーネリアスがドアを押さえてくれて、わたしたちはロビーに入った。雨のあとでエアコンの風を受けてわたしは身震いした。外の気温は二十度以上あるのに、中は十五度ほどだ。つややかな大理石の床が鏡のように輝いている。理屈で考えればタイルになっているとわかるのに、つなぎ目など見えない。壁も同じ大理石だ。ロビーの中央に上階に行くエレベーターが三機あった。ぱりっとした白のシャツと黒いパンツという姿でレミントンのショットガンを持った警備員が四人、壁際の要所に配置されている。金属探知機の前のデスクにも三人。評議会の警備員は本気だ。〝超一流〟がいるかどうかに関係なく、あのショットガンを一挺《ちょう》でも見たらおかしな気は起こさないだろう。

もし銃を向けたらあの警備員たちはなんのためらいもなく撃つはずだ。そばにいた者は容赦なく巻き添えになる。

「きみが正しかった」コーネリアスが静かに言った。

「ありがとう」

デスクの前に行くと、コーネリアスは「ようこそ、ミスター・ハリソン。歓迎します」と警備員に声をかけられた。わたしは身分証明書を二つ見せ、血液型や保険の種類まで問う三ページの質問書に答えたあと、ようやく一日入館許可証をもらった。

やっとエレベーターに乗り込める。コーネリアスの話ではフォースバーグは二十五階にいる。ボタンを押すとエレベーターが上昇を始めた。エレベーターは四階で止まり、フード付きのマントを着た男が一人乗ってきた。漆黒のマントは中世の騎士の装束みたいに両脇にスリットが入っていて、フードは顔が隠れるほど深い。丁寧に手入れされた赤い顎髭《あごひげ》だけが見える。肩には銀色の刺繍《ししゅう》の入ったダークグリーンのストールをかけている。マントの下は黒いシャツと黒いパンツで、パンツの裾を黒いアンクル丈のブーツの中に入れている。まるでこれから戦いに出向く魔術家のように、その姿は恐ろしげで威圧感があった。

わたしは一歩よけて彼に場所を空けた。

男は十階のボタンを押した。間もなくドアが開き、男は外に出た。

別のマントの人物が男に近づくのが見えた。フードから編んだ黒っぽい髪が見えているので女性のようだ。ドアが閉まって二人は見えなくなった。

「どうしてああいう格好なんですか？」

「伝統だ。評議会には、資格要件を満たした有力一族の〝超一流〟と〝一流〟が投票権を持つ下院と、一族の家長である〝超一流〟だけが投票できる上院がある。マントは上院の印だ」

さらに三階上でエレベーターが止まり、マントの男が乗ってきた。ストールは黒で刺繍は金だ。

「コーネリアス！」

男がフードを上げると、六十代はじめのハンサムな顔が現れた。大胆な顔つき、広い額、抜け目のないヘイゼル色の目。黒の中に白いものが交じる短い顎髭。かつては白髪交じりだったにちがいない頭髪は今は黒髪のほうが少ない。イタリアのどこかに住んでいる、ぶどう園を所有していてよく笑い、訪ねていくと抱きしめてくれる大好きな叔父さんといった風貌だ。今その顔は心配そうに曇っていて目は悲しげだった。

「ついさっき知らせを聞いたばかりだ」男性はコーネリアスを抱きしめた。「気の毒に」

その言葉は真実だった。驚きだ。

「ありがとう」

「言葉ではとても……」男性は黙り込んだ。「きみはまだ若い。死ぬような年ではない。わたしのような老人は自分の死を受け入れるようになるものだ。たっぷり生きたからね。だがこれは……これはむごすぎる。フォースバーグはどうするつもりだ？」

「何も」コーネリアスは答えた。

男性は後ずさった。深くよく響く声が聞こえた。「ナリはフォースバーグ一族のために働いていたんだぞ。何もしないとはどういうことだ？　それが義務じゃないか。一族の名誉がかかっている」

「気にかけていないようです」コーネリアスが言った。

「父親の代であればこんなことにはならないだろう。一族の家長にはやらねばならぬことがある。わたしが動いてみよう。昔ほど影響力はないが、人々が耳を傾けるのはたしかだ。何か必要なものがあるならなんでも言ってくれ」

真実だ。誠実な〝超一流〟が本心から同情している。

「すみません」

男性は二十階で降りた。

「誰ですか?」

「ライナス・ダンカンだ。古い歴史のある強力な一族だよ。あの人はかつて上院の議長だった。ヒューストンの最高権力者だったんだ。追い出されるまでは」

「どうして?」

「あの人が正直で、評議会をよい方向に変えようとしたからだ」コーネリアスが言った。

意外な答えではない。有力一族は凶暴な虎を恐れるように変化を恐れる。

エレベーターのチャイムが鳴り、目的の階に到着した。外に出て右に曲がる。長い廊下の中ほど、開いているドアのそばに三人の男が話し込んでいた。三人とも髪は黒っぽく、中年で、黒いマントを着てフードをかぶっている。一人はマティアス・フォースバーグだ。身長は平均的だが引退したフットボール選手のようにがっちりした体格だ。フォースバーグは目立っていた。肩は広くてたくましく、背筋が伸びている。いつ何がぶつかってきてもいいようにしっかり足を踏みしめている。黒っぽい目、まっすぐな太い眉、少しふっくらした顎は体格には似つかわしくなかった。

コーネリアスは早足になって三人のほうに向かった。わたしはそのあとを追った。フォースバーグが顔を上げ、こちらを見た。その表情が緊張から警戒へと変わる。あとの二人もこちらを見、フォースバーグを残して廊下の奥へと下がった。

「ハリソン」フォースバーグは食料棚に腐ったじゃがいもでも見つけたように言った。

「お悔やみを言わせてくれ」

「妻の死を命じたのはあんたか?」コーネリアスが言った。声が響き、周囲の人がこちらを振り返った。いい作戦だ。これでフォースバーグは答えないわけにはいかない。引き下がるのに慣れていないのは明らかだ。

「何を考えてるんだ」フォースバーグはうなるように言った。

「はいかいいえで答えろ、マティアス」

「わたしじゃない!」

真実だ。

「誰が命じたのか知ってるんだな?」

「知るわけがないだろう」

見えない蚊が怒ったみたいに魔力が働いた。嘘だ。わたしはうなずいた。

「知っていたら行動を起こす」

嘘だ。

「妻の死はあんたの一族のビジネスに関係あるのか?」

「ない」

嘘だった。

コーネリアスがこちらを見た。わたしはうなずいた。

「誰が妻を殺したのか教えろ」コーネリアスが吐き出すように言った。

まずい。下手な質問だ。

「きみは悲しみのあまりおかしくなってる」フォースバーグが言った。顔つきが硬くなる。「きみがまだ死んでいないのはそれだけが理由だぞ。一度だけチャンスをやるから、今すぐこのビルから……」

彼の視線がわたしの背後の何かをとらえた。その目が丸くなり、深みに恐怖が灯《とも》るのがわかった。それが頑固で傲慢な態度とまるでそぐわなかったので、わたしは目を疑った。うしろを振り返った。

背の高い男が廊下の奥から大股で歩いてくる。着ている黒いマントが翻り、飛び立とうとするカラスの羽のようだ。このビルを支配する者が領地に入り込んだ侵入者を見つけたかのような歩き方だ。凶暴で破壊的な魔力が周囲に渦巻いている。その強さは三十メートル離れていても感じられるほどだ。あれは人ではない、自然の持つ力だ。黒に身を包んだ雷雲がその怒りを解き放とうとしている。男を避けようとして皆壁に張り付いている。男の顔を見たわたしは後ずさりした。輪郭のはっきりした顎、まっすぐな鼻筋、黒い眉の下で力を燃え上がらせる青い目。

マッド・ローガン。

鼓動が速くなり、胸が爆発しそうな気がした。

彼がこちらに向かってくる。

二人の視線が合った。わたしはうっかり反応してしまわないようあらゆる思いを鉄のこぶしの中に握りしめた。

彼の顔つきがやわらぎ、ほんの一瞬その目が驚きと安堵《あんど》でわたしをとらえるのがわかった。しかしその視線はすぐに怒りを取り戻し、猛禽の鋭さでフォースバーグに向けられた。死を物語る視線だ。

わたしはくるりと振り向いた。フォースバーグの顔にパニックが浮かんだ。フォースバーグの周囲で魔力が収縮し、押さえつけられたばねのようにたわんだ。まるで大理石と金属がふいに伸縮性を持ったかのように、廊下の空間が伸びていった。

わたしはコーネリアスを守ろうとして突き飛ばした。

つぶしたアルミ缶のように廊下が縮み、気がつくとわたしは宙を飛んでいた。体がまっすぐマッド・ローガンに向かっていく。

運命が二人をぶつけあわせたなんて、祖母には絶対に言えない。

わたしはローガンにぶつかった。たくましい腕が体を受け止めた。反動で二人の体がまわり、わたしは倒れることなく彼の右側に着地した。足が大理石を踏む間もなく、ローガンが一握りの硬貨を宙に放った。硬貨は平らな弾丸となってフォースバーグに襲いかかった。廊下にいた人々が硬貨を避けようとして次々としゃがんだ。

フォースバーグの周囲の空気が揺らいだ。硬貨はその揺らめきにぶつかり、見えないバリヤに跳ね返されるように床に落ちた。フォースバーグの姿がぼやけ、さっきいたところから二十メートルうしろに移動した。

「あいつを撃て」ローガンの口調ははっきりしていた。

「銃がないわ」

フォースバーグは心底おびえている。パニックに陥った者は考えずに逃げる。わたしはエレベーターに急いだ。彼より先にロビーにたどりつかなくてはいけない。

フォースバーグが真上にジャンプし、その姿がぼやけた。次の瞬間、彼の体は床を抜けた。わたしはエレベーターに続く短い通路の角で大理石に滑りながら止まり、下行きのボタンを連打した。すぐうしろにローガンが来る。

エレベーターのドアが開き、わたしたちは中に駆け込んだ。わたしはロビー行きのボタンを押した。ドアが閉まりかけたとき、コーネリアスが間一髪のタイミングで隙間から滑り込み、ドアが開いた。ローガンがコーネリアスを引っつかんでエレベーターの壁にたたきつけ、腕で喉を押さえつけた。コーネリアスは宙に浮いたままうめいた。ローガンの腕のせいで全体重が首にかかっている。

「わたしのクライアントよ、離して！」わたしは怒鳴った。

ローガンはいっそう強く腕を押し付けた。コーネリアスの顔が真っ赤になる。ローガンが素手でどこまでできるかわたしはよく知っている。力ずくでコーネリアスを助け出さないと気管をつぶされるだろう。

「ローガン！　この人は民間人よ！」

まるでその言葉でスイッチが入ったかのようにローガンが後ずさった。コーネリアスは床に崩れ落ちてあえいだ。わたしの言葉がパスワードだったようだ。

「もう一度やったら気絶させるから」わたしは低い声で言った。

エレベーターのドアが開いた。十二階だ。ローガンがボタンを押してドアを閉め、コーネリアスをのぞき込んだ。「おれの代用品か？」

なんですって？「あなたの代用品なんかいらないわ」

「当然だ。おれは代用できるような男じゃない」

コーネリアスがようやく言葉を絞り出した。「ローガン？　メキシコの虐殺王のマッド・ローガンか？」

「そうだ」「そうよ」わたしたちは同時に答えた。

「ドレスの〝R〟の？」コーネリアスの目が丸くなった。

雲のこと、うさぎのことを考えなければ。ウエディングドレスのことなんか考えてはいけない。ローガンはテレパシーは使えないと言っていたけれど、イメージを読み取ることはできる。ということは、わたしが何かを強く考えるとその印象を読み取ってしまうかもしれない。

「ドレス？　なんのドレスだ？」ローガンは海中の血を嗅ぎつけた鮫《さめ》みたいに言った。

「気にしないで」わたしは答えた。「コーネリアス、それ以上言ったら帰るから」

ローガンの目が細くなった。名前を知っているのだ。ローガンはフォースバーグの一件に深く関わっている。最悪だ。

頭上で２の数字がまたたいた。もうすぐだ。

ローガンが硬貨を投げると、硬貨は彼の周囲で止まったまま浮いた。彼の魔力が怒れる野獣のようにわたしをかすめた。背筋に震えが走る。二カ月にわたる平凡な生活は脆《もろ》い紙のようにいっきに引き裂かれ、わたしは戦闘態勢のローガンの隣に引き戻された。しかもそれがしっくりきた。まるで夢遊病の患者が突然目を覚ましたかのように。

できるだけ早く彼から逃げなくてはいけない。いろいろな意味でわたしにとって危険な相手だ。

「殺さないで！」わたしはローガンに言った。「フォースバーグを生かしておいて」

チャイムが鳴ってドアが開いた。ロビーに飛び出すと、ショットガンの壁が目に飛び込んだ。警備員のうしろの床に、フォースバーグが仰向けに倒れている。頭の下に赤い水たまりがゆっくり広がっていく。両目がない。血だまりが二つ、天井を見つめている。

ローガンが毒づいた。

普通なら評議会の警備から拘束を解かれるのに数日はかかっただろう。ローガンの威圧感と、子どもに言い聞かせるようなコーネリアスの落ち着いた説明のおかげで、わたしたちは二十分後にはビルを出ることができた。コーネリアスの説明はあくまで真実に沿ったものだ。何もしていないのにフォースバーグがローガンを襲った。コーネリアスとわたしはたまたまその場にいて、それを裏付ける証人も十人以上いる。警備の一人がローガンにフォースバーグを脅したんじゃないかとたずねると、メキシコの虐殺王は一瞬その男をじっと見たあと、誰も脅してなどいないと見下すように答えた。行くべき場所があったから廊下を歩いていただけで、その行動と脅しの区別がつけられないというなら喜んで再現しよう、と彼は言った。それを聞いて彼らはそれ以上ローガンを問い詰めないことにした。

外に出ると、ローガンは顔を上げて雲間から差し込む日の光に目を細くした。マントまで着るのはやりすぎだ。深紅の旗と光る錫杖《しゃくじょう》さえあればいい。

ローガンの表情は厳しかった。彼は激怒している。わたしも同じだ。フォースバーグを失ってしまったのに、どうやって殺されたのかわからず、誰が逃亡に手を貸したかさえわからない。これを受けてフォースバーグ一族は守りを固めるだろう。調査のすべてがひどく難しくなってしまう。

「いつから銃を携帯するのをやめたんだ?」ローガンが言った。

「ミスター・ローガン……」

「やめてくれ」ローガンはコーネリアスのほうを見て言った。「また他人行儀な関係からやり直しだ。どうやら寵愛《ちょうあい》を失ったらしい」

「ミスター・ローガン……」

「どうしておれに腹をたてる?」

わたしは超人的な努力で声を落ち着かせた。「あなたのせいで尋問していた証人がパニックを起こして、わたしはぼろ人形みたいに投げ飛ばされるし、証人は床を突き抜けて逃げたあげくに殺されたわ。おかげでわたしの人生はややこしくなって、クライアントは奥さんの死の理由を探り出すチャンスを失った。しかもそのクライアントはエレベーターの中であなたに絞め殺されそうになった」

「そういう言い方をするとたしかにひどいな、ミズ・ベイラー」

ローガンは軽く言うつもりだったようだが、その目は依然として暗く陰鬱だった。何か恐ろしいことが起きたようだ。わたしは手を差し伸べそうになってやめた。だめだ。いけない。

ローガンは感染を避けられない疫病のようなものだ。またローガン熱にかかるわけにはいかない。

レンジローバーが二台近づいてきて止まった。ガンメタル・グレーと白、どちらも見慣れた分厚い曇りガラスのウィンドウだ。ローガンはVR9レベルの装甲車を何台も所有している。最新技術を詰め込んだ特注車で、徹底的に装甲を施している。外見は普通そのものので風景に溶け込み、運転は快適だ。一度乗ったことがあるけれど、そのあとアダム・ピアースに爆破されてしまった。

ブロンドの短髪、軍人らしい物腰の二十代のたくましい男性がグレーのレンジローバーから飛び出してきてローガンにキーを渡した。「少佐、ミズ・ベイラー」

「久しぶりね、トロイ」トロイがローガンの面接を受けて採用されたとき、わたしもその場にいた。彼は元軍人で、差し押さえにあいそうになっていたところをローガンに助けられた。今日は隠すことなく銃を腰のホルスターに入れている。

「悪者の手下になった気分はどう?」

「文句ありませんよ。仕事は仕事ですから」

当然だろう。文句なんて悪者の手下らしくない。ローガンの部下はローガンの歩く地面まで崇拝している。トロイを例にとるなら、ローガンは人生のどん底にいる者を見つけ出してやり直しのチャンスを与える。ひとかどの者になるチャンス、得意なことでふんだんに給料をもらえる仕事を得、家族を養うチャンスだ。子犬から育て上げた猟犬ほど忠実なものはない。ただローガンが部下のことを意のままに使える財産以上のものだと思っているかどうかは知らない。

ローガンがこちらを向いた。「家に来てくれ。きみがほしがっている情報がある」我が巣に来たれ、とドラゴンが言った。輝く宝があるからおまえはそれとたわむればよい。身の安全は保証しよう。それが我が目的にかなうなら、おまえを床に縛り付け、魔力で硬貨を投げつけておまえのクライアントを殺すぞ、というわけだ。これでは同じことの繰り返しだ。

「やめておくわ。でも昼間、人目のあるところでなら喜んで話しあうつもり。このカード、お気に召すかしら？」

大学生のとき文学的な表現を好む教授がいて、ある歴史上の人物がすさまじい怒りに襲われたとき、〝眉には雷鳴が、目には稲妻が宿った〟と言っていたものだ。今ローガンの顔を見てその意味がやっとわかった。

コーネリアスが後ずさった。トロイも離れた。わたしはたった今マッド・ローガンにノーと言ってしまった。まだ地球がまわっているのが奇跡だ。

「きみのカード？」ローガンの声は冷静そのものだ。

「わたしの電話番号とメールアドレス、その他連絡先を書いた小さな紙切れのこと」わたしはローガンの頭が爆発するのを覚悟した。からかったのは間違いだったけれど、本当に頭にきたのだ。ローガンが来るまではフォースバーグと話せたのだから。

ローガンがコーネリアスのほうを向いた。「今回のことは非常に残念だった。今夜うちに来てもらえたら大変光栄に思う。さっきの誤解を埋めあわせるチャンスがほしい」

なんて都合のいい言い方だろう。「誤解って、彼を絞め殺しそうになったこと？」

「そうだ」

「この人の車には乗らないでください」わたしはコーネリアスに言った。「危険で、何をしでかすかわからないから」

「ありがとう」ローガンが言った。

「この人はあなたの命なんかなんとも思いませんよ。気に入らない相手にはバスを投げつける人です」

「ハリソン一族相手に抗争を仕掛けるつもりはない」ローガンが言った。

真実だ。

「安全は保証する」

これも真実だった。

「奥さんの最期を記録した録画を持っている」

最低だ。

コーネリアスがこちらを見た。

「この人は嘘をついていません」わたしはコーネリアスに言った。「でも車に乗り込んだら帰してもらえるかどうかはわかりません。だからやめてください」

コーネリアスは背筋を伸ばした。「喜んで招待を受けさせてもらおう」

くそっ。どうして誰もわたしの言うことを聞かないのだろう?

ローガンはレンジローバーの後部座席のドアを開けた。コーネリアスが乗り込んだ。ローガンは開いているドアにもたれてコーネリアスを見やった。

「そちらの雇い人が同乗してもかまわないかな?」

「もちろん」

ローガンはわたしのほうを向いた。「聞こえただろう? ボスはかまわないそうだ。おれを悪人だと思うなら、同行してボスの身を守ったらどうだ?」

本当に耐えられない。その一言に尽きる。しかもローガンと同じ車に乗るなんて問題外だ。距離があればあるほどいい。けれども今はこの男がわたしのクライアントをがっちり押さえ込んでいる。

「コーネリアス、わたしは自分の車でうしろからついていきます」この人はイメージを読み取るから、知られたくないことは頭に思い浮かべないように」

ローガンが近づいてきた。近すぎるほど近い。彼が距離を詰めるたびに体がわたしを裏切らなければいいのに。

その声は意味ありげだった。「おれは判断する立場にはないが、おれが脅威だと本気では思っていないようだな。途中で彼を殺すことだってできるんだぞ」

わたしは腕組みした。「本当に？　わざわざ身を落としてまでわたしを脅すつもり？」

「きみはおれを最低だと思ってるし、おれは人をがっかりさせるのが嫌いなんだ。トロイが喜んできみの車を運転する」

やっぱり今日のローガンはどこかおかしい。わたしの記憶にあるローガンは単刀直入だけれど、さりげない手も使える。でもこれはさりげないとはほど遠い。ローガンはふだん自分の車は一人で運転し、相手にあとからついてこさせるのを好む。ところが今はわたしの腕をひねり上げてでも装甲車に乗せようとしている。二台のレンジローバーは大きく、駐車場に入る人々の視線からわたしたちを隠している。トロイは銃を見えるところに携帯している。コーネリアスを誘拐するのが目的でもなければ、わたしに何かを強要するのが目的でもない。これは安全のためだ。わたしもコーネリアスも、ミニバンに乗っているより最新の装甲車に乗っているほうが安全なのだ。

ローガンから離れたいのはやまやまだけれど、彼が安全を不安視しているとすれば、それを真剣に受け止めないのはばかだ。

わたしはトロイにキーを渡した。「そこのマツダのミニバンよ。ハンドル、軽いから」

トロイはうなずいて車列の向こうに走っていった。

わたしはローガンのレンジローバーのほうに行って助手席に乗り込み、シートベルトを締めた。自分を抑え、彼が隣に座っていることを考えないようにするだけだ。

二カ月会わなかったのだから気持ちに変化があって当然だし、実際変化した。彼に引き寄せられる気持ちは強くなった。夜中に目覚めて階下に駆け下りたことがあったのを思い出した。ローガンがいると思い込んだからだ。でも外に出たら誰もいなかった。

ローガンはわたしの側のドアを閉めて運転席に乗り込み、何も見逃さない目で目の前の駐車場を見渡した。「グローブボックスにシグが入ってる」

わたしはグローブボックスを開けて銃を取り出し、チェックして膝に置いた。

「何があったの？」わたしは静かにきいた。

「部下を失った」その口調は恐ろしいほどきっぱりしていた。

ローガンがそういうことを気にする男だとは思っていなかった。部下は道具で、道具にはメンテナンスが必要だから大事にするのだと思っていた。ところが彼の声には深い悲しみがあった――罪悪感と後悔、そして近しい人を亡くしたときの圧倒的な悲しみが混じりあっている。人をずたずたにし、無力感でさいなむ悲しみだ。無力感などローガンの辞書にはない。わたしのこれまでの思い込みが間違いだったのか、今勘違いしているのかどちらかだろう。時間が経《た》てばどちらなのかわかるはずだ。

わたしは口を閉じ、車窓を流れていくヒューストンを眺めながら、暖かい冬の日に撃ち落とすはめになりそうなものがないか警戒した。

3

ヒューストンの有力一族のほとんどは、中心街とリバー・オークスなどの高級住宅街を囲む環状道路ループの内側に邸宅を所有している。ループ内の住所を持つのは、高級車やヨットを所有するのと変わらないステイタスシンボルだ。

しかしローガンは四代目の〝超一流〟だ。威張ることに関心がない。わたしたちは北西に向かって街を離れ、幹線道路からもはずれた。芝生の上に枝を広げたオークの古木が、けなげに十二月の雨に耐えている。

電話が鳴った。バーンだ。

「何?」

「ねえ、評議会で何か事件があったらしいってネットがざわついてるけど」

結構早く広まってしまったようだ。

「何があったか知ってる?」

「フォースバーグが死んだの。わたしが殺したんじゃないけれど」

「大丈夫？」

「ええ」

「北西に向かってるみたいだけど」

わたしの携帯電話を追跡したのだ。「そのとおりよ」

「どこに行く予定？」

「マッド・ローガンの自宅」

沈黙。

「ママには言わないで」

隣のローガンが唇を一瞬開いてにやりとした。

「言わないよ」

わたしは電話を切った。

「あなたはフォースバーグを殺そうとしたの？」

「殺そうとしたなら逃がしはしなかっただろう」

「殺そうとしたように見えたけれど」

「答えがほしかったんだ。あいつは答える気になっていた。そうでなければ殺していたかもしれない」

本気で言っているのかどうかわたしの魔力で問い詰める必要さえなかった。「フォースバーグの検死報告書を入手できる?」

ローガンがじろりとこちらを見た。もちろん入手できるに決まっている。偉大なるマッド・ローガンを疑うなんて間違っている。

「死んでいるのにジャンプできるの?」

「ジャンプには二つのプロセスがある」

「呼吸と同じだよ」コーネリアスが後部座席から説明した。「フォースバーグは息を吸い込んで魔力を引き込み、吐いて放出する。そうやって前に進むんだ。息を吐いた直後に殺されたとしても、体はジャンプを続ける」

有力一族のネットワークや、より高度な魔力の知識をぜひとも自分のものにしたいとわたしは思った。残念ながらわたしはメンバーではないし、メンバーになる予定もない。

鉄製の門の前まで来ると門が開き、ローガンは美しい植栽の間を縫うカーブした長い私道に車を走らせた。角を曲がると、低い丘の上に立つスパニッシュ・コロニアル様式の二階建ての屋敷が目に飛び込んできた。分厚いしっくいの壁、赤いタイルの屋根、世界を眺めているかのようなアーチ型の窓。右側には大きな丸い塔があり、左側には二階から外を見晴らすことのできる屋根付きのバルコニーがある。フラワーバスケットからあふれる赤と紫の花がバルコニーのダークウッドの手すりを飾っている。真ん中には角の丸くなった重い扉があって、そこから家の中に入れるようになっている。なんてロマンティックな家

だろう。ゾロの映画を撮影するなら、まさにここがぴったりのロケ地だ。バルコニーから

黒マスク黒マントの男が出てきて漆黒のアンダルシア馬に飛び乗り、私道を走り抜けてい

くのが目に浮かぶようだ。

気がつくとローガンがこちらに身を乗り出している。

「気に入った?」その声は低かった。

わたしはできるだけ嘘《うそ》はつかないようにしている。「ええ」

ローガンの顔に満足げな笑みが浮かんだ。別に自分の手で建てたわけでもないだろうに

……。わたしが気に入ったかどうかがなぜ気になるのだろう?

わたしたちはローガンのあとについてエントランスに入った。ひんやりしたライムスト

ーンの床、大きな柱。右手には鉄の手すりのついた階段がカーブを描いて二階の廊下に続

いている。左手は広々としたリビングだ。高い天井には木目を生かした梁《はり》が走り、中世の

城を思わせる金属の輪にキャンドル型の電球のついた飾り気のないシャンデリアが部屋を

照らしている。左手の壁の端は石柱で、その柱がガラスの張られたアーチを支えており、

そこから昼近い太陽の光が差し込んでいる。床には赤と白のオリエンタルなラグ。家具は

古くて重々しく、ソファに置かれたクッションはふっくらと華やかだ。奥の壁には大きな

暖炉がある。重苦しい部屋になってもおかしくないのに、明るくて清潔で人を引き込む魅

力がある。あちこちに置かれている大きな鉢植えが、石壁に緑の明るいハイライトを付け

足している。

マッド・ローガンの家はわたしの夢の家だ。人生は不公平だけど、それはかまわない。必死に働けばいつか自分の家が買えるかもしれない――これほど広くもなければ趣味のいい家具が置けるわけでもないだろうけど、少なくとも自分の家だ。

ローガンが階段をのぼっていったので、わたしたちはそのあとについてリビングの上のバルコニーを抜け、通路に出た。ローガンが右に曲がり、また短い階段をのぼると金属のドアがあった。ローガンがそのドアを押さえてくれた。

中の部屋は四角かった。左側と目の前の壁は分厚い曇りガラスで、その先には屋根付きの広いバルコニーと壁が見える。窓の先は中庭だ。それ以外の壁はスクリーンとコンピュータで占領されており、ヘッドセットをつけた人が二人座っている。

「席をはずしてくれ」ローガンが言った。

二人は立ち上がって無言で出ていった。ローガンはコーヒーテーブルの前に置かれたU字型の青いソファにわたしたちを案内した。わたしは座った。

「バグ!」ローガンが呼んだ。

「はいよ、少佐」スピーカーから声がした。

ローガンはコーネリアスを見た。「ミスター・ハリソン、奥さんとの絆《きずな》は?」

コーネリアスはためらった。「結んでいた」

どういう意味の質問だろう？

「真実の絆？」

「そうだ」

ローガンはわたしのほうを見た。「今のは真実か？」

「わたしはあなたじゃなくてコーネリアスに雇われているって知っているわよね？」

「彼が嘘をついているのにこのビデオを見せたら、あとで殺さなければならなくなる」

わたしはコーネリアスを見やった。「話す許可をもらえますか？」

「ああ」

「コーネリアスの言葉は真実よ」

ローガンは壁のほうに行ってパネルを開け、グラスとジャックダニエルズのボトルを持って戻ってきた。そしてその二つをコーネリアスの前に置いた。

「酒は飲まない」コーネリアスが言った。「しらふでいたいんだ」

「奥さんを殺した犯人を見つけたあとは？」ローガンがわたしの左に座った。

「ミズ・ベイラーを解雇する」

「法的な事柄に関してミズ・ベイラーが融通が利かないから？」ローガンがたずねた。

「そのあとのことには関わりたくないと本人が言ったからだよ」

わたしは二人に手を振ってみせた。わたしがいることを忘れているのかもしれないと思ったからだ。

「この件についてはどこまで覚悟している？」

「必要な手はもう打ってある」コーネリアスが答えた。

ローガンは計算を働かせているようだ。「これから機密情報を明かす。大きな影響力を持つ秘密だ。関わりたくないなら今言ってほしい。機密を守ってもらわないとうちの部下の命が危なくなる。そうなったらあなたを殺さなければいけない」

「当然だ」コーネリアスが答えた。「同じく、もしきみがいかなる意味でもナリの死の原因となったことがわかったら、適切な処置をとらせてもらう」

これは一般人の世界ではない。それなのにわたしはこの中にがっちり組み込まれている。

「念のために言っておくけれど、わたしは殺されることに同意しないわ」

二人ともこちらを見た。

「あとで問題になると困るから、言っておこうと思って」

丁寧なノックの音がしてバグが跳ねるような足取りで部屋に入ってきた。母の友人がマグナスというケアンテリアを飼っている。ケアンテリアはスコットランド高地の石塚にひそむ小動物を捕まえるために育てられてきた犬種で、マグナスはいっときもじっとしていられない。裏庭を駆けまわり、散歩のときは走り、おもちゃを追いかけ、シャボン玉を吹こうものなら黒い稲妻となって最後の一つまでつぶし続ける。動くのが仕事で、すべてを動くことに捧《ささ》げている。

　バグはマグナスの人間版だ。いつも動き、タイピングし、話し、追跡している。一日中ほとんど座っているのに落ち着いてはいない。必ず目的や仕事がある。ああいうことを全部やめてたまにサンドウィッチを食べれば、がりがりの体に十キロ以上肉がつくのにとわたしは思った。

　バグは虫飼いだ。米空軍は、神秘の領域から取り出したものをバグに注入した。ほかにいい呼び方もないのでそれは〝虫〟と呼ばれている。〝虫〟には形がない。バグの内部に棲《す》み、注意力を多方面に向けさせ、情報処理速度を上げ、彼を超人的な調査官に変える。虫飼いは普通〝虫〟を入れられてから二年以内に死ぬが、バグはなぜか生き続け、あらゆる権威、とりわけ軍を嫌い、最近まで隠れて暮らしていた。わたしはときどきエクゾルという薬と引き替えにバグに仕事を頼んだ。エクゾルはバグを落ち着かせる軍用のドラッグだ。その後ローガンがエクゾルや最新のコンピュータ機器をやると言ってバグを隠れ家からおびき出した。

　バグはローガンの部下になることを承諾した。肌の血色の悪さはなくなり、目には神経質なエネルギーがあふれているが、体をぴくつかせたり興奮したりすることはなくなった。

　バグはソファにどすんと座り、目の前のテーブルにノートパソコンを置いた。「やあ、ネバダ」

「どうも」

　フレンチブルドッグの血が濃い太った犬が部屋に入ってきて、わたしの脚に顔をこすりつけた。

「ナポレオン」わたしは頭を撫《な》でてやった。バグの飼い犬のナポレオンはローガンのそばに行って突然立ち上がった。ローガンはろくに見もせずにナポレオンを抱き上げ、ソファの隣に置いた。ナポレオンは満足げにため息をつき、おしりをソファに押し込むようにして目を閉じた。

　ローガンはうしろにもたれた。「今年の秋、ミズ・ベイラーとおれはアダム・ピアースの逮捕に関わった」

「知ってる」コーネリアスが言った。「だから彼女と知り合ったんだ」

　バグはスウェットシャツの中からタブレットを取り出し、何か操作し始めた。壁のスクリーンがスライドした。

「アダム・ピアースは単独行動じゃない」ローガンが言った。「何者かがあいつを銃のように装填《そうてん》し、狙い、引き金を引いた」

「誰なんだ？」コーネリアスが言った。

「わからない」バグが答えた。

「ピアースが街中を誰にも探知されずに移動しているのがわかったとき、やつがなんらかの大きな陰謀に関わっていることに気づいたんです。やつを助けたのは一人の能力者じゃない。一つの集団です。その中に〝超一流〟の人形使いがいることがわかっています」

脳裏に駐車場を駆け抜けたときのことが浮かんだ。ローガンは彼を押しつぶそうとする金属とパイプの塊と戦っていた。人形使いが誰だったのか、そのときはわからなかった。

「ピアースは十代の少年に汚れ仕事を手伝わせた」ローガンが説明した。「少年の名前はギャビン・ウォラー。ギャビンの母はおれのいとこにあたる。そのいとこがアダムを裏で操っていた集団の一人だとわかった」

これは初耳だった。ローガンは実のいとこに裏切られたのだ。それを気にしているのだろうか？　それとも痛くもかゆくもないのだろうか？　ローガンはケリー・ウォラーにもギャビン・ウォラーにも興味のない様子だった。アダム・ピアースがギャビンを連続殺人放火に巻き込むまでは。

「アダムの裏にいるのが誰であれ、潤沢な資金と力を持っている」ローガンが続けた。「おれにとってラッキーなことに、奴《やつ》らは鎧《よろい》のほころびに気づいていない」

バグはノートパソコンのキーをたたいた。スクリーンが明るくなり、ぴったりした黒いドレスを着て頬杖《ほおづえ》をつき、高いスツールに腰を突き出すようにして腰かけている女性の姿が現れた。左手の人差し指にハイヒールを引っかけるようにして持っている。明るいグレーの目がまっすぐカメラを見つめている。一分の隙もない化粧。ストロベリーブロンドのまっすぐな髪が揺れるカーテンのように顔を取り巻いている。表情には生気がなかった。下唇を噛《か》んでいる。

ああ、この女か。

「ハーパー・ラーボ」わたしはつぶやいた。

「何者だ？」コーネリアスがきいた。

「社交界の有名人。アダム・ピアースの裏にいる集団と関わっています」

「この女を監視下に置いた」ローガンが言った。

「アパートメント、電話、携帯電話、車に盗聴器を仕掛けた」バグが言った。「なんでもかんでも盗聴したんだ」

「一カ月前、ハーパーはヤロスラフ・フェンレイと関係を持ち始めた」ローガンが言った。

コーネリアスは身を乗り出した。ヤロスラフはナリの同僚だった。いっしょに殺された三人の弁護士のうちの一人だ。

「そして、先週の金曜にこれを手に入れた」ローガンはバグにうなずいてみせた。バグはノートパソコンに手を伸ばしてキーを押した。

〝いよいよだわ〟ハーパーの声が言った。〝手渡す予定よ。足がつくのは困るらしくて、会合に同行する警備を探しているわ〟

〝場所と時間を教えて〟年上の女の声がした。

ローガンの顔の筋肉が動いた。

〝もう疲れちゃった。おしまいにしていい？　あの男、退屈だし臭いの。壁も突き抜ける臭さよ〟

〝あなたの鎖を握ってるのが誰なのか、思い出させてほしい？〟

〝はいはい。わかったら電話するわね〟

「もう一人の女はケリー・ウォラーだ」ローガンが言った。彼の青い目は氷河のように冷たかった。彼はケリー・ウォラーの裏切りを恨んでいる。それもかなり。もしわたしがケリー・ウォラーなら、別の大陸に高飛びを考えるだろう。

バグは顔をしかめた。「その女が使ってたのはプリペイド携帯だ。サッシーを抱いてるときじゃなきゃ、音声はとれなかった」

「サッシー？」

「プードルちゃんだよ」バグが言った。

「飼い犬に盗聴器を仕掛けたの？」

バグはむっとして背筋を伸ばした。「首輪にだからな！　おい、おれが血も涙もないばかだと思ってんのか？　だいたいあの女に犬を飼う資格なんかねえ。扱いときたらひどいもんだ。サッシーにはもったいねえよ」バグはキーをたたいた。「おれたちはネットを探しまわって、そいつみたいなうすらばかが──」

　マッド・ローガンがバグを見やった。

「右も左もわからない男が民間警備会社を探しそうな場所をあたった。そしてフェンレイの仕事を探り出し、うちが契約をとった」

「うち？」

「おれは民間警備会社を所有している」ローガンが言った。

　驚くことではない。

「フェンレイは、相手の集団と会ってなんらかのデータを交換すると言っていた」

「その現場がホテル・シャシャだったんだな」コーネリアスが言った。

　ローガンはうなずいた。「タイミングも場所もベストとは言えなかったが、いちかばちかに賭けた。いとこがそのデータをほしがってるとしたら、こっちが先に手に入れるしかない」

　ローガンはリスクを覚悟し、部下が死んだ。ローガンは自分を責めている。顔には出さないが、その目が冷たい青に戻る前の一瞬、それが見えた。最後に話したとき、わたしはローガンのことをソシオパスだと信じかけた。何があっても何も感じず、傷つくこともないのだろうと思った。ところが今は違う。

　バグがキーボードのキーを押した。わたしは身構えた。

　大きなスクリーンに、グレーのパンツ、黒いシャツ、変わった防弾ベストを着た三十代なかばの女性が現れた。額の左側に、髪をかき上げるように金属とプラスチックの装置を装着している。彼女がそれに触ると画像がかすかに揺れた。鏡を見ているらしい。

〝勝手に触るんじゃない〟バグの声が言った。

〝気になるの〟その声にはルイジアナのアクセントがあった。〝気が散るのは困る〟

〝金で買える最高の品だ〟バグが言った。〝ルアン、あんたもう二個壊してるじゃないか〟

〝気が散るからよ〟

〝おれの思いやりが通じねえのか?〟

ルアンはいかにも俊敏そうでたくましかった。物腰には感情に惑わされない落ち着きが感じられる。いっさいの感情のつながりを断ち切った油断のない動き。こういうタイプはこれまでにも会ったことがある。それは職業軍人だった。目を見てもそこには何もないが、次の瞬間顔に向かって撃ってくる。銃弾が飛ぶ間もその目に何かが浮かぶことはない。気持ちが揺るがないのは経験のせいかもしれないし、元からそうなのかもしれない。日常生活ではまるっきり普通の人だ。スーパーマーケットで見かけても、生活のために人殺しをしているとは想像すらできないだろう。

彼女のうしろには、同じような服装をした男女が武器をチェックしていた。

「あの防弾ベストは?」グレーの生地の下に小さな六角形が集まっているように見える。柔軟性もある。ルアンが動くと六角形も動いた。

「スコーピオンVだ」バグが答えた。「最新の最高性能ベストで、民間人は持ってないことになってる。だから見るな。あんたの目をえぐり出さなきゃいけなくなる」

〝ルアン、英雄になろうとするな〟カメラの外からローガンの声がした。〝奴らが何を交換するのか知りたいだけだ。中に入り、命を落とさずに出てこい〟

〝お言葉ですが少佐、これが初めての任務ってわけじゃないですから〟ルアンが言った。

〝少佐は心配してるんだ〟そばかすのある年下の男が銃を膝に下ろして言った。あれはヘッケラー＆コッホMP7だ。

わたしはローガンを見やった。その顔には表情がなかった。

〝少佐は心配ばかりしてる〟年上の男が言った。

〝取り越し苦労だってところを見せるのがわたしたちの役目よ、ワトキンス〟ルアンが振り向くと、兵士たちの一団が視界に入った。〝さあ、稼ぎに行くわよ〟

画面が四分割になった。一つが一人の兵士の視界を表している。

「早送りしてくれ」ローガンが静かに言った。

映像が早回しになった。一行は四台の黒塗りの大型シボレー・タホに分乗し、弁護士を迎えに行った――弁護士たちが乗り込んだのはそのうち二台だ。そして別々のルートでホテルに向かった。映像がもとの速度に戻った。兵士たちは車を降り、スコーピオンの防弾ベストを着た男性二人女性二人を車から降ろしてホテルへと向かわせた。ホテルの入口にはもう一人兵士が待っていた。ローガンのチームは事前に現地を偵察し、リハーサルしたのだろう。

カメラは、ホテルへと急ぐ弁護士たちの中にひときわ長身の女性の顔をとらえた。コーネリアスがはっと息をのみこんだ。

年齢は二十八歳ぐらい、アジア系だがおそらく韓国人だろう。丸い顔、賢そうな大きな目は娘とそっくりだ。顔が不安で暗くなっている。録画の中ではまさに生きた人間だ。

わたしは死人が動くのを見ている。

弁護士と兵士たちは建物の中に入っていった。四人が先だ。あとに続く弁護士たちの命をじかに守る立場のこの四人は、廊下の安全を確認しながら〝通路フォーメーション〟で動いていく。先頭に一人、その左手すぐ後方に一人、弁護士たち、右側に一人、一人目のまうしろに最後の一人。上からだと長方形に見える。それ以外の四人の護衛が最後尾だ。

一行は小走りで移動し、エレベーターではなく階段を使い、二階のスイートに到着した。別の兵士、今度は女性だったが、一人がスイートの入口に立っていた。

「外の警備は？」わたしはそうたずねた。

「二人いた」ローガンが答えた。「一人は建物の北西で入口を見張り、もう一人は北側の博物館の屋根にいて、窓を二箇所見張っていた」

徹底的だ。出口も窓も押さえている。脅威になる何者かがホテルに入ろうとしても、すぐに兵士が気づき制圧できるようになっている。わたしは個人の警備の仕事は請け負ったことはないけれど、父が生きていた頃、両親にバージニアの訓練施設で訓練を受けろと言われた。記憶に頼るかぎりでは、ローガンの部下の行動はまったくぬかりがない。

弁護士とボディガードは広いスイートに入った。黒っぽいコーヒーテーブルが部屋の真ん中にあり、周囲にダークグレーのソファと椅子が二脚置かれている。一つは深い紫、一つはゼブラ柄だ。弁護士たちが座った。ローガンの部下は部屋に散らばった。深紅のカーテンのそばに一人、バスルームのドアの前に一人、残りは壁際に立ち、ドアから入ってくる者を待ちかまえた。四人は弁護士のそばに残っている。

四分割の画面に部屋が隅々まで映し出された。そのうちの二つにルアンの顔がはっきりと見えたが、顔をしかめている。見ている先は窓だ。いったい何を見ているのだろう？

結露だ。ガラスにうっすらと霧がかかったようになっている。

〝バグ〟ルアンが静かに言った。〝ここの湿度は？〟

〝九十二パーセント〟

〝屋上のコールの湿度は？〟

〝七十八だ〟

〝作戦中止〟ルアンが吐き出すように言った。〝すぐ全員を外に出せ〟

室内が凍りついた。一瞬のうちに壁も武器も家具も薄氷でおおわれた。

〝気温が急降下してるぞ！〟バグの声がした。

次の瞬間、すべてが一度に起きた。

弁護士のそばに立っていたアフリカ系の女性兵士がこぶしを握りしめ、何かを引き裂くかのように振り下ろした。部屋に低い音がとどろき、彼女の周囲の空気が薄い青に変わった。人間防弾シールド〝イージスの盾〟だ。

盾のそばにいた三人の兵士が弁護士たちを立たせ、青い球体の中に押し込んだ。

ドアのそばの兵士が取っ手をつかんだが、やけどでもしたかのようにすぐ引っ込めてドアを蹴った。開かない。ドアの氷は増え続け、三センチ近い厚みに達している。

〝穴を空けて！〟ルアンが怒鳴った。

ドアのそばの二人が魔力の構えをとった。腕を少し上げ、見えないバスケットボールを持つみたいに手のひらを開いている。その指先に真っ赤な光が燃え上がった。電光念動力の使い手がむき出しの魔力を呼び出そうとしている。壁が爆発しそうだ。

ふいにルアンの顔から表情が消えた。さっと短機関銃を構えると、電光念動力の二人の頭を撃ち抜いた。

部屋の向こうで、中年のアフリカ系の兵士がさっと振り向き、ルアンに発砲した。銃弾はルアンに命中し、あたるたびにその体が跳ね返った。着弾と同時にルアンのカメラの視界が揺れた。カメラの前で小さな爆発があり、血しぶきが飛んだ。弾丸がルアンの頭を撃ち抜いた。

銃弾の雨などものともせずルアンが振り向いた。もう死んでいるはずだ。それなのに体がまわり、短機関銃でイージス使いが作る青い球体型シールドを掃射している。銃弾はシールドの上を滑り、表面にさざ波を残しただけで床にかつんと落ちた。ルアンを撃った中年の兵士も振り向き、同じようにうつろな表情を浮かべてシールドを撃ち始めた。

いったい何が起きているのだろう？

わたしはローガンの目を見た。怒りと苦痛を予想したが、その深みにひそむものを見て後ずさりしたくなった。底知れぬ暗い水に氷が張ったかのように、そこは闇に満ちている。

〝出口を確保して！〟イージス使いが叫んだ。

そのそばにいた兵士が撃ち返した。ルアンの体が傾いてばたりと倒れた。頭が床にあたってはずんだが、カメラはまだ録画を続けている。

ドアと窓のそばにいた兵士たちが同時に振り向き、部屋に向かって掃射した。弁護士のそばにいた兵士たちがわらのようになぎ倒された。二人はシールドに銃口を向けた。球体にすさまじい打撃を受け、イージス使いが叫んだ。鼻から血が噴き出し、手は魔力を支える重みで震えている。

シールドの中の弁護士たちは恐怖にすくんでいた――狼狽《ろうばい》と無力感で顔がゆがんでいる。シールドを破った銃弾が若いブロンドの弁護士の喉に命中した。ナリ・ハリソンの頬に血が飛び散った。彼女が二度と家に帰れないことをさとった瞬間がわたしにはわかった。

シールドが消滅し、青い球体が消えた。イージス使いは口から血を垂らしながらがくりと膝を落とした。銃弾が丸腰の弁護士たちを引き裂く。防弾ベストをも貫く弾丸が肉体に食い込み、つかの間その体が痙攣《けいれん》したかと思うと、やがて床に崩れ落ちた。ナリはカメラから一メートルほどのところに倒れた。スクリーンの向こうから、何も映さない大きな目がこちらを見ている。

コーネリアスが苦しげに声をもらした。

ルアンのカメラの視界をブーツがふさいだ。乾いた爆竹のような銃声が二度響く。ブーツが動き、兵士はナリの体に近づいた。銃身がナリの頭上に近づく。銃弾二発がこめかみを貫き、顔に血が飛び散った。兵士は弁護士から弁護士へと移動し、頭に銃弾を撃ち込むと、ブロンドの女性弁護士のそばで足を止めた。金色の髪が血に染まっている。男はかがみ、女性の手から何かを取り出し、離れた。ガラスが割れる音がした。男は戻ってきて女性弁護士の頭を二度撃った。

左上のカメラが方向を変え、そばかすのある若い兵士の顔が見えた。その目には苦痛と恐怖が浮かんでいる。彼はゆっくりと中指を上げた。ローガンへのちょっとしたメッセージ。くたばれ。

兵士は銃を取り出した。無理矢理《むりやり》動かされているかのようにその手が震えている。わななく唇、大きく見開いた目。絶望と恐怖でほとんど黒くなった目がまっすぐこちらを見つめている。彼はスミス&ウェッソンの銃口をこめかみにあて、引き金を引いた。

カメラが床に落ちた。

息をするのも苦しい。泣きたい。足を踏みならしたい。今見たものを頭から追い出すために何かしたい。ところがそれは胸に苦しく焼き付き、わたしを麻痺《まひ》させていく。ローガンを見たとき、わたしはすべてを一瞬でさとった。無表情な顔、静かに握りしめられた片手、怒りと悲しみに黒ずんだ目。

「一人にしてもらえないか?」コーネリアスの声はかすれていた。

ローガンとわたしは同時に立ち上がった。

ローガンはわたしを部屋からバルコニーへと連れ出した。コーヒーテーブルのまわりに青いクッションを置いた座り心地のいい椅子や寝椅子が並んでいる。わたしは座った。ローガンが上着を脱いだ。黒いパンツとシャツが体格を際立たせ、引き締まった腹筋、胸、たくましい肩を強調している。いつもならしげしげと眺めただろう。でも今は麻痺していた。

フォースバーグを震え上がらせた荒々しいほどの威圧感はなくなっていた。今は陰鬱な顔で、復讐《ふくしゅう》の牙を研ぐ傷ついた狼《おおかみ》さながらに、魔力をため込んでいる。

「ビールは？」

「飲めないわ」

ローガンは石壁に作り付けた冷蔵庫から冷たい水のボトルをとってきてくれた。

「ありがとう」

わたしはボトルを受け取り、血のイメージ、ナリ・ハリソンの死んだ目、若い兵士の絶望のまなざしを忘れようとしてそれをじっと見つめた。中ではコーネリアスが死にゆく妻の映像と心の中で闘っている。外からは見えない曇りガラスが彼の姿を隠している。バグはおそらくタブレットでコーネリアスの姿を監視している。ローガンとわたしが外に出たときバグも裏口から出ていったが、ローガンがコーネリアスから完全に目を離すとは考えられない。

「コーネリアスに聞こえるかしら？」

「聞こえない。見えるが、今はほかのことで頭がいっぱいだ」

「どうしてコーネリアスに奥さんとの絆のことを質問したの？」

「プレティウム・タレント」ローガンが答えた。

才能の対価？「どういうこと？」

「動物使いは若い頃に動物と絆を結ぶ。幼児のときという者もいる。幼すぎて魔力をコントロールできない彼らは、犬、猫、野鳥など、力が届く生き物すべてと同調する。そういう力は認識力の発達や人間相手の関係に影を落とす。話し方が身につかない者もいる。両親をのぞいて他者への共感能力が発達しない者がほとんどだ。しかし両親も動物使いの場合、子どもたちと絆を結ぶとは限らないんだ。彼らはそういうことをわざわざ他人には話さない。彼らが大人相手に意味のある関係を作り上げるのはあまりないことなんだ」

「でもコーネリアスは奥さんを愛していたわ」

ローガンはうなずいた。悲しみが一瞬険しい表情をやわらげた。「そうだ。どうやったかわからないが彼女はコーネリアスの心に触れた。コーネリアスは絶対に手に入らないと思っていたものを妻から与えられたのに、その妻は死んでしまった。そんな経験はおそらく二度とできないことを彼は知っている」

それを聞けばすべてが納得できた。そして状況がいっそうひどく思えた。

わたしたちは緊張をはらむ重い沈黙の中で座っていた。ショックと残虐さから自分を守ろうとして胸に怒りが渦巻くのがわかった。何かを殴りつけたかった。わたしは膝に肘をつき、両手に顔を埋《うず》め、落ち着こうとした。頭の中であれを繰り返してはいけない。仕事に集中しなければ。対処することを考えなければ。

「氷使いが関わっていると思う?」わたしはそうたずねた。

「ああ。あんなスピードで気温を下げられるからには〝一流〟の力が必要だが、おそらく〝超一流〟だろう」ローガンの声は冷静だった。「それから自我を乗っ取る魔力を持った者がいる」

「コントローラー？」

マッド・ローガンは超然としてうなずいた。「〝超一流〟に間違いない」

コントローラーは危険きわまりない。他者を意のままに操る力を持つが、操られた者は自分の行動を自覚しているのが普通だ。ルアンは自分が部下に発砲したことを認識していた。自分の体がそれを実行するのを見ていながら何もできなかった。そばかすの兵士は友人を撃ち殺したけれど、それを自分ではどうすることもできなかった。

ローガンはそれをすべて見せられた。ローガンのことだからあの映像を事細かに何度も見直して、異変が起きた瞬間を突き止めようとしただろう。敵がうっかり正体を現していないか、わずかなヒントを探したはずだ。いったい何度部下の死を見たのだろう？　ローガンの顔を見たわたしは答えを読み取った――数えきれないほど何度もだ。敵はローガンの部下を殺し合わせたあげく、最後にひときわ強烈な〝くたばれ〟のメッセージを送ってきた。これは個人への攻撃だ。ローガンに責任と無力感を押し付けようとしている。わたしがローガンなら激怒するだろう。わたしは彼らのことを知らない。友だちでも部下でもないからだ。でもあれを見たらとても冷静ではいられない。でも彼は冷たく落ち着いてわたしの目の前に座っている。

これは将校の姿だ。自分が率いる部隊に甚大な被害を出した有能な将校。理性的で冷静だが、頭の中では攻撃や戦略に思いをめぐらせている。ローガンは取り乱さない。部下に死をもたらした者を一人残らず殲滅《せんめつ》するまでこの姿勢を貫くのだ。

「バグの装置によると、ルアンの心臓はルックに撃たれた三秒後に停止したそうだ」ローガンが言った。「臨床的にはもう死んでいた。〝超一流〟のコントローラーだけが死者を十秒近く動かすことができる。あの精度の氷使いとコントローラーが協力しているのは、有力一族が二つ関わっていることを意味する」

つまり、アダム・ピアースのときにかいま見たのと同じタイプの陰謀と同盟だ。ローガンの言葉は正しい。何か大きなものが動いている。わたしたちは嵐の端に触れただけだ。

「ああいう力を持つ氷使いはヒューストンに何人いるの？」

「少なく見積もって十六人。基準をゆるめれば二十二人。有力一族は四つ多すぎる。「コントローラーは？」

「三つだが、あてにはならない。動物使いは魔力の副作用を話したがらないとさっき言ったが、それと同じだ」

「コントローラーはみずから名乗り出ないということ？」

ローガンはうなずいた。「ほかのテレパシー能力者として格付けを受けている。いちばんのお気に入りは高レベルサイオニックだ」

サイオニックは一時的に他者の理性を支配する力を持つ。〝超一流〟のサイオニックは精神を浸食するフィールドを作り出し、その中にとらえられた者は何も見えなくなったり、苦痛で倒れたり、逃げ出したりする。

「映像の最後でガラスが割れる音がしたのは？」

「何かを窓の外に投げたんだ。バグはＵＳＢじゃないかと言っている。一台の車が来て助手席の誰かが道から拾い上げたそうだ。部下の狙撃手はほかの車がいたせいで撃てなかった」

わたしたちはまた沈黙した。頭の中であの映像が何度も繰り返される。理性を超えた何かが刺激され、家族に危険が迫ったときにしか目覚めない凶暴な自分が立ち上がるのがわかる。あんなことをした奴らを殺してやりたい。この手で殺して、死ぬところを見たい。それでこそ公平というものだ。

わたしはローガンを見た。「手がかりはあるの？」

「そっちはどうだ？　フォースバーグから何か引き出せたのか？」

「ええ」

「教える気は？」

「ないわ」

ローガンはじっとわたしを見ている。

「あなたはクライアントじゃない。あなたに雇われたわけじゃないから、クライアントに指示されないかぎり機密情報は教えられないわ。もし指示されたとしても、できるかどうか。わたしはクライアントの奥さんの身に起きたことをまだ受け止めきれていないの」彼女の死が頭の中で永遠のループを繰り返している。

ローガンは椅子の背にもたれてわたしを眺めた。その座り方にほんの小さな変化が感じられた。肩のライン、まなざし。どうやら仕事の話はおしまいのようだ。

「何？」

「会いたかったよ」ローガンの唇にゆっくりと気だるげなほほえみが浮かんだ。目の氷が溶け始めた。「ネバダ、おれが恋しかったか？」

彼がわたしを名前で呼んだ。「いいえ」

「少しも？」

「ええ。一度も考えなかったわ」ふだんは嘘をつかないことにしているけれど、だからといって嘘がつけないわけではない。

ローガンがにっこりしたので、考えごとがすべて吹き飛んでしまった。彼は笑うと本当にハンサムだ。

「やめて」わたしは低い声で言った。

「やめるって何を？」

「にやにやしないで」

ローガンの笑顔が大きくなった。

「どうしてこの事件に関わっているの？　いとこを懲らしめるため？」

「そうだ」

これは嘘だった。わたしは彼を横目で見た。「もっとまともな嘘をついて」

「いいぞ、ミズ・ベイラー。今のは半分真実だったが、それでも嘘を感知した。練習したのか？」

「関係ないでしょう」ただ練習しただけではない。腕を上げようとして前向きに努力した。本を読み、魔法陣を練習し、魔力で実験した。とても楽しかった。魔力を使うのは凝った筋肉を伸ばすようなもので、気持ちがよかった。

「怒りっぽいな」

「あなたはわたしの質問に答えないのに、どうしてわたしに答えを期待するの？」

まるで食べたらうまいかどうか考え込むように、ローガンはわたしを半分閉じた目でしげしげと眺めた。わたしは巨大なドラゴンを思い浮かべた。魔力に満ちた目をわたしに据え、半分に噛み切ってやろうかと考えながらゆっくりと歩くドラゴンだ。

「ドラゴンだ」ローガンは指をぱちんと鳴らした。

しまった。

「どうしてきみのそばにいるとドラゴンが思い浮かぶのか不思議だった」ローガンは身を

乗り出した。澄んだスカイブルーの目に光が戻った。「きみはおれをドラゴンだと思ってる」

「ばかなこと言わないで」顔が熱かった。きっと赤くなっているにちがいない。悔しい。ローガンの笑みがユーモアからセクシーに変わった。あまりにも多くを予感させるそのほほえみは、〝肉食〟と言うしかないものだ。わたしはもう少しで逃げ出しそうになった。

「大きくて強くて怖いドラゴンか」

「想像力がたくましいのね」

「巣はあるのか？　きみを城からさらったりしたのか？」

わたしは必死に冷たい声を出そうとして彼をまっすぐ見つめた。「ローガン、あなたって不思議なことを考えるのね。専門家の助けを借りたほうがいいんじゃない？」

「きみがやってくれるか？」

「いいえ。だいたいドラゴンがさらうのは処女だから、わたしは関係ない」どうしてローガンに自分が処女じゃないなんて言ってしまったのだろう？　どうしてわざわざそんなこと？

「おれが最初かどうかは関係ない。大事なのは最後だってことだ」

「あなたは最初でも最後でもその途中でもないわ。何百万年かかってもね」

ローガンは笑った。

「ローガン」わたしは低い声で言った。「わたしは仕事中なの。クライアントは隣の部屋で奥さんの死を悼んでる。口説くのはやめて」

「やめる？　まだ始めてもいないのに？」

わたしはボトルを彼に突きつけた。

「どういう意味だ？」

「やめないとこの中身を頭からぶちまけて、クライアントとここを出ていくっていう意味よ」

「ぜひそうするところを見てみたいね」

ドアが開いてコーネリアスが出てきた。顔には表情がなく、目は血走っている。わたしの自分勝手な赤面は消えた。ローガンのセクシーなほほえみも消え、そこに〝超一流〟の姿が戻った――冷たく、いかめしく、冷静で、復讐を求める男。

そうか、わざとだったんだ。わざとわたしをいらつかせて、あの映像を見たあと暗い穴に落ち込んだところを引っ張り出してくれた。もう頭の中で死のループはまわっていなかった。

コーネリアスは椅子に座ってローガンに目をやった。「きみの提案は？」

「あなたの雇った調査員は優秀だ」ローガンが言った。「ミズ・ベイラーは有能で徹底的でプロとしての意識も高い」

わたしはじりじりしながらその先の言葉を待った。

「だが彼女の事務所は小規模で、スタッフや影響力が限られている。いっぽううちにはそれがふんだんにある」

ローガンはわたしをくびにさせるつもりだろうか？

「と同時に、うちにはミズ・ベイラーの協力が必要だ」ローガンが続けた。「彼女には部下殺しの犯人捜査を格段にスピードアップする力がある」

「尋問者だからね」コーネリアスが言った。

わたしはため息をついた。

「ぼくはばかじゃない」

「我々は同じものを追っている」ローガンが言った。「協力を提案したい」

「ミズ・ベイラーと少し話をさせてほしい」コーネリアスが答えた。

「もちろんだ」ローガンは立ち上がって中に入っていった。

コーネリアスはローガンが出ていくのを待って椅子の背にもたれた。「答えにくい質問かもしれないが、きかないわけにはいかない。きみとマッド・ローガンの関係は？」

「アダム・ピアース確保のために協力しました」

「それは知ってる。個人的にどういう関係かという意味だ」

コーネリアスには正直な答えを知る権利がある。

「よくある話ですよ」わたしはできるだけさりげない口調を装った。「億万長者の〝超一流〟が、ちょっとした魔力を持つかわいい女の子と出会って、ある申し出をした。そしてその女の子は冗談じゃないと断った」

その億万長者の〝超一流〟が熱い約束と芝居がかったせりふを繰り返すものだから、女の子はもしかしたら自分は一時の気晴らし以上の存在かもしれないと思った。ただその後、彼は二カ月も姿を消し、音信不通となった。

「彼といっしょに調査にあたるのは厳しいかな？」コーネリアスがたずねた。

コーネリアスは妻を失い、ローガンから一生ものの申し出を受けたのに、わたしの気持ちを尊重してくれる。わたしが彼の立場ならそんなに気を遣えるだろうか。

「わたしを思いやってくれるなんてやさしいんですね」

「ぼくらはチームだ。ぼくのために危険なことを頼んでいるんだから、きみの意見を聞きたい」

「わたしも彼もプロです。私的なことはあとまわしにできます。わたしが不快に感じようが関係ありません」

「申し出を受けるべきだろうか？」

「ローガンは冷血な人でなしだけど、彼の言うとおりです。わたしたちには腕力と資金と火力が必要ですが、ローガンにはそれがある。強引で傲慢でも彼は約束を守ります」

「どうしてわかる?」

「わたしがアダム・ピアースを生きたまま捕まえる必要があったから、ローガンはあの男を生かしました。あの男の首を喜んでねじ切っただろうけど、殺すのを我慢したんです」

猛禽《もうきん》の鳴き声がした。タロンがすっと飛んできてテーブルの上に死んだねずみを落とした。タロンはターンしてコーネリアスの肩に止まった。コーネリアスは思いやるようにタロンの羽をやさしく撫でた。

タロンはコーネリアスに餌を与えたいのだ。コーネリアスの悲しみに気づいている。

「ローガンのことはドラゴンだと思ってください。あなたを一呑《の》みにすることだってできる、強いけれど勝手ないにしえの生物。でもひねくれたユーモアの持ち主です。もし取引するなら、まず大事なことを全部並べ上げて同意を取り付けてください」

コーネリアスはねずみの死骸をタロンに差し出した。「ありがとう。腹は減ってない。食べなさい」

タロンは琥珀色《こはくいろ》の丸い目でねずみを眺め、コーネリアスの手からくわえ取って木立のほうに飛んでいった。コーネリアスは窓のそばに行ってガラスをたたいた。ローガンが出てきてテーブルに加わった。

コーネリアスが座った。「きみの申し出を検討したんだが、いくつか条件がある。いくつかというか、実際には一つだ」

「ぜひ聞きたい」ローガンが言った。

「この件に大きな力が関わっているのはわかった。でもぼくはそれには興味がない。ぼくが求めるのは妻を殺した者だけだ。犯人がなんらかの情報を持っていて、その存在がきみにとって貴重になるときが来るかもしれない。そうなれば、きみは情報源として、人質としてその犯人を生かしておきたいと思うだろう。だがぼくにとってはどうでもいいことだ。それを理解してもらわないといけない」

コーネリアスの声が低く荒々しくなった。その顔に浮かぶ苦痛がすさまじすぎて人の形相とは思えなかった。

「きみにとって犯人がどれほど貴重だろうが、ぼくに引き渡してもらう。ぼくが求めるのはナリを殺した者の命だ。それを奪えるのはぼくだけだ」

ローガンは考え込んだ。その目が状況を計算しているのがわかる。

コーネリアスは黙って待っている。

ローガンが片手を差し出した。「いいだろう」

コーネリアスはその手をとった。二人は握手した。

「この取り決めを正式な書面にしたほうがいい」ローガンが言った。

「そうだね」コーネリアスが答えた。

ローガンが携帯電話に番号を打ち込んだ。「白紙の一族契約書を一枚持ってきてくれ」

「ナリを殺した犯人の息の根を止める権利をコーネリアスに引き渡すって契約書に書くの?」

二人がこちらを向いた。「そうだ」答えは同時だった。

わたしはただ二人を見つめた。

「彼は有力一族の一人だ。礼儀にそむくことはできない」

この二人と同じ惑星に住んでいる気がしなかった。

一人の女性が白紙の契約書を持ってきた。コーネリアスの顔には怒りと同時に憔悴《しょうすい》があった。彼とマチルダはナリに何があったのか知る権利があるし、マチルダは父といっしょに暮らす権利がある。わたしはもう協力を約束したけれど、もし断っていたとしてもコーネリアスにはこの契約があれば充分だ。もしわたしが手を引いても、コーネリアスはローガンが案内する泥沼にまっすぐ飛び込んでいくだろう。マッド・ローガンについていったら寿命が削られるのは確実だけれど。

「わたしの家に警備チームを入れてほしいの」

ローガンは携帯電話を取り上げ、短いメッセージを打ってわたしを見た。「手配済みだ」

「そのチームって常に近くで待機しているの?」

「そうだ」

わたしは携帯電話を取り出して家に電話した。

「もしもし！」いちばん下の妹が元気よく答えた。アラベラは十五歳だけど、なぜか八歳みたいに振る舞うのが最近のお気に入りだ。

「ママはいる？」

「うん！」

「ママに、ローガンの警備チームがうちを見張ることになるって伝えて。頼むから撃ち殺さないようにって」

「わかった！　ネバダ？」

「何？」わたしとローガンのことを質問したりしたら、もう絶対に……。

「夕食用にスシを買ってきてくれない？」

「わかった」

「マヨネーズは抜きね」

「マヨネーズ抜き」

「それからマッド・ローガンに、結婚してって――」

わたしは電話を切ってコーネリアスのほうを向いた。「捜査の間、うちの家に移ってもらえますか？」

コーネリアスはびっくりしたようだ。

「この件では危険が予想されます。相手はなんのためらいもなく子どもの誘拐や拷問をやってのける連中です。うちの倉庫には高度なセキュリティシステムが入れてあるし、ローガンの部下も見張っています。ローガンの部下が食い止められないとしても、うちの母は元狙撃手、祖母は戦車の専門家だし、怖いもの知らずのティーンエイジャーが四人いて射撃の訓練も受けています。あそこならあなたもマチルダも安全でしょう」

「でも動物たちがいる」コーネリアスが言った。

「うちには部屋がたくさんあって、倉庫の一角はまるまる来客用のアパートメントになっています。妹たちが喜んでマチルダを見てくれますよ」

「ネバダの言うとおりだ。この家のほうがいいと言うならここに来てもらってもかまわないが」

コーネリアスはまばたきした。激怒すると街を破壊してしまう男の家に自分の娘を置いておくのはとても分別ある行動とは言えない。

「ありがとう。ネバダの申し出を断るのは失礼だと思う」

「もちろんだ」ローガンはそう言ってわたしにウインクしてみせた。

ローガンはコーネリアスをうまく誘導したのだ。わたしたちは大変なパートナーシップで結ばれてしまった。

「で、今後の計画は？」コーネリアスが言った。

二人ともこちらを見た。そうか、わたしが探偵だから調査を期待されているのだ。

「弁護士たちが誰と面会する予定だったのか、バグは突き止めた？」

「いや」ローガンが答えた。

わたしはコーネリアスのほうを向いた。「ナリが誰となぜ会う予定だったかわかりませんか？」

「わからない」

「ほかの弁護士たちの遺族に聞き込みは？」

「まだだ」ローガンが言った。

わたしは立ち上がった。「じゃあそこから始めるわ」

「ぼくもいっしょに行く」

「今回はやめておきましょう」わたしはやさしく言った。

「どうして？」

「あなたの奥さんと彼らの配偶者は同僚でした。あなたを見たら感情的になるかもしれない。わたしたちが求めるのは情報です。わかったことは今夜必ず知らせます。それにあなたには引っ越しの準備をしてもらわないと」

「エスコートを手配しよう」ローガンが携帯電話を取り出した。

「ありがたいけど、あるわ」

「きみのじゃない。コーネリアスのだ」ローガンはメッセージを打ち込んだ。「きみにはおれが同行する。パートナーシップを結んだんだからな。捜査に参加させないというなら契約は取り消しだ」

わたしはさっきコーネリアスにローガンと協力するのにわだかまりはないと言ってしまった。同行を断るうまい口実などない。この件に関してはプロに徹しないといけない。

「わかったわ。ただし条件が一つ。わたしが頼まないかぎり、質問する相手を殺したり脅したりしないと約束して。とくに相手の服を使って首を絞めるのはだめ」

コーネリアスが目を丸くした。

「いいだろう。ほかには?」ローガンは皮肉っぽく答えた。

「あるわ。〝超一流〟っぽくない服に着替えて。あなただと気づかれたくないの。メキシコの虐殺王が玄関に来たとわかったら相手が心を開かなくなるでしょう?」

4

三十分後、わたしともう一人の女性の立ち会いのもと契約書は署名された。その女性がミニバンを停《と》めた玄関まで送ってくれた。キーはついたままだ。わたしは運転席に乗り込んだ。

ローガンを放っておいてさっさと車を出してもよかった。そうしたらおもしろかっただろう。もちろんローガンはとんでもないものに乗って追いかけてきたはずだ。個人所有の空飛ぶ砦《とりで》とかそういうものだ。

玄関のドアがばたんと開いてバグが飛び出し、車のほうにやってきた。わたしはウィンドウを下ろした。

「やあ」バグはウィンドウに両肘をついて寄りかかった。「しばらくあんたもいっしょなんだな？」

「ほかに選択肢はないみたい」

「よかったよ」

「どうして？」

「この二カ月ってもの一日十六時間労働でな。ピアースの件でいろいろ尻ぬぐいしなきゃいけなかった。少佐は評議会の前に証言があったし、四人が裁判を起こしたが、仕事のほとんどは調査だ。これがいったいどんな事件なのか知らねえが、厄介なのはたしかだ。あんたは証拠を見つけたってのに、あの男は僅差ですり抜けた。フォースバーグの弁護士の会合は、おれたちがつかんだ最初のたしかな情報だったのに、火曜にはあんなことになっちまって……」

バグの意識の流れを追うのはジャングルを踏み分けて進むようなものだ。

「今日までフォースバーグの件にとりかかれなかった。昨日はきつかったよ。あの人は自分で遺族に知らせに行ったんだ。ルアンは例の十六人のうちの一人だった」

バグはわたしが事態の重大さをわかっているかどうかたしかめるようにこちらを見た。わたしは全然わからなかった。

「なんの話なのかよくわからないんだけど」

バグは渋い顔をした。「つまりな……いっしょにいてやってくれってことだ。あんたがそばにいると、あの人の顔つきが人間らしくなる」

「ありがとう、バグ。わたしも会えてよかった」どうやらわたしの役目はローガンの顔を人間らしくすることのようだ。わかってよかった。調査の陣頭指揮をとるものだとばかり思い込んでいたなんて、おめでたい。

ドアが開いてローガンが出てきた。バグは離れた。ローガンは彼が家に戻るのを見て車にやってきた。いかにも魔力を使うという格好ではなく、カーキのカーゴパンツと古いブーツ、緑のヘンリーネックシャツだ。シャツから肩と胸の形が浮き出ている。腕の筋肉が袖を引っ張っている。たくましくて荒々しく、ワイルドだ。歩きながら振りまわせるように斧《おの》でも持たせればいいかもしれない。わたしは首を傾けて無言で見つめた。

ローガンがドアを開けて車に乗り込んだ。車の中はたちまちローガンとその魔力でいっぱいになった。息をするのも難しい。

どうしてこんなことを承諾してしまったのだろう？　頭を検査してもらったほうがいいかもしれない。

「バグはなんて言ったんだ？」

「バグらしいことよ」

「答えたくないんだな」

「察しがいいのね」

ローガンは青い目でわたしを見つめていたかと思うと、野球帽を取り出してかぶった。

カモフラージュしたドラゴンがうまそうな人間が住む村を偵察に行くという風情だ。

ローガンは空気に噛《か》みつく真似《まね》をした。

ドラゴンを想像するのはやめなくては。

車のギアを入れ、運転に集中する。ローガンと車に乗るのは楽しかった。ああ、どれほどこれが恋しかったことだろう。彼が恋しかった。

「新しい香水?」ローガンが言った。

「香水はつけないの。どんなにおい?」

「シトラス」

「たぶんシャンプーだわ」

仕事の話をしなければ。まっすぐ前だけを見て、あの胸に手を滑らせて硬い腹筋をたしかめたいなんて思ってはいけない……キスを想像するなんてだめだ……。

ローガンが静かに毒づいた。

「どうしたの?」

「なんでもない」

わたしは彼のほうを見た。視線がからみあった。

どうしよう。底なしの深く青い目に欲望があふれている。隠しきれないその熱さから、わたしを裸にしているのがわかった。それに応えない女は死人だけだ。でもわたしは死んでいない。死人からはほど遠い。

期待が体を駆け抜けた。わたしは二人の間の空間を痛いほど意識した。その空間の隅々までエネルギーが満ちるのがわかる。今彼に触れられたら跳び上がってしまいそうだ。わたしはまっすぐ前を見た。二人で狭い空間にいるのはよくない。これは間違った選択だった。ウィンドウを開けて、欲望に満ちた緊張感を外に逃がしたほうがいいかもしれない。

何か別のことを話さなければ。そうしないと車を止めて後部座席に移って……いろいろしてしまいそうだ。

「ヤロスラフ・フェンレイは遺族から話を聞いてもどうにもならないと思う」三人の弁護士の経歴についてはたっぷり時間をかけて調べたし、ローガンとコーネリアスが契約書を書いている間に携帯電話に保存したメモで記憶をたしかめておいた。「自宅のコンピュータを調べたら仕事一筋の人だったわ。ハーパーは彼がここ数カ月で唯一意味のある関係を築いた相手よ」

「バーンはヤロスラフのコンピュータに侵入したのか?」

「ええ、三十秒でね。ヤロスラフのルーターのパスワードが初期設定の〝admin〟のままだったの。こういう人だからハーパーを好きになったんでしょう」

「手間を省くタイプか」

「そう。ルーターのパスワードを変えるのは面倒よ。普通の人はまずやり方を調べないとわからない。意味のある人間関係を維持するのも時間と手間がかかるわ。ハーパーなら深い関係は求めないから」

「体と軽いピロートークが目的か」ローガンは顔をしかめた。「そういうタイプなら知ってる。そいつは歩く保安リスクだ。出世するために必要な仕事しかしない。目的は仕事をやり遂げることではなく、仕事をしなくても給料が入る地位を得ることだ」

「そうみたいね。ヤロスラフの作業時間はかなりのもので、書類上は見た目がいい。彼は寝て仕事して奨学金の返済の心配をしてるわ。バーンがまだファイルを調べている途中だけれど、ヤロスラフが怪しいと思えるようなものは見つかってないみたい。両親はカナダ在住で、頻繁に連絡をとっている形跡はなし。兄弟に赤ちゃんが生まれたばかりで、家族のフェイスブックはその写真でいっぱいなのに、ヤロスラフは赤ちゃんの写真にコメントしていないの。家族を調べても何も出てこないから、調査から除外ね。あなたはハーパーとは話したくないんでしょう?」

ローガンはうなずいた。「この陰謀の唯一の手がかりはあの女だ。できるだけ長く確保しておきたい」

「となると選択肢は二つ。マルコス・ネイザーの遺族かエレナ・トレヴィノの遺族か。ネイザーのほうが近いわ」

「ネイザーにしよう」

マルコス・ネイザーとジェレミー・ネイザーはウエストハイマー・レイクスにあるテキサスの典型的な郊外住宅に住んでいた。れんが造りの二階建てで広さは三百平米以上、寝室が四つ、バスルーム三つ、二台分のガレージ。七、八年前にできた地域で、価値はいくらか下がっている。二人にとっては無理のない買い物だったらしく、バーンの調査によると信用状況は良好だ。マルコスは弁護士として成功しており、ジェレミーはフィットネスのアプリを開発する新興企業でソフトウェア・エンジニアとして働いている。ビジネス向けのＳＮＳリンクトインのプロフィールによると、マルコスは三年前からフォースバーグのもとで働いていた。その前はザラという投資会社にいた。二人は六年前に結婚し、どちらも魔力はない。わたしはこれらの情報を運転しながらローガンに伝えた。

「その情報はどこで手に入れた？」

「どうして？　探偵業に乗り出すつもり？」

「好奇心と思ってくれればいい」

そう。「ほとんどはオンラインのデータベースから。公的な記録もあったし、犯罪歴や信用調査は有料のサービスを使ったわ。ＳＮＳは宝の山。誰もがかなりの量の情報をオンラインに投稿するけど、どのアカウントもたいていつながってるの」

　わたしは主だったＳＮＳのすべてにアカウントを持っている――〝超一流〟の噂話《うわさばなし》をしたり、ファンフィクションを投稿したりするためのＳＮＳヘラルドもその一つだ。でもどのアカウントにも個人情報は載せていない。オンラインで愚痴ったり、政治的な発言をしたり、ネットのアルゴリズムに自動ボット判定されないためだけに毎週義務的にかわいい子猫の写真を二つ三つ投稿したりもしない。

「これは？」ローガンがドアのポケットから本を一冊引っ張り出した。表紙には凝った魔法陣が描かれている。『魔法陣　その実践的応用』だ。

これは『魔術学』の代わりに張り込み用に持ち込んだものだ。『魔術学』はとても勉強になるけれど、無味乾燥すぎて寝てしまう。『魔法陣』はもう隅から隅まで読んだが、重要の印をつけた魔法陣をまだ全部覚えきっていないので持ち歩くことにした。そして保険金詐欺の犯人が出てくるのを待ちながら、メモ帳でまじめに魔法陣を書く練習をした。

「それがどうかした？」

彼が送り主なのかどうか直接きくこともできた。でもきいたら答えがわかってしまう。なぜかはわからないけれど、知らないほうがいい気がした。心のどこかにローガンであってほしいと思う気持ちがあった。

ローガンは本をぺらぺらとめくった。「指導が必要ならいつでも喜んでレッスンしよう」

わたしは彼を横目で見た。「何と引き換えに？」

「考えておくよ」きっとすてきなアイデアがあるのだろうと思わせる口調だ。

「ドラゴンと取引なんてうまくいくわけがないわ」

ローガンの口元に満足げな笑みが浮かび、攻撃的な表情が欲望へと変わった。「それはきみが何を差し出すかによるな」

ローガンと車に乗ったのが間違いだった。一言で言うとそういうことだ。GPSがダースベイダーの声で目的地が右手百五十メートルに迫っていると告げた。暗黒卿《きょう》に救われた形だ。

わたしは木陰に車を停め、銃を取り出して女性用の特注ウエストホルスターに入れ、上着で隠した。男は銃を隠すのが楽だ。わたしは胴が短くて腰が張っているので、通常のホルスターだと銃があばらに食い込んでしまう。

ローガンと二人で玄関に向かった。

わたしはベルを鳴らした。「行儀よくして」

「覚えておく」ローガンが低い声で言った。

ドアが開き、三十代の男性が出てきた。平均的な身長、明るい茶色の髪、短い顎髭《あごひげ》。いかにも郊外で見るタイプだ。安定した職を持ち、週に三回ジムに通い、十年前より少し食事量を増やした男性。その目はうつろだった。

「今、ちょっと取り込み中なんですが」

「ネイザーさん、わたしはコーネリアス・ハリソンの依頼で調査にあたっている者です」

わたしは名刺を差し出した。「お悔やみを申し上げます」

彼はまばたきして名刺を受け取り、読んだ。「探偵?」

ドアを閉められる前に中に入らなくては。「フォースバーグ一族は殺人事件の調査を拒否しました。ミスター・ハリソンから奥さんの死の真実を突き止めてほしいと言われています。お嬢さんに、母を殺した犯人を野放しにはしなかったと告げたいというのがミスター・ハリソンの思いです。こんなときにお邪魔するのは本当に心苦しいんですが、少しだけお時間をとらせていただければ」

ジェレミーはわたしを見てため息をついた。「少しだけなら」

「ありがとうございます」

わたしたちは彼の案内で玄関を抜けアイランドカウンターでキッチンと仕切られたリビングに入った。ラグに小さい男の子と女の子が寝そべっている。一、二歳年長の男の子はｉＰａｄで遊び、女の子はレゴを組み立てている。目を赤くした年配の女性が本を持ってソファに座っていた。女性はやつれた顔でこちらを見た。

「母さん、この人たちと話があるから少しだけいいかな」ジェレミーが言った。

女性はうなずいた。

「こんにちは」子どもたちが声を揃《そろ》えて言った。

「こんにちは」わたしは手を振った。

ジェレミーは笑顔を作った。「二人ともすまないね。すぐ戻るから」

彼はわたしたちをリビングの隣のオフィスに連れていき、両開きのドアを閉めた。

「あの子たちにはまだ言ってないんです」彼は声を詰まらせた。「いったいどう言えばいいのか」

「ほかに誰かと話しましたか？　カウンセラーは？」

彼は首を振った。その顔は悲しみで打ちのめされている。フルスピードでぶつかってきて人を呆然《ぼうぜん》とさせるような悲しみだ。何かできることがあればいいのにとわたしは思った。

わたしはもう一枚名刺を取り出し、携帯電話で連絡先を確認して、かかりつけのセラピストの名前と電話番号をその名刺に書いた。

「わたしは父を亡くしたときどう対処していいかわからずに自分を責めて、罪悪感と悲しみを何週間も引きずっていたんですが、マルチネス先生に会って救われました。腕利きですよ。つらさは薄れなくても、最悪の状態から逃れる手助けをしてくれます。スケジュールに空きがないようなら、空いているカウンセラーを紹介してくれますよ」

ジェレミーはわたしを見つめた。「それでよくなるんですか？」

「終わることはありません。悲しみがなくなることもない。でも治療と時間が痛みをやわらげてくれます。話すことが助けになるんです」

ジェレミーは名刺を受け取って財布に入れた。

わたしはデジタルレコーダーを取り出し、録音ボタンを押して言った。「十二月十五日木曜日。ジェレミー・ネイザーのインタビュー」

ジェレミーは腕組みして壁にもたれた。

「ネイザーさん、なぜマルコスがあのホテルの部屋にいたのか知っていますか?」

「フォースバーグ一族の話だと、ナリ・ハリソンと関係を持っていたらしいです。ナリ・ハリソンじゃなければエレナ・トレヴィノかフェンレイと。全員で乱交パーティでもやってたって言いたいんじゃないですか?」その口調は苦々しかった。

「コーネリアスも同じことを言われました。それ以上追及したら、横領と薬物使用の証拠があると言い出したでしょうね」

「ばかげてる」ジェレミーはテーブルに両手をついた。「マルコスは誠実だった。根っからそういう性格なんです。誠実で正直だった」

「フォースバーグは清廉潔白な一族というわけじゃない」ローガンが口を開いた。「仕事上で衝突は?」

やれやれ。せっかく心を通わせようとしたのに、台無しにしてくれてありがとう。

「マルコスは会社を辞めようとしていました」ジェレミーが言った。

真実だった。「ほかにそれを知っていた人は?」

「ぼくたちだけです。マルコスは……家庭を大事にする人だった。二人とも働きすぎで子どもたちとの時間がとれませんでした。彼は仕事を辞めて一年か二年家にいたかったようですが、家のローンの返済が先だと考えていた。ここは学区の関係で引っ越してきた家で、マルコスは一人の収入でやっていけるようにしたいと思ったようです。ローンはあと二万八千ドルありました」ジェレミーはテーブルから手を離した。「仕事がつらいのは知っていました。三週間前、ぼくは彼を辞めさせようとした。マルコスはクリスマス休暇の直前に退職願を出すと約束しました。ぼくがもっと強く言えばよかったんだ」

「ホテルにいたのは仕事のためだと思いますか？」

「ええ」

真実だ。「なんの仕事だったのか、心当たりは？」

「わかりません。彼は家庭に仕事を持ち込まなかった。仕事の話をするのはもっぱらぼくでした。マルコスは切り替えがはっきりしていて、仕事は職場に置いてくるタイプです。帰宅すればただのマルコスだった」

彼は椅子に座り込み、片手で目をおおった。これ以上はもう無理だろう。

「マルコスに敵はいましたか？　誰かの恨みを買うとか……」

「体を蜂の巣にされるほどの恨みですか？」ジェレミーの声は感情がなかった。「敵はいません」

「マルコスのことは本当に残念です。何か思い出したら電話してください。ではこれで失礼します」

雨が降り出していた。わたしは車のそばに立ち尽くし、髪が濡《ぬ》れるにまかせた。あの家は悲しみで充《み》ち満《み》ちている。わたしはそれを洗い落としたかった。

「彼は嘘《うそ》をついたか?」ローガンがきいた。

「いいえ。本当に何も知らないわ。ナリもマルコスも家族には何も言わなかった。もしかしたら危険を感じていたのかもしれない」

エレナの遺族を訪ねてみるしかない。残る手がかりは彼女だけだ。

トレヴィノ家は、ウエストハイマー・レイクスから五十分はかかるサウスウィック・ゴルフクラブのそばの湖畔にあった。テキサス州高速道路南九九号線に入ると、周囲に木立に区切られた野原が広がった。テキサスのへんぴな田舎に来たかのようだ。この木立のすぐ奥に、同じような家が整然と建ち並ぶ新しい分譲地があるとはとても思えない。

ローガンはしばらくわたしの本をめくって何箇所か書き込みをしていた。本はまだ開いたままだが、彼は見てはいなかった。顎の線が険しい。まっすぐ前を見る目はまた氷の冷たさを取り戻している。新たに結晶化した怒りに、わたしは骨まで凍りつくのを感じた。何を考えているにしろ、ローガンの思いはあまりにもどす黒い。その思いは彼をわしづかみにし、黒い水の中に引き込もうとする。わたしは手を伸ばして彼を光の下へと引き戻し、氷を溶かしたかった。

「コナー?」

彼は目を覚ましたかのようにこちらを振り向いた。

「ギャビンはどうなったの？」

ギャビンはローガンの甥《おい》だ。アダム・ピアースは、バイクのジャケット、タトゥー、権力への深い憎しみ、こういったものでクールな反逆児を気取っていた。ティーンエイジャーにありがちだがギャビンはそんなアダムを崇拝し、アダムはそれを利用した。

「ギャビンは取引に応じた」

わたしはサム・ヒューストン有料道路に通じる出口を出た。また道路の路肩を修理中で、コンクリートの防護壁が一時的に置かれている。わたしはこういう道が苦手だ。前が見えるのが幸いだった。わたしはなぜかいつも雨が降る夜にこういう道に入り込んでしまう。

「取引って？」

「十八歳になるまでの一年間は非行少年の矯正施設で、そのあと十年間軍務に服する。アダム・ピアースに不利な証言をすることと引き換えにね。もしそれができなければ十年間の服役だ」

「いい取引ね」

「状況を考えればそのとおりだ。ギャビンには才能がある。だからそれを取引材料に使うことにした」

「母親のしていることに関わっていないのはたしかなのね」

「そうだ」ローガンは答えた。

「あなたが甥のことを気にかけているとは知らなかったわ。一族とは距離を置いているように見えたけれど」

「自分で選んでそうしたわけじゃない」

彼は窓の外に目をやった。また遠ざかってしまった。ローガンを自分のそばに引き戻すことがどうしてそんなに大事なのか自分でもよくわからなかったけれど、とにかく大事に思えた。

「最後に会ってから射撃の訓練はした？」わたしはあくまで軽く言った。

ローガンは無言でこちらを見ただけだった。

「していないの？　ローガン、銃の腕はひどいって自分でも言ってたくせに」

どうやらこういう話題では彼を引き戻せないようだ。でもこれしか思いつかなかった。

「あなたは用心棒なのよ。もしこの馬車が追いはぎに襲われたら、銃を使わずにどうやって撃退するの？　窓を開けて名乗って、相手が恐怖で気絶するまでにらみつけるだけ？」

ローガンは何も言わない。ただじっとわたしを見つめている。

わたしはもっとちくちく言おうとして口を開いた。

車の右側のコンクリートの防護壁が巨大なハンマーでたたいたかのようにひび割れた。ひび割れはところどころで小さく砂煙を上げながらコンクリートを貫き、車を追ってくる。ローガンの魔力がすさまじい力でセメントを割っていく。その魔力がそばをかすめるのを感じ、わたしは車のドアを開けて飛び出したい衝動にかられた。

後続の車がハンドルを切り、車線を変えてひび割れる防護壁から離れようとした。

「やめて」わたしはそう言った。

ひび割れが止まった。

「降ろしてほしいの?」

「どうして降りなきゃいけない?」

「降りれば一人でゆっくり考えごとにふけられるでしょう?」

「考えごとにふけっていたわけじゃない」

「じゃあ血も凍る復讐《ふくしゅう》をもくろむのはやめて。あなたを見ていると怖くなるわ」

「きみを怖がらせるのがおれの仕事だ」

「そうなの?」

「おれたちの関係はそういうことだ」彼の目に光が灯《とも》った。「二人ともやるべきことをこなし、それが終わったらおれはきみが震え上がるのを見守るんだ」

「わたしは震え上がったりしないわ」

「それは困るな。最高におもしろいのに」

もう二度とこの男を元気づけようなんて思うのはやめよう。ドラゴンの洞窟に帰ってくれて結構だ。

「もう一枚コンクリート板を割ろうか？　そうすればきみのおばあさんに写真を送れるぞ」

「気が変わったの。あなたとは話したくない」

ローガンは笑った。

こんなことはもうおしまいにしなければ。

フリーダおばあちゃんはさぞ喜ぶだろうけれど。

わたしはコンソールから携帯電話を取り出して差し出した。「わかったわ。でも少しだけね。Ｖｉｎｅに投稿できればいいんだから」

「きみのおばあさんはＶｉｎｅのアカウントを持ってるのか？」防護壁が割れた。

「ええ。たぶんインスタグラムにも投稿すると思うけれど。はい、それで充分よ、ありがとう。もうやめないとうしろのボルボの人が心臓発作を起こすかもしれない」

エレナ・トレヴィノの遺族は大きな家に住んでいた。ネイザー家も普通の感覚で言えば大きいほうだが、それを二軒合わせればトレヴィノ家になる。二千平米もの敷地に建つ赤れんがの邸宅は、窓辺にチューダー様式を取り入れたスパニッシュ・コロニアル・リバイバル風の建物だ。庭は分厚いれんがの壁で守られ、アーチ型の入口が私道とガレージに続いている。テキサス人は暖炉をめったに使わないがこの家には暖炉があり、煙突の形は教会の尖塔《せんとう》を思わせる。

これが魔力の違いだ。エレナも夫のアントニオも〝平均〟だ。リンクトインのプロフィールの魔力ランクを見てそれがわかった。

わたしは車を路肩に駐め、ローガンと二人で玄関に向かった。

若いヒスパニックの女性が出てきた。「なんのご用ですか？」

女性の目はローガンに釘付《くぎづ》けだった。わたしはいないも同然だ。ローガンはどこへ行っても女性の視線を集める。魔力の時代だから、ハンサムに見える男性はいくらでもいる。ローガンは魅力的なだけではない。男らしさがにじみ出ている。物腰、荒削りな男くさい顔、そして目にそれが感じられる。何が起きても対処できる人だということは見ればわかる。ただ、問題を解決するのに相手に硬貨を投げつけたり殺そうとしたりする男だとはわからない。ときとしてそれを同時にすることもある。

わたしは名刺を差し出した。「ハリソン一族に雇われた者です。トレヴィノさんとお話ししたいんですが」

女性はローガンから視線を引き離し、名刺を見た。「お待ちください」

彼女はドアを閉めた。

「ハリソン一族？」

「コーネリアスは絶縁されたわけじゃないわ」

一族のメンバーにとって絶縁は最悪の罰だ。精神的、経済的、社会的なサポートを失って一族から蹴り出される。有力一族から絶縁された者は不良品と同じだ。かつての友は一族の怒りを買うのを恐れて彼を見捨てる。一族の敵は、絶縁された者を信用するわけにはいかず、助けを拒む。コーネリアスはみずから選んで一族と距離を置いているが、縁を切ったわけではない。

「この家を見て」わたしはドアのほうにうなずいてみせた。「有力一族の名前でも出さなければ、ドアを開けてもらうことすらできないわ」

ローガンは皮肉っぽく笑った。「おれにノックさせればいいんだ」

この前ローガンがうちのドアを〝ノック〟したとき、倉庫全体が揺れた。「それはやめて」

ドアが開き、四十前後のたくましい男性が出てきた。グレーのスラックスとライトグレーのスウェットシャツで、袖はまくり上げている。目に快い顔だ。黒っぽい眉と目、豊かな唇。丁寧に整えられた黒い顎髭。髪も黒っぽく、短く刈り込まれている。アントニオ・デ・トレヴィノ。履歴書によると証券アナリストとして働いている。

「こんにちは」彼がほほえむときれいな白い歯がのぞいた。「どうぞお入りください」

わたしたちは中に入った。

「わたしはアントニオ。こちらです。散らかっていてすいません。ちょっと取り込み中で」

彼は妻の死にうちひしがれているようには見えなかった。ジェレミーと比べると明るいと言っていい。

アントニオは広いリビングルームの一角にある赤いラグの上の贅沢《ぜいたく》なベージュの椅子を勧めてくれた。家具は高そうに見えたが、高いといっても中流階級のレベルだ。新しく、おそらく最新のスタイルで、きれいだ。ローガンの家の家具には重みがあった。時を超えた何かを感じさせた。購入したのがローガンなのか、その両親なのか、さらにその両親なのかわからない。そういうものに比べると、ここの家具はうわべだけで安っぽささえ感じさせる。比較とはおもしろいものだ。

ヒスパニックの女性がドア口に現れた。

「コーヒーにしますか？　それとも紅茶？」アントニオがたずねた。

「結構です」わたしは座った。

ローガンも首を振り、右の椅子に座った。

アントニオは小さいソファに座って女性にうなずいてみせた。「ありがとう、エステル。もういいよ」

女性はキッチンに消えていった。

「ハリソン一族がミセス・ハリソンの死を調査している、とのことですね。フォースバーグが何もしてくれないとなるとそれも理解できる。で、わたしはいったい何を話せば？」

「二、三質問に答えてもらえますか？」

「もちろん」

わたしはデジタルレコーダーを取り出し、インタビューの説明を吹き込んでからガラスのコーヒーテーブルに置いた。

「奥さんがあのホテルの部屋にいた理由を知っていますか？」

「知らない。仕事上の理由だと思ってる。死の前日、妻の仕事の状況がひどく苦しいものだったのはたしかだ。夕食のときも心ここにあらずだった」

「奥さんは具体的なことを何か言っていましたか？」

「〝悪いけど明日はジョンを迎えに行けないわ、仕事で問題が持ち上がって、オフィス全体が緊急事態なの。何時に帰れるのかもわからない。ジョンをお芝居に連れていってくれる？　七時なんだけれど〟」

それは普通の声だったが、イントネーションは完全に女性のものだった。

「〝記憶者〟か」ローガンが言った。

「ええ。夫婦二人ともね。エレナはおもに視覚記憶で、わたしは音声記憶。短期間の記憶に関しては二人ともほぼ完璧だ」アントニオはソファの背にもたれた。「間違った印象は与えたくない。エレナの死はわたしにとって深い悲しみだ。有能で思いやりのあるパートナーを失ったんだからね。子どもたちは母親を失った。彼女はすばらしい母だった。子どもたちの打撃は計りしれない」

　真実だった。

「わたしたちの結婚は計算ずくのものだ。どちらの家族も、二人が結婚すれば〝一流〟が生まれる可能性が高いという点で合意した。だからわたしたちは結婚し、義務として三回試みた。いちばん下のエイヴァはうまくいったかもしれないが、こればかりは時間が経《た》たないとわからない。わたしたち夫婦に愛はない」彼は淡々と言った。

「あなたは同意していたんですか？」

アントニオはまたにっこりした。「きみは強い魔力がないんだね。〝一流〟を生み出すのは大変なことなんだ。たくさんのドアが開かれるし、社会的な立場もがらりと変わる。犠牲を払う価値はある。わたしたち夫婦は常識人だ。苦しむこともほとんどない」

　彼は両手を広げてリビングルームを指し示した。

「しあわせはよそで見つけてもいいと互いに約束したんだ。子どもたちのために秘密にするという条件でね。絵に描いたような甘い会話を期待するなら、ガブリエル・バラノフスキーに話を聞くといい。エレナは三年前から彼と関係を持っている。死ぬ前の日も会いに行った。たぶん彼が話してくれるだろう。個人的にはどうかと思うがね。有力一族と言ってもいろいろだから」

言外の意味をちゃんと伝えようとするかのように、アントニオはあえて間を置いた。

「バラノフスキーはそういう一族の人間だ。彼の目を惹《ひ》いたのはエレナの幸運だったよ。そのコネのおかげでうちは得をした。もう使えないコネだが」

どの程度の得なのだろう？　仕事相手にもさりげなく口にしてしまうのだろうか？

〝ところで、うちの妻はバラノフスキーと寝てるんです。わたしにまかせてくれれば資産は安全ですよ〟これはひどい。

「社会的に同等の立場の者でなければバラノフスキーを振り返らせることはできない。ハリソン一族では無理だよ。失礼な言い方をするつもりはないが、できるだけはっきりさせておきたかったんだ。〝超一流〟はわたしたちとは違う」

わたしはローガンを見た。その顔には何も表れていない。

「同じ空気を吸い、同じ水を飲んでいても、権力が彼らを別の存在にしている。彼らもそれが気に入っている。一般人との間の溝はどこまでも深い。きみは女性として魅力的だから、ちゃんとした服を着て美容室に行けば、彼の個人秘書になれるかもしれない。わたしならコーネリアスの姉のダイアナに話を通してもらうね。ダイアナは〝超一流〟だから、バラノフスキーみたいな男でも無視できないし、もったいぶりつつも会ってくれるだろう。どちらにしてもコーネリアスとダイアナにはわたしが喜んでハリソン一族を助けると言っていたと伝えてほしい」

五分後、わたしたちは外に出た。妻を亡くしたというのにアントニオが気にしているのは社会的な立場にどう影響するかということだけだ。最低だ。

「ちゃんとした服と美容室？」わたしは車に向かいながらうんざりした顔をした。「豚の貯金箱を割らなきゃ」

「まさにそれがおれが人と付きあわない理由だ」

「アントニオが説明してくれてよかった。今まで何も考えていなかったわ。〝超一流〟に会うときはちゃんとした服を着ていかなきゃいけないなんて知らなかった。どんな服がちゃんとしているのか、あなたからリストをもらっておけばよかったわ。あなたが気を悪くしていないといいんだけど」

振り向くと目の前にローガンがいた。とっさに後ずさりすると背中が車にあたった。彼の目の氷は溶けている。その目は誘惑するように熱い。彼はセックスのことを考えている。そしてその相手はわたしだ。

「気なんか悪くしていない」

たくましい肉体がわたしを閉じ込める。まるで外の世界が消えたかのように彼はわたしだけを見つめている。こんなふうに見つめられると、全宇宙で自分がいちばん重要な人間になった気がしてしまう。どんな言葉も大切で、どんなしぐさも生死に関わる。それは圧倒されるような感覚だ。こんなふうにずっと見つめられていたいがために、話し続け動き続けたくなってしまう。

「きみがどんな姿で会いに来ようがかまわない」その声はさりげなく、気だるいと言ってもよかった。「スーツでもいいしジーンズでもいい」

また誘惑するつもりだ。そろそろ彼からそういう力を取り上げてもいい頃だ。

「タオル一枚でもいいぞ。裸で来るんだ。きみの好きにすればいい。来てくれるならなんでもかまわない」

ちょっときざな言い方だ。わたしは少しだけ彼に近づき、キスでもするかのように顔を上げた。「わたしが行かなかったらどうするつもり?」

ローガンの声がいっきに低くなった。「それは悲劇だ。おれは持てる力すべてを使ってきみを引き寄せる」

何かを予感させるような深く青い目。その目は、アウトローとベッドに入り生涯忘れられないようなことをするひとときを約束している。わたしはまっすぐその目を見つめ、自分も彼に約束を与えようとした。

「持てる力すべて?」あと二センチ近づけば顔が触れるだろう。二人の間の空気がぴりぴりしている。少しでも触れあえば火花が散りそうだ。わたしは炎をもてあそんでいる。

「そうだ」ローガンのまわりに熱く期待するように魔力が漂い、触ってみろと挑発している。

「これって服装の話？」

「きみがそう思うならそうだ」

ローガンが身を乗り出したので、わたしはその唇に人差し指をあて、押し戻した。「だめ」

ローガンは目を細くした。「だめなのか？」

わたしは手を下ろした。

「あのとき、おもちゃになれと言われて断ったら、あなたはあきらめた。あなたは電話も手紙もよこさず、会いに来ることもなかった。求めるのが軽いセックス以上の何かだと証明する努力をしなかったわ」

ローガンの目が暗くなった。「そのときになれば、軽いなんて言葉じゃすまない」

それはわかっているけれど、言いたいことは変わらない。「あなたはわたしを安い女扱いしたのよ」

ローガンが一センチ近づいた。「していない」

警戒をゆるめてはいけないのに、感情が高ぶって言葉が止まらなくなった。

「ローガン、あなたにとってわたしがどれぐらいつまらない存在か知ってる？　デートに誘うそぶりさえ見せずに、全部飛ばしていきなりセックスなんて。これぐらいつまらない存在よ」わたしは人差し指と親指で三ミリぐらいの幅を作った。「〝ネバダ、おれとセックスしてくれ。きみをもっとよく知りたいなんてふりは面倒だからしない」

ローガンの顎がこわばった。「そんなつもりはなかった。きみも知ってるはずだ」

「いい関係を勝ち取るチャンスをあげようとしたのに、あなたは受け取らなかった。あなたは先に進んだから、わたしもそうしたの」

ローガンの顎の筋肉が動いた。

「で、またわたしが都合よく現れたから、再度チャレンジしてみようと思ったわけね。あなたの人生にはそんなに魅力的な女性が欠けてるの？」

「おれの人生に欠けてるのはきみだ」

「本当に？」

「致命的に欠けている。すぐにも対処しないといけない」

ローガンはわざとあいまいな言い方をしている。わたしの前で嘘がつけないから、判断に苦しむ言い方をしているのだ。この頭のよさには感心しないわけにはいかない。

「そんなことは――」

ローガンがぐいっとわたしを引き寄せ、片手を上げた。わたしのミニバンが浮いた。二メートル近い真っ赤な炎の円盤が車に食い込み、車は爆発した。尖《とが》った金属片がうなりをあげ、尾を引きながらわたしたちの両脇に飛び散った。わたしは背後にあった大きなオークの木のうしろに飛び込んだ。うしろでミニバンががしゃんと地面に落ちる音がした。

わたしは木の幹に右肩を押し付け、グロック銃を取り出した。ローガンが隣に来た。右腿が血で染まっている。

「血が出てる！」

「かすり傷だ」彼はうなるように言った。「怪我《けが》は？」

「ないわ」

胸が大きな音で早鐘を打っている。アドレナリンの苦い味が舌をおおう。

木の右側に何かがぶつかった。わたしは跳び上がりそうになった。

またぶつかる音。

わたしはそっと身を乗り出した。

さっきより小さい深紅の円盤が目の前に迫ってきた。あわてて引っ込むとローガンとぶつかった。円盤がひゅっと空を切り、地面にめり込んで煙を上げた。直径三十センチの星形の金属で、鋭い二連の突起が四箇所ついている。深紅の魔力が刃先から沸き立っている。

「弾幕使いか」ローガンが相手をうかがおうとして身を乗り出すと、木にまた円盤が突き刺さった。「二人いる」

「どうしてわかるの？」

「赤の色が違う」

わたしのそばで円盤が木の幹をそぎ取った。

「飛んでくる円盤を止められる？」

また一つ、今度はローガンの側の木の幹が八センチ近くえぐられた。

「できない。あれは魔力でおおわれている」

そのとおりだ。魔術の本によると、魔力でおおわれた物体は何かにぶつかるまで元の物理的性質を失ってしまう。もしローガンが相手の投げた円盤の前に飛び出したら、真っ二つに切り裂かれるだけだ。

また木が削り取られた。相手は両側から攻めてくる。家に駆け込むのは無理だ。いちばん手近な隠れ場所はトレヴィノ家のアーチ型のエントランスだが、十五メートル全力疾走しなければいけないからその間に倒されるだろう。魔法陣を描くわけにもいかない。芝生の上だからだ。

ローガンが相手をのぞこうとすると、また円盤が飛んできた。彼は毒づいて顔を引っ込めた。ターゲットを確認できなければローガンは魔力を使えない。道の向こうに並ぶ家屋を倒壊させることもできるが、あの中には人が住んでいる。

わたしは膝をつき、木の向こうをのぞいた。

正面の邸宅の屋根に人影が動いた。深紅の円盤が飛んできた。わたしは木の陰に飛び込んだ。円盤がうなりをあげて飛び去る。その魔力がわたしの肩を焦がした。

「真正面の屋根に一人いる」

ローガンの顔は深刻だった。「もう一人はその左隣の家だ」

「動きが速すぎる」

「そのとおりだ」

「あの屋根を壊すのはやめて」

「それは考えてなかった」

「ここは住宅地よ。中に子どもがいるかもしれない」

ローガンはわたしの手をつかみ、落ち着いた青い目で安心させるようにこちらを見た。

「わかってる」

ローガンは子どもたちに手出しはしない。わたしたちの巻き添えで死ぬ人がいないのが不幸中の幸いだ。

円盤が突き刺さり、木をえぐった。幹が衝撃で揺れている。弾幕使いは体を低くして投げてくる。その動きが速すぎてローガンは狙いを定めることができない。

移動しなければ。もう木がもたない。

わたしは木と向き合って頭をめぐらせた。右側には何もない。家だけだ。左側も家が並ぶだけで、あとは茶色い木の皮が地面をおおっていて……。

ちょっと待って。

木の皮じゃない。蟻《あり》だ。

「ローガン、お客が来たわ」

ローガンは左側を見て毒づいた。

蟻の絨毯《じゅうたん》が細い川のようにこちらに流れてくる。群れは迷ったかのようにいったん行き場を失ったかと思うと、方向を変え、隊列を組み直した。誰が操っているのか知らないが、完璧にはコントロールできないようだ。でもそんな必要はない。ここテキサスで虫使いに襲われるとしたら、これは燃える蟻だ。これでわたしたちを木の陰から追い出し、弾幕使いがとどめを刺すのだ。

木の揺れが止まらなくなってきた。もう長くはもたない。

蟻が近づいてくる。右手で道が交差しているが、その角からも蟻の大群があふれ出してきた。蟻使いが角の向こうに隠れているにちがいない。

深紅の円盤がわたしの腿から毛を一筋削り取った。わたしはローガンを抱くように横向きになった。

これで終わりだ、という思いが頭をよぎった。芝生の上で死ぬのだ。弾幕使いが一度狙いを決めれば、わたしは二度と家族に会うことができない。

「ちゃんと狙えるか?」ローガンが言った。

わたしは恐怖をのみこんだ。「大丈夫だと思う」

ローガンが歯を見せて笑った。「三つ数えるぞ」

わたしは深く息を吸ってゆっくり吐き出した。

ローガンが指を一本上げた。二本。

二人で同時に木陰から飛び出す。わたしの車が悲鳴をあげて真っ二つに割れた。破片が宙に飛び上がると同時に、屋根の上に二つの人影が現れて円盤を放った。わたしは真正面にいる一人に照準を定めた。すべてが信じられないほど遅い。

殺すか殺されるかだ。わたしは引き金を引いた。銃が轟音《ごうおん》を放つ。相手の頭がうしろに跳ね返った。向きを変え、二人目の敵に狙いを定めて撃つ。弾は女の胸にあたった。女はずるずると屋根を滑り、蟻の海に落ちた。

ミニバンの残骸が空を切って飛んでいき、二つの円盤の進路をふさいだ。円盤は金属とファイバーガラスに食い込み、うなりをあげてはじけた。

ローガンがわたしの手をつかみ、走り出した。道を突っ切り、民家のアーチ型のエントランスから入って庭と家を抜ける。目の前のれんがの柵がはじけた。ローガンは左に曲がった。虫使いを狙うつもりだ。

背後で女が叫んだ。「ブラウン！　この蟻をどうにかして！」

「やってる！」道の向こうのどこかで男の声がした。

「弾の跡に蟻が入ってくる！　さっさとなんとかしなさいよ！」

ローガンとわたしは角まで来たところで止まった。銃を上げ、そっと向こうをうかがう。大型の白いバンが路肩に駐まっている。そのそばに大きなドラム缶が四つ置かれている。黒っぽい髪の男がこちらに背を向け、次の角の向こうをのぞき込んでいる。

女の悲鳴があがり、息をのむような音がした瞬間、ぱたりと悲鳴がやんだ。

「いい気味だぜ、ばか女め」男がつぶやいた。

ローガンがわたしのそばをすり抜け、恐ろしい顔つきで男のほうに歩いていった。男が振り向いた。ローガンはその肩をつかみ、腹にこぶしをたたき込んだ。男は体を折り曲げてよろめいた。ローガンがその顔を膝で蹴り上げると何かが折れる音がした。男は地面に崩れ落ちた。

「やめて」

ローガンは倒れた男のほうに近づいていく。

「だめ、やめて」

ローガンがこちらを見た。

「もう全員死んだわ。この人まで殺したら尋問できない」

ローガンは背をかがめて男の喉をつかみ、立ち上がらせて石壁に押し付けた。男は息を求めてあえいだ。折れた鼻から血がしたたっている。目は赤い。わたしは近づいて男を調べた。銃は持っていない。財布をとる。レイ・キャノン名義の免許証。わたしは携帯電話を取り出して写真を撮った。

「ほかに誰がいる？」ローガンの声は正確で冷たかった。

「いない」男はあえいだ。

ローガンは男の喉がつぶれるほど締め上げた。

「真実よ」

ローガンは手をゆるめた。男は咳《せ》き込んで息を吸い込み、すがるようにわたしを見た。

「助けてくれ……」

ローガンは男を揺さぶって壁にたたきつけた。「彼女を見るな。おれを見ろ。誰に金をもらった？」

「フォースバーグだ」

くそっ。襲撃の裏にいる人物の手がかりがほしかったのに、またフォースバーグに逆戻りだ。

「話せ」ローガンが命じた。

「マティアスを殺したのはあんただと聞かされた。二つのチームがあんたを追ってる。おれたちのほうが近かった。おれとコワスキーとコワスキーの妹だ。ここまでは二台で来た――道の先に駐めてあるフォードとおれのバン。準備を固めてあんたたちが出てくるのを待った」

「どうしてわたしたちの居場所がわかったの？」

「トレヴィノから連絡があった」

あのごきぶり野郎。

ローガンの顔つきを見てわたしは背筋が冷たくなった。

「ローガン、わたしと代わって」

男の顔から血の気が引いた。自分が誰を相手にしていたかわかったのだ。

ローガンは男の首を絞め上げた。

わたしはその腕に触れた。「お願い」

「いいだろう」ローガンは手を離した。男は地面に崩れ落ちた。

「蟻をドラム缶に戻しなさい。トレヴィノとの話がすんだあとに一匹でもあの蟻が残っていたら、彼に頼んで探し出してもらうから」わたしはローガンを指さした。「この人が誰なのか知ってるわね？」

男はあわててうなずいた。

「蟻を片付けてもう行って。今度会ったら頭に銃弾をたたき込まれると思って」これぐらい脅せば大丈夫だろう。

ローガンは蟻使いを無視してトレヴィノの家につかつかと歩いていった。わたしもそのあとを追った。

ローガンが手のひらでドアをたたいた。魔力が木材に向かってはじけた。家の窓が全部外側に爆発した。ローガンは険しい顔で家に入っていった。

アントニオは真っ青な顔でリビングに立っていた。

「ちょっといらついているんだ」ローガンの前から家具が滑るように離れた。「だから一度しかきかない。どうしてフォースバーグに知らせた？」

「あんたが彼らの調査の邪魔をするんじゃないかと思って……」アントニオは絞り出すように言った。

「嘘よ」

「ただ情報がほしくて……」

「それも嘘」

家が揺れた。

これでは時間がかかりすぎる。わたしが何かしないとローガンはこの家をつぶしてしまうだろう。「こっちを見て」わたしは魔力を引き寄せた。「わたしの目を見て」

アントニオがこちらを向いた。魔力がいっきに噴き出し、彼を締め上げた。その圧力でアントニオの体が震える。わたしの力は意思がベースだ。今日あったことを考えると、わたしの意思は多すぎるほどの燃料を抱えていた。

わたしの口から人とは思えない低い声が出た。「どうしてフォースバーグに連絡したの?」

ローガンの顔が見ものだった。そう、今回は魔法陣の助けは借りない。彼がいない間にレベルアップした人がいるということだ。

「金だ!」アントニオが叫んだ。「フォースバーグがエレナの死を職務上のものだと認めれば、保険金が倍になる。フォースバーグ一族は、妻の死を嗅ぎまわる者がいたら知らせることと引き換えに、保険金請求には口を出さないと約束したんだ」

わたしは彼を放した。「真実よ」わたしはローガンに告げた。

アントニオは震えながら息を整えた。

ローガンはガラステーブルを蹴った。ガラスが割れた。かけらが宙に浮き上がった。

アントニオは凍りついた。

右のドア口から少年が駆け込んできた。少年はアントニオの前に立った。

「パパを殺さないで!」

年はせいぜい十歳だ。

「ジョン」アントニオの声がかすれた。「妹のところに行ってなさい」

「パパを殺さないで!」少年は挑むようにローガンを見つめている。

ローガンは少年をにらんだ。

ガラスの破片は空を切って壁にあたり、そのまま床に落ちた。

「人はどちらにつくか決めなければならない」ローガンがアントニオに言った。「おまえは間違ったほうについた」

そして背を向けて歩み去った。

アントニオの家の前の通りは人気がなかった。蟻の群れが角を曲がっていく。きっと虫使いのドラム缶に戻るのだろう。遠くでサイレンの音が聞こえた。誰かが通報したのだ。ローガンの魔力は怒りの竜巻となって彼のまわりに渦巻いている。

「あの人を息子の前で殺さないでくれてありがとう」わたしは言った。

「大人はおれの敵になるか味方になるか、中立でいるのか選べる。子どもは子どもだ、ネバダ。あの子は母親を失った。父親まで奪うわけにはいかない」ローガンは携帯電話をチェックした。「こっちだ」

わたしたちは撤退していく蟻とは反対方向に向かった。

「敵か味方か民間人か、ということ？」

「そうだ」

「アントニオみたいに敵を助ける者がいたら？」

「そいつも敵になる」

「敵は殲滅《せんめつ》しないといけないの？」

「危険な存在になるなら、そうだ」ローガンの顔は容赦がなかった。

わたしの頭にひらめくものがあった。これならわかる。経験したことがあるから。「戦争ならそうかもしれないけれど、これは戦争じゃないわ、ローガン」

「戦争だ」

「違う。ここは民間人の世界よ。黒と白では割り切れない。グレーの部分があるの。罪の重さに応じて罰にも段階がある」

ローガンはなんの疑問も持たない澄んだ厳しい目でこちらを見た。「罰とは関係ない。生き残るかどうかの話だ」

ローガン、戦争でいったい何があったの？　こんな傷を負うなんて、いったい何をされたの？

「じゃあ、たとえば若い女性が敵を助けたらその女性も敵なのね。彼女を道端でさらって地下室に縛り付けて、必要ならどんな手を使ってでも尋問するのも平気なのね」

ローガンの顔つきからすると、わたしの話の方向が気に入らないようだ。

「教えて。わたしって本当は殺されるところだったの？」

「きみを殺す気なんか全然なかった。あのときはきみが脅威になるとは思ってなかったからな。ただ情報がほしかっただけだ。情報が手に入れば解放するつもりだったし、実際解放した。自分で家まで送っていかずに部下に頼んだかもしれないが」

わたしは食い下がった。「こんなふうに生きるのはよくないわ、ローガン。戦争は終わったのよ」

ローガンは足を止め、くるりと振り向いた。二つの死体が足元に転がっている。「きみにはどう見えるんだ？　おれには戦いにしか見えないが」

わたしたちはまた歩き出した。

ローガンは戦いが好きだ。戦いは単純で、なじみもある。自分を殺そうとする相手は敵だとすぐわかる。任務も明確だ。視界に入る脅威すべてを殲滅し、生き残る。戦争では威嚇射撃はしない。撃つときは殺すときだ。

けれども民間人の生活は複雑で、もどかしいこともある。ローガンがバーに入り、酔っぱらいが彼に喧嘩《けんか》を売ろうとしたとしたら、二人が想定している喧嘩には大きな差がある。酔っぱらいは、言葉で侮辱し、小突き、そのあとパンチを二発ほど見舞うかもしれない。そしてアルコールで大胆になった気持ちがおさまるまで、服をつかみ、外で取っ組み合いをするだろう。酔っぱらいはそれが終われば家に帰れると思っている。それが民間人の世界の普通の喧嘩だからだ。自分が〝脅威〟となった瞬間にローガンの頭の中のスイッチが入ることを彼は知らない。酔っぱらいがラッキーなら、ローガンに締め上げられて動けなくなるだけですむ。もしラッキーでなければ、あるいはナイフを持ち出したりしたら、骨を折られるか最悪殺されるだろう。

ローガンは除隊してからもう何年にもなる。治療など考えたこともないのだろう。きっと自分に悪いところがあるとも思っていない。

「夜はよく眠れる?」わたしは彼にたずねた。

「子どものようにね」

「悪夢を見ることは?」

「いっしょに来てくれと言いにきみの家に行ったら断られて……」

話題を変えよう。「今はそういうことを話している場合じゃないわ」

「いや、ぴったりの話題だ。デートに誘ったのにきみはノーと言った。おれは待ったが、きみからそれ以上の言葉はなかった」

「デート?」わたしの記憶とは違う。嘘を嗅ぎつけて魔力が働くのを待ったが何も起きない。「ローガン、冗談じゃないわ。そんなつもりなんかなかったのは自分でもわかってるくせに!」

「おれはまさにそのつもりだった」

真実だ。いったいどうやってわたしの魔力をすり抜けたのか……。「体だけの関係を求めたわけじゃないって言うつもり?」

少し間があった。「そうだ」

よくものうのうとこんなことが言えるものだ。どういうつもりでデートという言葉を使っているのか知らないけれど、ローガンにとってデートとはセックスの前奏曲なのだ。本人の頭の中ではわたしに〝デート〟を申し込んだことになっている。だから嘘ではないのだ。今度からもっと質問を工夫しないといけない。

「ネバダ、おれはストーカーじゃない。ノーと言われれば理解する」

「ストーカーになってほしいと思ったわけじゃないわ」

「どうしてほしかったんだ？」

「あなたと付きあうかどうかを判断するチャンスがほしかったの。あなたの目的はセックス。あとくされのないセックスが望みなら、噂によるとハーパーは独身らしいわよ」

ローガンがうなるように何か言った。やめてくれと言ったようにも聞こえたけれど、嫌悪感がむき出しであまりよくわからなかった。

脚が震えていたけれどわたしは歩き続けた。ストレスで倒れそうだなんて言ったら、ローガンはきっとわたしを抱き上げるとかばかばかしいことをしようとするだろう。マッド・ローガンに、しかも人目のあるところで抱き上げられるわけにはいかない。

「セックスだけが目的だとは言ってない」

「あなたの言葉を引用するわね。〝きみが求めてるのは誘惑、夕食、花、プレゼント、そういうものか？　誘惑はゲームだ。しかるべき手続きに時間をかければ、望みのものは手に入る。きみはゲームなんかに興味ないと思ってた〟うちの修理工場にぶらっとやってきてわたしを〝デート〟に誘う一週間前にこう言わなかった？」

「言った。くだらないことを省きたくてね」

「で、何があったの？　気が変わって、今度はくだらないことをしたくなったの？」

ローガンの携帯電話が鳴った。「そうだ。くだらないことをしたい」

「そうはさせないわ。わたしが許さないから」子どもっぽい言い方だなんて言わせない。全然そんなことはない。

「どうして？」

「あなたが言ったでしょう？　くだらないって」

銀色のレンジローバーが角を曲がり、わたしたちの目の前で止まった。トロイが運転している。それ以上ローガンとの会話が続かないうちにわたしは後部座席に乗り込んだ。トロイの前でこの話はしたくない。

ローガンは助手席に乗った。「家まで頼む」

トロイは車を出した。

「〝くだらない〟って言葉の意味ならよくわかってる」ローガンが静かな声で言った。「そのことについて夕食の席で話し合うのはどうだ？　おれがどう間違っているのか、喜んで耳を傾けよう。店はきみが選べばいい」

だめだ。彼と食事に行ったら我慢できなくなって触れてしまう。キスしてしまう。そしてそれ以上のこと……もっと濃密なこともしてしまうだろう。自分を止められなくなる。今はそのドアは開けたくない。

「わたしは家に帰りたいわ」

「おれといっしょに食事をするのがそんなに怖いのか?」

ローガンの声に誠実さを聞き取り、わたしは考えを変えた。皮肉っぽい返事をするのはやめた。

「いいえ」

「おれが怖いのか?」

よく考えると怖くない。ローガンに暴力をふるわれることは絶対にないだろう。その信頼がどこから来るのかわからないけれど、それはたしかだ。彼の力はわたしを震え上がらせる。それは深いところに根ざす本能的な恐怖だ。マッド・ローガンのことは怖くない。ヒューストンで彼を怖がらないのはわたしだけだろう。

「そういうことじゃないわ」

「おれのやり方がきみの気に障るのは知ってる。だから安心させるためにはなんでもするつもりだ。だが脅威となる者を殲滅するのを考え直せと言われてもできるとは思えない。もうそんな余裕はなくしたんだ」

会話はあっという間に深くなっていった。ローガンの表の顔にひびが入り、その裏の素顔がこちらをのぞいている。

「わたしはついさっき二人殺したけれど」わたしの声は小さかった。「それを直視しないようにしているの。直視したら自分を見失いそうになるから。今日は長い一日だったわ。家に帰って家族を抱きしめて無事を確認したいの」

「当然だ」ローガンの声には自制心があった。

彼が心を閉ざすのがわかった。さっきまでコナーがいたところにふたたびマッド・ローガンが現れた。

今日は二人とも多くの悲しみと苦痛を目にした。コーネリアス、ジェレミー、ローガンの部下たちの顔……そしてフォースバーグ。背後に転がる二つの死体。唐突に絶たれた夢、未来、命。その全部をどう整理していいのかすらわからない。それはローガンにも影響をおよぼしているにちがいない――そうでなければ彼は人間じゃない。ローガンの顔に今日という日が刻みつけられているのがわかる。目に浮かぶ疲労、悲しみ、断固とした決意。ローガンは年をとって見えた。くたびれたというのではなく、ずっと寝ていないみたいに荒々しい。鋭さと危なさは変わらないが、それは長い追跡のあとで追い詰められた獣が持つ危なさだ。

わたしは自宅に帰って人間のぬくもりとにぎわいに包まれたかった。誰かが料理をしていて、誰かがテレビを見たりゲームをしたりしているだろう。妹たちは口喧嘩をして、レオンはフランス語との終わりなき戦いを愚痴っているだろう。フリーダおばあちゃんはエンジングリースと金属のにおいをさせて入ってきて、母をからかう……。わたしは温かい人のつながりの中に身を浸し、今日の暗い冷たさを追い払いたかった。

マッド・ローガンは家に帰っても誰もいない。あのスペイン風の家で誰かが用意した料理を食べ、見落としがないかどうかたしかめようとあの映像をまた見るのだろう。あんなに力を持っていても、力はぬくもりをもたらしてはくれない。落ち込んだときに手を差し伸べて引っ張り上げてくれる人もいない。

ローガンをそんな目にあわせるわけにはいかない。

「いっしょに食事しましょう、うちで。わたしの仕事用の車に何があったか祖母と母に説明するのを手伝って」

ローガンの唇にわずかなほほえみが浮かんだ。目がぱっと明るくなった。「お母さんはおれを撃とうとするんじゃないか？」

「たぶんね」

「それならぜひ行かせてもらおう。とても見逃せない」

ローガンは礼儀正しいドラゴンになるだろう。尻尾をしまい込み、牙を隠し、かぎ爪を膝の上で揃えるだろう。マッド・ローガンを夕食に招待してしまった。これで二度目だ。

母も気の毒に。

ローガンの携帯電話が鳴った。彼は目をやって毒づいた。

「どうしたの？」

「ルアンの姉がヒューストンに到着した。会わないといけない」

わたしは感情のもつれをほどこうとした。ほっとしたのかがっかりしたのかよくわからなかった。「じゃあ、またの機会に」

「夕食の時間は？」

「いつも五時半か六時だけど」

「それなら大丈夫だ」

わたしは携帯電話を見た。三時十五分。これなら間に合うだろう。

「止めてくれ」ローガンが言った。

トロイは高速道路を降りてガソリンスタンドに入った。

「あとで行く」ローガンが言った。

「待ってる」それは本気だった。

彼はドアを開けて外に出て、かがんだ。「ミズ・ベイラーが行きたいという場所に送っていってくれ」

「わかりました」

ローガンはにっこりしてドアを閉めた。

トロイは車を出した。「ミズ・ベイラー、どこに行きますか？」

「ネバダよ。テイクアウトを買いたいから、ちょっと寄り道してくれる？」

「仰せのとおりに」トロイが答えた。

これでいい。わたしは〈タカラ〉に電話した。妹たちは結局スシにありつけることになりそうだ。

5

助手席の窓の外を高速道路〝ケイティ〟が飛び去っていく。道はいつになくすいていて、なめらかな五車線には五台ほどしか走っていない。一時間もすれば仕事帰りの車でとんでもなく混みあうだろう。一日中雨が降ったりやんだりしていたが、ついに絶え間なく降り始めた。まるで巨人が街にシャワーをかざしているように雨が打ちつけてくる。

わたしは後部座席の隣に置いたビニール袋を撫《な》でた。スシに大金を使ってしまったけれど、かまわない。悪夢のような日にあったあとだけに、妹たちには世界中のスシを買い占めてあげたいと思った。二人が生きているのがありがたくて、家に帰ったら抱きしめてしまいそうだ。二人とも気味悪がって、頭の検査をしてもらえと言い出すだろうけど。

バックミラーに映ったトロイが顔をしかめた。「シートベルトしてますか？」

「ええ。どうして？」

「トヨタのSUVがついてくるんです。スピードを上げて車線を変えて、まうしろまで来ました。こっちは制限時速より十キロ近く遅く走ってるし、ほかの車線は空いてるのに抜こうとしない」

わたしはグロックを取り出し、色つきのリアウィンドウからうしろを見やった。黒のSUVが車体三台分ほどうしろを走っている。雨で運転席にも助手席にも黒い人影しか見えない。わたしは携帯電話でナンバープレートを撮った。きれいな画像とは言えないが、アップロードしてフィルタをいくつかかければ読めるはずだ。

「車の前後に搭載のカメラで撮影してますよ」トロイが言った。

それはいい。ローガンのそういうところが好きだ。彼は先を読んで徹底的に対処する。それは喜んで認めよう。「もうすぐ出口よ」

「ええ」トロイはバックミラーをたしかめた。「ついてくるかどうか見てみましょう」

出口を示す表示板が点滅している。出口へ分岐する車線はもとの車線と平行に走っている。前方に分岐を示すコンクリートの防護壁が迫ってきた。左側はこの高速道路のままで、右側は出口に続く高架道路になっている。

防護壁が真正面に迫ってきた。

トロイは右に急ハンドルを切って出口の車線に入り、アクセルを踏み込んだ。レンジローバーはいっきに加速した。うしろのSUVもスピードを上げた。車ははるか下に地面をのぞむカーブした高架道路を飛ぶように走っていく。

左側の車線に黒のサバーバンが並行して走っている。雨が打ちつける助手席の窓の向こうに、男の顔がにじんで見える。三十代なかば、撫でつけた金髪。男はウィンドウに顔を近づけてにやりとした。サバーバンは猛スピードでわたしたちを抜いていった。サバーバンのうしろの濡《ぬ》れた路面が霜で真っ白になった。氷が道をおおっている。

レンジローバーが滑った。胃が飛び出そうになるほど体が左右に揺さぶられる。わたしは目の前の座席につかまった。車は後部を振るようにして高架道路を滑っていく。バックミラーに映ったトロイの顔が真っ青だ。胸はパニックで早鐘を打っている。コンクリートのガードレールが目の前に迫ってきた。金属がこすれるいやな音が車内に響く。三十メートル下には駐車場が広がっている。

二人とも死んでしまう。

トロイはハンドルを戻そうと必死だ。車はピンボールマシンの球みたいに凍ったカーブの深みをえぐり、そのまま飛ぶように走っていく。目の前の道が氷で輝いている。スピードが速すぎるが、トロイが急ブレーキをかけたら車は横滑りしてわたしたちは死ぬだろう。車が左に、そして右に滑る。トロイは少しでもスピードを落とそうとして小刻みにブレーキを踏んだ。

左からトレーラーがうなりをあげて現れ、どんどん近づいてきた。車はトレーラーとガードレールの間にはさまれ、車体を左右に揺らして走っていく。

さっきのSUVがトレーラーのうしろに滑り込んできた。助手席の窓が開く。

ローガンが装甲につぎ込んだ資金が充分だったことを祈るしかない。

「撃ってくる！」

車のうしろの路面に銃弾が降った。何かが悲鳴のような音をあげた——タイヤにあたったのだ。ゴムインサートがあるから走り続けることはできるが、ハンドルさばきがとんでもなく難しくなってしまう。

レンジローバーはまた氷の上で横滑りした。トロイはなんとかハンドルをコントロールしようとしている。

相手はローガンがいる間は襲ってこなかった。ローガンと対決する覚悟はまだなかったのだ。つまり、今も正体を隠したいと思っている。もしわたしが誰かを狙うなら、攻撃から身元がばれるのを避けるために盗難車を使うだろう。追ってくるSUVが盗難車なら、装甲はないはずだ。

わたしはウィンドウを開けようとした。ロックされている。

「ウィンドウを開けて」

「できません。シートベルトをはずしちゃだめです」

「トロイ！」

「窓を開けていて車がぶつかったら、体が外に飛び出してしまう」

高速道路を降りるしか生き延びるチャンスはない。「窓を開けなかったら相手は撃ち続けてくるわ。この車は防弾でも、もし弾が跳ね返ったら無関係の車にあたってしまう。ウィンドウを開けて！」

ウィンドウが開いた。わたしはシートベルトをはずし、SUVに狙いをつけ、続けざまに五発撃った。ウィンドウのガラスが割れた。SUVはがくっと速度を落とした。トレーラーがSUVとこちらの間に入り込んできて射撃を邪魔した。

マガジンはあと三つ。

前方に、ハマリー・ブールバードに出る分岐車線が見えてきた。

トレーラーはうなりをあげて加速した。トロイはアクセルを踏み込んだが遅かった。わたしはシートベルトを締め、自分やトロイを撃たないように銃口を右側に下げた。

トレーラーがぶつかってきた。レンジローバーは前に飛び出し、滑り、コントロールがきかなくなった。トレーラーはこちらの車を追い越して左車線に戻った。車が何か硬いものにぶつかり、体に衝撃が走った。銃が指をすり抜ける。シートベルトが肩と胸に焼き付き、肺から空気を押し出した。

わたしは目を開けた。ダッシュボードからしぼんだエアバッグが垂れ下がっている。トロイはぐったりと座ったままだ。衝突でトロイ側のドアがへこみ、座席がうしろに押し付けられて、膝を抜くことができない。グロックはたぶん右側の足元に転がっているのだろう。でも手も届かない。くそっ。

「トロイ?」

　答えはなかった。

　彼の首に手を当てると脈がある。わたしは医者ではないけれど、脈は弱くはなく、規則正しかった。鼻の前に手をかざすと息を感じる。大丈夫だ。トレーラーはどこだろう? 振り向いてうしろを見ようとしたが、肩越しに振り返ることしかできなかった。トレーラーはいなくなっている。

　SUVが右側の車線前方に停《と》まっている。避けて走る車など関係ないかのようにこちらを向いている。運転席のドアが開いた。ドアの下に脚が見えた。先が蹄《ひづめ》だ。

　恐怖の波が押し寄せた。気分が悪くなるような圧倒的な恐怖だ。胸がどきどきする。全身に冷たい汗がにじみ出て腕の毛が逆立つ。車から出なくては。今すぐに。

　二本目の脚が見えた。ドアの上に大きくて暗い何かがたたずんでいる。その暗い何かがはじけ、革っぽいこうもりの羽のようなものが広がった。

　胸が痛い。喉は苦しく、息ができない。震える手でシートベルトをはずし、必死に脚を抜こうと力を入れたが、はさまって動かない。

　これが現実のはずがない。神秘の領域から怪物を召喚する話は聞いたことがあるけれど、本物の悪魔を呼び出したなんて話は知らない。けれどもそれはそこに存在している。本能のすべてが理性の説明を否定している。

その生き物がこちらに歩き出した。パニックが冷たい手でわたしを羽交い締めにする。

その悪魔は体長二メートル以上で、緑と茶色の大きな羽に太い血管が走っている。筋肉質の腕と胴体にはびっしりニシキヘビの鱗《うろこ》が並んでいて、それを切り裂くように胸の上に骨格が盛り上がっている。首と肩にも骨が鋭く突き出している。その生き物は恐竜のような尾を力強く左右に振っている。

わたしは気が遠くなるのを感じた。目の前に小さな黒い点がいくつも浮かぶ。今逃げないと気絶してしまう。

悪魔は出口用の車線と本車線を隔てるコンクリートの防護壁を飛び越えた。蹄が地面にあたって音をたてる。頭にはフードをかぶっており、その下から恐ろしい顔がこちらを見返していた。青ざめた皺《しわ》だらけの顔。二つの裂け目が並ぶ鼻、斜めになった冷酷な目。その目は真っ赤に燃えている。横に裂けた口からは細く尖《とが》った牙が並んでいるのが見える。

わたしは必死に脚を引き抜こうとしたが、シートは動かない。どうか神さま、わたしをここから出してください。どうか、どうか……。

悪魔がぐいっとドアを開けた。

死にたくない。もう二度と母を抱きしめられないなんて。妹たちが大人になるのを見ることもできない。バーンの卒業に立ち会えない。レオンの魔力がなんなのかわからないままだ。ローガンとの間にチャンスがあったのかどうかもわからない。

わたしがいなかったら家族はどうなるだろう。

今日死ぬわけにはいかない。相手が悪魔だろうがなんだろうが、呆然《ぼうぜん》として動けないままおとなしく引き裂かれるわけにはいかない。今日はだめだ。いつだってだめだ。

悪魔がわたしの喉に手をかけ、引き寄せた。怪物じみた顔がこちらに近づき、口が大きく開いてぎらつく歯が見える。悪魔は興奮で目を赤く輝かせながらわたしの喉を絞め上げた。

嘘《うそ》だ。わたしの魔力が反応した。

わたしは両手を悪魔の首にかけ、全力で押した。肩に痛みがはじけ、腕を駆け下りる。痛みは光となって花開き、悪魔の体に深く嚙《か》みついた。悪魔は叫んだが、光はその体を押さえつけた。わたしは必死に力を込め、魔力のすべてを相手の体に注ぎ込んだ。

鱗が透明になり、その下の人間の肌がちらりと見えた。悪魔ではない。幻覚の使い手だ。この詐欺師め！　焼け死んでしまえばいい！

幻覚が崩れ、仮面が震えてはがれ、叫ぶ男の顔が現れた。大きな口が苦痛にゆがんでいる。

光の筋が視界をかすめた。手を離さないとわたしも死んでしまう。

わたしは男の首から両手をもぎとった。男の体が倒れかかってきて、わたしは横向きにシートにぶつかった。男の体の重みで体がつぶれそうだ。背中がきしむ。わたしの上で体が痙攣《けいれん》し、黒いブーツが空を蹴っている。どこにも逃げられない。唇からはピンクの泡がこぼれている。全身の力で押しやると、男の体は車の中に半分入り込むようにして座席の脇に落ちた。

男が本当に死んだかどうかはわからない。わたしは確信がほしかった。洟が出て涙が頬に流れていたが、パニックは消えていた。ようやく床に銃が落ちているのが見つかった。でも手が届かない。

わたしはシートを握って背を伸ばし、前に体を倒した。膝が動いた。わたしは左足に寄りかかり、体重を利用して右足を引き抜いた。

男の脚がかすかに震える。もしまだ生きていたら……。

わたしは左足を引き抜いた。座席に飛び込んで銃をつかみ、男の胸に左側から三発弾を撃ち込む。もしまだ死んでいなかったとしたら相当気を悪くしただろう。不思議だ。わたしは母になったような気がした。これは母が言いそうな言葉だったから。

相手のSUVは動かなかった。運転席のドアは開いたままで、撃ってくる者はいない。幻覚の使い手を追いかけてくる者もいない。

わたしは死体の髪をつかんで持ち上げ、顔を見た。目鼻立ちのはっきりした日に焼けた顔。三十代で、黒いTシャツ、トレンチコート、黒の迷彩ズボンという姿だ。一度も見たことのない顔だった。

わたしはちゃんとした私立探偵で、事故に巻き込まれただけだ。おそらく料金所のカメラに衝突の様子がとらえられているだろう。これまでの経験から考えれば、警察に通報して警官と救急車が来るまでここで待つべきだ。トロイが首に怪我《けが》をしたのなら、動かすと麻痺《まひ》が残る危険がある。内臓の出血で死ぬかもしれない。

でもこのままではトロイもわたしもいいカモだ。あのトレーラーが戻ってきてまたぶつかってきたら、金属のパンケーキと血糊《ちのり》しか残らない。あの幻覚の使い手を送り込んだ者は、彼が仕事を果たしたと思い込んでいるだろう。わたしが警察に助けを求めたことが知られたら、わたしたちが死んでいないことがわかってしまう。今度は誰が現れるかしれたものではない。

わたしは死体のTシャツをつかみ、車の中に引っ張り込もうとした。重い。Tシャツが裂ける。くそっ。男の両脇に手を入れ、脚を使って持ち上げる。ようやく死体がずるずると動いた。それを横向きにし、膝を折り込み、ドアを閉める。ここまでは順調だ。わたしは右うしろのドアを開け、道路側に出ないようにしながら前の助手席に乗り込んだ。

トロイは動かない。出血はなく、目に見える外傷もない。わたしは彼のシートベルトをはずし、ふたたび脈をたしかめた。まだ生きている。

衝突の衝撃でレンジローバーの左側が押しつぶされた。ボンネットはほぼ無傷だが、運転席のドアはとても使えない状態だ。どうやっても開かないだろう。トロイを外に出さずに車の中を移動させるしかない。

一台のトラックが通りかかり、路肩に止まったままのSUVを避けようとしてよろめいた。SUVには人の気配がない。二人乗っていたのはたしかだと思ったけれど。

助手席の脇にスイッチがあったので動かすと、シートがほぼフラットになるまで倒れた。

そのとき、青いSUVが出口の車線に入りかけてすぐにハンドルを切り、こちらに戻ってくるのを見て、わたしは胸から心臓が飛び出しそうになった。

トロイの体をつかみ、揺さぶらないようにしながらフラットシートの上に少しずつ引っ張り上げる。ようやく彼の体がシートに横たわった。

これで運転席は空だ。わたしはトロイの体を乗り越えて座った。足がやっとペダルに届いた。シートを前に動かすレバーは反応しない。わたしは座席の端に座り、ブレーキを踏んでエンジンスタートボタンを押した。

お願い、動いて。頼むから動いて。

エンジンが息を吹き返した。これほどうれしい音はない。

わたしは車をバックさせた。ドアがきしんではがれ、ふいに車が軽くなった。エンジンが止まりかけたのでわたしはアクセルを踏み込んだ。家までは十五分。わたしはハマリー・ブールバードを走り、トライウェイで左に折れ、たたきつける雨で水浸しになった裏通りの小道をジグザグに縫って走った。

時間がもどかしいほどのろのろと過ぎていく。レンジローバーは咳《せ》き込み、きしみ、いつ止まるともしれない状態だ。わたしは気が気ではなかった。バックミラーを何度もたしかめたが、トレーラーの姿はなかった。

トロイが身動きした。わたしはそちらを見やった。何度もまばたきして起き上がろうとしている。

「動かないで」

彼は言うとおりにした。

「どこが痛む？」

「後頭部です。視界がぼやけてる。何があったんですか？」

「あなたを家に連れ帰るところよ」

「知らせなきゃ……」彼はポケットをたたいた。

「動いちゃだめ。もうすぐ着くから。ローガンが監視チームにうちを見張らせてるの。その中に救命士がいるはずよ」

「通報しないと」

「安全が確保できたらね」

通りが次々と飛び過ぎていく。雨の中からうちの前の通りが現れたとき、わたしは泣きそうになった。わたしは車を家の裏にまわした。工業用の大きなガレージドアが一箇所開いている。レンジローバーはそこから滑り込み、軍用ハマーのバンパーの一歩手前でタイヤをきしませて止まった。

「いったいなんの騒ぎ……」祖母がレンチを手にしてハマーのうしろから出てきた。その目がレンジローバーのぐしゃぐしゃになった車体とわたしの顔をとらえた。真っ青な顔をしていたにちがいない。七十二歳の祖母が全速力で走っていってドアのリモコンボタンを押したからだ。強化ドアががらがらと下りて外界を遮断した。

倉庫内の居住区域に駆け込むと、祖母が金属柵の棚から救急キットを持ってきた。娯楽室からアニメの音声がもれてくる。わたしは部屋をのぞき込んだ。金髪で小柄なアラベラがソファに寝そべっている。アラベラより背が高くて細く、髪は黒っぽいカタリーナがブラシやヘアリボンが散らばった中に座っている。その前に座っているのはマチルダだ。マチルダの両脇には、体の隅の色が濃くなった大きなヒマラヤンとバニーがいる。マチルダの髪の半分は複雑な編み込みになっている。

全員がこちらを見た。

わたしは無理に笑ってみせた。「マチルダ、お父さんはどこ?」

「お昼寝してる」

「スシだ!」アラベラはきっかり〇・三秒で完全に起き上がり、ソファから跳び下りた。

「ちょっとお姉さんたちを借りてもいい？」

カタリーナは顔をしかめた。「これ、手を離せないんだけど——最初から全部やり直しになっちゃうから」

「黙って言うことを聞いて」

わたしの真剣な口調が伝わったのだろう。妹たちは動いた。

「車庫に死体が一つと怪我人が一人いるの」わたしは静かに言った。「おばあちゃんが見張ってるわ。カタリーナはマチルダといっしょにこの部屋にいて、全力で守って。守るためなら何をしてもいいから。力を使う必要に迫られたら、使って」

カタリーナの顔が青ざめた。「わかった」

「アラベラ、バーンはいる？」

「〝悪魔の小屋〟だけど」

「全館封鎖だって伝えて。ママは？」

「見張り塔」

「レオンは？」

「ゲームやってる」

よかった。レオンはコンピュータ室でバーンといっしょだ。

「ネバダ、大丈夫？」カタリーナが言った。

「ええ」

「誰かが追ってくるの?」アラベラがささやくようにきいた。

「わからない。行って」

アラベラはロケットのように飛び出し、カタリーナは急いで娯楽室に戻った。わたしは通路のインターコムに駆け寄った。

「ママ?」

「何?」

「帰り道、襲われたの。車庫に負傷者一人、死体が一つ。救命士が必要よ。ローガンのチームと連絡とれる?」

「待って」

わたしは返事を待った。

インターコムが音をたてた。「玄関を開けて」

わたしは通路を抜けてオフィスに急ぎ、ドアまで行ってモニター画面を確認した。戦闘服姿の男が二人、雨の中を入口に駆け寄ってきた。一人は救急バッグを持っている。わたしはドアを開け、二人を中に入れてしっかり鍵をかけると、車庫に案内した。

救命士はトロイに駆け寄り、もう一人は死体のそばに行ってヘッドセットに向かって早口で話し始めた。

わたしはローガンに電話した。連絡先を見なくてもわかる。情けないことに覚えてしまったからだ。通話は留守番電話に切り替わった。メッセージも自己紹介もなく、電子音だけが聞こえた。

わたしは咳払《せきばら》いした。「高速道路で車が襲撃されて、トロイが負傷したわ。あなたの部下が手当してる。相手は三台。トレーラー、トヨタのSUV、黒のサバーバン。サバーバンに氷使いがいた。氷使いが道路を凍結させて、SUVが撃ってきた。トレーラーに道路から押し出されそうになってこちらの車は料金所に激突。幻覚の使い手が追ってきたけれど、わたしが殺した。死体は確保。折り返し連絡をちょうだい」

わたしは通話を切り、救命士のほうに行った。

ローガンの部下の救命士がトロイを診察し、脳震盪《のうしんとう》だと断定したが、その頃にはわたしはすっかりアドレナリン切れになっていた。わたしは死んだ男の写真を携帯電話で何枚か撮影し、車庫を出た。コーネリアスと話をしなければいけないのに、今はとても報告をおこなえる状態ではない。わたしは母がいる見張り塔に足を向けた。ここを塔と呼ぶのは大げさだ。頑丈な木製のはしごをたどって四角い穴をのぼっていくと、屋根近くに見張り台が設けられている。母は足が悪いのにここまでのぼってきた。それは家族の安全を不安視している証拠だ。

わたしははしごをのぼり、跳ね上げ戸から倉庫の最上部に設けられた小さな空間に入った。天井までは一メートル半しかなく、這《は》い上がって低い椅子に腰掛けるのが精一杯だ。母は今まさにそういう格好だった。母が持っているのは狙撃銃の．３００ウィンチェスター・マグナムだ。父と母は屋根を改造して細い窓をいくつか入れたが、狙撃用の塔を作ることまでは考えなかった。塔を作ったのは祖母と母で、アダム・ピアースがうちの前に停めたローガンの車を子どもを使って爆破したあとのことだ。

ここからだと倉庫の北、南、東、そしてそこにつながる通りや駐車場を見晴らすことができる。倉庫は長方形で、祖母の車庫が通りに面する西側が長くなっている。屋根のせいでそちら側が見えないので、直接狙うことはできない。

わたしは母の隣に座った。

母は手を伸ばしてわたしを抱きしめた。

わたしは泣きそうになった。

「怪我人の具合は？」

「脳震盪だって。衝突で気絶したみたい」

「たいしたことはないのね？」

「救命士が見たかぎりはね」声が重いのがわかる。「わたしの車、だめになっちゃった」

母は驚かなかった。「何があったの？」

「電光念動力の弾幕使いに足止めされたとき、ローガンが車を真っ二つにして盾代わりにしたの」

「怪我は？」

「かすり傷」

「ローガンは？」

「かすり傷」

「相手は？」

「わたしが殺したわ」

「じゃあすべて問題なしね」

「イエスでもありノーでもある」

口を開いたとたん、言葉が自然にあふれ出した。フォースバーグに投げ飛ばされたこと、フォースバーグの死、忘れようにも忘れられない血だまりと化した二つの眼窩《がんか》、殺された弁護士たちの最期をとらえた映像、凍りついた高速道路、高架下の駐車場、悪魔、トロイの首が折れていないようにと祈ったこと。

母は何も言わなかった。無言でわたしをまた抱きしめてくれた。

「コーネリアスに報告しないと」わたしはそう言った。

「コーネリアスはしばらく目を覚まさないわ。睡眠薬を二錠のませたから」

「そう」

「彼は動物たちを含めてあらゆるものをうちに運び込んだの。それからマチルダに料理を作ろうとしたんだけど、カタリーナたちがレーズンとブラウンシュガー入りのオートミールを作ってあげるって言ったらマチルダはそれを食べることにしたわ。コーネリアスはキッチンの椅子に座ってぼんやりし始めて、手を震わせていたから、熱いシャワーを浴びさせて、睡眠薬を二錠のむのを見届けた。さっき見たときは熟睡していたわ。奥さんが亡くなってから一睡もしていなかったから、寝かせないと」

「そう」うちの母にノーと言える人はいない。

母はわたしの顔から髪をかき上げた。「大変だったのね」

「ええ。でもいいの。自分から飛び込んだんだから」

携帯電話が鳴った。画面を見るとローガンだった。

「もしもし？」

「今から行く」それだけ言うと電話は切れた。

わたしは母を見た。「メキシコの虐殺王が来るそうよ。助かった」

母はふふっと笑った。「寝なさい」そして床の上の狭いエアマットレスを指さした。

わたしは言われたとおりにした。母が柔らかい青い毛布をかけてくれた。ここは暖かくて毛布は気持ちがいい。脚がとても重い。ふいに疲れがのしかかった。でもここは安全だ。

母が見張っていてくれる。

「体を休めなきゃ」

「なんだか変な気持ち」さっきまでの悲惨な出来事がまるで他人の身に起きたことのようだ。

「ショックを受けたのよ。パニックになって魔力を使うと不思議な副作用があるの。体が回復の時間を必要とするのよ。力を抜いて、忘れなさい。あなたのローガンが着いたら教えるから」

「わたしのローガンじゃないわ」

母はにっこりした。「そうよね」

わたしはあくびした。「あの人は悪い男。どうしてわたしが悪い男を好きにならなきゃいけないの？　どうしてああいうタイプじゃない安定した普通の男性が見つからないの？」

「さあ」母は両手を広げてみせた。

わたしは母を横目で見た。「大人のくせに」

「あなたも大人でしょう」

「ママのほうがずっと年上よ。経験も豊かだし」

母はうしろにもたれて笑った。

「十五歳みたいな言い方だっていうのはわかってるけど」わたしはきまり悪さを口調に出そうとしたが、疲れすぎていて難しかった。

「今のあなたより五歳若かったとき、おじいちゃんに同じことをきかれたわ」母が言った。

「そうなの？」レオンおじいちゃんはパパが大好きだったとフリーダおばあちゃんはいつも言っている。パパより前の誰かのことだろうか？　でもそんなはずはない。わたしが生まれたのは母が二十歳のときだったから。

「お父さんはつらい人生を送ってきたの。いろいろ問題があって」

「問題って？」わたしは必死に目をつぶるまいとした。

「誰かにつけられてるとか、顔が変で人に見られていると思い込んでしまって、人混みに行けなかったり」

「パパが？」

「ええ。仕事も長続きしなかった。持っていたのは高卒の資格だけで、働き口といえば黙って人の指示どおりに動くようなものが多かったの。でもお父さんは物事を変えようとした。効率を上げてよりよい結果が出る方法を指摘したの。しかもたいていその指摘は正しかった。職場の方針に妥協しようとしなかったから、いつもくびになってしまうの」

それなら理解できる。父は正義感の強い人だった。どんなことにもプロ意識を持っていて、道義に反することは絶対にしなかった。

「そのうちあなたが生まれたけれど、蓄えもなければ保険もなかった。おじいちゃんもおばあちゃんもお父さんを入隊させようとしたの」

これも意外ではなかった。レオンおじいちゃんもフリーダおばあちゃんも軍の経験があるからだ。二人にとって入隊とは安定した給与、医療保険などを意味した。転勤や実戦という不安はあっても、軍には民間の世界にはない奇妙な安定感があった。

「お父さんは入隊できなかった。身を隠す事情があって、入隊するとそれが難しくなったから」

「身を隠すって、何から？」

母はため息をついた。「複雑なの。ただお父さんにはお父さんなりの理由があって、その理由は正当なものよ。でもうちの親は理解しなかったの。子どもは作れるのに、責任をとってその子の面倒を見ようとはしない負け犬だとしか思わなかったのね。レオンおじいちゃんは面と向かってお父さんを腰抜け呼ばわりしたし、フリーダおばあちゃんはわたしをランチに連れ出して、お父さんを捨てて家に戻るように説得したわ。〝あの男がまたあなたの邪魔をしたら脚を引き抜いてやる〟って言って」

わたしは口を閉じるのを忘れてしまった。

「おばあちゃんの言葉には説得力があって、それが正しいんだ、別れたほうが楽なんだと一瞬思い込みそうになったわ。でもお父さんを愛していたから関係なかった。お父さんがどうしてああなのかわかっていたの。お父さんもわたしを愛していたから、全力を尽くして生活をよくしようとしてくれたわ。そしてあなたが六カ月のときわたしは入隊して、あなたのことはお父さんにまかせたの。あんなにつらいことはなかった。おばあちゃんが折れたのはそのときよ。わたしが新兵訓練に向けて出発してから一カ月後に帰宅したとき、きっと家の中は汚れたおむつだらけでお父さんは首を吊《つ》っているだろうと思っていたけれど、部屋はごみ一つ落ちていなかった。あなたはすっきりと清潔で食べ物もちゃんと与えられていたわ。お父さんはあなたの世話も、妹たちの世話も完璧だった。その後もレオンおじいちゃんに頼まれればお父さんはいつでも助けたし、感謝を強要することもなかったわ。お父さんはいい人だった。お父さんのことが自慢だったし、妻でいることが誇らしかったものよ」

「パパなら何か起きても逃げようとは思わなかったわね、きっと」

「あなたの命がかかっているとなったら、なんのためらいもなかったでしょうね。家族の安全を守るためならなんでもしたと思う。銃で相手の眉間を撃ち抜く必要にかられても迷うことなくそうしたはずよ。あなたは負傷した仲間を抱えて、その安全を守るために全力を尽くした。お父さんはきっと誇りに思ってくれるわ。それだけは間違いない。ネバダ、事務所はお父さんの遺産よ。事務所を成長させて、名前に恥じないものにして」

今のベイラー探偵事務所は、〝最悪の泥沼にはまり込むけれど超人的な努力で抜け出そうとする事務所〟として有名なだけだ。

「ともかくこの長い話の教訓は、自分を父親と比べろということじゃないの。これは自分の人生だということを忘れないで。あなたには人生に対する責任がある。わたしがコントロールすることはできないし、アドバイスをあげたいとも思わない。そんなことをしても意味がないからよ。わたしが何を言おうとあなたは結局自分の中の正義に従うでしょう」

母は膝の上で両手を組んだ。「あなたの中の正義は何？」

「わからない」

「じゃあわかったら教えて。マッド・ローガンを撃ってほしいというなら、ちゃんと準備しておきたいから」

「ローガンのことは誤解していたわ」わたしは半分寝たまま小声で言った。「人格異常者だと思ってたけれど、あの人は部下が殺されたのがつらいみたい」

「部下の失敗に腹をたてただけじゃないの？」

「いいえ。自分では隠そうとしていたけれど、心がずたずたになっていたのがわかったわ。昨日は自分で遺族に知らせに行ったの。アダムを追っていたときは、バグに対する空軍のやり口に本当に怒っていたし。そのときはそれほど大事なことだとは思わなかったけれど、今になるとわかる」

「結局マッド・ローガンも人間ということね」

「ある意味ね。部下のことは大事にする人。ただそれ以外の人についてはどうなのかわからないけれど。ママ、彼は今でも戦場にいるの。やるかやられるかなのよ。その中間が存在しないの」

「なるほどね」

わたしはあくびをした。「彼を夕食に招待したわ。ママが心臓発作を起こさないように先に言っておかなきゃ」

母が何か答えたが、その声は遠くて聞き取れなかった。のろのろした毛虫みたいに思考が頭の中から這い出していく。わたしはあきらめて眠りに身をまかせた。

6

声が聞こえてきてわたしは目を覚ました。目を開けると母がいない。見張り塔は空っぽで、窓の細いガラスから入ってくる外光と、下に続く四角い穴からの明かりだけが中を照らしている。わたしは携帯電話をチェックした。四十分寝ていたようだ。頭がぼんやりして、起き上がりたくなかった。寝心地のいいエアマットレスでぬくぬくと丸まっていたかった。もう少し眠りたい。

はしごがきしむ音がして、誰かが急ぎ足でのぼってくるのがわかった。

誰なのかたしかめるため、わたしは腹ばいになって起き上がり、両手をついて開口部をのぞき込んだ。その瞬間、ローガンが頭を出した。顔と顔がすぐそばにある。彼の目に圧倒的な安堵感《あんどかん》があふれた。

ローガンに会えてうれしかった。

「怪我《けが》は？」彼との間は数センチしかない。

「今日わたしにそれをきくのは二度目ね」わたしは顔を寄せた。自分を止められなかった。

「口説くならもっといいせりふを考えて」

ローガンははしごに足をかけたまま上半身を乗り出し、塔の中に入った。その唇がわたしの唇に重なった。

まるで焼けつくようだ。ぼうっとした眠気は一瞬で吹き飛んだ。サンダルウッドの香りがして頭がくらくらする。わたしは彼の唇を舐《な》めた。最高の味わいだ。彼の口から低い声がもれる。そうよ、その声を聞かせて。

手でうなじを撫《な》でられ、歯で下唇を噛《か》まれてわたしははっと息をのんだ。感覚が研ぎ澄まされていき、内側から肌が熱くなる。まるで生き返ったかのようだ。彼に触れてほしい。ざらついた指の熱い感触を肌に感じたい。そして彼を中に感じたい。そんな思いにショックを受けて口を開くと、すかさず舌が入ってきてわたしの舌に触れ、呼吸にぴったり合わせるかのように吸った。その舌は征服し、誘惑し、じらし、逃げる隙を与えるそぶりを見せて引っ込むが、ふたたびわたしの唇を我がものにする。

ベルベットのようなぬくもりがうなじを撫でた。ローガンの魔力が二人を結びつけ、形を持たないはちみつのような流れが肌を焼いていく。それはじりじりと背筋を滑り、神経のすべてに火をつけていく。体は記憶にあるあのエクスタシーを求めている。ああ、どうしてこんなに気持ちがいいんだろう？

ローガンの手が胸を滑って丸みを包み込んだ。そう、触れて。彼がはしごを一歩のぼった。またもう一歩。

完全にのぼりきったら、二人は今ここでセックスしてしまうだろう。

母のエアマットレスの上で。

わたしは彼を押した。その体は一瞬その場に留《とど》まり、彼はバランスをとろうとして息をのんだが、大きな音とともに滑り落ちた。

わたしは穴をのぞき込んだ。ローガンははしごの途中につかまり、こちらを見上げている。わけがわからないという顔で両手を広げている。

「どうしたの?」母がどこか下から声をかけた。

「マッド・ローガンがはしごから落ちたの」わたしは身の縮む思いでつかの間ぎゅっと目を閉じた。

「救命士が必要だと思う?」

ああ、とローガンが唇だけで言ってわたしを指さした。

だめよ。セクシーな癒しなんてあげないから。「大丈夫、いらない」

ローガンは決然とした顔でまたはしごをのぼろうとした。

「今からそっちに行くそうよ」

ローガンはわざとらしくため息をついてはしごを下り、そこで立ち止まった。なるほど、これからわたしがはしごを下りる間、彼はお尻を眺めて楽しむというわけだ。いや、どいてくれるかもしれない。

　彼は動かなかった。

　しかしわたしが下に下りると、ローガンは〝おれは超一流だからおまえなんか小指で簡単にひねりつぶせる〟という顔に戻っていた。たぶん母と祖母がそばにいたからだろう。二人は娯楽室のドア口に立ってスクリーンを眺めていた。レオンがそのそばをうろうろしながら、生意気盛りのティーンエイジャーらしくもない従順な愛情のこもった目でローガンを見つめている。なぜかレオンは千の燃える太陽並みの情熱でローガンを崇拝していた。

　わたしは娯楽室に入った。ローガンもあとから入ってきた。ローガンの部下のアフリカ系の女性が床にあぐらをかいて座り、そばにテレビとコードでつないだノートパソコンがある。もう一人、四十代のたくましい男性がソファに座って前かがみになり、いつでも飛び出せるかのように足に体重をかけている。スクリーンには凍った路面が映し出され、視界は左右に揺れながら氷の上を飛ぶように滑っていく。

　母と祖母はまったく同じ表情だった。顔は険しく、そこには怒りがあった。

「トロイは昇給に値するわ」わたしはつぶやいた。

「そうする」ローガンの声も険しかった。「あいつの命を救ってくれて感謝する」

「わたしはそんな……」

「この映像はもう見たんだが」ローガンが言った。「助かったのはきみのおかげだ。守ってくれてありがとう」

映像の中でわたしが怒鳴っている。〝窓を開けて！〟

あんな怒鳴り方をしていたなんて気がつかなかった。

女性がキーボードに指を走らせた。映像が後部カメラのものに切り替わり、ＳＵＶのフロントガラスが割れた。

「一発で仕留めたわね」母が言った。

「えっ？」

「ズームインして」

映像が数秒巻き戻され、コマ送りになってフロントガラスにズームインした。銃弾がガラスを引き裂き、助手席の黒い影にあたった。人影は跳ね返って動かなくなった。幻覚の使い手のあとにあのＳＵＶから誰も降りてこなかったのはこれが理由だ。わたしは助手席の誰かを殺したのだ。

「相当な腕前です」ローガンの部下が言った。

母は祖母のほうを向いた。「危機反応？」

「たぶんね」祖母は顔をしかめた。「わたしに似たのはバーンだけだわ」

「なんの話？」

「いったん止めて」母が言った。女性が映像を一時停止した。

「あなたもお母さんも射撃の腕はおじいちゃん譲りよ」祖母が言った。「あなたはとくにそう。レオンおじいちゃんは狙撃銃を持たせるとひどいものだったけれど、攻撃されると恐ろしいほど正確に撃ち返すの。そういう魔力だったのよ。ペネロープはライフルさえ持っていれば力を発揮できるけれど、あなたが相手を仕留めるには、相手が撃ってこないとだめなの」

「ダブルか」ローガンがそう言ってにっこりした。彼はやけに満足そうな顔をしている。

「続けて」母が言った。

ローガンにあとでどういう意味なのかたしかめないといけない。

映像がふたたび始まった。車が衝突した。悪魔がSUVから出て、トレンチコートを翻しながらカメラのほうに歩いてくる。口元に邪悪な笑みが浮かび、ぎざぎざの歯がむき出しになる。すごい。本物の幻覚使いだ。幻覚にはいくつか種類がある。不可視幻覚の使い手は相手を透明の存在にするが、それは見る者の心に働きかけるためで、カメラには元の姿が映る。オーガスティンのような真の幻覚使いは他者の心に働きかけるだけではなく、物理的な外見も変えてしまう。だから鏡や写真にも幻覚のままの姿が映る。

映像が内部カメラに切り替わった。わたしは後部座席に凍りついたままで、口から浅く息をしている。瞳孔が大きく開き、血の気のない顔の中で目だけが真っ黒に見える。わたしは目をつぶりたかったが、相手を黒こげにする映像を見続けた。わたしはあの男の命を奪った。それを直視しなければならない。

　ドアベルが鳴った。

「あたしが出る！」アラベラが家のどこかで言った。

「高速道路の防犯カメラの映像はバグが妨害した」ローガンが言った。「うちの部下より先に警官がSUVの残骸を発見したが、きみは心配ない」

「SUVにはわたしの銃の弾丸が残っているはずだけど」

「そうだ。だから優秀な弁護士を送り込んで、あの車はうちの車を襲撃するために使われたものだと説明させた。きみはいずれ証言を求められるかもしれない」

「それはどういうこと？」

「有力一族の戦争にはルールがあるということだ。警察は民間人が関わっていないかぎり興味を持たないし、関わっていたとしても目をつぶることも多い」

「車の出所は？」

「今朝、あるオフィスビルの駐車場から盗まれたものだった。サバーバンも別の駐車場の盗難車で、どちらも監視カメラからは死角にあった。この男の指紋は今のところどのデータベースにも該当者がいない」

「手がかりゼロということね」

「そうだ」ローガンの目が険しくなった。彼はわたしの首を見つめている。

わたしは携帯電話を取り出してカメラをチェックした。喉に赤いみみず腫れができている。片方に四つ、もう片方に一つ。幻覚の使い手の指が残した置きみやげだ。

「なんであいつの背中を撃ったのさ?」左側からレオンの声がした。「頭を撃てばよかったのに」

「身元確認に顔が必要だったからよ」わたしはローガンのほうを向いた。「サバーバンに一人乗っていたのが見えたわ」

ローガンの目が輝いた。

「雨で視界は悪かったけれど、あれが氷使いだと思う。三十代ね、たぶん。金髪にスーツ。これだけではなんとも言えないけれど、バグが氷使いの一覧をまとめてくれたらわたしが見るわ。あの男、わたしを見て笑ったの」

「笑った?」ローガンの顔は険しかった。「覚えておこう」

わたしの頭の中で、ローガンは金髪の氷使いの前に立ち男の内臓を手にしている。それならそれでかまわない。

スクリーンにはうつろな目で運転しているわたしが映っていた。まるでゾンビだ。少なくともわたしがしていることが正しいのはわかった。ローガンの部下は殺される前に凍らされている。高速道路をあんなにすばやく完璧に凍らせられるのは〝超一流〟の氷使いだけだ。わたしたちのなんらかの行動のせいで、ナリの殺人犯はわたしかローガンを脅威だとみなしたのだ。

トロイが何か言い、わたしはフロントガラスに目を走らせながら答えた。圧倒的な無力感で心が凍りつく状態とまではいかないが、それに近かった。いつ道路から押し出されるかわからない恐怖と戦いながら家を目指していたときの記憶がよみがえり、冷たい不安がどっとこみ上げた。現在の自分と映像の中の自分との間に距離を置きたくて、わたしは腕組みしたくなる衝動に襲われた。

温かい手を肌に感じた。ローガンのたくましい指がわたしの手を握り、二人の間に絆《きずな》を作った。彼の目は映像に向けられたままでわたしを見てはいない。ただ手を握ってわたしを今ここにつなぎ留めている。わたしは生き延びた。なんとか逃げおおせた。ローガンの目は、今度わたしを殺そうとする者がいたら自分が前に出て守ると告げている。手を振りほどくこともできたが、そうしなかった。わたしは彼にすがった。

「タイヤはアクラに変えたほうがいいわ。あんなに車がよろめいてるでしょう。アクラならインサートが分厚いし、内部チャンバーもある」

「検討することにしよう」ローガンが言った。

「こっちです」妹の声がした。

振り向いて部屋から顔を出すと、オーガスティン・モンゴメリーがアラベラと並んでこちらに向かって歩いてくるのが見えた。母はオーガスティンがローンの即時全額返済を盾にわたしにアダム・ピアース捜索を強要したことを忘れていない。もし母に見つかったらオーガスティンは殺されるだろう。

「すぐ戻るわ」わたしはローガンの手からするりと手を抜き、迫り来る悲劇を防ぐために部屋を出た。

アラベラが天使のような笑顔を見せた。

「どうしてこの人を家に入れたの?」わたしはなんとか声を抑えて言った。

「だってとってもすてきだし」

今日のオーガスティンはいつにも増してりりしかった。肌は輝かんばかりで、白っぽい金髪は完璧に近い。彼の幻覚のレベルは群を抜いている。

「アラベラには年上すぎるでしょう。かっこいいからって誰でも家に入れるのはやめて」

オーガスティンが目を細くした。わたしのうしろにローガンがいるのに気づいたのだろう。

「なんの用だ?」ローガンの声には威圧感があった。

「おまえこそ何をしてる?」オーガスティンはじっとローガンをにらんだ。

「しいっ」わたしはあわてて止めた。「誰かに見られる前にオフィスに入って」母は、わたしが事務所の仕事のリーダー役となって以来、オフィスに入ってこなくなった。わたしは別にかまわないと思っていたが、母はオフィスをプロの領域として尊重したようだ。

わたしは全員をオフィスに追い込んでドアを閉めた。

「ミズ・ベイラー……」オーガスティンは指で眼鏡を押し上げた。

アラベラがすかさずオーガスティンの写真を撮った。

「やめなさい」オーガスティンとわたしが同時に言った。

「オーガスティン、妹に指図しないで。アラベラ、撮影はやめて」

「どうしてこの男と関わってる?」オーガスティンがローガンのほうに手を振ってみせた。

「この前の騒動だけでは足りないっていうのか?」

たいていの人は〝超一流〟であってもローガンとは距離を置く。オーガスティンは真正面からぶつかる。二人は大学の同級生で、友人だったこともあったが、今は犬猿の仲だ。前回二人がオフィスで顔を合わせたとき、相手をけなしあってオフィスを壊すところだった。またあれを繰り返すなら、二人とも心から悔やむことになるだろう。

レオンが細い影みたいにするりとオフィスに入ってきた。やれやれ。事態がまずくなったときに目撃者が増えることになる。

オーガスティンはわたしの返事を待っていた。

「ミスター・ローガンと協力することにしたのは、それがクライアントの利益にとっていちばんだからよ――あなたが押し付けたクライアントのね。二人は正式な契約を交わしたので、わたしはその条項を遵守する立場なの」こう言ったほうが、〝ローガンといると安全を感じるし、キスのことを考えると背筋がぞくっとするから〟と言うよりまともだ。

「ミスター・モンゴメリー、ここへ来たのは何か目的があるから？　それともわたしの仕事上のパートナーの選択を批判するために寄っただけ？」

「理由ならよくわかっているはずだ。あれは最悪の選択だったし、わたしが正しかったと言うためだ」

わたしは息を吸い込んだ。「なんの話かわからないわ」

オーガスティンはまばたきした。「ニュースを見ていないのか？」

わたしはキーボードをたたいてパソコンのスリープモードを解除した。「何を探せばいいの？」

「エイミー・マドリッド、記者会見」

十以上のリンクが現れた。わたしはいちばん上をクリックした。女性が七歳のエイミーを両手に抱いている。そのそばに男性が立ち、二人を抱きしめている。エイミーはヘッドライトに照らされた鹿みたいな顔だ。

わたしはにっこりした。

「九分三十七秒まで早送りしたまえ」

「……ようやく発見となりましたが……」リポーターが言っている。

「緑のマントの女性のおかげです」エイミーの母が言った。言葉があふれ出てくるかのようだ。「あの人たちから聞いたんです。彼女があいつに娘の居場所を吐かせたと。娘の命を救ってくれて本当にありがとう。決して忘れません」

マイクは切れた。スーツの男性がマイクをつかんで言った。「会見はここまでです」

「きみか？」ローガンはあきらめたような顔で言った。

「あの子の生死がかかっていたの」

ローガンはオーガスティンのほうを向いた。「おまえが手助けしたのか？　昼時に何杯マティーニを飲んだらこれがいいアイデアだなんて思えるんだ？」

オーガスティンはむっとした。「わたしはやめるよう説得したんだ。彼女が警察署に行きたいと言ったから、できるだけ人目につかず匿名のままそうできるように手伝っただけだ」

ローガンは腕組みした。「誰かがあの女性に事情を話したらしいな。あの動画はもう二百万回も再生されている。これでネバダは都市伝説だ。人目につかないというのがそういう意味だと思ってるなら、頭を検査してもらったほうがいいぞ」

「顔も体も全部隠した。とにかく、ここに来たのは侮辱されるためじゃない」オーガスティンはわたしのほうを向いた。「前と同じように警告しに来たんだ。今回の件にはそれなりの結果がつきまとう。きみには予想もできないような結果がね。覚悟しておくといい」

そんな言い方をされてもどうすればいいかわからない。「結果が予想できないならどう覚悟すればいいの?」

「それを考えるのがきみの仕事だ」オーガスティンは出ていこうとした。

「待て」ローガンは何か言いたげな顔をしている。「見せたいものがある」

オーガスティンは顔をしかめた。「せめて仕事関係のものにしてほしいね」

「仕事関係だ。ネバダ、車庫に入ってもかまわないか?」

「わたしが案内するわ。静かにね。母を怒らせたくないから」わたしはドアを開けて通路を確認した。誰もいない。

「どうしてわたしがいると母上が腹をたてる?」オーガスティンがきいた。

「考えればわかると思うけれど」

わたしたちは通路を横切り、車庫に入るドアを開けた。

「わたしが最低だというたわごとと関係あるのか?」オーガスティンが言った。

ローガンは真ん中に停めてあるレンジローバーに向かって車庫の中を歩いていった。ヒスパニックの女性が車を見張っていた。

オーガスティンは二台の軍用車を横目で見た――戦車と移動式の火炎放射器だ。「きみのおばあさんはなんの仕事をしているんだ?」

「修理屋よ」

オーガスティンは何か言いたげに口を開いたが、ぐちゃぐちゃになったレンジローバーを見て黙り込んだ。

ローガンは、祖母から盗んだにちがいないダークブラウンの防水シートをかけた担架に近づき、女性にうなずいてみせた。「ありがとう、ティアナ。休憩してくれ」

「わかりました、少佐」ティアナは外に出ていった。

ローガンがシートをめくると幻覚使いの顔が現れた。「このろくでなしを知ってるか?」

レオンとアラベラはもっとよく見ようとそばの無限軌道車の上にのぼった。

オーガスティンは顔をしかめた。「ああ、このろくでなしなら知ってる。誰を追ってたんだ?」

「わたしよ」

「こういう顔じゃなかったか?」オーガスティンが眼鏡をはずした。肌がぼこぼこと沸き立ち、体が二メートル半にふくらんだ。挑発するように肩から革っぽい巨大な羽が突き出した。木の幹のような脚に筋肉が走り、ニシキヘビの鱗《うろこ》が生え、足先に蹄《ひづめ》が現れた。鋭いかぎ爪のついた両腕が前に伸びる。頬を焦がすかのように真っ赤に燃える目、こちらをにらみつける恐ろしい顔。炎のたてがみが肩から背中へと燃え上がった。

「すげえ!」レオンは車から落ちそうになった。

アラベラが笑った。わたしはきっと妹をにらんだ。だめだ。ここで目立とうとするのだけはやめてほしい。

悪魔は盛り上がった肩を動かした。炎の熱が感じられる。においもわかる。どうしてそんなことができるのだろう？　あの男の幻覚は本物に見えた。オーガスティンは存在感まで本物だ。わたしは息をのんだ。

「ええ、そういう外見だったわ。あの男のほうが三十センチ背が低くて、炎もなかったけれど。フードをかぶっていたわ」

「やることが浅いな」悪魔はオーガスティンの声で言った。「本物の炎は集中力が必要なんだ」

悪魔はいっきにしぼみ、しゅるしゅるとオーガスティンに戻った。彼は眼鏡をかけた。

「フィリップ・マクレイヴン、別名アザゼル。この男はいっしょに仕事をした相手にそう呼ばせようとしていた。こいつのせいでうちは大損害を出した」

「どうして？」

「こいつは〝一流〟で、サンアントニオのマクレイヴン家とつながりがあるが、十二年前に複数の犯罪行為により絶縁された。わたしが会ったときはフリーエージェントとして働いていた。本人は優秀な追跡者として自分を売っていた。我々は増員を検討していたし、わたしは常に優秀な幻覚使いは役に立つと考えていた。とくに幻覚が第二の力である場合はね。こいつは幻覚使いであると同時に、〝平均〟上位のサイオニック、理性操作者でもあった」

それでわたしがパニックになった理由の説明がつく。

「わたしはこいつを行方不明者の追跡にまわした。ある有力一族で、一族の娘と結婚したが半年後に出奔した男がいてね」

「銀器でも盗んでいったの？」

「そんなありきたりなものじゃない。男はカリフォルニア・スパイダーで逃げたんだ」

「いい趣味だ」ローガンが言った。

わたしはローガンを見やった。

「一九六一年式のフェラーリだよ。五十三台しか製造されていない」彼が説明した。

「最後に市場に出た一台は七百万ドルで売れている」オーガスティンは皮肉っぽく言った。

「その男はギャンブラーで、頻繁にベガスに通っていた。比較的簡単な仕事だった。マクレイヴンは、その男を見つけて地元チームに引き渡し、我々が胸破れた妻のもとにフェラーリとともに連れ戻す手はずだった。マクレイヴンは男を見つけ、悪魔の姿になり、相手を絞め殺した。さらに悪いことに、この盗人《ぬすっと》は車の中でもらしたんだ」

「配慮に欠けるな」ローガンは落ち着き払って言った。

「内装をめちゃくちゃにするなんて」わたしはつぶやいた。

オーガスティンにはわたしたちの皮肉は通じなかった。「カーペットの繊維にしみ込んだ排泄物《はいせつぶつ》のにおいをとるのは信じられないほど難しい。わたしはマクレイヴンを殺しそうになった。なぜそんなことをしたのか問いただしたら、奴《やつ》は完全に常軌を逸した素顔を見せた。殺したいから殺した、本人の言葉を借りれば、〝恐怖でもらしてる奴の目から光が消えていくのを見るのが楽しいから〟とのことだった」

「魅力的な人ね」自分を殺そうとした男を殺した罪悪感の痛みは、きれいさっぱり消えてしまった。

「奴を消そうかと本気で考えたよ」オーガスティンが言った。

「どうして消さなかったの?」

「まず、奴を雇ったのはわたしだ。経歴チェックの時点で危うい兆候はいくらでもあった。そもそもあのクソ野郎を雇ったのはわたしのミスなんだ。そして奴の母親がサンアントニオからわたしに会いにやってきた。マクレイヴン家はちゃんとした有力一族ではないが、家族の中に〝一流〟が四人いる。その家族に貸しができた」オーガスティンはしばらくじっとローガンを見つめていた。「おまえはどうしてここにいる? どういう役回りなんだ?」

「教えてもいいが、教えたらおまえを殺さないといけなくなる」ローガンが答えた。

誰も笑わなかった。

「今度冗談を言うときはウインクしなきゃ」わたしはローガンに言った。「笑いどころがわかるように」

「冗談を言ったわけじゃない」

「こいつのは冗談ではない」オーガスティンは指先で眼鏡を押し上げた。「かといってわたしが恐怖に震え上がってるわけじゃないがね。代わりに説明しよう。わたしはヒューストンで最大の調査会社を所有している。情報を得ることで生計を立てている。そのわたしが今この件に大変興味を引かれている。利益の上がるほかの案件からこちらに人員をまわすことを考えているほどだ。きみたち二人が息が詰まるまで監視するぞ。オフィスや車に盗聴器を仕掛け、コンピュータをハッキングし、思考だけで顔や体を変えられる者たちに尾行させる。多大な犠牲を払ってわたしの追及を逃れてもいいし、真相を明かしてもいい。結局はわたしがすべてを探り出すのは全員わかっていることだ。わたしは邪魔にもなるし味方にもなる。選ぶのはおまえだ。どちらにしてもわたしは楽しむだけだ」

ローガンは考え込んだ。

オーガスティンは待った。

ローガンが背筋を伸ばした。「フォースバーグの部下がどう殺されたか知ってるか？」

オーガスティンは眼鏡越しにローガンを見やった。「ハリソンをネバダに紹介したのはわたしだ」

「実際に何があったのか知っているかきいてるんだ」

「知らない。ぜひ教えてもらいたいね」

わたしはため息をついてカウンターにある祖母のコーヒーメーカーのところに行った。長い話になりそうだし、コーヒーが必要だ。

ローガンが話し終える頃には一同はオフィスに戻っていた。オフィスなら見つかる心配が少ないからだ。わたしはレオンとアラベラを追い出し、母と祖母を見つけて、何かあったらローガンと話をしているからと伝えた。コーヒーは二杯目で、まだ八時だというのに眠かった。

オーガスティンは眼鏡をとって鼻梁《びりょう》を撫でた。都会的でおしゃれで、非道な武器の詰まったスーツケースを持ち歩く現代の天使だ。

「主要な有力一族がいくつかからむ陰謀があるというわけだな。その目的は?」

「ヒューストンの現体制を揺さぶろうとしている」ローガンが言った。

「そうだ。だがなんのために?」オーガスティンは顔をしかめた。「有力一族はかなりの資金や人材をつぎ込んでいる。それだけの資産を危険にさらすとなると、動機は数えるほどしかない」

「権力、金銭欲、復讐《ふくしゅう》」わたしが言った。

オーガスティンはうなずいた。「そのとおり。アダムが成功してヒューストンの中心部が破壊されたとしよう。株式市場は大暴落だ。理論上は暴落で儲《もう》けることはできるが、地元経済の回復には何年もかかる。長期的に見てビジネスの見通しは暗い」

「それだけじゃなく、有力一族に対する反感も招く」ローガンが言った。「有力一族に敵対する過激派集団の仕業と考えられなくもないが、今回は有力一族のエリートが関わっている。これがどういうことかわかるだろう。いずれ爆発するぞ」

「もしそうなれば、どちらに味方するか決めなくてはならない」オーガスティンがため息をついた。「気に入らんな。何がどうなっているのかわからないのが気に入らない。常に状況を把握するのがわたしの生涯の課題だというのに」

オーガスティンの見えないところでローガンがうんざりした顔をしてみせた。

オーガスティンは顔をしかめた。「おかしなことが起きるのはごめんこうむる。わたしは騒動は好まない。退屈がほしい。ビジネスには退屈がいい」

それはわたしの仕事にとっても同じだ。

オーガスティンはわたしのほうを見た。「ローガンが関わっている理由はわかった。だがきみはなぜだ？　これがどんなに危険かわかっているだろう？」

「ええ」

「じゃあどうして？」

「コーネリアスを助けたいから。でもナリ・ハリソンのためというのが大きいわ」

オーガスティンが眉を上げた。

「人が故人のことを話すとき、よく遺族のことを引き合いに出すでしょう? 〝彼女は妻であり母であった〟とか、〝二人の子と三人の孫を残した〟とか。悲しむ血縁者がいないと故人に価値がないみたいだわ。コーネリアスとマチルダのことはとても気の毒に思うけれど、わたしはナリのことが悲しいの。もっと長生きできるはずだったのに。夢もあったのに、それがかなうのを目にすることもない。マチルダの成長を見届けることも、コーネリアスと年をとることもできない。どこかのうじ虫が彼女を殺すと決めたせいで、もう二度と何も経験できないのよ。こんなことになったのを誰かが憤慨しないといけないと思うの。彼女のために戦って、犯人が二度と人の命を奪えないよう、したことの報いを受けるようにしないと。もしわたしが死んだら誰かに気にかけてもらいたいと思うから、ナリにとってわたしがその誰かになりたいのよ」

小さな人影がこちらに近づいてきた。わたしは黙った。

マチルダはオフィスのドア口で立ち止まった。大きなヒマラヤンと小さいビニール袋を抱えている。猫はおとなしく抱かれたままで、テディベアのぬいぐるみさながらに引っ張りまわされることにすっかり満足している様子だ。

マチルダはわたしたち三人を見てローガンに近づき、猫を差し出した。

「目をきれいにしてあげなきゃいけないの」なんてかわいい声だろう。「お鼻がつぶれてるからばい菌が入っちゃって、目やにが出るの。でもじっとしてられないの」

ローガンは何も言えずにただマチルダを見つめている。彼のこんな顔は一度も見たことがない。おもしろいと言ってもいいほどだ。

「だっこしててもらえますか？」

ローガンはまばたきし、手を差し出してそっとマチルダの腕から猫を抱き取った。猫は満足げに喉を鳴らしている。

マチルダはジップロックの袋を開けてカット綿と小さなプラスチック瓶を出した。細い眉を寄せた顔は真剣そのものだ。カット綿を濡《ぬ》らして猫に近づける。猫は逃げようとするが、ローガンがしっかりと押さえている。

「じっとしてて、いい子だから」マチルダは唇の端から舌をのぞかせてカット綿を持ち、猫の左目を慎重に拭き取った。

不思議な光景だった。ローガンが――大きくて恐ろしくて暴力と氷の哲学を秘めた男が、自分の数分の一しかない小さな子どものためにふわふわの猫をそっと抱いている。写真を撮りたかったが、この瞬間を台無しにしたくない。真剣なマチルダと驚いているローガン、そして彼のやさしい目、このままの光景を記憶に焼き付けたかった。

マチルダは仕事を終えた。わたしはごみ箱を差し出した。マチルダは汚れたカット綿を捨ててプラスチック瓶をしまい、ローガンから猫を受け取って肩に抱き上げた。少女は猫の背中を撫でた。「ね？　痛くなかったでしょう？　大丈夫だよ」

猫はごろごろ言っている。

カタリーナがあわてて通路を走ってきた。「ここにいたのね。ちょっとトイレに行ってる間にいなくなっちゃうんだから。おいで、いっしょにクッキー作ろう」

マチルダが手を差し出すと、カタリーナがその手を握った。

「ありがとう！」マチルダがローガンに声をかけた。

「どういたしまして」ローガンは爵位を受ける男のようにかしこまって言った。

オーガスティンはほほえんでいる。

ローガンはわたしのほうを見た。「どうしてきみじゃなくておれなんだ？」

「コーネリアスは専業主夫なの。マチルダは面倒を見てくれるのは男の人だと思っているのよ。きっといつもはコーネリアスが猫を抱いていてくれるんでしょう。でもいなかったから」

ローガンは椅子の背にもたれた。

「この男もたまには人間らしいことをするが、ひどいものだ」オーガスティンが言った。「どう対処するかまるでわかっていない。コナー、考えてもみろ。おまえもいつかは父親になって子どもを持つんだぞ」

ローガンは頭から氷水を浴びせられたようにオーガスティンを見つめている。

さあ、仕返しのチャンスだ。「それはどうかしら。ローガンは結婚しないいんじゃない？

自分の家に閉じこもって、一人ひねくれた物思いにふけっているのよ」

「金の山とハイテクおもちゃで遊びながらね」オーガスティンが言った。「まるで世を捨てたスーパーヒーローだ」

オーガスティンにはユーモアのセンスがある。そんなこと誰が予想しただろう？「ローガン印のサーチライトに投資するのもいいかもしれないわ」

ローガンは財布から二ドル取り出し、一枚をわたしに、もう一枚をオーガスティンに差し出した。「コメディアンが飢えるのを見るのはしのびないのでね。我々の唯一の手がかりはガブリエル・バラノフスキーだ。あのろくでもない夫の話によると奴はエレナの愛人だった。オーガスティン、バラノフスキーの件で手助けがほしい」

「出席する予定はなかったが、気が変わった。行こうと思う。利己的な理由ではなくて、この件がいずれ明るみに出たら地震並みの破壊力を持つからだ。ヒューストンだけでなく、おそらく全国の有力一族の力関係が影響を受けるだろう。最終的にすべてがどういう形に向かうのか把握しないわけにはいかない」

「出席って、何に？」わたしはたずねた。

「きみはバラノフスキーのことをどの程度知ってる？」オーガスティンがきいた。

「何も。調べる暇がなかったの。死なないようにするので精一杯で」

「ガブリエル・バラノフスキーは予知夢予言者だ」

予知夢予言者は夢を見ることで未来を予言する。太古の昔から人は骨を投げたりチーズを調べたり、あらゆる手段を使って未来をかいま見ようとしてきた。結局広く使われるようになったのは、未来を夢で見るやり方だ。

「バラノフスキーは非常に正確な短期予知者だ」ローガンが続けた。「専門としているのは株式市場の夢だ」

「夜に夢を見て昼に取引する」オーガスティンが言った。「そして二十代でまず十億の資産を作った」

「それがスタート？」

「バラノフスキーはおれたち二人を合わせたより多くの資産を持っている」ローガンが答えた。「だが三十億でやめた。飽きたからだ」

「奥さんは？」

「結婚歴はない」ローガンが言った。

「でも〝超一流〟でしょう」そんなことはありえない。正しい結婚相手を見つけて優れた子どもを作る、それが〝超一流〟の人生のすべてだ。この世界では魔力は権力を意味し、〝超一流〟は権力を失うことを何よりも恐れている。「奥さんがいなければ後継者もできなくて、家族は有力一族の資格を失うわ」

有力一族として認められ、評議会で一座席確保するには三世代中に少なくとも存命の

〝超一流〟が二人必要だ。

「あの男はそんなことに興味はない」ローガンが言った。「評議会に出席したこともないし、人との付きあいもない」

「我々が知っている誰かに似ているな」オーガスティンが言った。「噂《うわさ》では結婚していない女との間に子どもがいるそうだが、その子どもを見た者はいない」

「じゃあ、うなるほどのお金をどうしているの？」

「好きなものを好きなだけ買っている」ローガンは肩をすくめた。

「バラノフスキーは収集家だ」オーガスティンが答えた。「高級車、高級ワイン、貴金属、めずらしい芸術品」

「めずらしい女性もだ。エレナの愛人はバラノフスキー一人だけだったはずだが、バラノフスキーにとっては大勢のうちの一人だった。強迫観念みたいなもので、自分でもどうしようもないんだ。めずらしいものであればあるほどほしくなる。あの男がどうしてもほしいと思っているのが、一五九四年カラヴァッジオ作の《女占い師》だ」

「カラヴァッジオは反逆児だった」オーガスティンが説明した。「一五九〇年代、イタリアのアートシーンはマニエリスム一色だった——形式張ったポーズをとる非現実的なほど長い手足を持った人物、不自然な色遣い。カラヴァッジオは実物をモデルにして描いた。作品に登場するのは普通の人々だ。その時代にしては写実的すぎるほどで、滑稽で狡猾《こうかつ》だ。

カラヴァッジオはのちの芸術に大きな影響を与えることになる」

そういうことか。「バラノフスキーはカラヴァッジオに自分を重ねているのね。二人とも虚飾に満ちた現体制に反抗し、リアルで重要だと考えることを実行した」

「そのとおりだ」ローガンが言った。

「《女占い師》は、カラヴァッジオのスタイルが強く出た最初の作品だ。ここから彼の芸術がスタートした。作品には二つのバージョンがあるが、バラノフスキーはすでに後期のバージョンを目の玉が飛び出るような値段でフランス人から購入している」

「でも一五九四年のバージョンは持っていないのね。そしてそれがあきらめきれない。オリジナルのほうを手に入れたくてしかたないんだわ」

「きみはうちで働くべきだな」オーガスティンが言った。

「もう働いているけれど。代理人を通して」

「長い話をまとめるとこうだ」ローガンが言った。「ヒューストン美術館はオリジナルのほうの《女占い師》を所有している。バラノフスキーはそれを購入しようとあらゆる手を尽くしたが、美術館は売ろうとしなかった。絵画が寄贈されたとき、所有者から金銭と引き換えに売却したり貸し出したりしないように指示があったんだ。だが美術館側としてはバラノフスキーの金がほしい」

「そこでバラノフスキーに展示を許した」オーガスティンが言葉を継いだ。「美術館は金銭を受け取れないが、バラノフスキーは年に一回大規模な慈善パーティを開く。チケットは最低でも一家族二十万ドル」

わたしはコーヒーにむせそうになった。

「バラノフスキーはわたしには話しかけないだろう」オーガスティンが言った。「〝超一流〟らしい華がないし、現体制に満足している。ローガンになら話しかけるかもしれない。ヒューストンでもっとも危険な男だからだ」

「それは正式名称？」

「いや」ローガンが言った。「事実を述べただけだ」

わたしは衝動を抑えられなかった。「謙虚な〝超一流〟なんてめずらしいわね」

「ともかく」オーガスティンが割り込んだ。「バラノフスキーがローガンに話しかけたとしても、我々の役には立たない。ローガンの尋問技術は大砲並みのデリカシーしかないからな」

「デリカシーならある」ローガンはいかにも気を悪くした顔をした。

「彼女にきいてみようじゃないか」オーガスティンがこちらを見た。「ローガンはどうやってバラノフスキーから情報を引き出すと思う？」

わたしはぱっと頭に浮かんだ言葉を口にした。「相手の喉をつかんで高いバルコニーから宙吊《ちゅうづ》りにするでしょうね」

「そういうことだ」

「相手の喉をつかめば効率的かつすみやかに結果を得られる」ローガンがあくまで事務的に言った。

オーガスティンは首を振った。「この部屋には二人の私立探偵がいて、日常的に人から情報を引き出している。おまえはその二人には入らない。もっといい餌が必要だ」

オーガスティンとローガンが同時にこちらを向いた。

「どうしてバラノフスキーがわたしに興味を持つと思うの？」

「ローガンが行くからだ。めったに来ないローガンが現れてきみに関心を示す。きみはわたしの連れということにしよう。美人で新顔で、二人の〝超一流〟の目を惹《ひ》いている。きみの何がそんなに特別なのか、バラノフスキーは知りたがるだろう」

「パーティはいつ？」

「金曜だ」

「ドレスが必要だわ。それとお金も」

ローガンが警告するように身を乗り出した。「今のところ、きみのことを知っている〝超一流〟はオーガスティンとおれだけだ。慈善パーティに顔を出せば事情が変わるぞ」

オーガスティンが疑うように目を細くした。彼はしげしげとローガンを眺めている。

「バラノフスキーに近づきたいんだろう？　これが効率のいい最善策だ」

ローガンは彼を無視した。「ネバダ、きみが才能を隠しておきたがってるのは知っている。パーティに出たらもう後戻りできないぞ」

ローガンが本当にわたしのことを心配して言っているとしたら感動的だ。それとも、わたしの力をこれからも利用できるように存在を隠しておきたいというひそかな動機があるのだろうか。どちらなのかわかればいいのにとわたしは思った。

「芝居がかった言い方をするな」オーガスティンが言った。「部屋の真ん中で自分が尋問者だと宣言でもしないかぎり、彼女が魔力を持っていることすら誰にもわからない」

「確実に状況が変わるぞ。今後は無名の存在でいるのが難しくなる。最悪、きみの力に気づかれる危険もある。よくてせいぜいオーガスティンかおれに利用される女として切り捨てられるだけだ。きみは評判を大事にしてるんだろう？　よく考えろ」

わたしは二人がしゃべり終えるのを待った。

「オーガスティン、あなたは仕事上の立場で参加するの？」

「もちろんだ。モンゴメリー国際調査会社の口座を使うことになる。チャリティへの寄付は税の控除に使えるからな」

「じゃあわたしは部下ということにするわ」わたしはローガンを見やった。「オーガスティンが部下だと紹介してくれれば、それで格好がつく。あなたたちみたいな人は被雇用者のことなんてろくに見ないでしょう。わたしはオーガスティンの会社の調査員で、あなたはオーガスティンをいらつかせるためにわたしを狙っている男。あなたたち二人がいつもどおりの仲の悪さを発揮してくれれば、誰も疑わないわ」

「いつもどおりの仲の悪さとはどういうことだ？」オーガスティンが椅子の背にもたれた。

「ベタっていう魚を見たことはある？」

「もちろん」

「あなたとローガンは、相手が視界に入るとベタそっくりになるの。ヒレを出して相手を威圧しようとぐるぐる泳ぎまわる。いつもと同じようにしていれば、誰が見てもこれはあなたたち二人の問題でわたしは巻き添えにすぎないってわかるはずよ。何も問題ないわ」

「不快だな」オーガスティンが言った。

「オーガスティンを買いかぶりすぎだ」ローガンが口を出した。「こいつのヒレなど怖くもなんともない」

ローガンは無意識のうちにこう返事した。その目は遠くを見ている。パーティのことを考えているのだろう。わたしが出席するというアイデアが気に入らないのだ。

「それでもドレスは必要だけど」

「ドレスのことはおれがなんとかする」ローガンが言った。

「結構よ」わたしは強い口調で答えた。「お金を渡してくれたら自分で買うから。パーティにはコーネリアスも出席を希望するかもしれない。彼にも財政的な支援が必要よ」

「それはまかせてくれ」ローガンが言った。

「これで決まりだ」オーガスティンが口を開いた。「どうしてうまくいかないような予感がするんだ?」

「〝いさかいを恐れるな、求めるべきは危険な冒険だ〟」ローガンが何かから引用した。まだパーティのアイデアに諸手《もろて》を挙げて賛成できないようだ。

「なんの引用?」

「『三銃士』か」オーガスティンが首を振った。「ローガン、おまえは何もかもが危険だ。今日はもう遅い。わたしには用がある。ミレディとアトスを独り占めするといい。わたしはこれで失礼する」

オーガスティンは出ていった。コンピュータのモニターをちらっと見ると、彼が家を出て車に乗り込み、走り去っていくのが見えた。

ローガンの目は考え込むように深かった。「おれはコンスタンスよりミレディのほうが好きだ」

「わたしはミレディでもコンスタンスでもなくて近衛銃士隊長トレヴィルよ」わたしは立ち上がった。「あなたたち二人が法律も人の命も無視してばかなことをしでかすのを止める理性の声よ」

ローガンがにっこりした。強く燃える欲望がまなざしを熱くしている。本当ならそこに巣くう闇も追い払われて当然なのに、そうはならなかった。ドラゴンが巣の奥からこちらを見つめている。疲れ果てて危険だけれど、わたしのためならそんなものは喜んで投げ出すだろう。そう思うとあのたくましい肩に両手を滑らせたくなる。脚で彼の脚に触れ、椅子に座っている彼にまたがり、何もかも忘れさせたくなる。たとえ数分だけでもいいから、すべてを忘れさせてほしい。きっとサンダルウッドの香りがするだろう。その肌は舌を焼けつかせる熱さだろう。彼の手でつかまれたら、その腕のたくましさと指の感触でわたしはすべてを忘れ、快楽のみが存在する場所へと運ばれていくだろう。

言葉で誘惑する男もいれば贈り物で誘う男もいる。コナー・ローガンはまなざしだけで誘惑する。残念なのはローガンはわざとそうしているのではないことだ。ただわたしを見て、二人が裸ならいいと思っているだけだ。

こんな妄想はおしまいにしないと、ローガンに心のイメージを読まれてそのとおり行動されてしまう。

「ローガン、帰って」

「おれを〝マッド〟と呼ぶのはしばらく前にやめたようだな」

「〝マッド〟と呼んでいたのは、何者を相手にしているか忘れないためよ」わたしはデスクに寄りかかった。

「何者を相手にしてるんだ?」

「とても信用できない常軌を逸した大量殺人者」

返事はなかった。

「で、今はローガンと呼んでいる。それは何を忘れないためだ?」

「あなたも人間だということよ」

「おれを殺す予定でもあるのか?」その目にユーモアの光が輝いた。

「あなたが直接的な脅威にならないかぎり、ないわ。直接的な脅威になる予定でもあるの?」わたしは彼にウインクした。

ローガンは静かに笑った。このほうがいい。

「帰ってくれる?」

「いや」その声には強い芯が感じられた。

わたしはため息をついた。

「高速道路の件があったから?」

「そうだ」

「うまく切り抜けたわ」

「知ってる」彼の声は落ち着いていた。「トロイが助かったのはきみが同乗していたからだ」

わたしが乗っていなかったらトロイはそもそも襲われなかっただろう。でも今はそんなことを話している場合ではない。「じゃあどうして残ろうとするの？」

「コーネリアス、マチルダ、きみが同じ家にいるからだ。これ以上のターゲットはない」

「悪者たちにとっては、タイミングのいい一度の爆発ですべての問題を解決できるというわけね」

ローガンはうなずいた。「おれの存在が抑止力になるかもしれない。ならなくても、おれは爆発には強い」

「覚えてるわ」

言い返すこともできたが、言い返してもしょうがない。ローガンはわたしや家族に手出しはしないし、ここにいてくれると安心できる。わたしは家族、コーネリアス、マチルダの安全を守る立場で、どんな援護でも必要だ。ただ今夜ベッドに入るときに、彼が階下のどこかで寝ているという事実を受け入れればいいだけだ。コーネリアスとマチルダがゲストルームを使っているから、ローガンはきっとエアマットレスだろう。

「あなたがいないとバグが困るんじゃない？」

「バグとはいつもいっしょだ」ローガンは携帯電話をかかげてみせた。

「母を説得しなきゃ」

「きみを起こす前におれが話しておいた」ローガンがさらりと言った。「用心のためにはそれがいちばんだと言っていた」

驚きだ。母はわたしたちの安全を不安視するあまりマッド・ローガンに泊まってくれと頼んだのだ。ちょっとした衝撃だった。

「あまりいいことじゃないかもしれない。わたしがロフトにいる間あなたが家の中をうろついていると思うと、ゆっくり眠れる気がしないわ」

ローガンが立ち上がった。その顔は険しく真剣だった。「眠れるさ。あっという間に寝入って朝までぐっすり眠り、家族といっしょに朝食をとるんだ。それができるのはおれが今夜家の中をうろつくおかげだ。何者かがきみの眠りを邪魔して命を奪おうとしたら、おれが必ずそいつを永遠に眠らせることを約束する」

こんなにロマンティックなことを言われたのは初めてだ。ローガンは本気だし、約束は一字一句必ず守るだろう。

わたしはなんとか答えようとした。「わかったわ。じゃあ、明日の朝」

寝室のドアを閉めるとすぐにノックの音がした。

「どうぞ」

ドアが開いてレオンがするりと入ってきた。バーンの弟、わたしのいとこのレオンはひょろ長いティーンエイジャーだ。やせた体、黒い髪、オリーブ色の肌。きっと背が高くなるだろうとみんな思っていたし、身長が止まったら体重も増えるはずだったのに、結局背丈は百八十センチに届かずに止まり、これまでのところ細い体に肉がつく気配もない。

「マッド・ローガンの話なら……」

レオンはノートパソコンを広げてみせた。スクリーンに深宇宙を示す真っ暗な背景が広がり、その中に美しい星雲が一つ花開いている。蜘蛛《くも》の糸のように細くさまざまな色が淡くにじみ出る輝く線が星雲を形作っている。ああ、スミルノフの輪ゴムモデルか。高校のときやったのを思い出した。魔力理論は大事なクラスで、難しかった。

「できないんだ」レオンが言った。

今日みたいな一日のあとで、今ほど宿題に関わりたくないときはなかった。「レオン、宿題は自分でやらなきゃだめよ」

「わかってる」レオンは黒い髪をかき上げた。「やろうとしたんだ。ほんとに。すっごくがんばったんだけどさ」

レオンの精神状態は二つしかない。ひねくれているか興奮しているかだ。こんな悲しげなレオンは初めてで、わけがわからなかった。

わたしはため息をついてリクライニングチェアに腰掛けた。この椅子は必需品だ。部屋に仕事を持ち込むことが多くなった結果、ノートパソコンを開けたまま眠り込み、ベッドから落として壊してしまった。それ以来ベッドではテレビと読書と睡眠、そしてあるテレキネシスへの悶々《もんもん》とした思いだけを持ち込むことにした。仕事はリクライニングチェアだ。この椅子は雲みたいに座り心地がいいけれど、老人みたいな気分にもなる。

わたしは星雲をしげしげと眺めた。「話してみて」

「これ、スミルノフの輪ゴム理論のコンピュータモデルなんだけど」レオンはだらだらと話し出した。

「全然熱意が感じられない。その理論について説明して」

「この理論では、時空連続体はいろんな因子によって変わる。因子の影響はすごく大きくて、どんな小さな変化でも連続体の状態を変えちゃうんだ。ぼくらの現実は輪ゴムの塊のようなもんだ。一本を引き抜いても、塊の状態はあんまり変わらない。たとえば時をさかのぼってアレクセイ一世を射殺したとしても、第二次世界大戦が起きるのは止められない。一九四〇年代に帝政ロシアがポーランドに侵攻しなかったとしても、フランスとかドイツが代わりに侵攻しただろう。強制収容所も反ユダヤ主義の民族浄化もやっぱり起きたってこと。でも連鎖理論は輪ゴム理論とは正反対で、物事は互いに直接影響しあっているっていう立場なんだ。だから時をさかのぼって蚊を殺したら、人間はエラか何かが進化しちゃうってわけ」

よくわかっている。「で、課題は？」

「オシリス血清の登場について、輪ゴム理論が正しいかどうか証明せよ、だってさ」レオンは吐く真似《まね》をしてスクリーン上のモデルを指さした。「まあ、変わるってことはわかってる。変わらないなんてありえないし。疫病が大流行したら世界が変わらないはずないでしょ？　魔力も疫病みたいなもので、なんにでも影響するから物事は絶対に同じにはならない。因子として大きすぎるんだ。それなのにうまくいかない。これさ、青く光ってるのが魔力とするじゃない？　同じ色の線を抜いて魔力のないモデルを作ろうとしたんだけどうまくいかなくて。いい、これを十年進めてみるよ」

レオンがキーをいくつかクリックした。スクリーンが二つに分割された。左側にはオリジナルの星雲モデルが虹色に輝いている。右側には新しい星雲が生まれた。青い線が消えているが星雲の形は同じままだ。

「九割がたできてるじゃない。これは時空連続体よ、レオン」

「知ってる」

「何が足りないと思う？」

「全然わかんない。ネバダ、お願いだから助けてよ」

わたしは新しいパラメーターを入力した。「もっと時間をかけなきゃだめなの」

スクリーン上でタイムカウンターが十年単位で猛然と進み出した。左側の星雲は変化がないが、右側のは回転し、伸び、いびつな形へと進化していく。カウンターは進み続けている。百年。二百年。五百年。数字は千で止まった。レオンはまったく異なる線の集合体をまじまじと見つめた。

「時間が足りなかったのよ。これは分岐する二つの道のようなもの。最初はほぼ重なっていて同じ方向に向かっているけれど、先に行けば行くほど枝分かれしていく。初めのうちは魔力はそれほど変わらない。でも世代を重ねるごとに世界はどんどん変わっていくの。考えてみればわかるでしょう？　魔力がなければ有力一族も〝超一流〟も生まれなかった。ほかと比べて短期間では変わりにくい線があるから、変化が見られないものもある。でもがらりと変わってしまうものもあるの。すべての線がいやおうなく影響されるし、時間が経《た》てば経つほど世界の変化も大きくなるのよ」

レオンはベッドに座り込んだ。「これ、どれぐらいかかった？」

「三日。追い詰められちゃって、仕組みがわかるまで条件を一つずつ変えて試したの」

「二週間だよ」レオンが言った。「ぼく、二週間もやってたんだ。バーンはどれぐらいでできたか知ってる？」

「知らない」

「四分だよ。学校の記録見たんだ。バーンが新記録だった」

わたしはため息をついた。「レオン、バーンはパターンマスターなの。あの子はパターンが認識できるし、おばあちゃんに戦車の声が聞こえるように、コードや暗号の声が聞こえるの。バーンはきっと三十秒で気がついて、残りの三分半はおもしろ半分にほかの答えを探していたのよ」

「ぼくには無理だ」レオンはしゅんとして言った。「バーンみたいにやろうとしたけどできなかった。役立たずだよ」

こんなことを言わせてはいけない。「役立たずじゃないわ」

「魔力ないし」

魔力とは不思議なものだ。カタリーナの魔力とわたしの魔力は同じジャンルと言えるけれど、アラベラの魔力は突然変異だ。うちの家族は父をのぞいて全員が魔力を持っている。でもレオンはうちの父とは血のつながりはない。レオンの母はうちの母の妹だ。すべての要素がレオンに魔力があることを指し示している。魔力が現れるにはとにかく時間がかかる、それだけのことだ。

「そのうち才能が現れるわ」

「ネバダ、それっていつのこと？　最初はさ、〝七歳か八歳になったら〟で、次は〝思春期が終わったら〟だった。もう思春期過ぎたよ。ぼくの魔力はどこにあるんだよ？」

わたしはため息をついた。「わたしに答えられる問題じゃないわ、レオン」

「人生最低だよな」レオンはノートパソコンを受け取った。「助けてくれてありがとう」

「気にしないで」

「マッド・ローガンのことだけどさ……」

「はい、おしまい！」

「でも――」

「おしまいって言ったでしょ！」

レオンはばたばたと出ていった。かわいそうに。レオンは特別になりたがっている。兄のように強くも大きくもないし、魔力の才能もない。バーンみたいに勉強で秀でることもできない。バーンは高校ではレスリングのスター選手で、試合には大勢が詰めかけた。レオンはトラック競技で、トラック競技はやっている人以外興味を持たない。同じ立場の男の子なら兄を嫌いになってもおかしくないのに、レオンは子犬みたいに全身全霊で兄を慕っている。バーンが何かで成功すると、レオンの胸はプライドではち切れそうになる。

小さい頃はわたしが絵本を読んであげた。その中の一冊に、森で迷子になる子犬の話があった。暗く深い森にたたずむ小さな金色の子犬。そのページに来ると、レオンもアラベラも泣き出したものだ。表面はひねくれていても、レオンは、あの頃の大きな目をした感じやすい子どものままだ。わたしはレオンの魔力がいずれ現れることを祈る気持ちだった。

7

周囲を取り巻くのはほぼ真っ暗な闇。洞窟がその闇の中にどこまでも深く続き、わたしを見つめている。その冷たい呼吸が骨にしみ込むかのようだ。茶色い壁の曲がり角の向こうにはジャングルが待っている。何かが、長く鋭い牙を持つ何かがうろついている。見えないし音も聞こえないけれど、そこにいて待ち受けているのがわかる。わたしのそばにひときわ色濃い闇のような影がいくつかうずくまっている。その影も牙の持ち主の存在を知っている。

洞窟が呼吸した。何かがわたしの脚に噛《か》みついている。ダニだとわかっているので追い払いたいのに、動くのがつらかった。体がぐったりと重い。

〝探知者〟がそばにいて、ほんの少しでも魔力が動くのを待ちかまえている。絶望も感情ももうない。わたしたちはただA点からB点へと移動しようとしている感覚のない動物だ。しゃべらず、まなざしだけで意思疎通し、一つとなって動く生き物なのだ。

左手ににじんだ緑色の光が見えた。誰かがケミカルライトをつけたようだ。あたりにさまざまな形がうごめく。真の炎の幻でしかない光に蛾《が》のように引き寄せられているのだ。飢えた醜い生き物たちが、悪夢の中に人のぬくもりを求めて互いに手を伸ばしている。小さな影が動き出し、何者かのナイフで倒れた。別の影が金切り声をあげて死んだ。ねずみだ。今夜はどうやら食べ物にありつけそうだ……。

わたしはベッドに起き上がった。悪夢のかけらが周囲に舞い、消え去っていく。わたしはナイトテーブルのライトを探り、震える指でつけた。温かい電気の光が明るく輝いた。その横にある携帯電話を見ると、午前二時に近かった。

ここは恐ろしい洞窟じゃない。自分の部屋だ。

全身が汗びっしょりだ。悪夢を見たことならあるけれど、これは違う。あまりに耐えがたく、冷たく、希望がなかった。この部屋には現実味がないが、あの洞窟にはあった。とてもリアルで、あの壁の向こうでわたしを待っていた。わたしをとらえようとして。

体が震えた。

毛布を胸まで引き上げて握りしめても恐怖はおさまらない。

わたしは目を丸くして寝室を見まわした。また寝るなんてとても無理だ。明かりも消せない。お腹《なか》が鳴っている。夕食を食べずに寝てしまったからだ。疲れていて食べるどころではなかった。

そうだ、ベッドの上で震えていてもどうしようもない。部屋を出て下に行き、清潔でモダンなキッチンで熱いカモミールティーを飲み、ねずみに似ても似つかない何かを食べよう。クッキーがいい。クッキーほどねずみから遠いものはない。

わたしは毛布から出てヨガパンツをはき、洞窟の壁が見えるのをなかば覚悟しながらドアを開けた。

洞窟はなかった。恐ろしい牙を持つ正体不明の敵が暗闇で待ち受けてもいない。いつもの家だ。

わたしはそっとはしごを下り、廊下を歩いてキッチンへと向かった。テーブルの上の照明がついていて、ドア口が明るく照らし出されている。ローガンがノートパソコンを開いてテーブルに座っている。椅子の背に寄りかかって顎を胸につけ、目を閉じている。彼が座っていると椅子が小さく見える。体の均整がとれているので体格の大きさを忘れてしまう。肩はたくましくて広く、胸板は厚く、腕は敵をたたきつぶし引き裂くための道具だ。

髪は乱れるほど長くはなかったが、梳《と》かしていないように見えた。顎にはぽつぽつと髭《ひげ》が見える。その姿には、相手を威圧する殺人者の冷酷さがなかった。人間らしく、少しリラックスして見える。こんなふうにベッドに寝ている彼の姿が簡単に目に浮かぶ。そしてわたしはその隣に横たわるのだ。

マッド・ローガンは今スイッチが切れている。彼のすべての肩書き――〝超一流〟、戦争の英雄、億万長者、少佐、虐殺王、それがすべてうち捨てられている。残ったのはコナーだけで、それがたまらなくセクシーだった。

まわれ右して来た道を戻ることもできたけれど、ローガンに目を開けて話しかけてほしかった。母の話では、元兵士はどこででもどんな体勢でも眠ることができるそうだ。そして、驚かされると過剰に反応する。

「ローガン」わたしはドア口から呼びかけた。「ローガン、起きて」

彼はたちまち目を開けた。まるでスイッチを入れられたみたいに深い眠りから一瞬にして完全に目を覚ました。青い目がこちらを見る。「どうした？」

「何も」

わたしはキッチンに入った。電気ポットにするか、一人用のコーヒーメーカーにするか。コーヒーメーカーのほうが早い。わたしは戸棚からコーヒーカップを取り出し、ティーバッグを入れ、コーヒーメーカーから熱湯が出てくるのを見守った。

ローガンはノートパソコンをたしかめた。「何をしてたんだ？　きみは体を休めるということで話がついたと思ってたが」

「悪い夢を見たの」わたしは食料庫からクッキーの容器を取り出し、コーヒーカップといっしょにテーブルに置いた。

ローガンは体を起こし、肩をそびやかし、少し手足を伸ばした。あの椅子の寝心地がいいはずがない。

「何をしてるの?」わたしはノートパソコンをのぞき込んだ。サバーバンがわたしの乗ったレンジローバーを追い越し、そのあとに氷が張っていく映像の静止画が映し出されている。ローガンはきっとフレームごとに再生して、見逃している手がかりがないか調べていたのだろう。

「こういうことはバグの専門よ」

「知ってる」ローガンはノートパソコンを押しやった。その青い目の隅にまだ眠気が隠れている。

彼の前にコーヒーカップがあった。わたしはそれをとった。

「まだ飲み終えてない」

「冷めてるから温めてあげる。飲み物がないとクッキーが食べられないでしょう?」わたしはコーヒーカップを電子レンジに入れた。「どうしてエアマットレスで寝ないの?」

「仕事があった。悪夢ってどんな?」

電子レンジが鳴り、わたしはコーヒーカップを取り出してローガンの前に置いた。

「洞窟に閉じ込められているの。冷たくて暗くて、恐ろしいものが外で待ってる。誰かがねずみを殺して、ああ、それをこれからみんなで食べるんだって思ったの」

わたしは身震いして紅茶を飲んだ。やけどするほど熱かったけれど、気にならなかった。

「すまない」

「あなたのせいってわけじゃないわ」わたしはクッキーの容器を開けて分厚いチョコチップクッキーを取り出し、ローガンに差し出した。彼はそれを受け取って食べた。

「うまいクッキーだな」

「そうね」わたしはクッキーを半分に割って片方をかじった。砂糖が薬の働きをするときが人生にはある。今もそのときだ。

「きみが作ったのか？」

「まさか。たぶんカタリーナよ。わたしは料理はできないから」

ローガンは顔をしかめた。「できないってどういう意味だ？」

「おいしいパニーニは作れるけれど、それだけ。思うんだけど、家には食料を買ってくる人と調理する人が必要で、わたしは買ってくるほう」

ローガンは不思議そうにこちらを見ている。

「あなたは料理ができるの、ミスター〝超一流〟？」

「ああ」

「専属の料理人がいるんじゃないの？」

「料理に何が入っているか知っておきたい」

わたしはテーブルの上で頬杖《ほおづえ》をついた。「誰に料理を教わったの？」きっと教えてくれないだろうけど、少しでも彼の素顔が見えるならきいてみる価値はある。

「母だ。母が六歳のときの夏、スペインで母の姉の誕生日を祝うことになった。母の姉はシュークリームが好きで、ケータリング業者がチョコレートソースとカラースプレーをかけたシュークリームのタワーを持ってきた。母が言うには、それまで見たことがないほどすばらしかったそうだ」

ローガンの声は低く、意味ありげと言ってもいいほどだ。このままここに座って一晩中でも聞いていられるだろう。

「大人たちがタワーにキャンドルを差していると、母の五歳のいとこがシュークリームを盗み食いした。姉のものを勝手に食べられて母はひどく怒り、その男の子をたたいた。姉のマルゲリートはこの妹の乱暴に怒って、二人は芝生の上で喧嘩《けんか》を始めた。子どもの半数がそれに加わり、半数は泣き出して、全員デザートなしで部屋に戻された。タワーにはおおいがかけられた。母の親は、全員が落ち着いたらパーティをやり直そうと考えていたからだ。三十分後、五歳のいとこが死んだ」

わたしは胸をつかれた。「毒入りだったのね」

ローガンはうなずいた。「長年ほかの有力一族と犬猿の仲だったんだ」

「子どもも狙われるの？」

「子どもは一族の未来だ。母が十四歳のとき、その殺人犯を殺した。相手の夏の別荘を倒壊させたんだ」

わたしはなぜか驚かなかった。

「母は自分で育てたものや買ってきたものでおれの食事を作った。だから自分でも料理を覚えたんだ。大学のクラブの入会儀式でオーガスティンが食べたパンケーキの山は誰が作ったと思う？」

「パンケーキにおかしなものを入れたの？」

「いや。そんなずるいことはしない」ローガンはにやりとしてみせた。ユーモアと鋭さの入りまじったほほえみは、どこか狼《おおかみ》のように見えた。「本当にききたいのは、おれに何か料理してほしいかってことだ」

「たとえば？」

「今、何がほしい？」

セックスだ。

ローガンが身を乗り出すとTシャツの袖の下の筋肉が動いた。その顔に考え込むような表情が浮かぶ。こちらを見つめるまなざしはどこか猛獣を思わせた。本当に危険な男が目の前にいる恐怖ではなく、わたしを誘惑しようとする男の前にいることがそう思わせるのだ。体に期待が走る。彼はわたしが頭に浮かべた欲望のイメージを読み取ったのだろうか？　もしかしたらただの偶然の一致かもしれない。

彼が手を伸ばした。

わたしは緊張した。

その指がわたしの指をかすめる。一瞬触れあうような気がした。彼はわたしが残したクッキーの半分をとり、見つめた。

「わたしのよ」

「そうだな」

「クッキーなら容器にたくさん残ってるわ」

ローガンの目がきらりと光った。「これがほしいんだ」

「だめよ、返して」わたしは片手を差し出した。

彼はクッキーを見つめて、ゆっくりと口元に運んだ。

「コナー、まさか食べないわよね」

ローガンはクッキーを食べて噛んだ。「きみのクッキーをとって食べたぞ。やり返さないのか？」

これは炎をもてあそぶようなものだ。わたしのクッキーを食べると言うなら、こっちは飲み物をもらおう。わたしはコーヒーカップに手を伸ばした。カップは手からすり抜け、ローガンのそばで止まった。

「ずるいわ」

「ずるいかずるくないかの問題じゃない。うまいクッキーの問題だ」

「そういうことなら、あなたのクッキーはそれでおしまいだから」わたしはクッキーの容器をつかんで前に抱えた。容器はふっと宙に浮き、止まった。飲みかけの紅茶のカップもロケットみたいに飛び上がり、カウンターの端に着地した。もう許さない。ここはうちのキッチンなのだから。

わたしは飛ぶように立ち上がってテーブルをまわった。

ローガンも立って手を伸ばし、わたしをつかまえた。力は入っていなかったが、逃げるなんてとても無理なのはわかった。これでおしまいだ。

二人を隔てるのは二枚の薄い生地だけだ。わたしはブラさえしていない。胸が硬い胸板にこすれる。わたしは両手を彼の肩に置いた。腿の間で熱いものがうずき始めた。触れられて撫《な》でられたい。

ローガンは世界一きれいなものを見るようにわたしを見つめている。

「どうするつもり？」わたしの声は低かった。

「わかってるはずだ」

彼の呼吸が深くなった。その目に欲望が渦巻く。いつもの冷たい闇がないか探ってみたが、消えている。わたしが消したのだ。ローガンはこちらしか見ていない。わたしはその事実を味わった。ああ、彼がほしい。

両手を彼の腕に滑らせると、硬い筋肉が緊張し、ふくらむのがわかった。ローガンは低い声をあげたが動かなかった。肌に感じるその体は緊張で硬いが、一センチも動こうとはしない。

わたしが決断するのを待っているのだ。

「辛抱強いのね」

「状況が必要とするなら善良なドラゴンにもなれる」

わたしは唇を舐《な》めた。彼の目が舌に釘付《くぎづ》けになる。

決めなくてはいけない。これ以上引き伸ばせない。このまま進むか、やめるなら部屋に戻るしかない。わたしは大人だ。つい十二時間前に死にかけた。そして今彼がここにいて守ってくれる。今夜家族が生き延びられるようにしてくれる。そんな義務はないのに。社会病質者かもしれないけれど、なぜかわたしのことは大事に思っている。この瞬間、彼はわたしのものだ。

「今だけはやめてほしいの」

「やめるって、何を？」

「善良なドラゴンを」

ローガンがわたしをくるりとまわし、キッチンの壁に押し付けた。たくましい体がわたしを閉じ込める。青い目がこちらを見て笑っている。「どこまで悪くなっても許される？」

「わからない。いっしょに考えましょう」

「叫び声は我慢しろ」ローガンがウインクした。

彼の魔力が膝のすぐ上に触れた。熱いベルベットの手触りがなつかしい。腕が腕を撫で、わたしの腕は壁に押し付けられた。叫び声は我慢しろ、だなんて。うぬぼれもここまでくると……。

ベルベットの手触りが消え、いっきに熱がはじけた。信じられない。

息をのむと彼の唇が重なり、音を封じた。彼の香りが五感を満たし、わたしを圧倒していく。触れたいのに彼の左手で両手首を壁に押さえつけられ、動かせない。

肌を撫でていた彼の魔力がすっと向きを変え、膝のすぐ上の内腿の感じやすい部分に触れた。少し荒々しく、やけどのようでもあり痛みのようでもあるが、間違いなく快感だ。ベルベットの手は肌と神経に火をつけながらどんどん上がっていく。頭がくらくらする。彼がほしい。今すぐ中に感じたい。満たされ、広げられる感触を味わいたい。体の上に全身を感じ、その肉体が震えるのを感じたい。

わたしは唇をふさがれたままうめいた。彼の舌のなめらかなぬくもりがすべてを奪っていく。わたしはその舌を味わい、下唇を噛んだ。胸が重く感じ、体が溶けたように思える。じらすように硬くたくましい体に肌を押し付けると、彼はうめき声をあげた。

魔力は内腿を広がっていき、やがてそのベルベットの舌がクリトリスのまわりの感じやすい部分を舐めた。全身が快感でおおわれる。わたしは叫んだ。それを封じるかのように唇がすかさず重なる。

腿の間が熱くなり、苦痛とエクスタシーが苦しく入りまじった。息は浅く、彼がほしくてたまらない。

お願い、どうかもっと。

「静かに」耳元でささやくローガンの声は欲望で荒々しい。何度もキスを繰り返しながら首をたどっていく。唇が触れるたびに体に震えるような衝撃が走る。彼の目がわたしの体をむさぼる。「本当に美しい。きみにはわからないぐらいだ」

わたしは彼のすべてを見たかった。「コナー、離して」わたしはささやいた。

彼はつかの間ためらったが、手を離した。

シャツを脱がせ、張りつめた一瞬、その体を見つめる。力強い肩、たくましい胸、腹部の平らなライン。彼の肉体が放つ力のイメージは強烈だ。女にため息をつかせる体。それは絶対に手に入らないからだ。その体が今わたしだけのものだ。幻想ではない。スクリーンの映像でもない。ここに現実としてある。

彼の手がTシャツにかかり、脱がせた。わたしを抱き上げ、キッチンテーブルにのせ、脚の間に入る。体を引き寄せられ、冷えた胸の先端が熱い胸板とぶつかる。

両腕を背中にまわすと、指の下で筋肉が応えるように動くのがわかった。気持ちが高ぶりすぎてまるで酔っているみたいだ。

彼のキスが喉をたどり、首に熱い跡を残していく。その唇を探し出して短く深くキスする。気持ちがはやる。

「もう一度名前を呼んでくれ」耳元で低い声がした。

魔力に肌を舐められるたびに高みへと押しやられていく。その跡がたたかれたかのように熱く燃える。とても言葉では言い表せないけれど、最高の感覚だ。ああ……どうか、お願い。

「名前だ、ネバダ」

「コナー」

魔力があふれ、わたしから快楽を引き出す。体が燃えているかのようだ。彼の背中に爪を突き立てる。この甘い拷問を終わらせたくない。彼のざらついた指先が胸の先端をもてあそぶ。硬くなってうずくその部分を今度は唇が奪い、吸った。

胸を突き出し、舌の濡《ぬ》れた感触にすべてをゆだねる。ああ、もっと。

これからキッチンテーブルでセックスしようとしている。心のどこかで考え直せという声が聞こえたが、とても聞き入れられない。

彼のベルトを探り、はずし、中に手を入れる。

すごい。片手ではとても足りない。

彼はかすれた声をあげた。硬くなったものを片手で上下に撫で、なめらかな肌を味わう……。

ローガンの携帯電話が鳴った。

「くそっ」彼は携帯電話をつかんだ。「なんだ？」

きびきびした男性の声がわたしにも聞こえるほど大きな声で言った。「トレーラーと四台の軽装甲機動車が高速で接近中」

これはまずい。軽装甲機動車はジープの軍用版だ。四名が乗車し、それに砲手が加わることもある。つまり十六人以上がこちらに向かっているということだ。なんという来客だろう。わたしは自分のシャツをつかみ、ローガンにもシャツを投げた。彼は片手で受け取った。「方角は？」

「今ちょうど西側の道路に入りました」

西側の道からだと裏から倉庫に入れる。うちではこの道を戦車や装甲車の移送に使っている。敵は車庫側から攻めてくるつもりだ。

「訂正です。トレーラーではなくタンクローリー」

状況がどんどんひどくなってきた。

「到着予定時刻は？」ローガンが怒鳴った。

「六十秒後」

ローガンはシャツを着ながら車庫へと走り出した。

わたしは警報装置のコントロールパネルに駆けつけ、非常ボタンを押した。金属的な警報音が倉庫中に鳴り響いた。次にインターコムのスイッチを押す。「タンクローリーと軽装甲機動車が西側の道路から接近中」

わたしは車庫へと急いだ。工業用のガレージドアが上がり、長方形に区切られた空間から街灯の明かりが中に差している。ローガンが街灯の光の下に踏み出し、道を歩いていく。武器は持っていない。

ノートパソコンに文字列を入力すると四箇所のカメラからの映像が映し出された。インターコムを押し、話す。「わたしは車庫にいる」

祖母がおもちゃの黄色いあひる柄のパジャマ姿でドアから駆け込んできた。

「おばあちゃんもここよ」

「配置についた」母の声がした。

「起きてる」バーンが〝悪魔の小屋〟から言った。

「わたしたちはマチルダとコーネリアスといっしょよ」カタリーナが報告した。

加速するタンクローリーのうなりが聞こえた。時間切れだ。

あれを止めなくては。武器棚からAA12ショットガンを引っつかみ、弾薬箱の鍵を開け、FRAG12榴弾《りゅうだん》の入った二十発用のドラムマガジンと手榴弾を一つつかむ。

視界の隅で祖母がロミオからシートをはぎ取るのが見えた。ロミオの本当の名前はM5

51シェリダン、軽装甲戦車だ。シレイラ対戦車ミサイルを九基搭載している。祖母はロミオをいつも最高のコンディションにしていた。

ガレージドアに駆け寄って顔を出す。タンクローリーが減速する様子もなく西側道路を突っ走ってくる。大きなタンクが運転席のうしろからぬっとのぞいている。いったい何が入っているのだろう。このスピードだとタンクローリーは家に突っ込んで壁を紙みたいに引き裂き、タンクの中のものをぶちまけるだろう。

家の手前で食い止めなくては。

背後でロミオのエンジンがかかった。あの戦車をちゃんと動かすには、指揮官、装填《そうてん》手、砲手、操縦士の四人が必要だ。祖母が戦車の向きを変える頃にはタンクローリーがぶつかっているだろう。

ローガンが道を歩いていく。どちらが先に逃げるか、タンクローリーとチキンゲームをするつもりだ。

わたしはそのあとを追った。タンクローリーの下に手榴弾を投げ込めば、家に突っ込まれる前に進路をそらせられるかもしれない。

タンクローリーが突進してくる。

ローガンとの距離は二十メートルもない。

十五メートル。

「そこをどいて！」わたしは叫んだ。

十メートル。

「コナー！」

タンクローリーが見えない空気に激突した。ボンネットがゆがみ、透明のハンマーで殴りつけたように裂けた。衝撃で黒いエンジン部品が飛び出し、四散した。運転席の上部が内側にめり込む。フロントガラスが千の破片となって飛び散り、むき出しのモーターに降りかかった。

信じられない。

タンクローリーはまだうなりをあげて前に進もうとしている。焦げ臭い煙を上げてまわっていたタイヤが二度轟音《ごうおん》をあげて破裂した。

背後でエンジンの音がした。肩越しに振り返るとロミオがガレージの壁を突き破って左に曲がっていく。戦車はわたしたちともタンクローリーとも離れ、角を曲がって向こう側に消えた。敵の攻撃が二手に分かれたのだろう。

タンクローリーのエンジンが悲鳴をあげ、車体が前からうしろへとへこみ始めた。金属がはじけ、うなり、ひしゃげ、ボンネットから運転席へと後ろ向きにめり込んでいく。

目で見ているものを頭で理解することができず、わたしは無意識のうちに足を止めた。

ローガンは半分空になった歯磨き粉のチューブを丸めるように、タンクローリーを丸めている。

轟音が夜空を切り裂いた。祖母が砲弾を発射したのだ。

ローガンが一歩前に出た。タンクローリーがずるっと下がった。

さらに前に出るとタンクローリーも下がった。

タンクが爆発した。爆風が直撃してわたしは吹き飛ばされた。白を中心に黄色から醜いオレンジへと広がる巨大な火の玉が夜空に咲いた。体を丸くして頭を守る。うしろと横で歩道に何かがぶつかった。背中で何かががりがりと音をたてた。燃える部品が周囲に降り注いだ。

ガソリンは銃で撃っても燃えない。ガソリンを満タンにした車に銃弾を何発も撃ち込んでも何も起きない。タンクローリーは遠隔操作で爆破されたのだろう。あの大きな火球はうちの家族を狙うためのものだったのだ。

燃えた木ぎれがわたしの腕にあたった。痛い。わたしは木ぎれを蹴飛ばし、さっと立ち上がった。

道路は巨大な炎以外何もない。ローガンはどこだろう？　死んでしまったの？　どうか生きていて……。

炎が獣のようになっている。風にあおられて火の玉がはじけ、炎の竜巻が舞い上がった。竜巻は巨大なこまのように左右に揺らぎながらまわっている。炎が道の向こうの倉庫を照らし出している。そのとき、室外機のある狭いへこみの中にローガンが背中を押し付けているのが見えた。

竜巻がじりじりと彼に迫っている。

見つかれば焼き殺されてしまう。あれを操っている者は、タンクローリーのうしろにいた軽装甲機動車のどれかに乗っているにちがいない。

わたしはOKR工業のツインビルとの間にあるコンクリートの防護壁を飛び越え、ビルの狭い隙間を抜けていった。背後で雷がはじけた。空気にオゾンのにおいがした。

端まで来ると、角の向こうをのぞき込んだ。目の前に自動小銃を持った戦闘服姿の二人が道の端に立っているのが見えた。OKR工業の正面のほうのビルの陰になってローガンからは見えない。両腕を広げて肘を曲げた魔力のポーズをとる者が一人、地面から一メートルほどの高さに浮いている。風使いだ。

三人の背後の路上で軽装甲機動車がめちゃくちゃになっていた。タンクローリーのタンクの破片がフロントガラスから突き出している。その先には分厚い鉄格子が道を封鎖している。わたしが家に帰ったときはなかったのは百パーセント確実だ。

「あいつは建物のそばにいるにちがいない。もっと右に寄せてみろ」魔力使いの隣にいる男が、なまりのある声で言った。

わたしは深呼吸して自分を落ち着かせた。ライフルを持ってくればよかったと後悔した。

「そこだ。焼いてやれ」

わたしは足を踏みしめ、ショットガンを肩に構えて撃った。ショットガンが轟音とともに死を吐き出す。発射速度は毎分三百発だ。

魔力使いが事態を把握できないうちにわたしは二発撃ち込んだ。榴弾が男の肉を引き裂き、体をばらばらにした。叫ぶ暇さえない。男が倒れるのを待たず、わたしはショットガンをその仲間のほうに振り向けた。五発撃ち込む。二人の体が痙攣《けいれん》し、ただの肉塊となって言葉もなく倒れ込んだ。

道の反対側で銃が火を噴いた。弾丸がうなり、わたしのそばの建物から破片が飛び散った。わたしはあわてて通路に引っ込んだ。二人の人間に対して五発は多すぎた。アドレナリンでハイになっている。落ち着かないとパニックを起こして死ぬ。

わたしは手榴弾をつかみ、ピンを引き抜いて道の向こうに投げた。大きな爆発音が夜空に響く。そっと外をのぞいた瞬間、銃弾が灼熱《しゃくねつ》した蜂のように肩をかすめ、すぐに引っ込んだ。倒せなかったのか、くそっ。

右側では風使いの体が倒れたまま痙攣している。死んでいるはずだ。どうして死んでいないんだろう？

炎の竜巻が視界に飛び込んできた。駐車場をジグザグに進み、こちらに向かってくる。まるで顔の前に火を吹き付けられたかのように、耐えられないほどの熱さが空気を奪う。

息をするのも苦しい。わたしは通路の奥へと下がった。

　魔力使いはまだ痙攣している。わたしはショットガンを構えて撃った。弾は男の頭を吹き飛ばした。炎が上からのしかかり、雨となって降ってきた。わたしは家に向かって通路を駆け抜け、駐車場に飛び出した。

　倉庫の背後、建物の別の側で光が空を切り裂き、何度も繰り返し光った。それに答えるように短い銃声が響く。路上ではタンクローリーの残骸が燃え、オレンジ色の炎が暗闇と闘っている。

　銃声が闇を切り裂き、わたしはさっと振り向いた。魔力使いを撃ったときにわたしに発砲してきたグループだろう。これはわたしを狙ったものではない。建物の裏にいるわたしは見えないのだから。ターゲットはローガンだ。

　タンクローリーのねじれた運転席部分が、大砲で発射されたみたいに空を切って飛んだ。金属が激突する音がして銃声がやんだ。やった！

　振り返るとローガンが道の向こうの建物に寄りかかっているのが見えた。その体がずるずると崩れ落ちていく。撃たれたのだろうか？　恐怖が心臓をわしづかみにした。違う、血は出ていない。疲労だ。ローガンは体力を使いきったのだ。

　タンクの残骸の上をいくつかの影が飛び越えた。一瞬炎に照らされたその姿は、毛がなく皺《しわ》だらけで高さは一メートルちょっと、とても人間には見えない。かといってわたしが知っているどの動物にも似ていない。脚はまがまがしいバッタみたいに後ろ向きに曲がり、胴体はカーブして筋肉のついた腕につながっている。その腕に生えているかぎ爪はわたしの手よりも長い。恐竜じみた頭には黄色い目とたくさんの牙が並んでいる。

信じられない。

先頭の怪物が血に飢えた叫び声をあげた。怪物たちは一団となってローガンの隠れ場所のほうに跳ねていく。

だめだ、そうはさせない。

わたしはショットガンを振り上げ、撃った。

一発目は先頭の怪物の腹にあたった。それなのに倒れない。わたしは引き金を引いて撃ち続けた。榴弾が怪物の肉に食い込み、体を引き裂く。気味の悪い内臓が飛び出す。吐きそうな酸っぱいにおいが立ちのぼった。怪物たちは次々と倒れた。一匹、二匹、三匹……七発の弾がなくなった。

先頭の怪物がローガンのすぐそばまで近づいた。狙ったらローガンにあたってしまう。怪物は三メートル近くジャンプし、黒いかぎ爪を振りかざしてローガンに飛びかかった。ローガンは関節が液体でできているかのようにすっと脇に避けた。手にナイフが光っている。彼は怪物の脇にまわり込み、腹にナイフを突き立てた。怪物は猛然とローガンに襲いかかり、かぎ爪で胸を引き裂いた。ローガンは冷酷にナイフを振るい続け、皺だらけの怪物の体に何度も刃を突き刺した。そして最後に喉を切り裂くと、ナイフを血だらけにして怪物の体を押しのけた。

　ここから残った三匹の怪物までの距離は二十メートルもない。怪物が振り向いてこちらに向かってきた。わたしは二発撃った。ショットガンがかちりと音をたてた。弾切れだ。ドラムマガジンが空になった。怪物が一匹地面に倒れて動かない。

　先頭の怪物がかぎ爪を振りかざして飛びかかってきた。わたしは横に飛び、ショットガンをゴルフクラブのように振りまわした。怪物にあたったが、相手は大きい。はえたたきでたたいたも同然だ。怪物がくるりと振り向いた。

　金属の塊が横から飛んできて怪物に激突した。ローガンだ。

　二匹目が飛びかかってきてショットガンをつかんだ。わたしは両手でショットガンを持ったまま歩道に仰向けに倒れた。道路の向こうからローガンが走ってくる。

　怪物が大きく口を開けた。頭を振り上げ、死の一撃を下そうとしている。

　黒くしなやかな影がわたしの上を飛んだ。ドーベルマンの牙がきらめき、怪物の喉をとらえた。バニーは体を振って全体重を牙に込めた。怪物の皺の寄った首が裂ける。バニーは歩道に着地してうなった。わたしはすかさず立ち上がった。

　怪物は呆然《ぼうぜん》として震え、頭を振った……次の瞬間、その頭が真っ赤に爆発した。銃弾の音はほとんど聞こえなかった。

母だ。

わずかな間を置いてさらに二発が飛んだ。一発目はローガンの胸を狙ってジャンプした怪物にあたった。もう一発はわたしの視界の外の何者かにあたった。

夜が静まりかえった。

ローガンは三メートル先にいた。両手がこれ以上ないほど血に染まっている。突然の沈黙がまるで轟音のようだ。

これで終わった。


「十六人です」うちの家の警備責任者であるローガンの右腕の男性が言った。

マイケル・リベラは総合格闘技のライト級の選手のような体つきだった。ふだんなら平凡な男にしか見えないけれど、いったん筋肉を動かせば素手で相手の骨を折る男だとわかる。三十代なかばのラテン系で肌は浅黒く、髪は黒、笑顔は親切でさわやかそのものだ。にっこりすると顔全体が明るくなる。今、うちのそばの道路に十一の死体がずらりと並んでいるのを見てにこにこしている様子からすると、あの笑顔はかなり危険だ。

ローガンは感情を感じさせない顔つきでそれを見ていた。彼は、わたしの眠りを邪魔する者がいたら永遠に眠ってもらうと約束し、その約束を守った。胸には長い切り傷が走っているが、今は包帯が巻かれている。傷は浅く見えた。でもどんなバクテリアや毒があの怪物のかぎ爪にひそんでいるかわからない。わたしは腿の傷と背中の擦り傷だけですんだ。わたしたちの傷を洗浄して手当してくれた救命士は心配そうにローガンのそばをうろうろしている。すぐにも行動にかかりたいが、ローガンの視界を邪魔したくはないのだ。

妹たちといとこたちが肩を寄せあうようにして遠巻きに見ている。アラベラは片手で口をおおっている。カタリーナは目がまん丸だ。すっかり震え上がっている。バーンはまるでお葬式のようなまじめな顔だ。レオンはなぜかジェットコースターから降りたばかりみたいに興奮している。母はドア口に寄りかかり、祖母は車庫に行ってしまってなかなか戻ってこない。

コーネリアスは怪物のそばにひざまずき、考え込んでいる。マチルダはそのそばの残骸の上にバニーと座っている。マチルダが死体の見えるところにいるのはどうかとコーネリアスに言ったら、あれはもう死んでいてマチルダにはなんの手出しもしないし、自分が背負っていくものを知る必要があるから、と彼は丁寧に答えた。マチルダ自身は気にしていないように見えるのが良心のある者にすると不安に思えた。

「ここにある死体は十一」リベラが言った。「ミセス・アフラムが戦車で砲撃した車に焼死体が二つ。現在残骸を集めているところです。少佐がトラックのエンジンをぶつけた二人は、エンジンを動かせないので重機が来るまで回収は無理でしょう。それからＭＣＭが七体」

「MCM?」

「魔力召喚生物よ」母が言った。「人間以外の未知の生物の戦闘員のことをまとめてそう呼ぶの」

「あれは地球上の生き物じゃない」コーネリアスが口を開いた。「星界から召喚者が呼び出したものだ」

信じられない話ばかりだ。

「十一人中、魔力使いは三人」リベラが続けた。「召喚者、電光使い、風使いです」

「四元素使いだ」ローガンが訂正した。「風使いは竜巻を作ることはできるが、それに炎をからませることはできない」

四元素使いはめずらしい存在だ。自然界の四元素のうち複数のものを操る力がある。たいていは風に水か炎が加わる。〝超一流〟レベルに達することはほぼないが、〝平均〟であっても危険なことに変わりはない。

ようやく事態がのみ込めてきた。何者かがわたしの家族の命を狙った。相手はプロの戦闘員、武器、最高の魔力使いを投入した。吐き気がこみ上げる。胃が中身を空っぽにしたがっている。今はそんなときではないのに。

背後から装甲車が角を曲がってきた。ローガンの部下が二人降り、男をなかば引きずるようにして連れてきた。

「そしてこれが十六人目」リベラの口調ははっきりしていた。「残った一台の車で逃げようとしていました。腑抜《ふぬ》けですよ。腑抜けは大歓迎です」

「なんで?」レオンがたずねた。

「しゃべるからだ」ローガンが言った。それを聞いてわたしの背筋に冷たいものが走った。

二人の部下は男を地面に放り出した。肌は浅黒く、出血している。年は三十から五十というところか。顔中すすだらけなのであまりよくわからない。

わたしはコーネリアスを見やった。

「マチルダ、家に入ってなさい」

「わたしが見てる」カタリーナが甲高い声で言い、マチルダを抱き上げると、走るようにして家に入っていった。

「レオン、アラベラ、あなたたちもよ」母が言った。

「でもさあ……」レオンが抵抗した。

「早く」

二人は家に向かった。

男は恐怖に顔をゆがませてわたしを見つめている。

「名前は?」

男は唇を引き結んだ。

「答えを無理に引き出すこともできるのよ。ただそれは避けたいだけ。どうか質問に答えて」

男の額に汗が浮かび、流れ落ちてすすを一筋洗い流した。わたしは魔力で男の意思を締め付けた。強い。かなり手強《てごわ》いところを見ると、これまで何度か尋問を乗り越えて心を硬くしたのだろう。強がるわけでも何かを約束するわけでもなく、ただ黙っている。こういう相手には用心しないといけない。トレヴィノにはパンチが必要だった。この男に必要なのは外科用のメスだ。

リベラはローガンを見やった。ローガンは首を振った。

「チョークを」

ローガンはポケットからいくつかチョークを取り出した。

「タンクローリーが突進してきたとき、どうして魔法陣を描かなかったの？」

「相手がコースを変えたにちがいないからだ。あいつらには計画があった。その計画を変えてほしくなかった」

普通は人間が一人でタンクローリーを止められるなんて誰も思わないだろう。でも魔法陣の中に〝超一流〟が立っていたとしたら察してしまう。わたしはしゃがんで魔力増幅の魔法陣を描いた。足元に小さな円、その外に大きめの円、その間にルーン文字を三セット。ローガンは苦痛の表情を浮かべている。〝超一流〟は生まれた頃から魔法陣の書き方を学ぶ。わたしの円を見ると頭が痛くなるのだろう。

わたしは背を起こしてローガンにチョークを渡した。「ありがとう」

魔力を引き寄せ、円に向かってたたきつける。すると、トランポリンの上でジャンプしたみたいに魔力が跳ね返ってきた。わたしはジャンプを続けた。一回、二回、三回。ジャンプは一回ごとに強くなっていく。四回。これで充分だろう。

魔力がはじけ、男をがっしりとつかんだ。わたしの声が人間離れした強さを帯びた。

「おまえの名前は？」

リベラの目が丸くなった。まわりに立っていたローガンの部下たちが後ずさった。

男はわたしの魔力に締め付けられて動けない。

「レンダニ・ムロージ」

「ミスター・ムロージ、職業は？」

「傭兵《ようへい》だ」

男の息が浅くなる。わたしは家族を相手に練習した。妹たちは喜んで協力してくれた。ゲームみたいなものだ。二人はわたしに真実を伏せようとし、わたしは注意深く秘密を引き出すやり方を学んだ。この男の意思は強いが、アラベラの意思のほうが強かった。秘密をもらさずに気絶することもあった。そういうとき、直前に心拍が上昇して過呼吸に陥った。この男の様子に気をつけておかないといけない。

「今回の作戦のためにおまえを雇った会社の名前は?」

「スコーピオン警備サービス」

「そこで何年働いている?」

「六年」

「その前は?」

「レセス」

「南アの特殊部隊だ」ローガンが言った。

意思が強いのも当然だ。それほど若くないということは軍で数年過ごしたにちがいないし、そのあと傭兵として六年生き延びたことになる。

「スコーピオン警備サービスの本部は?」

「ヨハネスブルグ」

南アフリカだ。ずいぶん遠くまで来たものだ。

「スコーピオンの規模は?」

「戦略チームが四つ、メンバーはそれぞれ十六名から二十名」

「今回の作戦に投入されたチーム数は?」

「一つ」

「おまえはこの作戦だけのために雇われたのか?」

「そうだ」

「雇ったのは？」

「知らない」

「誰が知っている？」

「チームリーダーだ」

「名前は？」

「クリストファー・ヴァン・シタート」

「死人の中にいるか？」

「いる」

やっぱりだ。そう簡単に解決するわけがない。「その男を指させ」

男は死体の一つを指さした。

「この作戦の目的は？」

「次のターゲットを到着後二十四時間以内に殲滅《せんめつ》すること。ネバダ・ベイラー、コーネリアス・ハリソン、ペネロープ・ベイラー、フリーダ・アフラム、バーナード・ベイラー」

これまでわたしは誰かの殺害予定リストのトップになったことは一度もなかった。「同じ家にいる重要度の低いターゲットについては？」

「彼らについては我々の判断にゆだねられていた。彼らを殺す金は受け取っていない」

「子どもも殺すつもりだったのか？」

「わからない」

質問があいまいすぎた。「個人的に子どもを殺す予定はあったか？」

「ネバダ」ローガンが小声で言った。

わたしは片手を上げて彼をさえぎった。わたしにとって大事な質問なのだ。

「脅威とならないかぎり、殺すつもりはなかった」

「さっき挙げたターゲットに対して個人的な恨みは？」

「ない」

わたしはローガンを見やった。「処遇を決める前に言っておくと、この男は傭兵で、仕事のために雇われたけれど失敗したわ。今は武器を持っていないし、捕虜になってる」

ローガンの目が暗くなった。「おれに殺すなと言いたいのか」

「そう。クリスマスプレゼントみたいに包装してスコーピオンに送り返してほしいの。全チームが壊滅したとなったら相手は調査のために人を送り込んでくるわ。戻ってこられるのは困るけれど、この男を送り返せば相手が疑問に思うこともない。武装して殺す気で来たけれど一人しか生き残れなかった、と彼が話してくれる。相手は傭兵よ。この戦いを続けるのはコストがかさむと思わせたいの」

「気をつけろ」ローガンが言った。「きみは〝超一流〟みたいな考え方をしているぞ」

わたしは黙って続きを待った。

「いいだろう。こいつを仲間のところに返してやろう」

「ほかに何を知りたい？」

「いつ雇われたかきいてくれ」

「雇われたのはいつ？」

「十二月十四日」

わたしはコーネリアスに十二月十四日に雇われた。ずいぶん早急な話だ。

「つじつまが合わないな」リベラがつぶやいた。「ヨハネスブルグからヒューストンまでは飛行機で速くても二十時間はかかる」

「この任務を命じられたとき、どこにいた？」わたしはたずねた。

「メキシコのモンテレー」

「そこで何をしていた？」返事と返事の間隔がどんどん長くなっていく。そろそろ解放しないといけない。

「モンテモレロスで別の任務があったが計画が変更になった」

「モンテモレロスからヒューストンなら二時間ね。任務の途中で引き上げさせたんだわ」母が言った。「有力一族とのつながりをたどられると困るから、遠くのチームが必要だったのよ。で、スコーピオンのチームがいちばん近くにいた」

「ヒューストンに到着してからの行動は？」

「メキシコ航空二〇九四便でヒューストン空港に到着後、作戦基地に移動した」

ローガンが片手を上げた。「基地はスコーピオンが用意したものなのか、第三者が用意したものなのかどちらだ？」

わたしはその質問を繰り返した。

「第三者が用意した。我々は武器と装備を支給されて、倉庫とその周辺の偵察内容の説明を受けた。そして戦闘計画を立てた。その後最適なタイミングを待って計画を実行した。襲撃は失敗した」

それはわたしも知っている。

「その基地の場所は？」

男はスプリングの名をあげた。拡大するヒューストンがのみ込んだ小さな町の一つで、ここから北に四十分だ。リベラがすぐさま駆け出した。ローガンの部下三人がその場を離れリベラを追った。

「ほかには？」わたしはローガンにきいた。

彼は首を振った。

わたしは傭兵を解放した。彼は地面に倒れ込んで丸くなり、顔をおおった。体が震え、苦しげな低いうめき声をあげている。泣いているのだ。わたしは魔力という缶切りを使って彼の心をこじ開け、中身をすくい出し、明るみにさらした。人格を踏みにじったのだ。周囲の恐怖の視線がわたしに集まるのがわかった。二人ほど、警戒して武器を握りしめている。わたしはプロの軍人をも震え上がらせた。母のほうを見ると、口を開けて悲しげな顔をしていた。

わたしははっとした。怪物になった気分だった。わたしがいなければ、この百戦錬磨の傭兵は尋問され拷問さえ受けていたかもしれない。拷問するほうはこの男なら抵抗するだろうと思い、本人も相手を責めなかっただろう。立場が違えば彼も同じことをしたにちがいないからだ。そこにはねじれたプロ意識がある。ところがわたしは拷問しなかった。息一つ乱すことなく男の意思をねじ伏せたのだ。誰もが自分をこの男の立場に置き換えてみたのだろう。わたしの手にかかればどんな秘密も引きずり出されてしまう。それは全速のタンクローリーを止めるローガンよりも恐ろしいにちがいない。

人生でこれほど孤独を感じたことはなかった。

ローガンが彼らの前に立ちはだかった。その目に何かがあふれている。あれは――誇り？　賛嘆？　愛？　わたしは命綱につかまるようにそれにすがった。ローガンは理解してくれている。過去、彼も同じ経験をしたのだろう。人々の恐怖の目、孤独感。だからこそ今こうしてここに立ち、わたしを断罪の視線から守ってくれるのだ。

「すばらしい力だ」コナー・ローガンはそう言ってほほえんだ。

理由はよくわからないけれど、バーンは襲撃の間レオンに遠隔カメラの撮影を許した。カメラの可動範囲はほぼ百八十度で、撮りたい方向に正確に動かすことができる。襲撃の間レオンはまさにそうしていた。わたしは車庫にある祖母のコンピュータでその録画を見た。ローガンとコーネリアスもわたしの肩越しにいっしょに見た。

レオンは動画にはナレーションが必要だと思ったらしく、リアルタイムでコメントを入れていた。襲撃そのものをとてつもなくエキサイティングだと思ったらしい。

カメラがパンして北から近づいてくる軽装甲機動車二台をとらえた。

〝どうだこのクールな装甲車、やばいだろ?〟レオンの声がスピーカーから流れてきた。〝超クールなおれたちがこれから奴《やつ》らを皆殺しにしてやるぜ。おい、ちょっと待て、嘘《うそ》だろ、あれ戦車か? 戦車だ。こっちに向かってくるぞ。逃げろ逃げろ……残念手遅れでした、ははは!〟

ロミオの砲撃が命中し、先頭の軽装甲機動車が爆発した。二台目の車体が向きを変え、ロミオの射程をはずれた自動車修理工場横の狭い小道で急停止した。戦闘服の人々が中から飛び出し、身を隠す場所を求めて夜の中に走っていった。

レオンは右側の四十代の男にズームした。男は軽装甲機動車のそばにしゃがんでいる。

〝おれは百戦錬磨のワルだ。くそったれなものを見てきたし、くそったれなことをしてきた。ジャングルで松ぼっくりを食って五カ月生き延びて、使った箸でテロリストを殺した。おれに会ったら覚悟しな〟

うしろでローガンが笑っている。

〝あと二日で引退だ。ここを皆殺しにしたら引退パーティに出るぞ。小エビののったクラッカーを食って金の腕時計をもらうんだ。そのあとは中年の危機に陥ってポルシェなんか買っちゃうんだよな……くそっ、頭を吹っ飛ばされちまったじゃないか〟

この傭兵の頭を狙ったのは母かリベラのチームの誰かだ。軽装甲機動車に血と脳みそが飛び散っている。

カメラがいっきに右に振れ、うちの家に近づいていく女性をとらえた。低い石壁に身を隠し、石壁のそばのオークの木の下まで進んでいく。

〝わたしは死神、わたしはゴースト。見つけてやる。逃げたって隠れたって土下座したって無駄。わたしは闇にまぎれておまえを狙う女豹《めひょう》。このベルベットの肉球と鋼鉄の爪で……ちょ、ちょっと待って、脳みそがない！　どうして頭から出ていくの？　行かないで！〟

わたしは片手で目をおおった。

〝やだ、見て、脚が痙攣してる。ほんとみっともない〟

レオンに撮影を許したバーンを殺してやりたい。それが終わったらレオンとまじめな話し合いだ。

「きみのいとこはなかなかのユーモアのセンスの持ち主だ」コーネリアスが言った。

〝おれはミスター筋肉だ〟コンピュータからレオンの声がした。〝ジムがおれの家だ。歯には二頭筋があって二頭筋には歯がある。ダンベルを食って鉛の糞《ふん》をひり出すんだ〟

ローガンの顔に計算高い表情が浮かんだ。

「やめて」

「三年ほどしたらうちでレオンを使ってもいい。道徳心をこれほど柔軟にねじ曲げられるとは……」

「わたしに撃たれたいの？」

フリーダおばあちゃんがつかつかと車庫に入ってきた。そのあとから三十手前のアジア人女性がついてくる。女性はローガンのチームの戦闘服を着ている。祖母は放っておいてくれと言わんばかりの顔をしている。手にはペンキのスプレー缶を持っている。

「どうしたんだ、ハナ？」

「この人、軽装甲機動車全部にイニシャルを落書きしたんです！」

「だってわたしのものだもの」フリーダおばあちゃんがむっつりと言った。

「全部持っていかれるのは困ります」

ローガンは辛抱強い顔つきになった。

「いいのよ。わたしがマークをつけたんだからわたしのもの」

「マークをつけたからって自分のものってわけじゃないでしょう。わたしがこの車庫に入ってきて装甲車に片っ端からマークをつけたって所有権はありませんよ」

「まあね」祖母は大きなレンチを拾い上げ、さりげなく肩に担いだ。「腕が折れたらマークをつけるのも無理よね」

「脅迫はやめてください」ハナはローガンのほうを向いた。「全部は困るんです」

「いいのよ」ローガンが口を開く前に祖母が割り込んだ。「敵はうちを攻撃したの。これは緊急事態よ。わたしはこの家庭の二等曹長なんだから、VIIクラスの装備品を要求します。あれはうちの敷地にあるのよ」

「三台はそちらかもしれないけれど、西側道路の一台はこっちの敷地です」ハナが言った。

「軽装甲機動車は全部この人に渡してもかまわない」ローガンが言った。

ハナは何か言い返したそうにしたが、口をつぐんだ。

「ほら見なさい！」祖母はレンチでハナを指した。

「おばあちゃん……その一台が向こうの敷地にあるっていうなら……」

ちょっと待って。

わたしはくるりとローガンのほうを向いた。「一台があなたの敷地にあるってどういうこと？」

ハナは凍りついた。ローガンは誰かを絞め殺したそうな顔をした。

「ローガン？」

ローガンはどう答えればスマートか考えている。

「うちの近隣の土地を買ったの？」

ローガンはつかの間目をつぶったが、わたしを見て言った。「そうだ」

「どれぐらい？」

「何箇所か」

わたしは彼を見つめた。「もっと具体的に言ってくれない？」

「ジェスナー通り、クレイ通り、ブラロック通り、ヘムステッド通りに囲まれた土地全部だ」

なんてことだろう。ほぼ五平方キロの工業不動産用地で、うちの家は彼の所有地の真ん中になる。わたしは毎日周囲の建物の前を通っていたのに、変わったことなど何も気づかなかった。

「いつ土地を買ったの？」

「アダム・ピアースが逮捕された日から買収にとりかかった」

「どうしてそんなことを？」

「なぜならきみは工業地域のど真ん中に住んでいるからだ」ローガンの顔つきは険しかった。「小道が何本もあるし、工業用の車両が入ってくる。急襲チームをひそませられる場所が何千箇所もある。ここの安全を手っ取り早く確保するには買うしかなかったからそうした」

「で、確保できたの？」前から支配欲の強い人だと思っていたけれど、これはやりすぎだ。

「できた。今はこの区域をパトロールし、防御を固め、武装兵士が守っている」

「ローガン、とにかくやめて」

「西側の道路からあいつらが来たのはおれが止めなかったからだ。夜間、主要道以外は全部封鎖している。奇襲を計画できないようにするためだ。そうしておけば相手は強行突破を強いられる。奇襲されて寝ているきみが喉をかき切られるのは困るからな。ただこういう規模の襲撃はコントロールが難しい。おれがあそこに突っ立って格好の標的になったのはそれが理由だ。おかげでたしかな手がかりができた」

あのコンクリートの防護壁はそういうことだったのか。なぜ気づかなかったのだろう。ローガンはともに働く者の安全を必ず守ろうとする。外部からの経済的なプレッシャーから解放することまでそれに含まれる。つまりローガンの会社がローンを肩代わりしてくれるのだ。車、子どもの大学の費用、それから住宅だって……。冗談じゃない。そんなことはさせない。

わたしの声は倉庫の空気を凍りつかせた。「ローガン、もしかしてうちの借金を買い取った？」

「個人的に買い取ったわけじゃない」

「ローガン！」うちのビジネスには手出しはできないはずだ。オーガスティンは絶対に売らないだろうから、うちの家のローンを買い取ったのだろう。

「ネバダ、信託に入れただけだ。個人的におれが所有しているわけじゃない。おれの会社の一つの所有だ。おれが勝手に抵当を流すことはできないし、売ることもできない。条件は以前と何も変わらない」

「あなたにはうちのローンを買い取る権利なんてないわ！」

「権利はあった。誰でもこの家を買い取ったり脅迫に使ったりすることができたんだ」

「あなたと経済的に対等になることが絶対にないのはわかってる。でもわたしの人生の一部を勝手に買い取るなんてやめて。二人の間にあるものを育てたいなら、あなたにノーを言える立場でいたいの。あなたが家の所有権を持っていたらそれができないわ。もう独立した存在とは言えなくなる」

「ばかばかしい」

「ただ会うだけだってもう無理よ。あなたからの言葉は今後は全部うちの家の所有者からの誘いになるんだから」

「おれがこれまでその立場を利用したことは一度もない。ちらつかせたことすらない。きれいなリボンで結んで、〝さあ、これがきみの家のローンだ、おれと寝てくれ〟なんて言って差し出したことなど一度もないはずだ」

「そんな必要はなかったからよ。でもあなたにはそうする力がある。それがわかってるだけで充分に脅しなの」

「今度は仮定の話でおれを責めるのか?」

「あなたがしたことを責めているだけ。あなたはうちの周囲の会社を全部買収した上にうちのローンまで買い取った。いつでも別れられるという選択肢がなければ相手との関係を大事にすることはできないわ。あなたはその選択肢を奪ったの。家族の住む場所を守るためならわたしがなんでもするって知ってるくせに」

「まったく論理的じゃないな」ローガンの声は鋭かった。

「そう?　じゃあ、いつわたしに打ち明けるつもりだったの?」

「きかれたら言っただろう」

「時系列順に整理するわよ。あなたに誘惑されたけれどわたしは断った。するとあなたはうちのローンを買い取った。しかもわたしに黙っていたところを見ると、その事実を利用する気だったとしか思えない。ローガン、あなたはそういう人よ。勝つためなら利用できるものはなんでも利用する」

「勝ちたいわけじゃない」ローガンの顎に力が入った。「きみの意思をへし折るために二人でばかげた競争をしているわけじゃないんだ。きみに黙っていたのは、まさにこういう反応をするだろうと思ったからだ」

「間違いだってわかっててやったのね」

「目を覚ませ」ローガンはうなるように言った。「今夜、熟練の殺人者が十六人きみを殺しに来た。軍用の武器と装備でだ。奴らはタンクローリーを家に突っ込ませて積み荷を爆発させ、火の手に追われて外に出たきみたちを全員撃ち殺すつもりだった。年代ものの戦車に乗った七十二歳のおばあさんと、狙撃銃を持った脚の悪いおかあさんだけできみを守れると思ったのか？　これは有力一族の戦争だ。きみは無防備なんだ。物理的にも経済的にもね。おれはその無防備さを解消しただけだ」

ローガンの周囲に魔力が燃え上がり、わたしの魔力とぶつかった。二人の意思が衝突した。

「解消してなんて頼んでないわ。あなたには関係ないでしょう！」

「もう普通の生活は終わったんだ、ネバダ。ハリソンと契約を交わしたときに終わった。最初にあいつらのレーダーにとらえられたとき、きみは脅迫されてアダム・ピアースを追っていた。今回はみずから敵の標的の前に飛び出した。もうあいつらはきみを無視しない。倫理も法律もルールを守る気高さも関係ない。生きるか死ぬかだ。きみに言わなかったのは、きみがまだ普通の人生を生きる普通の人間だという幻想に必死にしがみついているからだ。だからおれはそれを守ろうとした。それは、きみができるだけ長く泥と血の川にのみ込まれないようにしたかったからだ」

「川の中でも自分の足で歩いていくわ。あなたの助けはいらない。うちの土地から出ていって」

ローガンは開いているガレージドアからつかつかと道の真ん中に出てこちらを振り返り、両手を広げてみせた。「おれは今自分の土地に立ってる。これでいいんだろう？　これできみの問題は全部消え失《う》せて、今夜のこともなかったって言うんだな？」

「あいつ、撃ち殺してやる」わたしは歯を食いしばった。

「殺人になるからやめなさい」祖母がなだめるように言った。「今日は大変な一日だった。もう魔力はふところに納めるといいわ。あなたに必要なのはカモミールティーと精神安定剤よ……」

わたしは背を向けて車庫を出ていった。そうでもしないと爆発しそうな気がした。

8

翌朝、母が朝食を作ってくれた。床に並んださまざま容器からいろんな動物が餌を食べている。ただバニーだけは忠実にマチルダの隣に座り、ベーコンのにおいによだれを垂らすまいと必死に我慢していた。やがてマチルダが無言でベーコンを一切れ床に置いた。バニーは一口でそれをのみこむと、またマチルダの見張りに戻った。

母は忍耐を顔に出している。カタリーナはマチルダの皿にいちごを切ってあげている。アラベラはフォークの歯でパンケーキに模様を描いている。レオンは首を絞めてやりたいほど目をきらきらさせて元気いっぱいで、ベーコンを口に詰め込んでいる。バーンはいつもどおり規則正しく料理を食べている。そのうち人間の仮面をかなぐり捨てて皿を方眼で区切るだろう。みんな疲れた顔をしている。誰もしゃべらない。

バーンがうちの借金事情を調べてくれた。マッド・ローガンはうちのローンの債権者だ。車のローンも、仕事のほうの融資の口座も彼のものだ。それら全部について債権者が変更する旨の書類は受け取っていたが、うちのローンは一度債権者が変わっているので母は肩をすくめただけでファイルしてしまった。バーンは奨学金に加えて去年少額の大学ローンを組んだが、ローガンが手をつけなかったのはそれだけだ。たぶんそれが連邦の援助プログラムで買い取れなかったせいだろう。

「車のローンは払えるわよ」フリーダおばあちゃんが言った。「軽装甲機動車は一台だけあのお姉さんにあげて、二台と燃えかすの一台が残ったの。あの二台はそれほど損傷もなくていい状態よ。すべて最新式。買い手が列をなしてるわ。一台三十万ドルで売れそう」「一台は残しておかないと」母が言った。「今後のなりゆきしだいでは必要になるだろうから」

祖母は目を丸くして、こっそりわたしに視線を送った。

「一台ね」わたしは喉に詰まったパンケーキをのみ込もうとした。首の赤いみみず腫れは一晩でひどいあざに変わっていた。喉が痛い。「かまわないわ。ローンはまだ百四十万残っているんだし」

昨夜ははらわたが煮えくり返った。その怒りは燃え尽き、今は静かな決意だけが残っている。ローガンがうちの債権者になった。わたしは一生懸命働いて彼からローンを取り返すだけだ。ほかに道はない。それがベイラー家のやり方だ。借金を払い、人生にノックダウンされたら立ち上がって相手を殴り返す。痛みが倍増することもあるけれど、とにかくやるのだ。

「百四十万？　この家のもともとの値段と変わらないじゃない」アラベラが口を出した。

「もう七年もローンを払い続けているのに、どうしてそんなことになっちゃうの？」

「利息よ」カタリーナは遠くを見るような目をした。複雑な暗算をしているのだ。「四・五パーセントの利息と諸費用を考えれば妥当なところね。正確な数字を出してあげてもいいけど」

「そんなのひどいよ。ローンで買い物するのって最低」アラベラが言った。

「全額返済するにはあと三回襲撃されないとだめだわ」わたしはそう言った。「六台軽装甲機動車を売らないとローガンのローンを完済できない」

レオンはいちごをフォークで突き刺した。「ぼくはさ、債権者マッド・ローガンさまは大歓迎だよ。チームの重要メンバーになれるってところを見せつけたくてうずうずする」

「うるさい」カタリーナ、バーン、アラベラが同時に言った。

レオンは三人を横目で見た。「マッド・ローガンならぼくに銃を持たせてくれるかもね、誰かさんたちと違って」

「あなたに銃は必要ありません」母がぴしゃりと言った。

バーンの携帯電話が鳴った。彼はそれに目をやった。「バグからだ。用件は二つ。あの傭兵《ようへい》がヨハネスブルグ行きの飛行機に乗せられる動画。ローガンが約束したように、生きたままだ。見たい？」

「結構よ」ローガンは支配欲の強いろくでなしだけど、約束したことはちゃんと守る。

「もう一件。今朝ぼくがスコーピオンのサーバーにドアをつけて、バグがこの一時間で奴《やつ》らの機密ファイルをあさってくれた。スコーピオンは代理人を通じて人を雇い、電子送金で報酬を支払ってる。ローガンの部下がその代理人を見つけてくれたよ。代理人は身元不明の男から現金で報酬を受け取ってた」

「いくら？」

「五十万」

「すごい、あたしたちって大物ね！」アラベラが言った。

「スコーピオンにちょっとしたプレゼントを置いてきたんだ」バーンが続けた。「数分前、バグがサーバーから逃げ出す前にそれを作動させた」

「プレゼントって？」わたしはたずねた。

「機密ファイルにアクセスしようとしたら、『キティズパラダイス』が延々と流れるんだよ。オリジナルの日本語版で、十二年の放映分全部」

「キティちゃん大好き」マチルダが言った。

コーネリアスは咳払《せきばら》いした。「この状況にはぼくにも責任の一端がある」

マチルダは父の腕を軽くたたいた。「大丈夫だよ、パパ」

あまりのかわいらしさに、そこにいた全員が身動きできなくなった。

「すまないね」コーネリアスは娘に言った。「でもぼくの責任だ。こういうことになるとわかっていた。少なくとも想定はしていた。それなのに、きみと初めて話したときにそのリスクを小さく見せた」

わたしはため息をついた。「小さく見せたわけじゃないわ。仕事を受けたときからリスクは覚悟していたし、昨夜のことの責任はすべてわたしにある」

「きみがローガンの行為に怒りを感じるのは当然かもしれない」コーネリアスが注意深く言葉を選んだのがわかった。「でもきみの家族が危害を加えられたり脅迫されたりする危険は現実のものだ。ローガンは間違っていない」

わたしはテーブルにナプキンを置いた。「あの人の判断が間違っていないのはわかるの。わたしが怒っているのは、わたしの言うことにも一理あるってあの人が認めようとしないことよ」

「でもローガンがその話を事前に持ってきたとしても、ネバダは絶対うんって言わなかっただろう？」バーンが言った。

「たぶんね。でも少なくとも選択肢をもらえたわ」

「どんな選択肢？」

「わからないけれど」わたしは立ち上がって皿を流しに運んだ。

「ぼくたち今日学校は？」レオンがきいた。

「行かなくていいわ」母が言った。

「やった」レオンはにっこりした。「じゃあ外に出て銃をもらえるかどうかきいてくる。自分の家族が許してくれないんじゃ、知らない人に頼むしかないからね」

「何考えてるのよ?」カタリーナが言った。

「銃がそのへんに落ちてるとでも思ってんの?」アラベラが言った。「うちの駐車場に誰かが銃のなる木を植えたとか」

「誰も外見てないの?」レオンが言い返した。「夜が明けてから、ってことだけど」

バーンが携帯電話をつついた。「レオンの言うとおりだ。外を見たほうがいいかもしれない」

わたしはつかつかと廊下を歩いていってオフィスを抜け、玄関に向かった。家族全員があとからついてくる。わたしはドアを押し開けた。

装甲車が目の前を通っていった。うちの敷地の周囲の歩道に白い線が描かれていたが、それを踏まないように注意している。道の向こうでは、軍人らしい一団がM198榴弾《りゅうだん》砲《ほう》を設置していた。戦車に似た可動式榴弾砲が反対方向に走っていく。右側では、やはり軍人らしき一団が見張り塔を建てている。戦闘服を着た短髪の男性が二人、駆け足で通り過ぎていった。左側の男は、心配になるほど細い革のリードをつけた目を疑うほど大きなハイイログマを連れている。熊の革のハーネスには〝テディ軍曹〟と書かれている。

母がぽかんと口を開けた。

フリーダおばあちゃんが母をつついた。「ちょっと顔をつねってくれない？　まるで軍の駐屯地だわ」

わたしは口を開いたが言葉が出なかった。

同じ年頃のほっそりした女性が近づいてきて白線の上で止まった。まっすぐな黒髪をポニーテールに結んでいる。肌はオリーブがかったミディアムブラウンで、目は黒く、その顔立ちからはアフリカ系とラテン系の血がうかがえた。服装はベージュのパンツスーツだ。

「メローサ・コルデロです。マッド・ローガンから伝言です。入ってもよろしいですか？」

なんてばかばかしいんだろう。「ええ」

彼女は白線を越えた。

「少佐は、自分の存在があなたを不愉快にさせることを残念に思っておられます。しかしながらこう伝えてほしいと言われました。バラノフスキーのどんちゃん騒ぎは明日であり、ショッピングに行くことを謹んで提案したい、と。わたしが同行します。少佐の代わりに代金を支払う許可を得ています」

「必要ないわ」ローガンには、ローン以外にわたしのものは何一つ支払わせたくない。「もう帰って。自分のドレスは自分で買うから、ミズ・コルデロ」

「どうぞメルと呼んでください。少佐はあなたがそう言うだろうと言っていました。返事はこうです」彼女は咳払いし、直接言葉を伝えるみたいに低い声を出した。「これは純粋なビジネスだ。ネバダ、癇癪《かんしやく》を起こすのはやめろ。きみらしくないぞ」

癇癪？　わたしは超人的な努力で言い返すのを我慢した。口を開いたら炎を吐き出して彼女の顔を溶かしてしまいそうだったからだ。

「あなたが微妙な顔をしたら、わたしはイージス使いだと言えと言われました。ランクは〝一流〟で、ボディガードの訓練も受けています。わたしの任務はあなたとコーネリアスを守ること。クライアントの安全が最優先だと言えとも言われています」

わたしは携帯電話を取り出してローガンにメッセージを送った。

〈イージス使いを派遣してくれてありがとう。親切ね〉

〈どういたしまして。ほかに手伝えることは？〉

〈一つあるわ。こぶしを作って自分を殴って〉

〈このタイミングかな？　どうかと思えるほど腰を低くして、怒ったときのきみは魅力的

だと言うのは〉

〈自殺願望でもあるの？〉

〈手伝ってくれるかい？〉

だめだ。

「コーネリアス、あなたとローガンとの契約は、奥さんの殺人犯の正体を暴いたら終了するのよね？」

「そうだ」

「よかった」契約が終了したらローガンにこのメッセージを後悔させてやる。どうすれば彼が後悔するかわからないけれど、必ずそうしてやる。

「すいません」メローサが口を開いた。「我々の間ではこういう言い方があります。イージス使いを遣わす者の好意にけちをつけるな、と」

「最後の任務は？」母がたずねた。

「アルゼンチンの経済担当大臣の警護です。昨夜その任務を解かれたばかりですが、充分働ける状態です。エクゾルほどすごい薬はありませんから」

「ぼくは何か聞き忘れているみたいだな。バラノフスキーのパーティに行くのかい？」コーネリアスはきょとんとした顔をしていた。

　それも当然だ。ずっと寝ていたのだから。わたしはコーネリアスに、ローガンとの個人的な〝関係〟が調査に影響することはないと断言した。どんな犠牲を払ってもその言葉は守らなくてはいけない。

「うちに来て」わたしはメローサに言った。「パンケーキとソーセージがあるから、自由に食べて。その間にコーネリアスに事情を説明するわ」


　コーネリアスへの状況説明は思ったより長くかかり、終わった頃には喉がひどく痛くなってしまった。コーネリアスは話をちゃんと受け止めてくれた。メローサといっしょに高速道路での襲撃の動画を見せると、彼は今後は自分もいっしょに行動すると宣言した。

　三人で〈フェリカ・ルーガ〉に行くことになったのはそういう理由からだ。コーネリアスの話では、お姉さんがここでよくフォーマルドレスを買うらしい。わたしはちゃんとしたドレスを買う店など知らなかったから彼の判断を信じることにした。資金は緊急予算に手をつけた。ローガンに買い与えられたドレスなんか着るわけにはいかない。

　ミニバンが壊れたのでわたしは周囲に溶け込む車はやめて、手に入れた軽装甲機動車に乗ることにした。こういう車は快適なドライブとか街歩きには向いていない。どう見ても目立つし、降りる頃にはお尻を取り替えたくなる。今日という日はとんでもない事件で始まった。これからどんなことが起きるのか知るのが待ちきれない気分だ。

近隣を抜けようとすると、クレイ通りに通電柵を設置している作業員がいた。

「ローガンは本部をこのあたりに移したの？」

「そうです」メローサが答えた。「二箇所の本部を守るのはコスト的に効率が悪いので」

「場所は？」

「わたしの一存で言うわけにはいきません」

彼がなぜマッド・ローガンと呼ばれているのか、わたしはようやく理解した。狂気にとらわれているからではない。いらだちで相手を狂気に追い込むからだ。

車は寄り道して古くからある地区に入った。コーネリアスはまた謎の袋を持って小道に消えていった。

「あれ、何が入ってるんですか？」メローサがたずねた。

「教えてくれないの。まさか死体のはずはないと思うんだけれど、違うとも言いきれなくて」

「死体じゃないですよ。死体なら袋がもっとでこぼこしてるはずです」

「わたしもそう思った」

コーネリアスを待っている間にバグからフォースバーグの検死報告書が送られてきた。

異物の痕跡は発見されなかったが、傷口には組織が凍った跡が認められたという。何者かがフォースバーグの目とそのうしろの脳を凍らせ、溶かしたのだ。不思議と驚きはなかった。残念ながらこれ以上くわしいことはわからない。評議会の訪問者記録は手書きで、機密とされている。ローガンでさえ見ることは許されていない。

この謎の氷使いのことが本当にいらだたしくなってきた。

フェリカ・ルーガはネイティブアメリカンの血を引く小柄でふっくらした女性だった。店は高層ビルのビジネスフロアにあり、下の階は会計事務所、上の階は新興のネット企業だ。コーネリアスの話ではフェリカは予約制でしか客を受け付けないらしく、彼が前もって電話してくれた。店頭に服が並んでいるだろうとなんとなく思っていたが、そういうスペースはなかった。作業場の前はシンプルな部屋で、片方に椅子が並び、右側は一面の窓、左側は鏡になっていた。

フェリカはメローサとコーネリアスをじろじろ眺めると、椅子を指さした。「ここでお待ちください。あなたはいっしょに来て」

わたしは彼女のあとについて裏に向かった。ドアの向こうは試着室で、真ん中に丸い台がある。一方の壁は全面鏡で、開いている左手のドアからは縫製室とドレスのラックが見えた。何着ものドレスがビニールをかけられ、天井から吊り下げられた金属のラックにかかっている。

「バラノフスキーのディナーに行くのね」フェリカがこちらを向いた。「あなたは人にどう見られたい？　考えずに頭に浮かんだことを言ってみて」

「プロフェッショナル」

「じゃあ、そういう自分を想像して」

わたしはつややかなフロアに立つ自分を想像した。ドラゴンの輝きを身にまとったローガンもそこにいる。槍《やり》と甲冑《かっちゅう》が必要になりそうだ。

「仕事は？」

「私立探偵です」

「首のそれは隠したい？」

「まだ決めてません」

フェリカは腕組みして考え込んだ。「どうしてそんなあざをつけたの？」

「男に殺されそうになって」

「今ここにいるということは、その男は失敗したのね」

「ええ」

「待っていて」

彼女は服のラックの間に消えていった。わたしはあたりを見まわした。目を惹《ひ》くものは何もない。床はただの茶色で、天井は白いパネル張りだ。鏡にはわたしが映っている――

あざがひどい。

「いつからローガンの部下に？」コーネリアスの声がした。

壁が薄いらしく、張り上げているわけでもないのにその声はよく聞こえた。

「ずっと前です」メローサが答えた。「少佐が除隊して最初に雇ったオリジナルメンバーの一人です」

「きみの経験から見て彼は惚《ほ》れっぽいのかな？」

コーネリアスは何を言いたいのだろう？

メローサは咳払いした。「わたしにはボスの私生活についてあれこれ言う権利はありません。もしあったとしても言いませんよ。少佐には敬服していますから。少佐を狙った弾丸でさえ受ける覚悟です。あの方にはプライバシーを持つ権利があるし、わたしはそれを守ります。質問するならほかのことにしてください」

コーネリアスはあっという間に撃退されてしまった。

フェリカが黒いドレスを持った年下の女性を連れて戻ってきた。「これを着て」

わたしは彼女が見守る前で服を着替えた。驚くほど重い。フェリカのアシスタントが背中のファスナーを上げてくれ、片手を差し出してわたしを台から下ろしてくれた。鏡を見たわたしは息をのんだ。

時代を超越したシルエットだ。二本の細いストラップ、首と胸がほとんどあらわになっているハート型の胸元。フィットしたウエスト、裳裾《もすそ》に続く優雅なスカート。足手まといになるほど長くはないので、いざとなったら走ることもできる。ドレスの生地は黒いシルクのチュールで、黒いスパンコールが無数に刺繍《ししゅう》されていなかったら全部透けているだろう。胸の周囲は複雑なパターンが施され、脇腹と腰までをおおっている。刺繍は腿の下で渦を巻いて四方に分かれ、透けたチュールのスカートを黒い炎のように這《は》い下りて、裾に届く前に消えてしまう。ドレスを見ても刺繍は感じられない。戦いの女神ワルキューレの衣装のごとく、黒曜石から削り出したものに見える。まるで鎧《よろい》だ。

「これ、いくらですか?」

「一万五千」

「買えないわ」

「そうね」フェリカが答えた。「その値段の十パーセントで一晩レンタルできるわ。靴とクラッチバッグはサービス」

一晩で千五百ドルもするのに、自分のものになるわけでもない。厳密に言えばこれは経費なのでコーネリアスに請求できる。でも経費になるからといってクライアントの出費に無頓着になってもいいわけではない。

このドレスを見たときのローガンの顔が見ものだ。

「靴を」フェリカが言った。

アシスタントがわたしの前に黒いパンプスを置いた。足を入れるとぴったりだ。

「髪もね」

アシスタントが背後にまわり、ポニーテールをほどくと、王冠のように髪を頭のまわりに巻き付けてたくみにピンで留めた。

フェリカは片手を差し出してわたしの手をとり、さっきの部屋へと連れていってくれた。

コーネリアスはまばたきした。メローサの眉が上がった。

「一晩千五百ドルだそうよ。イエス？　ノー？」

「イエス」コーネリアスとメローサが同時に言った。


金曜の夜、わたしはオフィスに座り、バラノフスキーのパーティに出席予定の魔力界の重鎮の写真を眺めながら気持ちを落ち着かせようとしていた。写真はオーガスティンがメールで送ってくれたもので、便利なことに二種類に分けられている。わたしに対して殺意のある者と、その気になればわたしを殺せる者。大変な夜会になりそうだ。

ドアベルが鳴った。わたしはノートパソコンを正面カメラの映像に切り替えた。出迎えたのはバグの顔だ。舌を出し、寄り目になって自分のノートパソコンをこちらに振っている。

わたしは立ち上がってドアを開けに行った。「わたしのテリトリーに入るのに許可を求めないの？」

「これは失礼、女王陛下」バグはびっくりするほど優雅に片手を振ってお辞儀し、顔を伏せたまま後ずさった。「どうかこの虫けらの失礼をばお許しを……」

「オフィスに入って」わたしはうなるように言った。

「ネバダ、どうしたんだよ？　許可なんか求めねえぜ」バグは中に入ってクライアント用の椅子に座った。「結構な部屋じゃねぇか」

「ありがとう」わたしも座った。「で？」

バグはテーブルの上でノートパソコンを開いてキーを押し、わたしのほうに押しやった。

「このアホどもの顔に見覚えは？」

わたしは居並ぶ顔を眺めた。十五から六十歳の男性ばかりだ。「氷使い？」

「そうだ」

わたしは一人ずつじっくり見ていった。「ないわ」

バグはため息をついてノートパソコンを取り戻した。「あんときに見た顔に間違いはないのか？」

「ええ、あの笑顔は見ればわかる。道路を凍らせる前に歯を見せて笑ったの」わたしはバグにオーガスティンのリストを見せた。「この中にもいなかったわ」

「くそっ」バグの顔は苦々しかった。「またこれだ。ピアースの一件からずっとこれだよ。

手がかりをつかんだかと思うと――」彼は指先から煙が上がるしぐさをした。「そっから先はふっと消えちまう。おかげでこっちはいらいらして顔をデスクでぶったたくんだ」

「きっと見つかるわよ。調査を続けていればいずれ向こうから姿を現すわ」

バグは体をうしろに傾けて廊下の様子をたしかめた。「もう一つ、あんたに見せたいもんがある」

バグはデスクに戻ってわたしの隣で身を乗り出し、キーをたたいた。昨夜の銃撃戦をとらえた監視カメラの映像で、レオンのひどいナレーションが入っている。

わたしは顔をしかめた。「これなら知ってるわ。いとこが興奮しちゃって。まあまだ十五歳だから、自分のこと不死身だとでも思ってるんでしょう」

「そうじゃない」バグの顔はいつになく真剣だった。「よく見てろ」

映像の中で年配の傭兵がアップになった。〝おれは百戦錬磨のワルだ。くそったれなものを見てきたし、くそったれなことをしてきた。ジャングルで松ぼっくりを食って五カ月生き延びて、使った箸でテロリストを……〟

「これを撮ったとき、あいつはどこにいた?」バグがたずねた。

「〝悪魔の小屋〟よ。コンピュータルーム」

〝……くそっ、頭を吹っ飛ばされちまったじゃないか〟

カメラが右に移動し、オークの木のそばにしゃがんでいる女をとらえた。

〝わたしは死神、わたしはゴースト。見つけてやる。逃げたって隠れたって土下座したって無駄。わたしは闇にまぎれておまえを狙う女豹《めひょう》。このベルベットの肉球と鋼鉄の爪で……ちょ、ちょっと待って、脳みそがない!〟

わたしはため息をついた。

〝やだ、見て、脚が痙攣《けいれん》してる。ほんとみっともない〟

レオンには何か問題があるのかもしれない。もっと仕事を与えたほうがいい。そうすれば退屈しなくてすむし、銃を手に入れようともしないだろう。「何を見てほしいのか知らないけれど、全然わからないわ」わたしはバグに言った。

「こいつはなんで次に誰が死ぬかわかるんだ?」バグが言った。「カメラが死ぬ順番を正確に追っかけてる」

まさかそんなはずはない。わたしは録画を巻き戻した。年配の傭兵、鍛え上げた女兵士、ボディビルダー、やせ男、大柄な女……五人のターゲットがまさに殺された順に登場した。どれもカメラが犠牲者を求めて移動し、銃声が鳴りもしないうちにレオンがナレーションを始めている。

信じられない。わたしは手を口にあてた。

「あんたの母親が撃ったんなら話はわかる。でもな、このうち二人を倒したのはうちの兵隊だ。最初は予知者かと思ったんだが」バグは最初の女が死んだところまで動画を巻き戻した。「いいか、あいつは先にカメラを左に向けてるだろ」

わたしはカメラを追った。カメラは左に動き、レオンが何か待ち受けるかのように一瞬街灯に焦点が合った。カメラがさっと上がり、道の向こうのビルの窓をとらえる。そのあと映像にはボディビルダーが映った。

「ほかの奴らのときはこんなことはしてねえんだ。で、おれはうちの兵隊にたずねてみた」バグはノートパソコンに何か打ち込んだ。通りの画像がスクリーンに映し出された。

「ここにうちの兵隊がいた」バグは指で窓をたたいた。

「これはさっきの映像に出てきた窓？」

バグはうなずいた。「ボディビルダーの次に殺されたやせ男はここにいた」バグは、低い石壁でさえぎられて見えない倉庫のそばを指さした。「窓辺にいたうちの兵隊はやせ男を直接撃ったんじゃなかった。そこでだな、おれたちはあのやせ男のいた場所にダミーを置いて実験してみたんだ」バグがキーをたたくとスクリーンに別のアングルの映像が現れた。頭にキャンバス地の袋をかぶったマネキンが壁際でしゃがんでいる。

「どうして頭に袋をかぶせたの？」

「すぐわかるって。で、こっちは狙撃手の窓からの映像だ」スクリーンが二つに分割された。「ダミーは見えない」

「そうね」

狙撃手は、さっきレオンのカメラがズームインした街灯の柱に照準を合わせ、撃った。マネキンにかぶせた袋が裂け、砂が一筋流れ出した。

「跳弾だわ」わたしはつぶやいた。レオンは予知者ではなかった。ターゲット候補と狙撃者の位置を確認し、銃弾の軌道を計算し、銃撃がおこなわれるのを待つのだ。銃撃がなければ、次に可能性の高いターゲットへと意識を移す。レオンはこれをほんの一瞬でやってのけている。

「いったいどういう能力なのかおれは知らない」バグが言った。「こんなすげえ力は生まれて初めて見た。ともかく、あんたに知らせたほうがいいと思ってな」

レオンはもう普通の人生を歩めない。こういう種類の魔力に許された道は一つだけだ。わたしはバグを見た。「お願いだからローガンには言わないで」

「きかれたら答えるしかねえが、自分からは言わねえよ。レオンは知ってんのか?」

わたしは首を振った。

「あんたが決めることだ」バグはノートパソコンを手にとった。「だがな、一つ個人的な立場からアドバイスしとく。定められた道をふさいだら、そいつはおかしくなるぜ。あいつをそんな目にあわせるな、ネバダ」

9

金曜日の午後六時。わたしは娯楽室で一晩千五百ドルのドレスを着て、携帯電話を入れたちっぽけなバッグを持ち、じっと動かないようにしていた。メイクはアラベラがしてくれた。髪はカタリーナがしどけなく乱れた感じの王冠にまとめ、黒い金属のヘアブローチでしっかり留めてくれた。靴ははいている。着替える前にトイレに行き、ガスがたまるようなものは食べず、水分もとっていない。マーフィーの法則に従えば、もし飲み物を手に持ったらきれいなドレスにこぼしてしまうにちがいないからだ。

もういつでも出かけられる。オーガスティンが来るまで、フリーダおばあちゃんと母が付き添ってくれた。

この数時間でオーガスティンのリストにある名前と顔を覚え込んだせいで、哀れな脳は蜂の巣をつついたような騒ぎだ。写真の男性の何人かは金髪だった。わたしは彼らの写真を一時間眺め、雨に打たれたサバーバンのウィンドウ越しにぼんやりと見えた顔と一致させようとしたが、できなかった。

テレビではコメンテーターがガーザ上院議員の殺人事件について話していた。警察は依然として捜査の詳細を伏せており、当初は熱く燃えていたコメントも今では不満をくすぶらせた不快感の表明に留《とど》まっている。マスコミは必死にねたを追いかけたが、出てくるのは憶測ばかりだ。とにかく情報が足りないせいでマスコミは負けを認め、次の話題に移る姿勢を見せていた。

ガーザ上院議員の写真がまたスクリーンに現れた。若くてハンサム、政治家らしい髪型。笑顔もきっと政治家らしいのだろう。その彼が殺された。誰かが責任をとらなければいけない。

「家族もお気の毒に」祖母が言った。

レオンが部屋に駆け込んできた。「ネバ――」

足が止まり、わたしをじっと見つめている。

「何？」

「ネバダってほんとはかわいいんだ」まるでエイリアンでも見つけたみたいに驚きでいっぱいの口調だ。

「じゃあいつものわたしは何？」

「いとこ」レオンは今さら何を言ってるんだと言わんばかりだった。「外にリムジンが来たよ。二台も」

手を差し出すとレオンが立つのを助けてくれた。

「どうかしら？」

「すてきよ」母が安心させるように言った。

「うまくやりなさい」これは祖母だ。「写真をたくさん撮ってきて」

わたしは娯楽室を出た。コーネリアスが待っていた。体にしっくりと合った黒のタキシード姿で、ハンサムな顔立ちが引き立っている。鋭くてエレガントで、一万五千ドルのドレスの世界の住人だ。わたしはお姫様ごっこをしている子どものような気がした。

コーネリアスが腕を差し出した。わたしはそこに手を置き、二人で出口に向かって歩いていった。

「なんだかプロムパーティに行くみたい」

「ぼくは行かなかった。きみは？」

「ジュニア・プロムには行ったわ。相手はロニーっていう男の子。海兵隊に入隊して、二週間後には出発の予定だった。とんでもなくハイな顔でやってきて、はめをはずす最後のチャンスを逃すまいと、そのあともわたしをほったらかしてずっとマリファナに溺れてたわ。わたしはうんざりして、会場に着いて三十分後には見捨てたの」そして最終学年のプロムはなんのためらいもなく欠席した。

「今夜はほったらかしにはしないと約束する」

「あなたとオーガスティンとローガンがいたら、その心配はないわね」

コーネリアスがドアを開けてくれたのでわたしは夜の中に踏み出した。二台のリムジンが待っていた。二台目のそばにオーガスティンが立っている。彼もタキシード姿で、手袋みたいにぴったりだ。わたしはつかの間彼を眺めた。すばらしい。

「ネバダ、完璧だよ。ハリソン、今夜はよろしく」

「よろしく」コーネリアスが答えた。

一台目の運転手は長身の金髪女性で、外に出てドアを開けてくれた。「ミスター・ハリソン」

「別々に行くの？」

「そうだ」コーネリアスが言った。「ぼくはうちの一族の車で行く」で、わたしはオーガスティンといっしょに部下として行くわけだ。ちょうどいい。

「それじゃ、現地で」

コーネリアスのリムジンがすっと走り出した。オーガスティンがドアを開けてくれている。わたしは慎重に乗り込んだ。

オーガスティンはドアを閉めて反対側にまわり、隣に座った。出発だ。

「そのあざにはプロの技を感じるよ」オーガスティンが言った。

「バラノフスキーはユニークなのが好きだって二人とも言っていたでしょう」

「そのとおりだ。あざは人目を引く。そのドレスとあいまって、強い主張となる。ローガンがきみを来ないように説得しようとしたのに気づいたかね？」

「ええ」オーガスティンは何を言いたいのだろう？

「ローガンには青臭いところがある。強情で危険で計算高いが、それでも子どもっぽいことに変わりない」

違う。ローガンには子どもっぽいところはまったくない。状況や人や何より自分自身をコントロールしたいと思っている。感情が先に立つことはまずない。ちらりとしか素顔を見せないので、まだ彼のことを完全にはつかめていないほどだ。ローガンには衝動的なところはない。

「子どもっぽい奴《やつ》は自分の感情に左右される」オーガスティンが続けた。

言われるまでもない。わたしは日々そういう人たちと関わっているのだから。

「家族の義務を捨てて軍隊に入るのはティーンエイジャーのやることだ。産んでくれなんて頼んでないと芝居がかった言い方をするのとそう変わらない」

ローガンが入隊したのは十九歳のときだから、青臭いと責めるのは不公平だ。どうしてローガンが軍に入ったのか、わたしはようやく理解した。〝超一流〟に用意された道から逃れたかったのだ。大学に行き、学士号より上の学位をとり、両親のために働き、適切な遺伝子を持った相手と結婚し、後継者確保のため二人以上三人以下の子どもを作る。配偶者を見つけること以外、オーガスティン自身が注意深くたどってきた道だ。

「わたしが言いたいのは、ローガンはときどき感情的に反応してそれに従って行動するということだ。あいつはきみを世界と分かちあうとなると感情的に反応する。どういう意味で興味を持っているのかは知らない。個人的なものかもしれないし、仕事上のものかもしれない。きみは自分がどれほど貴重な人材か気づいていないが、ローガンは知っているしわたしも知っている。わたしは負ける気はない」

オーガスティンは携帯電話に親指を走らせた。クラッチバッグから、今夜のために特別にセットしたメロディアスな音楽が流れた。わたしは携帯電話をチェックした。メールボックスにオーガスティンからのメールが届いている。わたしはそれをタップした。

契約書だ。〝モンゴメリー一族との合意契約〟オーガスティンはわたしを雇おうとしている。モンゴメリー国際調査会社ではなくモンゴメリー一族として。これは新しい。〝基本給。被雇用者は基本給として年額百二十万ドルを受け取る……〟

自分の目が信じられなかった。

〈支払い。基本給は雇用者の支払い慣行に従って支払われる。〉

〈調整。当契約期間の毎年十一月一日に、（1）被雇用者の基本給は七パーセント以上上昇するものとする。（2）当該企業は被雇用者の業績を評価し、自由裁量にて基本給を上

積みすることがある。〉

当契約期間ってどれぐらいだろう？　わたしは契約書をスクロールした。十年だ。オーガスティン・モンゴメリーは、十年間年百二十万ドルを支払い、七パーセントの昇給と業績に応じたボーナスを約束するという契約をわたしに提案した。

これでローガンの債権を買い取れる。ローンを完済できる。妹たちの大学費用も、そして……。

落とし穴はなんだろう？　必ずあるはずだ。

〈競業禁止条項。当該企業が被雇用者を雇用するにあたっての有効な約因および誘因として、当契約期間内に理由を問わず雇用関係が終了する場合、被雇用者は直接的または間接的、個人としてまたは被雇用者、共同経営者、パートナー、オーナー、支配人、代理人その他として、十年の間、米国およびその保護領域内の私立探偵業、警備サービス、個人的な尋問職などを含むあらゆる企業のいかなる職にも就かないものとする。現在被雇用者が所有しているいかなる個人的警備ビジネス、調査ビジネスも、雇用に先立って解散するものとする。〉

この契約を受ければ、ベイラー探偵事務所は消えてなくなる。そして理由を問わずわたしが辞めたり首になったりすれば家族を支える手段がなくなってしまう。

オーガスティンがこちらを見てにっこりした。おかしい。この角度からだと鮫《さめ》の歯が全然見えない。

この取引を結べば、これまで一生懸命働いてきた年月が帳消しになってしまう。事務所は父の遺産であると同時にそれ以上のものでもあった。家族の努力の証《あかし》なのだ。

父の具合が悪化した頃、事務所もつぶれかけていた。父は働けず、母は父の看病に専念していた。今思い返すと、あの頃のことは記憶があいまいだ。脳の中で青いフィルターをかけたかのように、当時の思い出は暗く陰気だ。父が病気になる前は覚えているし、亡くなったあとのことも思い出せる。その間の出来事は、自分を守るために必死に忘れようとしてきた苦しい記憶なのだ。

わたしは父を助けられなかった。自分のせいで状況を悪くしてしまった。父の担当医からの手紙を読んだところを見つかってしまい、父から誰にも言わないことを約束させられた。わたしはその秘密を長く守りすぎた。もっと早く誰かに打ち明けていれば、父はもう少し長く生きられたかもしれない。父が病気だったとき、わたしは妹たちやいとこたちを励ませなかった。何を言っても嘘《うそ》になったからだ。恐ろしい真実は最初からわかっていた。父は死ぬ、と。わたしたちは年単位ではなく週単位で闘った。

あのときわたしにできたのは、家族のために立ち上がって少しでもお金を稼ぐことだけだった。ベイラー探偵事務所という沈みかけた船に乗り込み、穴を一つずつふさいでいった。新規クライアントを一人ずつ獲得していき、こなせる仕事はなんでも引き受けた。こうして事務所は少しずつ軌道に乗っていった。つまずき、前のめりになることもあったが、少なくとも止まってはいなかった。そして父の死後、わたしたちにはしがみつくものが必要になった。まるで、つらくて長いレースを走り終えたのに止まり方がわからないランナーみたいに。意識を集中しておくもの、それが事務所だった。事務所のおかげで家を維持し、食べ物をテーブルにのせることができた。三年前から妹もいとこもお小遣いをほしがらなくなった。家業で稼ぐようになったからだ。あの子たちが大人になって困ったことがあっても、この家業があれば収入は確保できる。富豪にはなれなくても生活には困らない。今事務所は順調で、わたしたちが家族としてがんばっていることの生きた証拠だ。全員がそれを誇りに思っている。父の願いどおり、事務所は家族の生活を支えてくれた。ただの収入源以上の意味で。

オーガスティンの提案を受ければ、その事務所がなくなってしまう。収入は増えるだろう。お目にかかることのできないようなとんでもない金額だ。でも、家族は自分の手で稼ぐのをやめ、わたしの施しに頼るようになるだろう。

ローガンの手から逃れたい。わたしは心底そう思っている。この契約を受ければそれができる。

お金と引き換えにわたしは何をするのだろう？　両親が絶対にわたしにさせまいとしたことにちがいない。オーガスティンのために歩く嘘発見器となるのだ。人の心を踏みにじり、相手がすすり泣きながら床で胎児みたいに体を丸くするのを見るのだ。

「すごい提案ね」

「いや、公平な提案だ。ネバダ、わたしはビジネスマンだ。損益にはうるさい。この金額は控えめとは言えないが、目をむく金額ではない。きみがモンゴメリー一族に供与するサービスの価値を考えれば適切で公平だ。ちなみにこの金額はアップするだろう。きみの才能を使えばできることは山ほどある。きみを感情面から操作しないと約束しよう。家族を脅迫したり、卑劣にもきみの意志を動かそうとして前もって許可も得ずにローンを買い取ったりしないと約束する」

オーガスティンはうちの経済状況を調べたのだろう。当然だ。調査事務所を所有しているのだから。しかも、そうしたのはローガンとまったく同じことをするためだ。ただローガンのほうが早かっただけだ。

「わたしはプロフェッショナルとしての提携を提案したい。双方に利益のある提案だ。スクロールすれば、契約締結時のボーナスの項目が目に入るだろう。それがあればとりあえずローンは払えるだろうし、それなりの住居を購入した場合の頭金にもなる。今の倉庫を出て自立して暮らすことを選べばの話だが。もう一度言うが、これは慈善ではない。きみに仕事の上でしあわせになってほしいというのが動機だ。わたしの経験では、しあわせな部下は安定した健全なビジネスを意味する」オーガスティンはまたにっこりした。「ただ、今は状況が混沌《こんとん》としているし、なにぶん大きな決断だ。ゆっくり考えるといい。この提案に期限はない」

わたしは軽いユーモア以外の感情が表に出ないよう、ほほえみを返した。「ローガンがこれ以上の提案をしてこないという自信があるのね」

「これ以上の提案はしてくるだろう。問題は、その対価としてきみに何をさせようと考えているかだ」

わたしは眉を上げてみせた。

「性的な関係を意味したわけじゃない。ローガンはきみを誘惑しようとするだろうが、あの性格が劇的に変化しないかぎり、きみの意思に逆らって性的な関係を強要するようなことは絶対にない。きみはローガンが生活のために何をしているか知ってるか？」

「わたしが理解しているかぎりでは、かなりたくさんのことをしているみたいね」

「そうじゃない。かなりたくさんのことを所有してるんだ。この二つは違う。わたしも相当なものを所有しているが、モンゴメリー国際調査会社を経営してもいる。それがわたしの日々の仕事だ。ローガンはいわば戦争屋だ。部下は傭兵《ようへい》で、世界最高峰の私設軍隊を擁している。それは認めるし、表面上はその軍隊で楽しい仕事をしている。人質救出だの、援助機関の警護だの、地域の安定化だの。しかしわたしたちは大人だ。いちばん利益になるのが白馬の騎士ごっことは限らないのはきみもわかるだろう。もっとおもしろいのは、彼がヒューストンで何をしているかだ」

「わたしが理解しているかぎりでは、民間警備会社を所有しているわ」

「所有しているのは〝カストラ〟だ。古いラテン語で軍事施設を意味する。ローマの兵士たちは毎日フル装備で三十キロ走り、キャンプを設営して、その周囲に泥と木材で砦《とりで》を築いてから眠った。カストラは荒野のシェルターであり、外部の者が入り込めない守りの壁だ。ローガンのカストラは有力一族を守る。ライバルと会うとき、相手や部下を信用できないとき、奇襲が心配なとき、カストラが守ってくれる。彼らは精鋭部隊であり、専門の訓練を受けていて、賄賂を受け付けない。ローガンがヒューストンの裏世界の主要な人物を残らず知っていたり、有力一族同士の大きな抗争の情報を得ていたりするのはそれが理由だ。ローガンは丁寧に自分の痕跡を消している。わたしが知っているのは、二者間の複雑な取引に関わったことがあるからだ。カストラが警護を担当し、そこにローガンの部下がいるのを見かけた」

わたしは驚かなかった。ローガンはかつて、もし見つけたい相手がいたら部下が数時間以内に連れてくると言っていたことがある。ヒューストンの裏社会に広いネットワークを持っていなければ、そんなことはできないし、聖人君子ではそんなネットワークは作れない。

「あなたが知っていることをローガンは知っているの？」

オーガスティンは首を振った。「素顔で出席したわけじゃないからだ。わたしのところにいれば、きみは違法なことに手を染める危険はない。信念を曲げてもらう事態に遭遇しないとは言いきれないが、そういった事態が通常ではない。ごくまれだ。ローガンの下で働くとしたら、どんなことをする？　ローガンのために誰を尋問する？」

どれもこれもだ。ただ、ローガンはわたしを雇いたいと思っていない。わたしをほしがっている。いっしょにいてほしいと思っている。それは欲望以上のものだ。それがなんなのかわたしはまだよくわからなかった。

オーガスティンはにっこりした。「じっくり考えれば答えが出るはずだ」

リムジンは青々とした庭園と美しい花崗岩《かこうがん》のテラスを通り抜け、カーブした私道に滑り込んだ。

「ここは？」

「パイニーポイント・ヴィレッジだ」オーガスティンが答えた。

パイニーポイント・ヴィレッジはテキサスでいちばんの高級住宅地だ。近隣の住宅地と同じくここもかつては小さな町だったが、拡大していくヒューストンにのみこまれた。去年失踪事件の調査で少しだけここに来たことがある。パイニーポイントではビジネスは地域内だけに限られ、景観デザイナーが雇われ、売り出し中の看板にいたるまですべてが規制されている。人口調査によれば、この狭い地域にはたった三千人しか住民がいない。それでも住民が所有する不動産の課税価格は合計で二十億ドルにものぼる。

リムジンは美しい噴水を囲むロータリーに入った。駐車場の向こうに、木立の間から白い豪邸がそびえているのが見えた。ここから見るとまるで大きな一つの目みたいだ。中央にはアイリスのように大きな丸い塔が建ち、その左右には半円型のバルコニーを支える白い柱が並んでいる。塔の両脇がカーブを描いた住居棟になっており、その裾を囲むように緑が生い茂っている。アーチ型のガラスのドアと窓が誘うように琥珀色《こはくいろ》に輝いている。高級住宅専門の不動産エージェントのせりふが聞こえるかのようだ。〝イタリア、フランス、そして初期ディズニー様式をエレガントに取り入れたこの壮大なお屋敷は、どんな贅沢《ぜいたく》な要求にも応える千のバスルームを備えていて……〟

「この家の広さは？」

「三千平米だ。数年前、バラノフスキーがこのパーティだけのために建てた。塔の中には中央舞踏室があり、右の棟にはレストランスペースとプレゼンテーションホールが、左の棟には生活用のスペースがある。本人がここにいないときは企業の保養所として貸し出している」

　リムジンがすっと止まった。いよいよだ。

「心配はいらない。きみならうまくやる。自然体でいればいい」

　運転手がドアを開けた。オーガスティンは外に出てこちらにまわり、手を差し出した。わたしはその手に体重を預けて車から降りた。オーガスティンが腕を差し出したが、わたしは首を振った。大事なのは強いイメージを与え、目立つことだ。オーガスティンのデート相手と思われたら、相手はわたしを見過ごすだろう。わたしたちは広い階段をのぼってそびえ立つコリント式の柱の間にあるアーチ型のエントランスに向かった。いかめしいダークスーツの男女が立っている。オーガスティンは女性と目を合わせ、小さなカードを差し出した。

　女性は顔を寄せた。「ミスター・モンゴメリー、ようこそ」

「こんばんは、エルサ」

　男がスキャナーを上げた。赤いレーザーがカードの上を横切った。

　男がヘッドセットに手をかけた。彼の口と、家のどこかにあるスピーカーの二箇所から声が聞こえた。「モンゴメリー一族のオーガスティン・モンゴメリーおよびそのゲスト」

　この人たちはきっとわたしの名前も体重も靴のサイズも知っているにちがいない。でもオーガスティンの隣にいるとわたしの名前など意味を持たない。〝そのゲスト〟となったことはまさに思いどおりで、なんの文句もなかった。

アーチ型のエントランスを入ると、そこは鏡面のように磨き上げられた花崗岩のフロアだった。高い白い壁には、ヒューストン美術館のさまざまな展示物を示す垂れ幕がかかっている。〝ハプスブルク家の栄光――ウィーン美術史美術館コレクション〟と書かれた、信じられないほど横に広い真珠色のドレスと同じく横に広い髪型の女性。〝競技者――古代メキシコの芸術〟と書かれた、丸いヘルメットをかぶり、あぐらをかいて両手を膝に置いた男の像。〝ロナルド・ウォーデン神秘の宝石〟と説明書きのあるオレンジと赤のプラスチックのブレスレット。この不思議なブレスレットには白や虹色の棘《とげ》で縁取られた黒い点の模様がついている。

舞踏室に続く大きなドアが真正面にあり、メインフロアと集まった人々の姿がちらりと見えた。派手なドレスを着た女性たち、黒いタキシードの男性たち。繊細な鉄の手すりがついた吊《つ》り下げ式の階段が両側に二つあり、上階の二つのドアに続いている。

オーガスティンはまっすぐ舞踏室に向かった。わたしは顎を上げ、慣れた場所だと言わんばかりにその隣で歩調を合わせた。

「どうして美術館でパーティを開かないの？」

「バラノフスキーは〝超一流〟だ。状況をコントロールしたいんだ。わたしのリードに従ってくれ。中に入って、あとはただ流れに従うんだ」

ドアから中に足を踏み入れたとたん、わたしは立ち止まって息をのみそうになるのを我慢し、歩き続けた。円形の輝く広間。白い花崗岩の床には繊細なマラカイトグリーンの象眼が施されている。壁はつややかな白い大理石で、ところどころ緑と金に色づいている。部屋の奥にある大理石の階段からは、舞踏室の全周にぐるりと張りめぐらされた屋根付きのバルコニーに出られる。ところどころにドアがあり、おそらく外のバルコニーに続いているのだろう。床から天井までつなぎ目のない窓が柱に区切られてバルコニーの両側に並んでいる。あちこちの壁際に贅沢な椅子とテーブルが置かれている。ヒューストン魔力界のエリートたちが、立ち、座り、そぞろ歩き、会話している。笑い声が漂い、ダイヤモンドが光る。ちょっとした料理とワインをのせたトレイを持ったウエイターが、幽霊のように集団の間を縫って歩いていく。

オーガスティンの言うとおり、わたしたちは流れに身をまかせた。人々がこちらを見る。わたしはオーガスティンを見やった。玄関から舞踏室まで来る間に、彼の輝きが増していた。ふだんもハンサムだ――幻覚力のおかげで氷のような完璧さがある。しかし今の彼はギリシャの半神だ。人智《じんち》を越える美しさは生きた芸術作品のようだ。女たちは彼を見、いやおうなくわたしに目を移す。その視線は首のあざに釘付《くぎづ》けになる。

オーガスティンはわたしを左側に連れていった。ウエイターがすっと近づいてきてシャンパンを差し出した。オーガスティンはグラスをとったが、わたしは手を振って断った。

酔っぱらうのだけは避けたい。わたしたちは歩き続けた。会話の断片が耳に入る。

「本当にすてきだこと……」

「嘘よ」わたしは小声でつぶやいた。

「……お会いできてうれしく思いますわ……」

「嘘」

「……まさか彼女があんな大胆な行動をとることができるとは……」

「嘘」

「こんなパーティは苦手で」

「嘘、嘘、嘘」

オーガスティンが静かに笑った。

一人の女性が目の前に現れた。丁寧に整えられたブロンド、四十代、ターコイズブルーのドレス。女性の息子か恋人らしい、半分ぐらいの年齢の男が付き添っている。ハンサムな黒髪のその男は身なりに隙がなく、どこか女性っぽいところがあった。眉が整いすぎている。どちらも知らない顔だから、殺される心配はなさそうだ。

「まあ、オーガスティン、会えてうれしいわ」

嘘だった。

「シャイエン、こちらこそ」オーガスティンが言った。

これも嘘だ。親しい友人ではないらしい。

「あなたの愛らしいお連れをほめていたところよ」シャイエンもその若い愛人もこちらを見ている。わたしはなぜか牙をむき出したハイエナを思い出した。

「これはおもしろい」若い男が言った。「この人ならぼくたちの言い争いに決着をつけてくれるかもしれない。シャイエンは、女性は自然な状態を少しは残さないといけないと思ってる。いっぽうぼくは眉から下はむだ毛があってはいけないという強い信念を持っているんだ。意見を聞かせてもらえるかな？」

おやおや。とんでもない間抜けのようだ。こんなくだらないことに付きあっている時間はない。わたしはまっすぐ彼に目をやってたっぷり五秒間見つめ、わざと背を向けた。そしてオーガスティンと二人で離れた。

「お見事」オーガスティンがつぶやいた。

「あれは誰？」

「どうでもいい人たちだ」

エレガントなアフリカ系の女性がこちらに向かってきた。ピンクのドレスを着ているが、派手な色合いではなく白より少し赤みがかっただけのパステルピンクだ。マーメイドラインが少しゆるやかになったドレスが威厳のある体を包んでいる。肩にまとった短めのケープが堂々とした空気を醸し出している。遠くからだと年齢不詳だが、こうして近づいてみるとわたしの倍ほどの年齢だとわかった。

オーガスティンがお辞儀した。「レディ・アゾラ」

「ちょっとオーガスティンをお借りしてもよろしいかしら？」彼女はわたしのほうを見て言った。

オーガスティンもこちらを見ている。

「もちろん」

「ありがとう」

二人は離れていった。

オーガスティンの背中をじろじろ見なくても二人の姿を視界にとらえられるように、わたしは向きを変えた。向こうの一団のうしろから一人の男性が現れた。三十代なかばのアフリカ系で、スポーツ選手のような優雅な足取りだ。彼はすぐそばまで来て足を止めた。上からのしかかってくるかのようだ。身長は百九十センチ以上あるだろう。ここで見かけるタキシードやスーツはすべて特注品だが、この男性の場合、身長と肩幅に合わせようと思ったら生地が数メートル余分にいりそうだ。髪はとても短く、顎と鼻の下に短い髭《ひげ》を生やしているが、そのカットは正確そのものだ。彼と目が合った。黒っぽい目に鋭い知性が輝いている。一目見ればこの男性がただ知的なだけではなく、抜け目がないことがわかる。相手を正面から打ち砕くのではなく、内部から崩壊させるだろう。

男は少し顔を近づけた。その声は深く落ち着いていた。「助けが必要ですか?」

なんのことなのかさっぱりわからなかった。

「助けが必要ですか?」男性は静かに繰り返した。「一言そう言ってくれれば、ここから連れ出してあげましょう。誰もわたしを止められない。病院と安全な滞在場所とセラピストを用意できます。あなたの状況を理解して助けてくれる人たちに会わせられます」

頭の中でパズルのピースが揃《そろ》った。このあざだ。なるほど。「ありがとう、でも大丈夫です」

「わたしを知らないんですね。見知らぬ男を信じられないのも当然でしょう。オーガスティンと話しているのはわたしの叔母で、向こうにいる白と紫のドレスの女性は姉です。二人ともわたしの身元を保証してくれます。だから遠慮しないで」

「ありがとう。ここにいる女性すべてに代わってお礼を言います。でもわたしは私立探偵で、ドメスティックバイオレンスの被害者じゃないんです。これは職務上の怪我《けが》で、わたしの首を絞めた男は死にました」

男性はしばらくじっとわたしを見つめていたが、やがてわたしの手に名刺を握らせた。

「怪我が職務上のものではないときは電話してください」

オーガスティンが戻ってきた。

男性はオーガスティンに厳しい視線を向け、歩き去った。わたしはカードに目をやった。

真っ黒で、MLというイニシャルが銀色のエンボス加工で表に、そして電話番号が裏に書かれている。

「彼のことを知ってるのか?」オーガスティンがきいた。

「いいえ」

「マイケル・ラティマー。とても強力で危険な男だ」

「リストにはなかったわ」

「これから一カ月はフランスに行く予定だった。何が目当てだったんだ?」

オーガスティンに話してもかまわないだろう。「わたしをドメスティックバイオレンスの被害者だと思ったみたい。助けると言ってくれたわ」

「いったいなぜそんなことを気にするんだ?」オーガスティンは疑わしげに目を細くした。

「おもしろい」

名前が繰り返し呼ばれていき、大勢の男女がそばを通り過ぎていった。何々一族の誰々。誰々の配偶者。コーネリアスがお姉さんらしき女性の隣にいるのが見えた。近くを通りかかったコーネリアスが、見たことのないような人を見る目でこちらを見たので、わたしもまったく同じ視線を返した。

時間が過ぎていく。

振り向くと、ガブリエル・バラノフスキーがわたしたちの上の二階で年上のアジア人男性と話しているのが見えた。高価なスーツの上半身が四角に見えるほど肩のたくましい二人の大柄な男が静かにそばに付き添っている。ボディガードだ。

経歴チェックによると、バラノフスキーは五十八歳。きれいに年をとっている。細いと言っていい体格で、日常的にランニングしているか食べ物に関して鉄の意志を持っているかどちらかだ。黒っぽい髪はゆるやかなウェーブのたてがみのようで、骨張った知的な顔を縁取っている。長い鼻、細い顎、大きな目。ウイスキーのようなライトブラウンで、ここからはわからないが、すばらしい目をしている。ファイルでじっくり見た顔だ。ここからはわからないが、すばらしい目をしている。それ以外はまったく普通なのに、目だけが顔の印象を変え、個性を際立たせている。きっと独特の答えが返ってくるにちがいないから話しかけてみたいと思わせる顔だ。あれは未来を見る男の目だ。女性が集まるのも無理はない。

それなのに、わたしのほうをまるで見ようとしない。

アナウンサーが一瞬声を詰まらせたので、わたしは聞き耳を立てた。

「ローガン一族のコナー・ローガン」

周囲が静まりかえった。二階でバラノフスキーが顔をしかめ入口のほうを振り向いた。静寂はすぐに破れ、ふたたびゆっくりと人が動き出し、ざわめきが戻った。しかし会話の声は低く、さりげない動きには間違いなく一つの方向があった。人々はつまずきそうなほど急ぎ足なのをさとられないようにフロアの真ん中を空けようとしている。

ローガンが舞踏室に入ってきた。黒いスーツを着ているが、周囲の視線からすると鎧《よろい》を着てきたも同然だ。髭を剃《そ》り、髪を梳《と》かしていても、目の下のくまからして昨夜は寝ていないのだろう。渋面が顔を険しくしている。前を邪魔する者がいたら誰であろうと殺してしまいそうな勢いだ。

気持ちの半分は、うちのローンを勝手に買い取った彼を殴ってやりたいと思っていた。残りの半分は、彼の目の前まで歩いていって寝なかったことを叱りつけたいと思っていた。これが愛だとすれば、愛というのは今まで感じたことがないほど複雑な感情だ。

ローガンがこちらを見た。その目に驚きがよぎり、呆然《ぼうぜん》とするあまりそれを隠すことすら忘れている。このドレスに大金をはたいたかいがあった。

ローガンが進路を変えた。向こうでマイケル・ラティマーが無言で彼を見つめている。人々の反応が分かれた。ほとんどは不安げだ。しかし中にはラティマーと同じ顔をするものが男女を問わず数人いた。怖がらず、構えている。まるで一晩だけおとなしくすることを約束した猛獣たちが、この中でいちばん大きな牙を持つ獣がそのルールに従うかどうか不安に思っているかのようだ。

ローガンはわたしの目の前でいきなり立ち止まると、何も言わずに手を差し出した。バラノフスキーがこちらを見ているかたしかめる勇気はなかったが、舞踏室にいるほぼ全員の視線が集まっている。それはまるでナイフのようにわたしを串刺しにした。

毒を食らわば皿までだ。わたしはその手をとった。

ローガンはすっと前を向き、わたしの手を自分の肘へと滑らせた。そして二人で階段をのぼっていった。頭がぼうっとする。

今転んだら一生自分を許せないだろう。

上まで行くとローガンはバラノフスキーとは反対の左に曲がり、二階のフロアを歩いていった。前方にバルコニーに出るドアが開いていた。バルコニーには、紫に近いダークレッドの大きな花をつけたバラのプランターが並んでいる。外に出たとたん冷たい夜気が顔にあたった。

わたしはやっと呼吸のしかたを思い出した。

「いくらなんでもやりすぎよ」わたしは低い声で言った。

「警告したはずだ」その声は冷たく、表情はよそよそしかった。ローガンがこちらを向いた。「きみはあの男の注目を引くという役割だった」

わたしは彼から目をそらし、下の庭を見やった。冬に満開の庭なんてありえないけれど、バラノフスキーはそれを実現していた。庭園内をめぐる小道は黄色い花の咲く茂みで縁取られている。見たことのない三角形の白い花をつけた背の高い植物が並んでいる。そして白から赤までのあらゆる色調のバラが数えきれないほど咲いている。その間に、足を休めて景色を楽しめる小さなあずまやがある。明るい色のキャンバス地の天蓋が、ガリオン船の帆のようにゆるやかなカーブを描いてぴんと張り、小道をおおっている。屋敷が庭の端を守るように遠くまで続いているのが見える。

ローガンは何も言わなかった。それならそれでかまわない。二人でただ黙ってここに突っ立っていればいい。

風が吹いた。わたしは冷えた肩を抱きしめた。イブニングガウンというのは、真冬の夜に見知らぬ人の家でドラマティックにバルコニーに飛び出すのには向いていない。

ローガンがジャケットを脱いでわたしの肩にかけた。

わたしはそれを手で払った。「やめて」

「体が冷えてるじゃないか」

「大丈夫よ」

「たかがジャケットだ」ローガンがうなるように言った。

わたしは彼を横目で見た。「これはいくら?」

「なんだって?」その声にいらだちがにじんだ。

「このジャケットはいくらなの？　どれぐらい払えばいいの？　あなたがわたしの面倒を見ようとするたびに自立心が削られていくから、先に値段をきいておいたほうがいいと思って」

ローガンが毒づいた。

「それでせいせいするかもしれないけれど、何も説明していないわ」歯の根が合わない。ぐっと歯を食いしばると膝が震え出した。情けない。

「ジャケットを着てろ」

「結構よ」

わたしたちはにらみあった。視線が剣でなくてよかった。もしそうなら、バルコニーで決闘が始まるところだ。

「もう中に戻って。あなたが離れたら、きっとあの男がなんの騒ぎかたしかめに来るはずだから」

「いつここを離れるかは自分で決める」

顎に力が入っているところを見るとローガンはとても動きそうになかった。こんな大柄な人をバルコニーから下のバラ園めがけて突き落とすこともできない。とはいえ、わたしはそうしてみたい誘惑にかられた。

「カストラのこと、知ってるわ」ローガンがどう出るかたしかめてみよう。

彼は動揺しなかった。「どうやって知った？」

「オーガスティンが、ある取引関係の警護であなたの部下を見かけたそうよ」

「あいつか」ローガンは顔をしかめた。「あいつはピアースの一件があってからおれの仕事に興味を持つようになった。それに備えて警察犬ユニットに投資しておいたんだ。あいつは外見を変えられるがにおいは変えられない。どうやら勇み足でもなかったようだな」

「それはどういう取引だったの？　クライアントは誰？　麻薬密売人？　殺人犯？」

「殺人犯なのはたしかだ。だがその名前がどこかの一族のものである場合のみだ。麻薬取引の警護をしたことは一度もない。裏社会のことは知っているし、向こうもうちのことを知っている。道では見知らぬ同士としてすれ違う。気がついていても関わることはないし、おれはそういうやり方が気に入っている」

真実だった。「どうしてそんなことをするの？」

「情報だ」その声は淡々としていた。「おれはみずから選んで〝超一流〟の社会の外で生きているが、中にどっぷり浸《つ》かっている者よりもその社会のことをよく知っている。情報は力をくれるし、必要とあればそれを使うこともある」

また一陣の風を感じた。あと二分でバラノフスキーが現れなければわたしは凍え死んでしまうだろう。

ローガンが庭を見やった。キャンバス地の天蓋が柱からはがれ、まっすぐこちらに飛んできて、吹き付ける風をさえぎるようにバルコニーの左側をおおった。それに応えるように、庭の向こう、五百メートルほど先の建物の三階の窓辺で黒い人影が動いた。ローガンはその窓をたしかめ、顔を背けた。彼も見たのだ。わたしたちは、おそらく狙撃銃を持った誰かに監視されている。

「わたしが言っているのはこういうことよ。あなたのジャケットを断ったら、いきなり自分勝手なことをした。わたしがどうしたいかなんて考えてもいない」

「寒くてもかまわないのか？」ローガンはじっとわたしを見つめた。

「ええ」ばかみたいな返事なのはわかっている。わたしはこっそりため息をついた。

「ネバダ、きみが寒がっているのは二人ともわかっていることだ。歯が鳴るのが聞こえるほどだ。主張を通したくてそうしているなら、おれはもう理解したからやめろ。子どもじみてるぞ」

わたしは彼のほうを向いた。「子どもじみてるわけじゃないわ、コナー。あなたはわたしの人生を乗っ取ろうとする。はっきりやめてと言っているときでもわたしのために何かしようとする。自分のほうがよくわかっていると思っているからよ。だからわたしは自立心とテリトリーを守るために必死に闘わないといけないの。そうしないと自分というものがなくなるからよ。あなただけが残って、わたしは付属物でしかなくなってしまう」

ローガンは振り向いて背後のガラスのドアを半分閉めた。そこにわたしの姿が映った。鎧のように体を包む黒いドレス。王冠のように頭を取り巻く金髪。自分の顔を見てわたしははっとした。危険と言ってもいいほどの傲慢な何かが目に浮かんでいる。とても自分とは思えない。

わたしはそれが気に入らなかった。

ローガンがわたしの背後に立った。決然とした顔に後悔が浮かんでいる。「何が見える?」

「レンタルのドレスを着た自分」

「おれには〝超一流〟が見える」

真実だった。ローガンは本気でそう思っている。わたしは息が止まった。心のどこかでは自分でもわかっていた。ただその肩書きが意味するものに向き合いたくなかっただけだ。

ローガンの声は低かった。「ドレスアップごっこで遊んでるわけじゃない。ネバダ、これがきみだ。きみの本当の姿なんだ」

どうして彼は自分にとどめを刺すような口調なのだろう?

「もう気づいていたはずだ。驚いたとは思えない」その声は静かだった。「オーガスティンも知っている。ばかじゃないからな。いずれきみを配下に置こうとするだろう。そして取引を申し出るだろう。おそらく目をむくような金額だが、その金には手錠と鎖がついている。現実的に考えればオーガスティンが提案する額などはした金だ。きみを囲い込めれば、モンゴメリー一族にとって利用価値は無限大だからな。それはどの一族にとっても同じだ。きみが自分を知らず、支配され利用されるがままになるならとくにそうだ」

これまでわたしが築き上げてきたものを全部捨てるなら百万ドルやる、という申し出はまさにそういうことだ。わたしの第六感は正しかったが、この罠《わな》はとても魅力的だった。

ローガンが近づいてきてわたしの肩にやさしくジャケットをかけた。冷えきった肩に重く温かい生地がとても心地よかった。背後に立つ彼はいかめしく、少し怖かった。

「ネバダ、きみの借金はこのジャケットと同じだ。つまり、まったく負担にならないちょっとした思いやりだよ。その合計額がどれほど取るに足りないものか、きみは気づいていない。なぜならきみはいまだに普通の人生という幻想にしがみついているからだ。すぐにもきみは巨万の富を築くようになる。きみは新興の〝超一流〟として危険な時期を迎える。周囲はきみを利用し、操作し、圧力をかけてくるだろう。誰もがきみをほしがる。おれは、きみが自分を守れるようになるまで圧力の一角をやわらげようとしただけだ」

ローガンの言葉を文字どおりに受け取れば、すべてはわたしを守るためと解釈できる。代わりに何かを求めているとしても、それがなんなのかまだ口にしていない。でも〝超一流〟の世界ではただで手に入るものなどない。

「わたしを守るためにほかにどんな手段をとったの？」

「何をしたかはきみが全部知っている」

真実だった。

「きみを支配しようとしてやったことじゃない。きみが無防備だからそうしたんだ」

「わたしのローンをあなたから買い取ろうとした人はいる？」

「いる」

真実だった。「それは誰？　いつの話？」

「ある投資銀行から昨日話があった。部下がその裏にいる者を探っている。二十四時間以内には黒幕がわかるだろう」

きっとモンゴメリー一族にちがいないという気がした。「ローガン、どうしてわたしの身を心配するの？」

「おもしろいからだ」その声にも顔にも楽しそうなそぶりは見えない。

「コナー、本当に？」わたしは振り向いて彼の目を見た。わたしの魔力が彼を舐《な》める。この味は好きだ。

「有力一族のメンバーにそんなことをしたら、宣戦布告だと思われるぞ」ローガンの目は暗かった。「魔力はしまっておけ」

「それなら質問に答えて。あなたと戦争しなくてすむように」

ローガンは背を向けて行ってしまい、わたしは彼のジャケットに包まれたまま取り残された。

わたしはジャケットをぎゅっと体に引き寄せ、庭に目をやった。わたしたちの読みが正しければバラノフスキーが近づいてくるはずだ。

背後で落ち着いた足音がして沈黙を破った。誰かがバルコニーに出てきてわたしの隣の手すりにもたれた。わたしは振り向いた。バラノフスキーがあの美しい目でこちらを見ている。廊下には二人のボディガードが控えている。会話を邪魔するほど近くはないけれど、わたしの頭をミスなく撃ち抜ける距離だ。わたしはボディガードが見えないふりをして庭に目を戻した。

「外の空気を吸いにこちらへ?」バラノフスキーが言った。

「ええ」緊張をやわらげるためにべらべらしゃべりたかったが、口が軽いと謎めいた雰囲気がなくなってしまう。

沈黙が続いた。

「口数の少ない女性か。これはめずらしい」

わたしは眉を上げてみせた。「あなたのような洗練された方がそんなことをおっしゃるなんて」

彼の口元に自虐的な笑みが浮かんだ。「どうしてそう思いましたか?」

「あなたは収集家だわ。コレクションの品一つ一つに独自の魅力を認めていらっしゃる。そんなにもぶしつけに女性を一般化するなんて、芸術の専門家らしくないことです」

バラノフスキーは目を細くした。わたしの首のあざを見つめている。「わたしのことを専門家だと思っているわけだ」

「あなたはエレナ・トレヴィノと関係を持っていた。彼女は完璧な記憶能力を持っていて、あなたのどんな失言も再現できます」

「女性なら誰でもそういう力を持っていると言えなくもないでしょう」

わたしは首を振った。「いいえ、傷つけられた言葉を覚えているだけです。でもエレナは何もかも覚えていました」

バラノフスキーはほほえんで首を振った。「危険な会話だな」

「そのとおり。優雅に撤退すれば面目を保てますよ」

「あなたはいったい誰だ？」その声には驚きの響きがあった。

食いついてきた。あとは逃さないようにすればいい。「〝ゲスト〟」

「なんだって？」

「わたしのことはそうアナウンスされました。その他大勢のゲスト。名前もなく、一晩だけここに来て去っていく」

「だが忘れがたい記憶を残す」

わたしは庭に目を戻した。

「わたしがどうしてバラに惹《ひ》かれるか、おわかりかな？」

「棘がお好みかしら」この人はそれほど鈍くはないはずだ。

「違う。遺伝がユニークなんだ。親を同じくする交配種からとれた二つの種は、色合いも花びらの形もさまざまだ」

「なるほど、危険な女性と棘を持つ花の専門家というわけね」

「わたしをからかうとは」バラノフスキーはまだほほえんでいる。

「少しだけ」

彼は腕を差し出した。「散歩に行きましょう」

わたしは首を振った。「結構です」

「どうして？」

「あなたの言葉が正しいから――この会話はあなたにとって危険すぎる」

「ローガンを警戒すべきかな？」バラノフスキーの目がいたずらっぽく光った。彼は綱渡りが好みのようだ。

「警戒すべきはわたしね」わたしは悲しげなほほえみを見せた。このほほえみは本気だった。「種類こそ違え、わたしも怪物だから。わたしよりローガンを好む人たちもいるようだけれど」

「お仕事は何を？」

知りたいでしょうね。「エレナのこと、恋しいでしょう？」

「ええ」

真実だった。わたしの魔力が彼を取り巻き、空気を満たしたが、触れることはなかった。

彼の言葉にためらいが、本人が隠そうとする何かがあるのを感じた。バラノフスキーの意思は強いが、ローガンの鋼鉄の自我とは違い、曲げられそうに思えた。しなやかと言ってもいい。正しい答えの方向にそっと力をかけてみよう。直接的な答えを強要するのではなく、本人が思っている以上にしゃべらせるのだ。わたしにとってはこういうやり方は初めてだった。

もし彼がこの魔力に気づいたら、わたしを殺せと命じるだろう。バラノフスキーは戦闘系の〝超一流〟ではないので、警護は昔ながらのやり方に頼るしかない。今、この家には指先から電光を発したり火を吐いたりする者が大勢いることを考えれば、警備も相当手厚いはずだ。窓辺に狙撃手が一人いるのはたしかだ。庭にももっといるだろう。バラノフスキーを魔力で押さえつけて知りたいことを無理に聞き出したら、この屋敷から生きて出ることはできない。

「彼女は愛人以上だった。友人でしたよ」

「死んでしまったことを悲しいと思う？」彼がバルコニーから逃げ出さないよう、わたしはあくまで慎重に力をかけた。

バラノフスキーは手すりにもたれ、ため息をついた。「それが宇宙の摂理だ。終わりなき人食いの連鎖。強いものが弱いものを喰《く》らい、みずからもまた餌となる。ゲームに勝つにはプレイしないことを選ぶしかない」

「どうして彼女が殺されたか知っている？」

「知らない」

嘘だった。真っ赤な嘘だ。彼は知っている。

「きみはエレナを知っていたのか？」彼がたずねた。

「いいえ。ご主人に会ったの」

バラノフスキーに意識を集中するあまり、自分の声が他人がしゃべっているように聞こえた。

「ああ」バラノフスキーはその一言にあらゆる意味を込めた。

「エレナは死んでしまったわ。誰かがその償いをしなければ」わたしの魔力が少しだけ強く彼を包んだ。

バラノフスキーのほほえみが消えた。「忠告だ。墓を掘り起こしてはいけない。きみがモンゴメリーとローガンに対してどんな力を持っているのか知らないが、彼らはきみのために身を危険にさらしてはくれない」

不思議なことに、頭の中でバラノフスキーの全身が光っているのが見えた。その銀色のシルエットの一箇所に黒い点が見える。頭の左側だ。彼はそこに何かを隠している。それを暴かなければいけない。わたしは頭が爆発しそうになるほど強く意識を集中した。

「エレナは死ぬ前にあなたに会いに来たのね」

「きみはこの件を知りすぎている」バラノフスキーは慎重にわたしを見つめた。そして求める
彼にかけた魔力の縄をそっとやさしく引っ張り、こちらへと引き寄せる。

場所に答えを提示するよう、操る。

「あなたに何かを託さなかった？」

黒い点の色が濃くなった。そうだ、彼女は何かを残した。それはなんだろう？

「二人の関係の思い出の品？」そばかすのある兵士がUSBドライブを窓から投げたシー
ンが脳裏にひらめいた。「彼女の死後に公開する予定の書類を入れたUSB？」

「だとしたら相当陳腐だとしか言いようがない」

額に汗が浮かぶ。頭の血管が脈打つのがわかる。「彼女が死んで何日も経《た》つのに、あな
たは人前に出ようとしない。ガブリエル、怖いの？」

「彼女は何も残さなかった」

嘘だ。

バラノフスキーはさりげなくほほえんだ。「きみとはファーストネームで呼び合う仲だ
ったかな？」

わたしもほほえみを返した。「それを見たの？」

返事はない。

彼が感じないよう、もう少し、ほんの少しだけ力をかけてみよう。少しだけだ……。

わたしの魔力に呼応するように黒い点が少し薄れた。

「さっきも言ったが、エレナは何も残していない。もしそんなものがあるとしたら、それを外の世界から安全な場所にしまっておくだけの良識はある。二度と表に出ない場所にね」

「あなたはそれを見たのね」わたしのほほえみが大きくなった。目の前で円が揺らぐ。ほとんど何も見えない。「たとえばどこに？」

一瞬、彼の中の黒い点が完全に消えた。

「わたしの寝室の安全な場所だ」

彼にかけていた魔力がゆるんだ。

バラノフスキーが顔をしかめた。「さっきも言ったが、もしそんなものがあったとしても、とっくに破壊しているだろう」

わたしに魔力をかけられている間に自分が何を話したか、彼は気づいてもいない。彼の中でこの会話の記憶はわたしの記憶とはまったく違うものになっているはずだ。

バラノフスキーはがっかりした顔で肩をすくめた。「予感に満ちて始まった会話が断片となって砕け散るのは悲しいものだ。わたしには退屈している時間などない。パーティを楽しんでくださるといいんだが」

バラノフスキーは背を向けて歩き去った。

撃たれる前にバルコニーを出なければ。

バルコニーの手すりに寄りかかりたくなる衝動を抑え、わたしはあえてゆっくりと廊下に戻った。胸が痛い。お腹《なか》も痛い。目の前にいくつもの円が揺らぐ。

息をしなければ……。

自分がどこにいるのか、何をしているのかわからないまま歩き続け、階段に出た。ローガンが追いついてきた。彼の腕にもたれたまま、舞踏室まで導かれていく。ローガンの腕にはわたしの全体重がかかっているも同然だった。

「大丈夫」ローガンが小声で言った。「一度に一歩ずつだ」

「このまま転んで二人とも大恥をかくわ」

「きみは転ばない。おれが支えている」

わたしは岩のように硬い腕にさらに身を預けた。歩き続けなければいけない。

「力を使いすぎたんだな?」ローガンの声は抑制されていた。

「少しね」

「バラノフスキーは気づいたか?」彼はこの屋敷から出るのに誰かと戦う必要があるかどうかをきいているのだ。

「何も感じていなかったわ。とても慎重にやったから。歩く力さえないのはそのせいよ。

彼女はあの男にUSBを渡した。寝室の安全な場所にしまってあると言っていたわ」

階段が終わった。わたしは右側のドアに向かおうとしたが、ローガンはわたしを左に歩かせた。

「どこに行くの？」

「オーガスティンを捜しに行く」

「どうして？」

「バラノフスキーは住居棟にワークステーションを一台持っている。ネットにはつながっていないから外部からハッキングすることはできない。そこに書類を入れておけば安全だ」

「どうして知っているの？」

ローガンは少し歯を見せてにっこりした。「清掃スタッフに金をつかませた。子どもが東部の名門大に受かったが行かせる金がないという親ほど金で動く人種はない」

「その人にコンピュータを使わせるの？」

「いや、それは危険すぎる。だからオーガスティンを捜してるんだ」

オーガスティンは〝超一流〟の幻覚の使い手だ。どんな外見にも変えられる。「オーガスティンにバラノフスキーのふりをさせて、コンピュータからデータを入手するのね」

「そのとおりだ」

「オーガスティンは殺されるわ」

「あいつは一度ＣＩＡ本部に三時間滞在して、指紋認証も網膜スキャナーもパスしたことがある」ローガンの口元がゆがんだ。「遺伝子の即時チェックシステムが開発されないかぎり、オーガスティンが突破できないセキュリティはない。今回も簡単だ」

人混みの向こうからオーガスティンがこちらに向かってくるのが見えた。

「コナー」左側から女性の声がした。

ローガンが声のほうを見た。その顔がやわらぎ、足が止まった。「リンダ」

赤毛の女性がローガンにほほえんだ。年はローガンと同じぐらい、ほっそりしてしなやかな体つき、ゆるやかにカールする赤い髪に囲まれたハート型の顔。肌はしみ一つなく、明るい灰色の目は輝きが強くて銀色に見えるほどだ。誰なのかすぐにわかった。名前はリンダ・チャールズ、結婚後の姓はシャーウッド。遠い昔、ローガンの許嫁《いいなずけ》だった。ローガンとの何気ない会話の中で名前が出てきたので調べたことがある。

「会えてうれしいわ」リンダが言った。「あなたが好んで来たようには思えないけれど」

「そのとおりだ。ブライアンや子どもたちは？」

「元気よ」リンダはまたほほえんだ。目もくらむようなほほえみで顔全体が輝いた。わたしと彼女が同じドレスを着たところに十人の人を呼び寄せたら、全員が彼女のほうに行き、わたしはぽつんと取り残されるだろう。それならそれでかまわない。誰かに注目してほしいわけではないのだから。

そのときわたしは衝撃とともに気づいた。わたしが注目してほしいのはローガンだ。これは嫉妬だ。針や牙やかぎ爪を持った醜い怪物だ。心の中で、ローガンはわたしのものなのだ。

信じられない。いつからこんなことになってしまったのだろう？

わたしはちらりと二人を見やった。旧友の気軽さで話し込んでいる。いっしょにいると絵になった。大柄でたくましくて影に包まれたローガン、やさしく、明るく、繊細と言ってもいいリンダ。そして邪魔者のわたしはリンダの顔からあのやさしくて繊細なほほえみを消し去ってやりたいと思っている。

「ジェシカは一年生でカイルは来年から学校なの。信じられる？　わたし、一人になるのよ」

「もう子どもが巣立った気になっているんだな」ローガンが言った。

「ええ。理屈に合わないとわかっているんだけれど」

わたしはオーガスティンのほうを見た。助けて、お願い。リンダがわたしの存在に気づいて、わたしが何かばかなことをしでかす前に。

オーガスティンがこちらに向かってきたが、あんなにのろのろしていては間に合わない。

「あなたが連れてきたのはどなた？」

「誰でもないわ」わたしは口を開いた。

ローガンは驚いてわたしのほうを見た。

「わたしたち、付きあっていたわけじゃないの。これまでも一度も」

どこかに隠れることができたら隠れていただろう。「ごめんなさい。わたしたちの関係を誤解しているように思えたから。ミスター・ローガンはわたしのデート相手じゃないんです。わたしはモンゴメリー国際調査会社で働いていて、ローガンは親切にもエスコートを申し出てくれたというだけ。向こうにオーガスティンがいるから、これで失礼します」

ローガンから離れようとすると、彼の手がすっとウエストにまわった。逃げようとしたら人の注目を集めてしまう。

リンダがわたしの目をのぞき込んだ。「いいえ、行かないで。不愉快な思いをさせてしまってごめんなさい」

「不愉快な思いなんてしていません。ただ邪魔をしたくないだけです」

「邪魔じゃない」ローガンが言った。

いちばん避けたい状況になってしまった。二人ともわたしを見ている。

オーガスティンがそばまで来ていることを祈ってそちらを見たが、なぜか彼は半分あたりで左に曲がってしまった。代わりに、年齢が二十歳年上であることをのぞけばリンダにそっくりの年配の女性がつかつかとこちらに歩いてきた。

「母上が来られる」ローガンが言った。

「ええ。《ワルキューレの騎行》が聞こえそうね」リンダはため息をついた。「あなたは逃げたほうがいいわ」

「手遅れだ」

ミセス・チャールズはそばまで来て足を止め、わたしを見て眉を上げると、リムジンから降りたところを狙って物乞いに来る浮浪者でも見るような目でローガンを見やった。

「後悔しても手遅れよ、コナー」

ローガンの顔がいっきに〝超一流〟のそれに変わった。冷たく、どこか傲慢な顔。「こちらこそお会いできて光栄ですよ、オリヴィア」

「光栄なのはこちらよ。あれから十年以上になるけれど、うちの娘は輝いているわ。娘の夫は成功しているし、子どもたちは二人とも〝超一流〟になるでしょう。それに比べればあなたは世捨て人同然。大学の同級生の部下をエスコートするなんて真似《まね》をして」彼女はわたしのほうに目を向けた。「この首、どうにかならなかったの？　オーガスティンならそんなことは造作もないでしょうに。それともオーガスティンとの関係すらだめになってしまったのかしら？」

「お母さま、もうやめて」リンダが口を出した。

ローガンは不思議な虫でも見るような目でおもしろそうにオリヴィアを見つめている。

「いいえ、まだよ」オリヴィアの目つきはナイフのように鋭かった。「復讐《ふくしゅう》は楽しまないとね。この人が軍隊ごっこをしたいと言い出したばかりに、十五年もかけたファイナンシャル・プランニングと遺伝子計算が台無しになったのだから」

オリヴィアはわたしに顔を向けた。「ねえ、あなた、わたしが説明してさしあげるわ。自分を大事にしたいなら、全速力でこの男から離れなさい。おそらく借り物でしょうけど、そんなドレスに身を包んで、彼の腕に手を置いて、自分は夢いっぱいのシンデレラ、彼は立派な王子さまだとでも思ってるんでしょうけど」

「お母さま!」リンダがぴしゃりと言った。

「実際は、この男が身につけるスカーフ程度の飾り物にすぎないのよ。この男はあなたのことをつかの間利用できる相手だとしか思っていないの。用がすめばクローゼットの奥にしまい込んで、あなたは無駄な希望とともに忘れ去られる。夢が一つずつ死んでいくのを感じながら、ただ吊《つる》されているだけよ」

こちらに這《は》い寄ろうとする見えない蛇の巣のように、魔力がオリヴィアの背後でうごめき出した。その声が脳の中に響き、わたしの心の奥深くに届いた。

「逃げたほうがいいわ、お若い方。決して振り返らずに、ただお逃げなさい。さあ」

オリヴィアの魔力が奔流となっていっきに襲いかかり、わたしの意思とぶつかって押し流そうとした。理性を操るサイオニックの力だ。

彼女の目を見返し、反撃することもできた。オリヴィアの意思は強く恐ろしいが、わたしの意思も負けてはいない。もしわたしが勝てば、相手は醜い秘密をすべてここでさらけ出すことになる。わたしは心の底からそうしたいと思った。

　しかしわたしはローガンの手を振りほどいて背を向け、オーガスティンのほうに逃げ出すかのようにあわてて歩き出した。

　背後でローガンが静かに笑った。

「最低だ。必死で逃げるふりをしているんだから、台無しにしないでほしい」

　リンダの声が冷たくなった。「これでご満足？」

「この男が一人で死んだら満足よ」母親が言うのが聞こえた。

「それはうれしいですね、オリヴィア」ローガンはおもしろがっている。

　招待客はローガンとオリヴィアに釘付けで、わたしを見てもいない。誰も真正面から二人を見つめてはいないが、ほとんどがちらりと目をやっている。興味本位の者もいれば警戒している者もいる。バラノフスキーは二階の階段そばのお気に入りの場所から眺めている。グラスからシャンパンを飲みながら、楽しむような顔をしている。

　オーガスティンが目の前に現れた。わたしは彼にぶつかるふりをした。

「どうしたのかね？」

「今、オリヴィア・チャールズとその魔力から必死に逃げるふりをしているの」わたしはささやいた。「取り乱したところを見せたいから、わたしをなだめつつどこかに連れていって。バラノフスキーが二人いるのはおかしいって誰も気づかない場所に」

「もちろんだ」オーガスティンはわたしを守るように肩に腕をまわした。「こちらへ」

ローガンがオリヴィアに何か言ったが、遠すぎて聞こえなかった。

オーガスティンはわたしに付き添って廊下に向かった。「その二人目のバラノフスキーの役割は？」

「寝室にあるコンピュータからエレナのUSBのコピーを盗み出すことよ」

「すばらしい。さぞ楽しいだろう」

背後でガラスが砕ける音がした。わたしはさっと振り向いた。

ガブリエル・バラノフスキーが喉を押さえている。首の白い肌の上に真っ赤な血が噴き出しているのが見えた。バラノフスキーはよろめき、飛び立とうとする不思議な鳥のように階段の上で一瞬止まったかと思うと、転がり落ちた。階段にぶつかって肩が音をたてる。体が回転し、頭が赤い絨毯《じゅうたん》にあたって跳ね、階段の途中でずるずると止まった。うつろな目がまっすぐ天井を見上げている。

二人のボディガードが招待客に銃を向けた。

誰も叫ばない。助けを求めて動く者もいない。

沈黙が轟音《ごうおん》のようだ。

人々がいっせいに振り向き、出口に向かって走り出した。警備員を通り過ぎ、廊下から出て階段を下りていく。見る間に周囲に人があふれ、一つの方向に殺到した。

わたしは廊下に出ようとしたがオーガスティンに手をつかまれ、出口へと引っ張られた。

「だめだ！　奴らは屋敷を封鎖する気だ！　何時間も閉じ込められてしまう」

それはまずい。

警備員が人の波を二つに断ち切るようにして舞踏室に入ってくる。コーネリアスがやってきた。「すぐに出よう！」

人の波の真ん中でローガンが振り向き、人の流れに逆らってこちらに来ようと歩き出した。わたしたちの姿さえ見えないにちがいない。

「ローガン！」わたしは叫んだ。

前方で長身の金髪の男性が振り返った。目が合った。男がほほえんだ。

サバーバンの窓越しに見たほほえみだ。

「ローガン！」わたしはクラッチバッグから携帯電話を取り出し、カメラのアイコンを押して起動させた。続けざまにシャッター音が響き、群衆の姿が連写された。

金髪の男は向き直って人の群れにまぎれた。

背後で金属がうなり、セキュリティゲートが閉まり始めた。「落ち着いてください！」スピーカーからきびきびとした声が聞こえる。

人々はドアに殺到した。

人の波の中からローガンが現れた。

「サバーバンの男よ！」

「どこだ？」

わたしは出口の方向を指さした。もう姿すら見えない。ここからドアまでの間に人が大勢いる。追いつくのは無理だろう。

ローガンが手を上げた。

左手の壁が砕けた。大理石が床に飛び散り、冷たい雨の夜の中にはじけ飛んだ。

「なんてさりげないやり方だ」コーネリアスが隣でつぶやいた。

わたしは靴を脱ぎ捨て、スカートをたくし上げると、破片の上を走り抜けてバラノフスキーの屋敷を出た。

10

ヒューストンの貴族たちが全速力で走っていく。風使いが何人か夜空に飛び立ち、テレポーターたちが歩道に異次元の足跡を残して青い炎の輪の中に消えていった。頭上にヘリが飛び、駐車場から車が次々と走り出していく。すべてが混乱していた。わたしはこの混乱の中で十分間例の氷使いを捜そうとしたが、ローガンに引っ張られるようにして彼の装甲SUV車に押し込まれた。コーネリアスとオーガスティンもいっしょに飛び乗り、車は走り出した。

わたしは携帯電話の画像をスクロールした。撮った写真は三十二枚。その中の三枚に、氷使いがほほえみ、振り向き、背中を向けるのが写っていた。写真は顔の四分の三、横顔、後頭部をとらえている。画質が悪く、顔はぼやけていたが、バグならなんとかしてくれるはずだ。

わたしは写真を送信しようとした。圏外だ。こんなときに。

「携帯電話を貸して」わたしはローガンに頼んだ。

ローガンが携帯電話を渡してくれた。氷使いがいちばんよく撮れた一枚を拡大し、それをローガンの携帯電話で撮影して戻した。万が一に備えてだ。

ローガンは画像をじっと見て、首を振った。わたしは携帯電話をオーガスティンに渡した。

「見覚えがある」オーガスティンは顔をしかめた。「会ったことがあるはずだが、いつどこで会ったのか思い出せない」彼は画像をコーネリアスに見せた。

「知らない顔だ」コーネリアスは穴が空くほど画像を見つめた。「この男がナリを殺したのか？」

「それはわからないわ」誰かが何か言う前にこう言っておかないと、コーネリアスは車から飛び降りてこの氷使いを捜しに屋敷に戻ってしまうかもしれない。「わかっているのは氷使いが関わっていることと、その氷使いがわたしを殺そうとしたこと。それ以外はわからないままよ」

「でもなんらかのつながりがあるはずだ」コーネリアスは引かなかった。

「つながりはあるだろうけれど」わたしはできるだけ冷静に理性的に話した。「あなたに証拠を渡すと約束したのを忘れないで。行動を起こす前にしっかりたしかめないと」

コーネリアスはこぶしを握りしめた。「あいつはまだあそこにいるかもしれないんだ」

「わたしたちが捕まえるから」わたしは約束した。

「これで顔がわかった」ローガンが安心させるように言った。「もう隠れられない」

一時間後、わたしたちはローガンの本部に入った。うちの家から通りをはさんだ向かいの大きな二階建てのビルだ。オープンな一階のフロアからすると工業用の建物だったのだろう。今は車両と人でひしめいている。わたしたちは車から降りてフロアを左に抜け、階段をのぼり、広々とした一階の空間の上にある二階に入った。ここもオープンスペースになっている。フロアの中心にメタルフレームが組まれ、九つのコンピュータ・スクリーンとケーブルが置かれている。バグがスクリーンの前に座り、金色のゆりの紋章がついた赤い椅子の上にナポレオンが眠っている。まるで犬用のふかふかした王座のようだ。バグはわたしたちに気づいたが、わざわざ立ち上がるほどでもないと思ったらしい。

「見てほしい顔があるの」わたしはバグに言った。

バグは椅子から跳び上がった。「よこせ！」

わたしは携帯電話を渡した。

バグはそれにケーブルをつないだ。わたしの写真がスクリーンに並んだ。

「どれだ?」

わたしは氷使いを指さした。

バグはどすんと椅子に座った。その指がピアノの巨匠の優雅さでキーボードの上を舞う。九つのスクリーンいっぱいに顔が並び、浮かんでは消えていった。

ラックの周囲にはいびつな半円形にソファや椅子が並んでいた。大きな業務用の冷蔵庫が左の壁際にあり、その隣のカウンターにはコーヒーメーカーが三つ並んでいて、それぞれにコーヒーができあがっている。コーヒーが飲める！

オーガスティンは革張りのソファに座った。その姿はさりげなくエレガントだ。「うちの会社のビルには最新鋭の顔認識システムがある」

「バグのほうが速い」ローガンとわたしが同時に言った。

コーネリアスはスクリーンを見つめている。ローガンはバグのそばに立ち、低い声で話しかけた。きっとこの探索のスピードを上げるようにはっぱをかけているのだろう。

わたしはバーンにメッセージを送った。〈そちらは大丈夫？〉

〈うん〉

わたしはくわしい話を待った。何もない。バーンらしい。バーンはときどき言葉を額面どおりに受け取りすぎる。〈子どもたち、ママ、おばあちゃんはどう？　レオンは？〉

〈みんな元気。ネバダは炒飯《チャーハン》ナイトを逃したね。マチルダが猫の目を拭いてやる間猫を抱いてあげてた。レオンはまだ銃をほしがってる。ペネロープ叔母さんは、今回のことが片付いたら射撃場に連れていくって言ってる。フリーダおばあちゃんは、結婚式はいつなの、だってさ〉

〈ありえないから〉

〈そう言っとく〉

「見つけたぞ！」バグが言った。

三十代の男の写真がスクリーンいっぱいに映った。ローガンより五歳ほど年上に見える。ダークブロンドの髪は両脇は短くトップは長いというファッショナブルなスタイルで、うしろに撫《な》でつけられている。顎に軽く生えた髭《ひげ》がワイルドさを感じさせる。顔立ちは整っていて、幻覚力を使う気はないようだ。写真の中ではわたしが一時間前に見たのと同じ静かで狡猾《こうかつ》な笑顔を見せているが、明るいヘイゼル色の目の横の皺《しわ》が目立っている。服装はタキシードとボウタイだ。

「デイヴィッド・ハウリング」バグが言った。「ハウリング一族の」

「そんなはずはない」オーガスティンが言った。「ハウリング一族は電光使いの血統だ」

つまり、ものを凍らすのではなく電光を発射するということだ。

携帯電話が鳴った。メッセージが入った。チェックすると祖母からだった。

〈恋人とはどんな具合？〉

〈恋人じゃないって！〉

「デイヴィッド・ハウリングは登録済みなのか？」コーネリアスがたずねた。

「〝平均〟の電光使いだ」バグが言った。「三度〝一流〟に挑戦したが失敗したとある」

「家系図を探してくれ」ローガンが言った。

バグがまたキーボードでメロディを奏でた。真ん中のスクリーンが点滅し、ハウリング一族の家系図を映し出した。一族の現在の家長、配偶者、子どもたちだ。

リチャード・ハウリング二世
ヴァロリー・ハウリング（旧姓スタイルズ）
リチャード・ハウリング三世
ジョリーナ・ハウリング（現ロバーツ）
ダイアナ・ハウリング（旧姓コリンズ）
デイヴィッド・ハウリング

「ダイアナ・コリンズを調べろ」ローガンが命じた。

コリンズ一族の家系図が現れた。

バグの声は正確で大きかった。「ダイアナ・コリンズはコリンズ一族のニューヨーク分家に冷温念力を持つ〝超一流〟の水使いとして登録されている」

冷温念力を持つ水使い、つまり氷使いだ。

「ダークホースか」オーガスティンの完璧な顔が軽蔑でゆがんだ。

ダークホースのことは聞いたことがある。おもに〝超一流〟を題材にしたロマンスやアクション小説のおかげだ。〝超一流〟はランクを維持するのに必要な情報だけを開示し、しばしば二次能力を隠す。ダークホースはそれを逆にしたもので、彼らは〝超一流〟として登録せず、実力以下の能力しかないふりをして、一族のために後ろ暗いビジネスに手を染める。「じゃあ本物なのね？」

「残念ながらそうだ」オーガスティンが答えた。「ハウリング一族は電光使いの血統だ。彼らのビジネスはすべてそれに結びついている。一族に貢献するものがほとんどない〝超一流〟の氷使いとして登録せずに、力を隠したんだ。おそらく非常に特殊な訓練を受けているはずだ」

「暗殺者だよ」ローガンがあっさり言った。「相当な腕利きだ。バグ、この男の一族を調べてほしい。車を見つけてくれ。そして常に居場所を把握しておきたい」

「バラノフスキーは死んだときシャンパンを飲んでいたわ」わたしは考えを声に出した。「ハウリングはバラノフスキーの喉を通る液体を凍らせられるの？」

「おそらくね。ただ凍らせただけじゃない。それだけならバラノフスキーは氷で喉を詰まらせるだけだ。ハウリングは液体を平らで鋭利な刃にして内側から喉を切り裂いたんだ」

ローガンは頭で計算を働かせながらスクリーンを見つめている。「フォースバーグの脳にも氷による損壊の痕跡があった」

「表には出てこない悪習だ」オーガスティンの声にはあからさまな嫌悪があった。「映画だとよくあることのように描かれるが、実際はまれだ。ダークホース本人にとっても犠牲が大きい。〝超一流〟だと名乗れず、〝超一流〟としての利益を受けることもできない。周囲からは劣っていると見なされる。わたしはこれまで二人しか知らないが、どちらのケースも本人にも一族にも不本意な結果に終わっている」

わたしはバラノフスキーの最期を考えずにいられなかった。シャンパンのグラスを持った彼の姿が目に浮かぶ。その視線の先にあるのは……先にあるのはローガンとオリヴィア・チャールズだ。わたしが逃げ出すように心に圧力をかけてきた女性。ローガンはコントローラーについてなんて言っていただろう？　彼らはしばしば二次能力で登録し、理性を操るサイオニックという肩書きを好む。

「ローガン、オリヴィア・チャールズの登録能力は？」

「〝超一流〟のサイオニックだ」ローガンははっとして口を閉じた。その目が危険な鋭さを帯びた。

「どうしたんだ？」オーガスティンがローガンとわたしを見比べた。

「わたしたち、利用されたんだわ。オリヴィア・チャールズが騒ぎを起こして、誰もがローガンと彼女との一幕に目をとられている間に、デイヴィッド・ハウリングがバラノフスキーのそばを通りかかって喉の中のシャンパンを氷の刃に変えた。わたしたちを利用したのよ」

「ミズ・ベイラー、それは重大な告発だぞ」オーガスティンが言った。

オーガスティンの同類を攻撃するまでは〝ネバダ〟だったと思うとおかしかった。「ナリとその同僚たちは氷使いとコントローラーのペアに殺されたわ。ローガン、オリヴィアがコントローラーだとしたら、誰がそれを知っていると思う？」

「オリヴィア・チャールズは四代目の〝超一流〟だ」オーガスティンが身を乗り出した。

「気に入らない者に対しては蛇のように意地が悪いが、評判には傷一つない」

「誰か知らないの？」わたしは答えを求めてローガンの顔を探った。

「知らないだろうな」ローガンが冷たく言った。その顔を見れば暴力的なこと、それもかなり暴力的なことを考えているのがわかった。

「おいおい、ちょっと待ってくれ」オーガスティンが両手を上げた。「こんなこと狂気としか言いようがない。これはピアースみたいな甘やかされたばか息子の無法者のことでも、再婚で生まれた世間ではほとんど知られていないダークホースのことでもない。傷一つない経歴と、我々の社会で広いコネを持つ人のことを話してるんだ。わたしの母はオリヴィア・チャールズが大嫌いだが、オリヴィアからランチに招かれたら出席しようとするだろう。オリヴィアを狙うつもりなら、有罪を証明する確固たる証拠が必要だ。もし彼女が誰かを肉切りナイフで刺す様子を録画して評議会に見せたら、その場の半分はでっち上げだと言うだろうし、四分の一は事件の起きた時間に彼女といっしょにお茶を飲んでいたと断言するだろう。証拠もなしにオリヴィアを糾弾したら、こちらが吊《つる》し上げられる。わたしはきみたちとのつながりを否定するしかなくなる。きみに大きなクライアントの仕事が来ることは二度とない」オーガスティンはローガンのほうを向いた。「そしておまえはなけなしの評判も失うことになる」

「どうでもいい」ローガンが言った。

「気にしたほうがいいぞ」オーガスティンは眼鏡を押し上げた。「確たるものが何もない。あるのは仮定と憶測だ。このまま進めれば困るのはおまえだけじゃない」

バグが咳払《せきばら》いした。

「わたしも、うちの一族もリンダだって困るんだ。これほどのことを糾弾するとなれば細心の注意が必要だ。だいたいオリヴィアがこんなことに関わる理由がない。今が人生の絶頂期だ。力も富も影響力もある。どうしてそれを危うくするような真似《まね》をする?」

バグがさっきより大きく咳払いした。

「どうした?」ローガンがたずねた。

「すごいぞ」バグがキーをたたいた。真ん中のスクリーンに、濡《ぬ》れた木の葉に囲まれた雨の霞《かすみ》の向こうのバラノフスキーの屋敷の正面が映った。

デイヴィッド・ハウリングが、いつもの笑みを浮かべて立ったまま煙草《たばこ》を吸っている。この男はいつも穏やかで満足げに見える。

正面階段の前に一台のリムジンがすっと止まった。運転手が助手席側に駆け寄り、黒い傘をさしかけてドアを開けた。オリヴィア・チャールズが車から降りて階段をのぼり、警備員の前で少し立ち止まってから中に入った。十五秒後、デイヴィッドが吸いかけの煙草を投げ捨て、そのあとを追って中に入った。

オーガスティンの顔が真っ青になった。「なんということだ」

これで何かが証明されたわけではない。二人は視線を交わしていないし、言葉をかけたわけでもない。それでもその場の全員が偶然ではないことを確信した。ハウリングは外でオリヴィアの到着を待っていたのだ。それなのにその情報だけではわたしたちは手も足も出ない。

「オーガスティンの言うとおりよ」わたしはローガンに言った。「直接的な証拠は何もない」

「それなら手に入れるまでだ。そのUSBが必要だ」

ローガンはバグを見やった。

「手段は？」バグがたずねた。「バラノフスキーはネットワークにデーモンアイ・セキュリティロックをかけてやがる。バーンに頼めばハッキングしてくれるだろうが、サイバードアを全部開けられたとしてもなんの役にも立たねえ。ネットにつながってないもんの中には入れねえからな。直接コンピュータにアクセスするしかねえんだ。誰かが中に入って、コンピュータかせめてハードディスクを持ち出すしかない。バラノフスキーが雇ってる警備員は今きっと全員あの屋敷に集合してるだろうし、警官だってうようよいる。開口障害の貝よりがっちり封鎖されてるだろう。今頃は壁の穴もふさいじまってるし、まだだとしても連邦金塊貯蔵庫みてえに厳重に警備されてるのはたしかだ」

「この動画はどうやって撮ったんだ?」うしろでコーネリアスが口を開いた。

わたしは跳び上がりそうになった。あまりにも静かなので彼がいることを忘れていたからだ。

「ドローンにつけたカメラからの映像だ」バグが腕を振った。「五万ドルのドローンだぜ。ついでに言うと、回収しようとしたそんときにどっかのアホの風使いがたたき落としやがった。最後に映ったのは木のどアップだったよ」

「ぼくの理解が正しければ、コンピュータごと持ち出す必要はないはずだ」コーネリアスは膝の上に肘をつき、指先に頬を寄せた。「ハードディスクさえあればいい」

「そのとおり」バグが両手を広げた。ここまで話が盛り上がれば自分が参加するのも当然だと思ったのか、ナポレオンが一声吠《ほ》えた。

ローガンはオーガスティンを見やった。

「セキュリティスタッフになりすますこともできるが」オーガスティンが言った。「それにはバラノフスキーの書斎に入れる者を誘拐する必要がある。それには時間と下調べが必要だ」

「短射程のテレポーターを使うのは？」わたしはそう言った。瞬間移動は最後の手段だ。うまくいく可能性は低いが、この三人なら一人ぐらいは能力のあるテレポーターを知っているはずだ。

「危険すぎる」オーガスティンが言った。「屋敷には警備がうようよいる。それに人間を瞬間移動させようとする場合、術をかけるのが〝超一流〟でないかぎり、三分の二は生焼けのミートローフみたいにぐちゃぐちゃになってておしまいだ」

「誰が屋敷の警備をしているのか探ってくれ」ローガンはバグに言った。「金で買収できるかやってみようじゃないか」

「もう一台ドローンがほしいね」バグが言った。

「フェレットだ」コーネリアスが口を開いた。

全員がコーネリアスを見た。

「フェレット？」

「ヨーロッパケナガイタチが家畜化したものだ」コーネリアスが答えた。「イタチやミンクやオコジョの仲間だよ」

「フェレットが何かは知っている」オーガスティンが超人的な努力で冷静に言った。「コンピュータを盗み出すのにフェレットがどう役に立つのかをきいてるんだ」

「屋敷には洗濯の設備があるはずだ」コーネリアスは落ち着いて言った。

「ある」バグが答えた。

「工業用乾燥機は？」

「おそらくあるだろうな」

「コンピュータから持ち出すのはハードディスクでいいんだろう？」

「そうだ」バグが答えた。

「それならフェレット用のハーネスに超小型カメラと受信機をつけてくれればぼくがやってみよう。声で指示できて、フェレットの視界がこちらにも見えるものがあればいい。ネバダの家にハーネスをいくつか置いているが、どちらにしてもカメラを取り替えなきゃいけないし時間もない」

「洗濯室の換気口からハーネスをつけたフェレットを忍び込ませるというのかね？」オーガスティンはどうしてもそれを信じられないようだ。

「そうだ」コーネリアスが答えた。

わたしはまばたきした。「換気口にはアラームがつけてあるんじゃないの？」

三人は、わたしがいきなり二つ目の頭を生やしたみたいにこちらを見た。

「乾燥機の換気口にアラームをつけてもしょうがない」ローガンが言った。「小さすぎるし、乾燥機の中に通じているだけだ」

「好奇心からきくが、実際どういう場面を想定してるんだ?」オーガスティンが口を開いた。「格子状の赤いレーザービームの間をハーネスをつけたフェレットが忍者よろしくすり抜けていくのか?」

やれやれ。オーガスティンには誰かがちゃんと言い聞かせないといけない。わたしはいくぶん冷たい声で言った。「ミスター・モンゴメリー、娯楽産業が何をでっち上げようと勝手だけれど、レーザービームは赤くもなければ普通の状態で目に見えるものでもないわ。調査会社の責任者ともなればそれぐらいのことは知っているかと思ったけれど」

オーガスティンの顔が赤くなった。「どちらにしても、それは知っている。だからこそ質問したんだ」

わたしはやめなかった。「換気口のセキュリティにレーザーを使うのはどうかと思うわ。乾燥機の綿ぼこりがアラームに引っかかるし、ミラーシステムを詰まらせてしまうから。同じ理由で熱センサーや動作センサーもだめ。でも圧力センサーなら使えるかも。バラノフスキーはどの程度用心深いかしら?　コーネリアスのフェレットに死んでほしくないんだけれど。コーネリアスがつらい思いをするでしょうから」

コーネリアスがわたしの手を握った。「ぼくを思いやってくれてありがとう」

「バラノフスキーよりおれのほうが用心深いが」ローガンが口を開いた。「乾燥機の排気口にはセキュリティをつけていない。金網がはめてあるんじゃないか？」

「フェレットにデータを強奪させる作戦をほかに誰も変だと思わないのか？」オーガスティンは部屋を見まわした。

「金網は問題にならない」コーネリアスが言った。

「きみのところの動物はねじをはずせるのかね？」オーガスティンがたずねた。

コーネリアスは彼を正面から見た。「きみが幻覚力を磨くのと同じぐらいの時間をかけて、ぼくは動物たちを訓練し魔力の向上に努めたんだ」

「この作戦がうまくいく自信はある？」わたしはコーネリアスにたずねた。

コーネリアスはにっこりした。

「やろう」ローガンが言った。

ローガンは監視トラックを持っていた。外からだと中サイズのバンにしか見えないが、中にはコンピュータのスクリーン、装置類、ケーブル、さまざまなモニターが並ぶハイテク機器の壁になっている。わたしは黒革の椅子に座っていた。この椅子はシートベルトとヒーターを備え、ロックをはずすと二百七十度回転する。メインスクリーンには暗視カメラ映像が映し出されていて、二匹のフェレットと、コーネリアスがシナイタチアナグマと呼ぶ少し大きめの動物が藪《やぶ》を抜けていくところが見えた。シナイタチアナグマはふわふわしてかわいらしく、バグがカメラと通信装置付きのハーネスをつける前にわたしは撫でてレーズンをやった。両脇の二つのモニターは二匹のフェレットからの同じような映像だ。コーネリアスとバグがマイク付きのヘッドセットをつけてその前に座っている。

「フェレットにカメラをつけるとは信じられないね」左からオーガスティンが言った。

「ドローンにはカメラをつけるだろう」コーネリアスが答えた。

「そうだ。ドローンはカメラがあって当然だからね。だがこれは……不自然だ」

コーネリアスはほほえんだだけだった。

スクリーンでは小雨が地面を濡らしている。骨までしみる寒い夜だ。わたしは雨とも寒さとも関係ないのをありがたく思いながら身を乗り出した。フェレットたちにハーネスをつけている間、わたしは急いで家に帰って美しいが雨でびっしょりのドレスをありきたりのTシャツとジーンズに替えた。髪は上げたままだがメイクは落とすしかなかった。このほうが自分らしい気がするものの、あのドレスやパーティやローガンといっしょにバルコニーまで歩いたことには特別な何かがあった。大人になってからの年月を忘れ、魔法や奇跡を信じていた子どもの心がよみがえる気がした。今夜の出来事を考えれば、自宅で殺される数分前に言葉を交わしたバラノフスキーのことをいちばんに思い出すのが当然だろう。ところがわたしの記憶に残ったのは、手に感じたローガンの手の感触、〝超一流〟が見えると言ったときの彼の顔つきだ。あのときの恐怖に似た表情がバラノフスキーの殺人よりも気になった。

死に慣れてしまったのだろうか？　そうではないことを祈りたかった。

バグとその調査スタッフによると、デイヴィッド・ハウリングは自宅に帰っていない。バラノフスキーの屋敷とリバー・オークスの自宅との間のどこかで消えてしまった。バグも二人の調査専門家も居場所を突き止めることができなかった。バグがネットからハウリングの携帯電話番号を探し出し、ローガンの指示でかけてみたところ、すでに使われていなかった。

茂みがなくなった。三匹は立ち止まった。目の前に二十メートルほど地面が広がっている。その先に屋敷の北翼の壁がぬっとそびえている。ローガンの情報源によると、洗濯室は北翼にあるらしい。観賞用の低木やバラの茂みが壁までの間に植わっている。洗濯室の換気口はおそらく植物に隠れているのだろう。

コーネリアスはヘッドセットのスイッチを入れた。その声は、子どもの集団に話しかけているように明確でやさしかった。「左を見て」

三匹がいっせいに左を見たのでカメラの映像が変わった。

「次は右だ」

カメラは素直に右に振れた。誰もいない。

「壁まで走れ」

三匹はバラの茂みを抜け、壁に向かって走った。

コーネリアスはじっとスクリーンを見つめ、集中している。声には親しさがあり、聞いていると眠くなる気がした。「強いにおいだ。黄色い毒のにおいを探せ」

「毒のにおい？」ローガンがたずねた。

すぐそばに来ていたローガンの存在をわたしは突然痛いほど意識した。手を伸ばし、触れてほしい。しかし彼はそうしなかった。

「漂白剤だ」バグが小声で言った。「コーネリアスは漂白剤をしみ込ませたペーパータオルを動物たちに嗅がせた。乾燥機の中でも洗濯物ににおいが残ってるからな」

フェレットたちは左に方向転換し、角を曲がって、金網を張った三十センチ四方の通気口の前で止まった。

「小さい歯を使って穴に入れ」

「まるでディズニー映画だ」オーガスティンが顔をしかめた。

一匹のフェレットがイタチアナグマのハーネスから小さなドライバーを取り出し、ねじの上にあてた。もう一匹のフェレットがそれを押すと、電動ドライバーが静かに動き出し、ねじをはずした。ドライバーが滑った。フェレットは忍耐強くそれをまたねじにあてた。

オーガスティンはまばたきした。

五分ほどかかったが、ようやくねじがゆるみ、三匹は金網に爪をかけてはずした。

「バルー、穴に入れ。ロキ、入れ。ヘルメス、入れ」

イタチアナグマが身をよじって中に入り、フェレットたちもそれに続いた。走る三匹の周囲に綿ぼこりが舞っている。フェレットがかわいらしいくしゃみをした。どうかこの子たちが殺されませんように。

イタチアナグマは通気口を駆け抜けていった。突然、金属のトンネルがT字路にぶつかった。直角に交わるトンネルが左右に伸びている。乾燥機を複数つなげているのだろう。

「ロキ、待て。ヘルメス、待て」

二匹のフェレットは素直にしゃがみこんだ。

「バルー、突進しろ」

イタチアナグマが前に飛び出し、T字路の壁にぶつかった。トンネル全体が震えた。柔らかな金属壁にへこみができた。

「もう一度」

イタチアナグマが壁に向かって突進した。カメラからの映像がぶれる。トンネルがたわんだ。イタチアナグマの重みのせいで、乾燥機につながる弱いダクトと壁のつなぎ目がはずれかけている。ダクトと通気口の穴の間に隙間ができた。

「穴を広げろ」コーネリアスが命じた。フェレットたちは隙間に爪をかけた。

ローガンは不思議な顔でそれを見守っている。

三分後、軽いほうのフェレット、ロキが隙間から外に抜け出し、留め具を抜いてダクトをはずした。

ローガンは携帯電話を耳にあて、小声で言った。「マーガレットか？　乾燥機の通気口に圧力センサーを設置することを検討してくれ……そうだ、乾燥機の通気口だ」

オーガスティンは携帯電話に何か打ち込んでいるが、その表情は読めなかった。いい気味だ。

三匹は家の中を走り出した。コーネリアスが忍耐強く出す指示に従い、広大な屋敷を抜けていく。バグの言うとおり、屋敷の中は警備員や刑事でいっぱいだった。フェレットたちがカーテンの裏に駆け込む直前、ヘルメスのカメラがハリス郡地方検事レノーラ・ジョーダンの姿をとらえた。茶色の肌、ねじり上げてさりげなく一つにまとめた髪、年は三十代後半。レノーラはしかめ面で屋敷の中を歩いていった。バラノフスキーの殺人事件でたき起こされたのだろう。この事件すべてが気に入らないにちがいない。やつれた顔つきのスーツの集団が、レノーラの動きを目で追いながらあとからついてきた。おそらくバラノフスキーの弁護士たちだろう。バラノフスキーは自分の死に関する条項を作っていたにちがいない。

レノーラ・ジョーダンはわたしのヒーローだ。子どもの頃からずっと彼女みたいになりたいと思っていた。

フェレットたちは一歩ずつゆっくりと家の奥に進んでいった。

わたしは疲れきっていた。長い夜だった。一瞬だけ目を閉じたい。きっと誰も気づかないだろうし……。

ローガンの手が背中にあたり、彼がわたしの顔をのぞき込んだ。「コーヒーは?」

わたしははっとして目覚めた。「お願いするわ、ありがとう」

いらないと言えばよかった。ああ。

ローガンがクリームを入れたコーヒーを持って戻ってきた。

オーガスティンはローガンに眉を上げてみせた。「なかなかのサービスぶりだな」

ローガンは無感情な目でオーガスティンを見返した。この目でにらまれて逃げ出す男もいるが、オーガスティンは肝が据わっている。

「おめでとう、ネバダ」オーガスティンはおもしろくもなさそうに笑ってみせた。「きみが今の出来事の重大性を心から理解していることを望むよ。マッド・ローガンがきみの膝の上までカップを浮かせるのではなく、わざわざ足を動かしてコーヒーを運んでくるとはね。あまりに見え透いたやり口に、見ているのがつらいほどだ。ローガンにとっては残念だが、雇用主としてはやはりわたしのほうが上だよ」

ローガンは彼のそばで足を止めた。「女性の正しい扱い方についてアドバイスが必要なら、あとで教えてやってもいいぞ」

「おいおい」オーガスティンは片手を上げた。「冗談はやめてくれ。ネバダがそんな手に乗るほど愚かだと思っているのか？　次はなんだ？　星空の下のピクニック？　採用活動にどこまで汚い手を使うつもりだ？」

人のことを言えた立場だろうか。「ありがとう、ローガン。このコーヒーおいしいわ」

「まだ飲んでもいないのに」オーガスティンが言った。

「コーヒー、おいしい」わたしはそう言ってコーヒーを飲んだ。天にも昇る味わいだった。たぶん容器半分以上の砂糖が入っていたからだろう。

「コンピュータが見えたぞ」バグが言った。

バラノフスキーのコンピュータは異星人がデザインしたタワーのように不思議なプラスチックの鱗《うろこ》でおおわれていた。フェレットたちは一分もかからずにそれをはずし、ハードディスクを取り出すと、ヘルメスのハーネスから取り出したビニール袋に入れて洗濯室への長い道のりを戻り始めた。一階と二階の間でコーヒーの効き目が切れたようだ。わたしは脚を引っ張り上げ、椅子に深く座った。今日は魔力を使いすぎた。力の配分の加減を身につけないといけない。

フェレットたちがスタッフルームをすり抜け、雨に濡れた森を駆け抜けるまで、わたしはなんとか持ちこたえた。ようやくスクリーンにトラックが映った。ローガンがドアを開けると濡れた動物たちが中に駆け込み、コーネリアスの膝に飛び乗ってさかんに鳴き声をあげた。

コーネリアスの顔がぱっと明るくなった。こんなに心からの笑みを浮かべるコーネリアスを見るのは初めてだ。素朴で力強い喜びに満ちた美しいほほえみだった。ロキがビニール袋に入ったハードディスクをコーネリアスに突きつけ、それで顔をたたいた。コーネリアスはハードディスクを受け取ってバグに渡し、三匹を撫でた。わたしは息を吐き出した。うまくいったのだ。いずれこの代償を支払うことになるのはわかっている。でも今はここに座ってコーネリアスと動物たちを眺めていたかった。

間もなく三匹は落ち着き、フェレットは茹《ゆ》でた鶏肉《とりにく》を、イタチアナグマはプラムを与えられた。コーネリアスは疲れきって椅子にぐったり座った。

「すばらしかったわ」わたしは彼に声をかけた。

「ありがとう。いちばんの問題はフェレットに仕事に集中させることだ。フェレットは子どもみたいに落ち着きがないからね」

「見つけたぞ」バグが声をあげた。

映像が始まった。薄いトレンチコートを着た男が高層ビルから出てくる夜の光景だ。すぐうしろから背の高いスーツの男がついてくる。ボディガードだ。

映像の角度が街角の監視カメラにしてはずいぶん低い。誰かが車内から撮ったものだ。わたしも同じことを何百回もしたことがあるが、まったく同じような映像になった。

ボディガードと男はつかの間立ち止まった。一台の車が角を曲がってきて、ヘッドライトが二人を照らした。わたしは息が止まりそうになった。ガーザ上院議員だ。

車がすっと止まった。ボディガードがドアを開けた。

画面の隅から稲妻が走り、その細い触手がボディガードと上院議員と車につかみかかり、すべてをまばゆい光の中に包み込んだ。稲妻が燃え上がり、光の死の抱擁の中で二人の男の体が痙攣《けいれん》する。車のボンネットが溶けた。うしろから火が上がり、タイヤがはじけた。

稲妻が一瞬またたいたかと思うと、また光った。カメラが揺れながらゆっくりと左にパンする。黒っぽい髪のビジネスーツを着た年長の男が道端に立ち、魔力使いのポーズで両手を上げ、手のひらを広げている。カメラが男の顔をアップにした。穏やかと言ってもいいほど力のない表情だが、目には自分の体をコントロールできない怒りと苦痛と絶望が渦巻いている。

稲妻が消えた。カメラが元の場所を映し出した。車は燃えて焦げた残骸と化している。ガーザ上院議員とボディガードは歩道に倒れ、その体から煙が出ている。

映像はまた男を映し出した。男は恐怖の表情で二人の死体を見つめていたが、やがて背を向けて逃げ出した。

「あいつを知っている」オーガスティンの声は鋭かった。「あれは……」

「リチャード・ハウリングだ」ローガンが言った。「オリヴィア・チャールズに操られていた。ガーザ上院議員を殺したのはハウリング一族だ」

その事実はあまりにも明らかだったので、あらためてピースをつなげあわせるのはよけいなことのように思えた。しかしわたしは見落としがないかたしかめるために事実をたどった。

「オリヴィア・チャールズはなんらかの理由でガーザ上院議員を殺そうとした。おそらく上院議員が彼らの計画を知って脅威となったからでしょうね。そして、自分たちがやったとわからない方法で上院議員を排除する必要があった」

「そこで一石二鳥を狙ったわけだ」オーガスティンが言った。「オリヴィアはリチャード・ハウリングを魔力で動かし、ガーザ上院議員を殺させた。これで脅威を取りのぞけるし、リチャード・ハウリングを巻き添えにすることもできる」

「でもどうしてリチャード・ハウリングを使ったんだ?」コーネリアスがたずねた。「ハウリングをコントロールできるなら、ガーザのボディガードをコントロールすればいい話じゃないか」

「デイヴィッドへの譲歩だろう」ローガンが言った。「リチャードが奴《やつ》らのせいで人を殺したのはこれが初めてじゃないはずだ」

オーガスティンがうなずいた。「リチャードの妹は別の一族に嫁いでいる。リチャードがいなくなれば、ハウリング一族の家長にはデイヴィッドがならざるをえなくなる。前も言ったとおり、ダークホースというやり方はうまくいかない。彼らは自分を操る者を憎むようになる」

「何もかもうまくいくはずだった」わたしは続けた。「ただオリヴィアとデイヴィッドは、フォースバーグがガーザを監視していたことを知らなかった。フォースバーグは録画の内容を知ってそれを利用しようとした。自分のところの弁護士チームに渡し、ガーザ側かハウリング側か、あるいは別の第三者かに取引を持ちかけるように指示した。オリヴィアはそれに気づき、録画が外部にもれないよう、デイヴィッドと二人で関係者全員を殺した。どうしてフォースバーグはガーザの監視を命じたのかしら?」

「フォースバーグが保守派だからだ」ローガンが言った。「評議会にはいくつか派閥があるが、最大の二派が市民主流派と保守派だ。保守派は魔力使いの側に立ち、市民主流派は一般市民の側に立っている」

「単純化しすぎだ」オーガスティンが言った。「保守派は有力一族が社会を導くいちばんの力であると考えている。現在の民主主義モデルを否定し、有力一族がもっと大きな権力と影響力を持つことを支持している。一言で言うと支配者になりたいんだ。市民主流派は、十九世紀の〝超一流〟の哲学者ジョアンナ・ヘムロックの言葉をよりどころとしている。市民主流派は有力一族の政治への関わりを制限することを求めている」

「どういう言葉?」

「市民が主流である国では、たとえ最小のマイノリティであっても、選ばれた少数が権力を握る国で暮らす多数派より多くの保護を得られる、というものだ」コーネリアスが言った。

「利他的なのね。悪口を言うつもりはないけれど、有力一族が喜んで権力を手放すとは思えないわ」

オーガスティンはため息をついた。「利他的なわけじゃない。自分の利益を考えてのことだ。これまでは無関心というポリシーでうまくいっていた。有力一族には富と安定があり、失うものも大きい。ガーザは市民主流派の寵児《ちょうじ》だった。マティアス・フォースバーグは保守派の活発なメンバーだ。保守派はおそらくガーザが権力を握るのを妨害しようとたくらんだんだろう。フォースバーグは、スキャンダルをでっち上げられるような弱みを握ることをもくろんでガーザを監視していたんだ」

わたしは眠気を追い払おうとして顔をこすった。

「オリヴィアの一派は録画を手にした」ローガンが言った。「そこには予想を超えるものが映っていたわけだ。奴らはこれをどうすると思う?」

「いちばんの選択肢は脅迫だろう」オーガスティンが言った。「ハウリングは中流派を牛耳っている。中流派は評議会で三番目に大きい集団だ。今回の件は評議会の選挙がらみかもしれないな」

「違う」ローガンが立ち上がって、檻《おり》の中の虎のように歩きまわり出した。「奴らは社会の不安定化、混乱を狙っている。監視の録画は本当なら存在しないはずだったが、実際には存在し、奴らはそのコピーを持っている。こちらがこの録画を表に出さず、奴らも内容を伏せておくとすれば、リチャード・ハウリングは奴らの操り人形になるだろう。もしこちらが録画をレノーラに差し出せば、レノーラはリチャード・ハウリングを逮捕しないわけにはいかなくなる。有力一族の家長がガーザを殺したことに対して世間から非難の声があがるだろう。デイヴィッドの思うつぼだ。奴らがこちらより先に録画を公開すれば、デイヴィッドはやはり自分の一族を手に入れ、地方検事事務所は恥をかく。世間の動揺は大きいはずだ」

「こちらがどう動いても向こうが勝つというわけか」オーガスティンが言った。「これはよくある有力一族同士の権力争いではない。権力構造自体を劇的に変化させようとしているのを感じる。これに対峙《たいじ》するだけの力を集められるか自信がないね。ローガン、我々はまずい側にいるのか？」

ローガンはオーガスティンのほうを向いた。「奴らは民間人を殺し、市の中心部を灰にしてさらに数千人を殺そうとした。奴らが正しい側にいるわけがない。おれはこの戦争に勝つつもりだ」

「それはわかってる」オーガスティンの顔には疲労があった。「ただ、歴史が我々を英雄と見るか悪役と見るか、どちらだろうと思っただけだ」

「誰が歴史を書くかによるわ」わたしはオーガスティンに言った。「レノーラに話しましょう」

ローガンはわたしをじっと見た。「どうして？」

ローガンは理由など知りすぎるほど知っている。「自分で言ったでしょう、敵は混乱を求めているって。それにはまず世間を焚《た》き付けないといけないわ。奴らは録画を公開するでしょう――SNSとか、誰にも手の出ない場所で。そして怒りをあおる。そうすると、民衆のアイドルで人望ある上院議員が〝超一流〟に殺された事実を地方検事事務所が隠蔽しようとしたかのように映る。奴らがまだ録画を暴露しないのが不思議なぐらいよ」

「タイミングを計っているんだ」ローガンが言った。

「レノーラに早く録画を渡したほうがいいと思うのは、まさにそれが理由よ」

「明日の朝、レノーラの事務所に話しに行こう」ローガンが言った。「書類を整える時間が必要だ」

わたしが正しいとわかっているのに、どうしてぐずぐずするのだろう？

「ヴェローナ特例を申請するつもりか？」オーガスティンの目が計算高くなった。

「そうだ」

「ハリソン一族の協力が必要になる」オーガスティンはコーネリアスのほうを見た。

「ヴェローナ特例って?」携帯電話で調べることもできたが、疲れすぎていた。

「キャプレット家とモンタギュー家の対立から名付けられたものだよ」コーネリアスが説明した。「『ロミオとジュリエット』は、ヴェローナ大公が両家に対し次に抗争を起こした者は死罪に処すと言い渡したことから始まる。大公はこう宣言していったん手を引くが、両家のいさかいのために戻らざるをえなくなる」

「ヴェローナ特例は、地方検事事務所でハウリング一族に対して申し立てをおこなうことを意味する」ローガンが言った。「トロイはおれの部下であり、コーネリアスとの契約によってきみも事実上部下と同じだ。ハウリングはきみたちを襲ったがなんの償いもせず、通常の手段では連絡をとることもできない」

「まだたしかめていないでしょう」疲れていて脳が動かず、筋道立てて考えようとするとシャットダウンしてしまいそうだ。「一族の家長に連絡していないんだから」

「明日の朝リチャードに電話する」ローガンが言った。「事件のことは何も知らないとしらを切るだろう。リチャードは関わりたくないと思っている。そもそもデイヴィッドをダークホースにしたのはそれが理由だからな」

「ヴェローナ特例により、これが三つの有力一族の特定のメンバー間のおおっぴらな抗争であると事実上世間に知らせることになる」オーガスティンが言った。「ヴェローナ特例が認められるのは、ローガン一族とハリソン一族が報復するに足る証拠を提示し、地方検事事務所がそれを受理したときだ。つまり報復の権利が認められるんだ。市民生活を著しく阻害しないことを条件にね」

「地方検事事務所はすっぱり手を引いて、わたしたちに勝手に戦わせるということ?」

「そうだ」ローガンが答えた。

それも当然だろう。地方検事事務所には魔力使いも何人かいて、中でもいちばん危険なのはレノーラ・ジョーダン本人だけれど、二人の〝超一流〟が争うたびに仲裁にあたっていたら警察官はたまったものではない。

「標準的な手続きが必要になる」ローガンが言った。「地方検事事務所が介入するのは公共の安全が脅かされたときだ。きみの宣誓供述書と、コーネリアスの関与を認めるというハリソン一族からの特別許可が必要だ」

「それはちょっと問題だな」コーネリアスが静かに言った。「うちは小さな一族だ。慎重に行動し、危険とは距離を置く。両親はずっとこのポリシーでやってきたし、今は姉がそれを引き継いでいる」

弟の妻が殺されたと知ってカードと花だけ送ってきた姉だ。

「明日姉と話してみるよ」コーネリアスが言った。

明日では遅いかもしれない。もしあの録画がネットに出まわれば、暴動が起きるだろう。

わたしが十回も死にそうになってヒューストンが焼け落ちるのを防ごうとしたのは、この街が内側から崩壊するのを見るためではない。

わたしはバグのほうを振り向いた。「あの録画のコピーをもらえない？」

バグはローガンをうかがった。

わたしはため息をつくふりをした。「なんだかうんざりしてきたわ。ローガンとわたしの雇用主は契約書にサインしたけれど、その契約は双方向に効力を持つはずよ。こちらが証拠を提供する義務があるなら、あなたも証拠を提供するべきだわ。その証拠を手に入れたのがわたしのボスなんだからなおさら。わたしは録画のコピーを要求します。できればメールで」

「そのとおりにしてくれ」ローガンが言った。ほほえんでいる。何がそんなにおかしいのかわたしにはわからなかった。

携帯電話がメールの着信を知らせた。

「ありがとう」

「コーネリアス、時間がかかってもかまわない」ローガンが言った。「さっきも言ったが、書類仕事は時間がかかるし、レノーラはバラノフスキーの件で忙殺されていて明日会えないかもしれない。これは取り扱いに注意を要する話だ」

「姉が拒否すれば一人で進めるしかないが、二人揃《そろ》ったほうが立場は強くなる」

わたしは立ち上がった。「トイレはどこ?」

ローガンが奥のドアを指さした。

「ありがとう」

わたしはトイレに入ってドアを閉めた。利害の衝突になるだろうか? わたしはコーネリアスに、妻を殺した犯人の名前を教えると約束したけれど、彼のためにその犯人を殺すのは無理だとはっきり断った。コーネリアスがローガンと交わした契約は、厳密に言えばわたしには関係ない。あの契約は相互の協力を規定し、ローガンの手を縛っているだけのものだ。

大丈夫、利害は衝突しない。わたしは今、二人の市民が殺された場面を録画したものを持っている。通報するのが法の下における義務だ。わたしはバーンにメッセージを送った。

〈重要につき注意。これからあるものをメールする。痕跡を残さずにレノーラ・ジョーダンに送る方法を考えてくれる?〉

答えはない。夜中の三時だ。

〈起こして悪いけれど、本当に重要だから、起きて〉こうなったら着信音で起こすしかない。〈ごめん〉〈起きて〉〈本当にごめん〉〈起きて〉

画面に返信が表示された。〈起きた。とりかかる。そっちは平気?〉

〈大丈夫。ありがとう〉

わたしは息を吐いた。バーンならやってくれるだろう。

携帯電話を置いて鏡を見る。目の下にはくまがある。突然強い疲労に襲われて、立っていることすらできなくなった。トイレから出なくては。床がとても心地よく誘うように見えたからだ。

わたしは手を洗い、外に出てソファに座った。みんなはまだ何か話しあっていたが、もうついていけなかった。まぶたが落ちる。目を開けていようとしたが、まぶたに重しをつけられたかのようだ。オーガスティンが何か言ったけれど、ろくに聞こえなかった。ローガンが答え、やがて世界は柔らかく暖かく暗くなり、わたしはすばらしい暗闇の中に沈んでいった。

11

いれたてのそそるようなコーヒーの香りが漂ってきた。わたしは目を開けた。見慣れない天井だ。ここは家じゃない。ということは……。

わたしはさっと起き上がった。ローガンの司令室の大きな黒革のソファに寝ていた。誰かが頭の下に枕をあてがい、毛布をかけてくれたらしい。部屋の向こうでローガンが大きな黒いマグカップにコーヒーをついでいた。白いTシャツと黒いパンツという姿だ。Tシャツが腕の筋肉に張り付いている。まるで一時間ほどエクササイズをしてシャワーを浴びたばかりのように見えた。

ローガンはこちらを見てにやりとした。どこか邪悪な笑みに、頭の中であらゆるアラームが鳴り出した。

「何時?」

「九時十分」

恐怖がこみ上げた。「朝の?」どうか朝だと言わないで。

「そうだ」

「嘘《うそ》でしょう。家族に居場所を言った？」

「いや」

わたしは息を吐き出した。

「だがコーネリアスがきみの家に戻ったときに伝えたと思う」

ああ。わたしはソファにひっくり返って頭から毛布をかぶった。一生言われ続けるだろう。祖母も妹たちも容赦なくからかうだろう。

〝マッド・ローガンと過ごした一夜はどうだった？　結婚式はいつ？〟

毛布がずり下がり、マッド・ローガンが目の前に立っていた。落ち着かなくなるほど近い。この角度からだと彼はいっそう大きく見える。ただでさえ大きいのだから巧妙なトリックだ。髭《ひげ》を剃《そ》っているので顎がきれいだ。わたしは無精髭のほうが好きなのに。無精髭があると……人間らしく見える。今の彼は、頬の赤く細い傷をのぞけば、どこから見ても〝超一流〟だ。

おれには〝超一流〟が見える……。

〝超一流〟だろうとなんだろうと、わたしとローガンはやっぱり対等ではない。対等になることもないだろう。

「みんなは？」

「コーネリアスの姉からの特別許可を待っている。ここで待っていてもしょうがないから全員帰宅したよ」ローガンは危険な笑みを浮かべた。まるでわたしが狼《おおかみ》の巣穴に迷い込んできたおいしそうな羊ででもあるかのように。「きみ以外は」

わたしはため息をついた。「特別許可は期待できないかもしれないわ」

「親しいきょうだいではないようだな」

「お姉さんはマチルダが一歳のときから姪《めい》に会ってもいないの」

「きみは家族にどう思われるかが怖いのか？」ローガンがコーヒーを飲みながらきいた。

「怖くはないわ。ただ言葉の猛攻撃を覚悟しているだけ。起こしてくれればよかったのに」

「きみは疲れきっていた。体を休める必要があった」

「一瞬目をつぶっただけのつもりだったのに」

「意識を失ってたよ」ローガンがにやりとした。朝っぱらからこんなハンサムな男がいるなんて許せない。

「まさか」

「いびきをかいていたのは知らないだろう」

「いびきなんてかかないわ」

「かいていた。かわいかったよ」ローガンがウインクした。

わたしは枕を投げつけた。枕はローガンの顔から数センチのところで止まり、すっとソファに戻った。ローガンがわたしのそばにしゃがんだ。ふいに二人の間の距離が縮んだ。彼のコーヒーカップがサイドテーブルに移動した。

「おれの考えてることがわかるか？」彼の目がわたしの髪をじっと見ている。その手が金髪を一房つかんだ。「きみの家族は、ここに泊まったからには、おれと忘れられないようなダーティなセックスを楽しんだと思ってるだろう」

ふいに理性が働かなくなってしまった。

「とくにこの髪を見ればね」

わたしは彼の指から髪を引き抜いた。「わたしの髪がどうかした？」

「情事の翌朝と言わんばかりのスタイルだ」

わたしは頭を触ってみた。昨夜のヘアスプレー、雨、枕のせいで、一生に一度というほど髪がめちゃくちゃだ。全部直立しているように感じる。

ローガンはわたしを見ている。その青い目の奥にいつもの冷たい闇が見える。もう二度と見たくないと思ったのに。

「ハウリング一族に連絡した？」

「まだだ。どうして？　見たいのか？」

「まあね」

「変態だな」

「ローガン！」

彼は笑っている。見る者のハートと理性を炎で焼き尽くし、どうしてこんなに腹のたつ男を我慢しているんだろうと不思議に思ったとき、つい思い出してしまう笑顔だ。

「朝のきみはセクシーだよ、ネバダ」その声がわたしを愛撫《あいぶ》し、魔力が肌を撫《な》でて、欲望の小さな爆発を引き起こした。

「やめて」魔力の愛撫は消えた。

「きみの親族をがっかりさせるのは忍びない」

「家族をときどきがっかりさせるのがわたしの役目なの」わたしは手を伸ばしてローガンの傷のそばを触った。「どうしたの？」

「昨日、人混みでやられた」その声がかすかに深くなった。

わたしは手を離さなかった。ローガンの肌のぬくもりが伝わってくる。サンダルウッドのひそやかな香りが漂う。彼はわたしが手を離すのを怖がるようにじっとして動かない。

「オリヴィアに引っかかれたのかと思ったわ。あなたが大好きというわけじゃないみたいだったし」

ローガンはにっこりした。「わかったか」

「あなたはリンダが好きなのね。どうして結婚しなかったの？」

「好きすぎたからだ」

言葉が胸を刺した。わたしはゆっくり手を引っ込めた。この会話を始めたのが間違いだった。

ローガンは床に座り、曲げた膝に腕を置いた。「三歳のとき、父の六度目の暗殺未遂があった。襲ったのはコントローラーだ。母が暗殺者を殺したが、弱点を補強しなければという父の強迫観念はいっそう強くなった。見えないものは殺せない。我が一族に必要なのはテレパシーと五感知覚能力だった。それがあれば暗殺者の接近を感じ取れる。父はおれをテレパシーと五感知覚能力を兼ね備えた子どもにしようとしてうまくいかなかった。そこでおれの子どもで成功させようとして、花嫁を探し始めたんだ」

「たった三歳で？」

「父は長期的視点でものを考えていた。リンダは強力な五感知覚能力者で、感情を感じ取るエンパスでもある。父はテレパシー能力者のほうがいいと考えたが、一人の〝超一流〟が五感知覚能力者でありコントローラーでもあるのは非常にまれだ。この二つが同時に存在することはまずない。父は、おれが〝超一流〟のテレパシー能力者と結婚したら子どもが五感知覚能力を失うんじゃないかと考えた。リンダの父親は五感知覚能力者で、母親はサイオニックだから、遺伝子的には父の望みどおりだ。おれが三歳、彼女が二歳のとき、両一族の間で暫定的な婚約契約が交わされた。リンダが初めてものを浮かすことに成功したのが二歳のときだった」

「何を浮かせたの？」わたしは思わずきいてしまった。

「両親が口論していて、それを仲裁しようとしたリンダは母を黙らせようとして口におしゃぶりを入れた」

わたしはおしゃぶりをくわえたオリヴィアの顔を想像して噴き出した。

「リンダはいつも仲裁役だった。物事が落ち着いているのが好きなんだ」

「じゃあ、あなたは自分が彼女と結婚することをずっと知っていたのね」

「そうだ」彼はうなずいた。「子どもの頃も、少し大きくなってからもそれでかまわない

と思っていた。結婚なんて先の話だし、おれはリンダが好きだった。とくに思春期に入っ

てからはね」

嫉妬が鋭い針のようにわたしを刺した。「リンダは美人だわ」

「ゴージャスでエレガントで洗練されていてすばらしくて……」

ローガンはわたしをからかっているだけだ。わたしは爪を熱心に見ているふりをした。

「彼女がほかの男性の子どもを産んだということはあなたは失恋したのね。大丈夫よ、ロ

ーガン。あまりがっかりしないで。きっとあなたを哀れに思ってくれる人が見つかるから

……いつかね」

ローガンは静かに笑った。「今朝は怒りっぽいんだな。そんなきみもいい」

「やめて。その話、最後まで話してくれるの？　それともわたしはもう帰ったほうがいい？」

「わかった。おれが十六のとき、リンダがうちのパーティに来た。なんのパーティだったか忘れたが、おれは母が今も忘れられないほど深く悲しませてしまった。難しいティーンエイジャーだったんだ」

「でしょうね」わたしはうんざりした顔をしてみせた。

「十六歳だったからな」ローガンは肩をすくめた。

「そんなにお母さんを悲しませるなんて、何をしたの？」

ローガンはため息をついた。「その夏、おれは父と口論になった。そのとき父に言われたんだ。一族のルールが気に入らないなら、道端で段ボールの家で暮らせと。おれはそうした。着替えだけを背負って出ていったんだ。家族はおれを見つけるのに三週間近くかかった」

「どこにいたの？」

「中心街だよ。危険な目にあうとは思わなかった。道端で寝て、無料食堂で食べて、ほかのホームレスと何回か喧嘩《けんか》になった。それから、高架下で喧嘩に賭ける奴《やつ》らがいるのを見つけて金のために何人かたたきのめしたよ。五十ドル稼いだあと、魔力でこぶしを硬くした男に頭を割られそうになった。ウオッカとピザを餌におれを引っかけようとした男がいて、目つきが気に入らなかったがなりゆきを見ようとして車に乗り込んだ。そいつは絞殺魔で、最後はそいつのほうが気の毒なことになった。結局、寝場所の段ボールは見つからなくて、公園の茂みで寝てたよ。そのうち父の護衛がやってきておれをテーザー銃で撃ち、鎮静剤を山ほど投与して家に連れ帰ったんだ」

わたしは無言で彼を見つめた。この話は嘘ではなかった。

「自分の部屋で目を覚ますと、母に叱りつけられた。こんなふうに母親をおびえさせる権利なんかないと言われた。街角で寝るよりずっと苦しかったよ。パーティが終わる頃には家族の確執は解決していた。だからリンダがやってきてこの三週間のおれの居場所をきいたとき、母は答えたんだ。リンダは泣き出した」

「どうして？」

「母からストレスと恐怖の残滓《ざんし》を感じ取ったからだ。それがリンダを動揺させた。彼女はそこに座って涙を流しながら、どうやったらおれみたいな子どもに耐えられるのかと母にたずねた。母は、おれは天才児であり天才児というのはとんでもないことをしでかすものだと答えた。リンダは、それならわたしは天才児はいりませんと言った。彼女と結婚できないと思ったのはそのときだ」

「リンダが天才児はいらないと言ったから？」

ローガンは顔を寄せてほほえんだが、目は笑っていなかった。「違う。彼女を愛していなかったからだ。〝超一流〟同士の結婚に愛があることはめったにないが、リンダはおれに愛されてないことを感じ取ってしまう。そして傷つき続ける。勝手な話だが、おれはリンダといっしょにいるのは孤独だと思ってしまった。彼女は家族や子どもや安定を求めている。安心したいんだ。おれは自分が何を求めているかはよくわからなかったが、そういうものじゃないことは知っていた。おれは危険を求め、そのせいでリンダは苦しむことになる。逆におれが意思を殺して結婚に屈すれば、彼女に冷たくあたるだろう。おれの怒りや恐怖や不安を全部吐き出すことはできない。残酷すぎるからだ」

ローガンの個性は魔力と同じだ。目の前にあるものすべてをなぎ倒す強烈な台風だ。わたしは彼の怒りの深さも欲望の強さも見た。ローガンにあの強い視線で見つめられると、彼の興味の対象となったことにどうしても優越感を感じてしまう。真の信頼関係には誠実さが欠かせない。彼が恐怖や怒りや無力感を抱いたとしても、帰宅する前にそういう感情をしまい込み、落ち着きを取り戻さなくてはいけなくなる。リンダに嘘をつくことになる。

ローガンはわたしに嘘をついたことがない。強烈な衝撃とともにわたしはそう思った。答えを慎重に選ぶことはあっても、彼の部下が殺される映像を見たあとのバルコニーでの会話をのぞいて、一度も嘘をついたことがない。あのとき彼はわたしを怒らせようとしてわざと嘘をついた。わたしの質問に答えるのを拒否することもできた。ローガンはいつもわたしに真実を語る。わたしがその答えを気に入らないとわかっているときでも。

「どうかしたのか?」

「何も」わたしは嘘をついた。「続けて」

「もうほとんど終わりだ。おれは十八のとき正式に婚約を破棄した。それから一年、家族の期待は続いたが、おれが入隊したときにもうだめだとさとったらしい。リンダは半年も経《た》たずに今の夫と結婚した。彼は政治にも危険なゲームにも興味がないし、どこから見てもリンダを愛している」

「後悔してる?」

「いや。リンダはしあわせだし、おれはほかの誰かが必要だ。おれのプレッシャーにつぶされない相手が」

真実だった。「難しい注文ね」

ローガンは考え込んだ。「きみの家の修理工場でおれがした演説を覚えてるか?」

「どの演説?」わたしはため息をついた。「何度か演説したわ。あなたの名前を書いた演説台用の木箱を用意しようかと思ってるの」

「おれのベッドに入れてくれときみが頼むようになるという話だ」

「ああ、それね。忘れるわけがないでしょう。あなたが偉そうなゴリラみたいに胸をたたくのをずっと待ってたんだから」

「おれが言ったことは忘れて――」

スピーカーがオンになり、バグの声が部屋を震わせた。「ネバダ、起きろ。バーンがすぐ電話しろって言ってる。緊急だそうだ」

わたしはサイドテーブルの携帯電話をつかんだ。誰かが着信音をオフにしていた。わたしはバーンに電話した。

「もしもし？」

「モンゴメリーからネバダのオフィスにビデオ電話が入った。ご機嫌斜めだったよ。ネバダに折り返しかけさせるって言ったんだけど、このまま待ってるって」

悪い知らせだ。

ソファから飛び起き、そばに靴があったのを見つけてはく。ローガンがその様子を見ていた。

「問題発生か？」

「たぶん」

「手を貸そうか？」

「大丈夫」オーガスティンはわたしの居場所を知っている。ここに電話してこなかったということは、緊急事態がなんであれ知らせる対象はわたし一人だ。自分のことは自分で対処する。

わたしはローガンを見上げた。強烈で険しくて危険ないつもの冷たい〝超一流〟に戻っている。

「もしわたしが〝超一流〟になったら、あなたは敵なの？」

「いいや。おれを恐れる必要はまったくない」

「信じるわ」

わたしは家に急いだ。駐車場に青いホンダが停《と》まっている。バーンが玄関で出迎えてくれた。

わたしはホンダを指さした。「クライアント？」

「違う」バーンの顔は冷静だった。いつものバーンならホンダが駐車場に停まることになった事情を最初から順序立てて話すところだ。話の始まりはノアの方舟《はこぶね》のあたりになってしまう。

わたしは情報の奔流を押しとどめようとして片手を上げた。「あとでいいわ。オーガスティンはどうして機嫌を悪くしてるの？」

「このせいかもしれない」バーンがタブレットを差し上げてみせた。見出しが躍っている。

〝緑のマントの女性が投げかける課題――〝超一流〟はもっと人を助けるべきか〟

こんなときにこんなものが出るとは。わたしはオフィスの椅子に座り、できるだけきれいに髪をまとめると、キーボードのキーを押した。

「緑のマントの女か。おめでとう」

オーガスティンの完璧な顔はあまりにも冷たく、氷河から切り出したかのようだ。「緑のマントの女か。おめでとう」


なんといういやみだろう。

「きみのおせっかいが見事に実を結んだぞ。だから言っただろう」

「こんなのはゴシップ記事にすぎないわ」

「記事のことを言ってるんじゃない」

わたしは椅子の背にもたれ、腕組みした。「さっさと本題に入りましょうか」

「ヴィクトリア・トレメインの部下がうちのオフィスに連絡してきた。ヒューストンまでわたしに会いに来るそうだ。緑のマントの女の正体を知りたいと言っている」

わたしはまっすぐ座り直した。昔、自分が尋問者であることに気づいたとき、尋問者系の有力一族を調べたことがあった。アメリカ大陸には三つあり、トレメイン家はいちばん小さいがもっとも恐れられる一族だ。〝超一流〟は一人しかおらず、それがヴィクトリア・トレメインだ。ヴィクトリアは七十近いが、彼女が来ると聞けば誰もが隠れようとする。相手から秘密を引き出すだけではない。彼女には相手の頭の中を変えてしまう力があり、しばしばその力を使う。富豪のヴィクトリアは比類のない力で恐れられている。危険な目をした長身の貴族的な女性で、写真を見たことがあるが、悪い魔女みたいだと思ったものだ。貴族の称号を持ち、召使いがうっかり飲み物をこぼそうものなら生きたまま皮をはげと命じそうなタイプだ。

「トレメインの機嫌を損ねる気はないが」オーガスティンが言った。「オフィスに近寄らせる気もない。とはいえ会わないというわけにもいかない。いったいどうして彼女がきみに興味を持っているのかぜひとも教えてもらいたいものだ」

「見当もつかないわ」

「探り出したまえ。トレメイン一族から守ってほしいなら、わたしの契約書にサインすることだ。うちの一族は部下を守る。期限は……」オーガスティンはコンピュータの画面を見た。「二十二時間後だ」

画面が暗転した。わたしはバーンを見た。バーンは両手を上げてみせた。

もしオーガスティンがヴィクトリア・トレメインと会えば、わたしの情報をヴィクトリアに引きずり出されるだろう。わたしはよちよち歩きの〝超一流〟だが、それでもバラノフスキーからさりげなく秘密を引き出した。ヴィクトリアは一生分の経験がある。なぜわたしに興味を持ったのだろう？

わたしの脳裏に恐ろしい疑いが生まれた。ローガンが正しくて、わたしが〝超一流〟ならば、その才能には源流がある。近親に高度な能力者がいないのにいきなり〝超一流〟の才能が開花することはほぼありえないと言っていい。

「ママは家にいる?」

バーンはうなずいた。「ネバダ、車のことだけど……」

「あとにして」

わたしは席を立って廊下を抜け、キッチンへと向かった。母はシンクで皿をすすいでいた。アラベラがテーブルで携帯電話をいじっている。

母がわたしの髪を見た。「楽しい夜だった?」

「ヴィクトリア・トレメインがわたしに興味を持つ理由って?」

母の顔から血の気が失《う》せた。皿がその手を滑り落ち、床で砕け散った。

「ママ!」アラベラが跳び上がった。

「アラベラははずして」母の声は冷たく険しかった。

アラベラはびっくりした。「ママ、いったい……」

「早く」

妹は目を丸くしたまま出ていった。母は死を見つめる兵士の目でバーンをにらんだ。バーンは無言で去った。

母はゆっくりとタオルで両手を拭いた。その顔はこわばり、何かを計算しているかのようだ。この顔つきは一度だけ見たことがある。母がまったくの別人となり、私立探偵としてのキャリアを捨てたときのことだ。背筋に恐怖が走った。

「何をしたの?」その声はぞっとするほど穏やかだった。

「小さい女の子を助けたの。エイミー・マドリッドよ」

「誰が知ってる?」

「オーガスティンとその秘書。ママ、怖いことを言わないで」

「ヴィクトリアがヒューストンに来るの?」

「そうよ」

「到着は?」

「明日」

母はきちょうめんな正確さでタオルをラックにかけた。「よく聞きなさい。まずオーガスティンの記憶を消すこと」

「えっ?」

「オーガスティンの記憶を消すこと。必要なら心を焼き切って」

わたしはたじろいだ。「それがどんな頼みなのかわかってる? そもそもやり方だってわからないけれど、そんなことをしたらオーガスティンは植物状態よ」

「あなたならできる」母は自信たっぷりに言った。

そこには見たことのない母の姿があった。

「オーガスティンは知り合いで、一人の人間よ。記憶を消すことなんてできないし、するつもりもないわ」

「それならわたしが彼を殺す」

「いったいどうしたの？」わたしは叫ばんばかりに言った。

「オーガスティンの記憶を消すか、わたしが殺すかどちらかよ」

「ママ！　それはわたしたちのやり方じゃないし、わたしたちはそういう人間でもない。パパがいたら――」

「あなた一人の問題じゃないの」ようやく母の表情に感情の影がきざした。「あなたは妹たちに対して責任がある。トレメインの雌豚があなたを見つけ出したら、わたしもおばあちゃんも殺される。アラベラは閉じ込められて、あなたとカタリーナは死ぬまであの女に仕えることになる。それでいいの？　あなたは家族を守らなきゃいけないのよ」

　わたしは口を開いたが言葉が出てこなかった。

　母の下唇が震えている。と、こちらに近づいてきてわたしをきついほど抱きしめた。

「難しいのはわかってる。ひどいお願いよね。心配しなくていいわ、わたしがなんとかするから。全部忘れて」

　わたしはその腕をほどいた。「どうしてあの人はわたしたちを狙うの？」

「あなたの父方の祖母だからよ」

　腕の毛が逆立った。わたしは椅子にへたり込んだ。

「あの人は妊娠しても出産までなかなかこぎつけられなくて……いろいろ手を尽くしてお父さんを産んだの。〝超一流〟の息子をほしがっていたけれど、お父さんには魔力がなかった。何一つね。あの人はお父さんを無視し続けたけれど、才能が現れるのを待つ間、毎日のようにお父さんの心を引き裂いて魔力の証拠を探したわ。お父さんが百パーセント普通だとわかったとき、無関心は憎しみに変わった。お父さんは逃げ出せるようになってすぐ逃げ出したの。あの人は喉から手が出るほどあなたをほしがってる。ほかに〝超一流〟がいなければ、あの一族は彼女の代で終わるからよ」

信じられない。

「心配しないで」母が言った。「わたしが……」

だめだ、母にそんなことはさせられない。ローガンが言ったとおり、これは一族同士の戦争であり、わたしはうちの家族の最年長の〝超一流〟だ。わたしが原因を作ったのだから、この件に対して責任がある。わたしは暗い顔で片手を上げた。「いいの。わたしにまかせて」

「ネバダ……」

「わたしがなんとかする。今夜までには片付けるわ。だからママは何もしないって約束して。絶対に」

「あなたがいいと言うまで何もしないわ」母が言った。

わたしは立ち上がり、頭を高く上げ、着替えのために部屋に向かった。

シャワーを浴びてタオルで拭き、髪を梳《と》かして仕事用の服を着るまで、わたしは無意識のうちに動いた。恐怖があってもおかしくなかったが、なぜかなんの感情もわいてこなかった。あるのは冷たくて正確な論理だけだ。それさえあればいい。

ヴィクトリア・トレメインはわたしの祖母だった。今になってみると納得することばかりだ。父が家族のことを話したがらなかったこと、魔力を慎重に扱えとうるさかったこと、母が〝超一流〟を信頼していないこと。もしヴィクトリア・トレメインが義理の母なら、わたしだって〝超一流〟を信用しなくなるだろう。

ヴィクトリア・トレメインには後継者がいない。身近に〝超一流〟がいないのは間違いのない事実だ。わたしの存在に気づいたからには、どんな手を使ってでもわたしをトレメイン一族のものにしようとするだろう。妹たちを人質にするかもしれない。三人のうちで尋問者なのはわたしだけだ。三人とも奴隷にされるだろう。

ヴィクトリア・トレメインをオーガスティンに会わせるわけにはいかない。オーガスティンの心などくるみみたいに割ってしまうはずだ。

わたしが彼の心を消すこともできない。わたしはそういう人間ではない。そんなことは……わたしの価値観すべてに背く。でも家族を救うためならやらなければならない。わたしがやらなければ母がオーガスティンを殺すだろう。

逃げ道はない。家族を助けるのがわたしの義務だ。

わたしは階段をおりた。カタリーナが娯楽室から出てきて目の前に立った。マチルダが妹を真似《まね》るようにそのあとからついてきた。状況が違えばおもしろいと思っただろう。

「いったいどういうこと？　アラベラはママがおかしくなったって言ってるけど……」

「今ママは苦しんでるの。心配しないで。明日までには解決しているから」

「苦しんでるって何？　どうして？　ネバダは誰かを殺しに行くみたいな顔してるし」

言葉の選び方が笑えた。「誰も殺さないわ」

「ネバダに子ども扱いされるのってむかつく」

わたしは念を押すように一瞬カタリーナをじっと見た。「わたしたちを殺そうとする人がいるの。ママはおびえてるし、オーガスティンも動揺してる。わたしはそれを解決するつもり。だからわたしにあたるのをやめてくれるとうれしいんだけど」

カタリーナは黙り込んだ。わたしは歩き続けた。

「どこに行くの？」

「計画を立てに」

わたしは家から出てホンダの前で足を止めた。三年は乗っているように見えるが、これといった特徴は何もない。戻ってきたらバーンにくわしい話を聞こう。わたしは二ブロック歩いてローガンの本部の前の歩道で足を止めた。賢明なやり方ではないけれど、ほかに頼るところがない。わたしは彼に電話した。

「なんだ?」ローガンが出た。

「アドバイスがほしいの。今、本部の前。入ってもいい?」

「ああ」

兵士たちの前を通ると、皆話すのをやめた。階段をのぼるとローガンが待っていた。いつもの熱心なまなざしで、わたしの仕事用の服装を見つめている。

「できればバグに聞かれたくないんだけれど」

「大丈夫だ」

ローガンが奥の壁にあるドアまで案内し、開けて待っていてくれた。中は狭いオフィスで、デスクと椅子が二脚、ノートやマニュアルの詰まった書架が一つあった。ローガンはドアを閉め、デスクの端に腰掛けた。

わたしは息をのんだ。わたしの中のすべてが情報をもらすことに反対していたが、ほかに選択肢がない。ローガンはもうわたしが〝超一流〟だと知っている。わたしと戦う気はないとも言っている。

「ヴィクトリア・トレメインはわたしの祖母だそうよ」

この短い言葉が二人の間にれんがのように重くのしかかった。

ローガンの眉が上がった。「シェーファー一族だと思っていたが。トレメインとは意外だ」

「明日オーガスティンに会いに来るらしいの。わたしの存在がばれたらうちの家族は破滅だわ。わたしがオーガスティンの記憶を消さなければ母が彼を殺すと言っている」

「八方ふさがりだな」ローガンは複雑なチェスのゲームでもしているように平然と言った。

「おれに救ってほしいのか?」

それにはとてもそそられた。「いいえ。アドバイスがほしいの」

彼の目にプライドが輝いた。「ドラゴンに変わるきみが見える」

「ほかにどうしようもないわ。これはわたしが解決するべき問題。どんなにがんばったって母がオーガスティンを射殺できるとは思えないし」

「たしかに。なるほどな」ローガンは背筋を伸ばした。「ヴィクトリア・トレメインは嫌われ恐れられているが、自分でもそれを知っている。移動のときはイージス使いと隠し屋とテレパシー・シールド使いを連れていく。彼女の体と心はいかなるときも厳重に守られていて、攻撃を受けたら隠し屋が瞬時にその姿をかき消す。ターゲットとしてはきわめて難易度が高い。彼女を排除することはできない。きみのお母さんはそれを知っているからオーガスティンに目を向けたんだろう」

わたしはうなずいた。それはわたしにもわかっていたことだ。

「有力一族のメンバーの中で、唯一友人に近い存在と言えるのがオーガスティンだ。奴には年の離れた妹と弟がいる。父親は亡くなっているので奴が保護者だ。奴の仕事上の興味を友情や同志愛と勘違いしてはいけない。たとえわずかであろうときみがきょうだいにとって危険な存在になると判断したら、殺すだろう。〝超一流〟の視点から見れば、きみは奴になんの借りもない」

「ローガン、だからってあの人の記憶を消すことはできないわ」

「できないのか、しないのか、どちらだ？」

わたしはため息をついた。「わからない」

「わかってるはずだ」ローガンの視線は容赦なかった。

「できるけれど」オーガスティンの心を折ることならできる。傭兵《ようへい》を尋問したとき、そして妹たちで練習したとき、わたしは相手の心を破壊しそうになった。どこに壁があるかは正確にわかる。だから決してそれに近づかないようにしてきた。

「オーガスティンは強い意思の力の持ち主よ。もしわたしが本人にわかるように心を攻撃して、強く力をかけすぎたら、オーガスティンは抵抗しようとして自分の心を壊すわ。この攻撃には何分も、場合によっては一時間近くかかるから戦闘能力としては現実的ではないけれど、オーガスティンの精神はずたずたになってしまう。わたしにはそれができるけれど、したくないの」

「だが家族は守りたいんだろう？」

「ええ」

「こうなるのを避けたくてバラノフスキーのパーティに行くのを引き留めたんだ。だが思ったより早くこうなってしまった。時間ならもっとあると思っていたんだが。問題はきみがどうすべきかじゃない。すべきことはわかっている。きみがその結果を受け入れられるかどうかだ」

「オーガスティンはヴィクトリア・トレメインに進んで心を開くかしら？」

「そんなことをするぐらいなら死ぬだろう」ローガンはためらいなく言った。「オーガスティンは自分の世界を大事にする男だ。世間に本当の顔を見せない者は、他者が自分の中の聖域に侵入するのを許さない」

「誰かに守ってもらうことをよしとするかしら？」

「きみが守るってことか？　まずあいつに、尋問者にかかれば無力だということを納得させないとだめだろうな。ネバダ、気をつけろ。あまりにも個人的なことに触れたら、あいつは牙をむくぞ。感情と関係ない秘密を選べ。もっとも深い秘密に触れたと思わせてはいけない」

細心の注意を要する計画だ。それで望みのものが手に入るとしても、わたしにその能力があるかどうかわからない。

「どう動くつもりだ？」

「アダム・ピアースのときに学んだ教訓を生かそうと思うの」わたしは首を振った。もし失敗すれば、わたしの人生はおしまいになり、オーガスティンは死ぬまで管につながれて自分が誰なのか、どこにいるのかもわからないままだ。プレッシャーも感じない。

「今回の問題が片付いたとしよう」ローガンが言った。「それからどうなる？　ヴィクトリア・トレメインはあきらめないぞ。手ぶらですごすご家に帰るとはとても思えない。またやってくるだろう。大きな問題を一時的に回避しただけにすぎない」

わたしは口を動かした。「それはわかってる」

「じゃあ長期的な展望は？」

「ないわ」

ローガンは顔をしかめた。「きみの近親には〝超一流〟が何人かいるのか？」

ローガンは妹たちのことを言っている。「ええ」

「きみと同じ尋問者なのか？」

「いいえ」

ローガンの目に驚きが浮かんだ。「本当に〝超一流〟だという確信があるんだな？」

「ええ」

「それなら、いちばんの選択肢は一族形成の申請を出すことだ。きみ以外にもう一人の

〝超一流〟が公の場で魔力を認める必要がある。書類を正しく提出し、トライアルの日付が決まったら、認定作業から一族成立まではあっという間だ。四十八時間以内には終わる。ベイラー一族が成立したら、三年間は他のあらゆる有力一族からの攻撃を免除される権利が授けられる。これはヴィクトリア・トレメインであっても破ることのできない基本的なルールで、新たに出現した魔力を守るために設けられたものだ。これは万人に認められる権利で、我々の社会の礎になる」

ベイラー一族。わたしは自分自身と妹たちを鮫《さめ》のうごめく海に投げ込むのだ。

「きみにとってはこれが最善の道だ」ローガンの顎の筋肉が引き攣《つ》ったが、すぐにゆるんだ。まるで意思の力で動揺を押さえつけたかのように。「きみのアドバイスへの答えはこれだ。一族を作れ」

残念ながら今はその時間がない。それができればオーガスティンの問題は解決する。でも今は別の方法を考えないと。一族を形成するのは最後の手段だ。

「もう一つある。きみがベイラー一族として登録したら、これは……おれたちの間にあるものがなんであれ、終わるしかなくなる」

なんであれ？　わたしは椅子の背にもたれ、脚を組んだ。「どうして？」

「成立間もない一族の長《おさ》として、きみのいちばんの責任は家族の未来を確保することだ。コネを作り、同盟を組む。免除の三年が終わったとき、しっかりと地に足をつけ、いかなる外部の攻撃からも身を守れるようにするためにね。いちばんいいのは結婚を通してそういう同盟を結ぶことだ。保護が約束され、一族の未来も安泰になる。遺伝子を分析して、〝超一流〟レベルの尋問者の才能を持つ子どもを作るための結婚相手を提案してくれるサービスもいくつかある。勧められる相手は尋問者の血統の一族かもしれないし、きみが持っていない戦闘魔力をおぎなうためのコントローラーのような別の分野の魔力使いかもしれない。おれたちは相性が悪い。魔力の源がまったく別だからだ。父は努力したが、うちの血統は心を支配する系統の魔力使いとはうまくいかないんだ。おれたちが子どもを作っても、〝超一流〟は生まれないかもしれない」

なるほど。ローガンはそういうことを言いたかったのか。「そう」

ローガンの声は不気味なほど落ち着いていた。「そんなことは気にならないと思っているだろう。だがいずれ気になり出す。自分の子どもに向かって、あなたたちの才能が水準以下なのは母親の自分が正しい遺伝子の組み合わせを守らなかったからだと説明するところを想像してみればいい。ネバダ、これは大事なことなんだ」

「あなたがそう言うならそうなんでしょう。でも今はオーガスティンのことのほうが気がかりなの」

「心配ない。きみならなんとでもなる。物事には必ず解決策がある」

その声には百パーセントの自信が感じられた。ローガンは状況を運まかせにするタイプのだろうか。

ではない。わたしは不安が忍び寄るのを感じた。もしかしたらばかなことをしてしまった

「ローガン、はっきりさせておきたいんだけれど、わたしはアドバイスを求めに来ただけよ。勝手に行動を起こすのはやめて」

ローガンがほほえんだ。文明の仮面がはがれ、牙をむき出し冷たい目をしたドラゴンの獰猛《どうもう》さが顔を出した。もしわたしが失敗したら、彼がオーガスティンを殺すだろう。

「やめて」わたしは警告した。「オーガスティンは友だちでしょう。あなたにそれほど友だちが多いとは思えないけれど」

ローガンの笑みは消えなかった。わたしにはどうすることもできない。彼の目に浮かぶ殺人の予感に対抗する手段は何もなかった。

「約束したじゃない」

「してない」

しまった。話をする前に約束させればよかった。「もう二度とあなたとは口をきかないわ」

「それは困るな」

「だめよ。オーガスティンには死んでほしくない。わたしの気持ちもたしかめずに独断で物事を進めるのはやめて」

「〝超一流〟にはどうもそういう勝手なところがある」

「わたしも〝超一流〟よ」

「知ってるが、おれはマッド・ローガンだ」

どうしようもない石頭だ。

「オーガスティンに何があったとしてもきみが責任を負うことはない」

「あなたが負うんでしょう」

「おれは自分を知っている」

「コナー……」

「ローガン。マッド・ローガンだ」

十六のときに家出した話をした男と今ここにいる〝超一流〟が同じ人とは思えない。

「あなたが怖い」

「よかった。わかってきたようだな。きみが足を踏み入れたのはこういう世界だ。ここではおれのような者が必要なんだ。愛する人の命のために汚れ仕事を引き受けてくれる者が」

彼が言わなかったことがある。

わたしはコナー・ローガンを愛している。そして彼はわたしを愛している。

わたしは立ち上がって彼のほうに近づいていった。一歩、そして一歩。最後の一歩で彼のすぐそばまで来た。目の前にそびえ立つような彼の体。二人の間は三センチもない。わたしは顎を上げて彼の目を見つめた。そこに冷たい決意が見えたが、それ以外には何もない。彼はすべてをおおい隠している。

わたしを救うためなら友人を殺すこともいとわないほど求めているのに、わたしが〝超一流〟だと教えてくれた。二人の関係を根本から断ち切るのを承知の上で、一族を形成しろと言った。それがわたしにとっていちばんだという確信があったからだ。〝超一流〟であることが彼の人生を支配してきたし、〝超一流〟になることはわたしにとって何よりも優先すると考えている。

「もしあなたにマチルダみたいな子どもができて、遺伝子の組み合わせが正しかったのにもかかわらずその子が〝超一流〟じゃないとわかったとき、その子を愛せる？」

「もちろんだ」

「その子を守って面倒を見る？　その子を導いて、しあわせな人生を送れるようにしてあげられる？」

「ああ」

「それを聞いてよかった」

ローガンは疑わしげに目を細くした。「どういう意味だ？」

「あなたはオーガスティンを殺さないという意味よ。わたしにまかせてくれるってわかったわ」

ローガンの魔力がはじけた。荒れくるう台風のような強烈さは悲鳴をあげたくなるほどだ。魔力は二人を包み、わたしの意思の冷たい壁にぶつかった。彼の顎のラインが険しくなる。

「あなたの言うとおりよ。わたしはあなたのプレッシャーでつぶれる女じゃない」

ローガンの声には力がみなぎっていた。ドラゴンがまっすぐこちらを見つめている。その目には炎と焦土が映っている。「どうしておれがそうすると思う？」

「友だちを殺したらあなたが傷つくからよ。わたしはそんなことは望まない」

魔力は燃えていたが、わたしの意思は耐え抜いた。決して目をそらさずに。

「ローガン、わたしの望みを尊重して。そうしたらわたしもあなたの望みを尊重する」

わたしは背を向け、周囲の現実を曲げるほどの彼の魔力の奔流を抜けて歩いていった。

12

わたしには力が必要だ。魔力使いが力を必要とするとき、力の源を強化する方法は一つしかない。チョークの入った箱と魔法陣の本を持ってフリーダおばあちゃんの車庫に行ったのはそれが理由だ。祖母は、短いスパッツとスポーツブラという姿のわたしを見て眉を上げた。力を最大限取り入れられるなら裸でもよかったが、裸で動きまわれるのは自分の部屋とバスルームだけだ。部屋はでこぼこした竹材の床なのでうまくチョークを使うことができないし、バスルームはタイルだ。そもそもわたしの描画能力が今一つなので、平らな場所が必要だった。

わたしは通り道にならない隅を選び、充電用魔法陣のページを開いた。脳みそが爆発しそうなほど複雑だ。より高貴な一族は、充電用の魔法陣を世代ごとに磨き上げていく〝鍵の儀式〟という特別な作法を組み合わせている。一度ローガンがその儀式をおこなうのを見たことがある。彼は車庫の床にいくつかの魔法陣を描き、殺気を帯びた優美さでその間を動いていった。手は武器となって空を切り、足は見えない敵の骨を砕き、体は魔力を吸収した。わたしは有力一族のメンバーではないし鍵の儀式も知らない。だから充電用の魔法陣は一つだ。前にも試したことがあったが、そのときはうまくいった。

しゃがんでコンクリートの上にチョークを走らせる。道具を使いたい気もしたが、どんな本を読んでも、チョークと素手以外のものを使うと魔法陣の力が減ると書かれていた。実際そうなのかもしれないし、ただの言い伝えかもしれない。でも危ない橋を渡る余裕はない。わたしはオーガスティンに電話して、八時に会う約束をした。車で三十分かかるから、今から始めれば八時間の充電時間が確保できる。充電の効果は魔法陣の中で過ごすうちに薄れてしまう。八時間あればちょうどいい具合に充電できる。

車庫の真ん中に青いホンダが停《と》めてあり、祖母がエンジンをいじっていた。

「それは誰の車?」

「あなたのよ。あなたの恋人未満の人の部下が置いていったの。メッセージ付きで」祖母はわたしに小さなカードをよこした。

それを開くと、〝ミニバンのことは残念だった〟とあった。

「またヒステリーを起こして、この車も突き返すつもり?」祖母が横目でこちらを見た。

「いいえ。あとにするわ」今夜は車が必要だ。

わたしはしゃがみ、本に載っている魔法陣を慎重に床に描き写そうとした。やれやれ、五歳児の落書きみたいだ。どうしてこんなに複雑なんだろう? いや、それより、どうしてわたしはもっと早く魔法陣を描く練習を始めなかったのだろう?

「で、マッド・ローガンとの仲はどうなってるの?」祖母がタオルで手を拭きながらたずねた。

「いい関係よ」円の中に円、その円の中にまた円……ああ、死にたくなる。

「まだ喧嘩《けんか》中?」

「いいえ」

外側に三つの円。内側に小さい三つの円。

「集中してるのね。耳から煙が噴き出してる」

「でしょう」

「もうそういう関係?」

わたしは手を止め、祖母を見た。信じられない。

祖母はタオルを盾のように突き出した。「いやだ、そんな怖い目で見ないで」

わたしは魔法陣に戻った。

「あなたにしあわせになってほしいだけなのに」

「わたしたちを殺そうとする奴《やつ》らが全滅したらしあわせになるわ」

「彼みたいな言い方ね」祖母の言葉が途切れた。「ネバダ、ペネロープは一時間前から見張り塔にいるの。今朝は二言しか口にしなくて、顔つきときたらお葬式にでも行くみたい。

その上あなたは誰かを殴りつけたそうな顔をしてる。いったいどうしたっていうの？」

どうしたかって？　それはいい質問だ。ローガンはわたしを愛している。でもわたしが〝超一流〟でいずれ一族を立ち上げるから、その気持ちを行動に移そうとは思っていない。母は何年もわたしに嘘《うそ》をつき続けた。両親が尋問者の才能を隠せと言っていたのは、わたしのことを思ってなのか頭のおかしい祖母に見つからないようにするためなのかわからない。その祖母がヒューストンに来ることになり、母もローガンもオーガスティンを殺そうとしている。ナリの殺人に手を貸したのがデイヴィッド・ハウリングだとわかったのに、居場所はわからず共謀者を攻撃する証拠もない。その上今夜は、わたしを利用することしか頭にない男を相手に、わたしの手で心を引っかきまわすのが救いの道だと説得しなければならない。

「疲れただけよ。それ以外は人生順調だ。今夜やらなきゃいけないことがあって」

「どうだか」

わたしは思わず〝信じたくないなら信じなくていいから〟と言い返しそうになったけれど、祖母の明るい青い目に不安が浮かんでいるのを見て言葉をのみ込んだ。自分の祖母に意地悪を言うのはやめよう。

「手伝えることはある？」祖母が言った。

「ハグしてくれるとうれしい」

祖母の顔が暗くなった。「そう。本当に心配になってきたわ」

「ハグしてくれるの？　くれないの？」

祖母が両手を広げた。わたしは近づいていって祖母を抱きしめ、なじみのある機械油のにおいを吸い込んだ。つかの間わたしは五歳に戻り、世界は単純で輝いていた。祖母の手がやさしく背中をたたく。「ロミオに新しいコンピュータ誘導システムを入れたの。撃ってほしい奴がいたらそう言いなさい、いいわね？」

「わかった」ロミオで問題が解決したらどんなにいいだろう。人生はずいぶん楽になる。

誰かが魔法陣の外に立っていた。わたしはゆっくり目を開けた。全身にうっすら汗をかいている。魔法陣の内側が、まるでサウナみたいに蒸気で曇っている。チョークの線のそばにマチルダがしゃがんでいた。そのまわりに動物たちが座っている。片方に猫とアライグマ、もう片方にバニー。

言葉は交わさなかった。わたしたちはただじっと見つめ合った。

マチルダはバニーを撫《な》でた。バニーは起き上がり、床で爪をかちかちいわせながら行ってしまった。けれどもすぐに小さなピンクの寝袋を持って戻ってきた。マチルダはそれを魔法陣のそばに広げて中に入り、大きな茶色の目でわたしを見つめながら丸くなった。動物たちはそのそばにうずくまった。足元に猫とアライグマ、その反対側に大きなドーベルマン。マチルダは細いチョークの線ぎりぎりに手を伸ばし、わたしを見ている。

しばらくわたしたちはそのままでいた。やがてマチルダの目が閉じ、眠りに落ちた。

次にわたしが目を開けるとコーネリアスが入ってきた。そのあとから女性がついてきた。ハイヒールをはいた小柄な女性で、コーネリアスと同じ銀色がかった金髪だ。ダークグレーに輝くボートネックのワンピースがほっそりした体を包んでいる。手慣れたメイクが柔らかな茶色の目と眉の鋭いカーブを引き立てている。そのあとから二頭の黒豹《くろひょう》が音もなく歩いてきた。

充電時間が長すぎて脳が幻影を作り出したのだろうか。

「ここだ」コーネリアスがマチルダのほうにうなずいて静かに言った。

豹が金色の目でこちらを見ている。バニーと豹が喧嘩するにちがいないと思い、身構えた。しかし喧嘩にはならなかった。三頭は慎重に相手を無視している。

わたしは立ち上がろうとして前かがみになった。お尻と脚がしびれていたせいで、筋肉に殺到する血が電気の針のように感じられた。

「いいのよ、わざわざ立たなくても」コーネリアスの姉が言った。

コーネリアスは警備デスクから金属メッシュの椅子をとってきて姉の前に差し出した。

「どうぞ」

彼女は片手でそっとスカートを払い、座った。足元に豹たちが座った。

「念のために確認しておきたいんだけど、みんな豹が見えてるのかしら?」わたしは静かにたずねた。

「本物よ」コーネリアスの姉が言った。「もっとも見かけ倒しと言ってもいいけれど。ここに来る前に仕事の会合があって、相手にわたしが〝超一流〟だということを忘れてほしくないと思って。豹を車に置いておくわけにはいかなかったの。見ている人がいないと機嫌が悪くなって、革のシートに爪を立てるから。身を守りたいなら犬がお勧めよ。巨大でなくても、中から大ぐらいのサイズで充分。相手に飛びかかれる敏捷《びんしょう》な犬がいいけれど、敵を押し倒せる体重も必要だわ。ドーベルマン、ベルギアンシープドッグ、ロトワイラー……」

彼女は左の豹の頭を指先で撫でた。豹は育ちすぎた家猫みたいに頭を上げ、その手にこすりつけた。

「犬というのは飼い主を助けるためになんのためらいもなく死ぬわ。猫は自分のことだと納得していないとそういうことはしないけれど」彼女はバニーを見やった。「弟はきょうだい三人の中で昔から現実的なの」

コーネリアスはにっこりした。「自分以外に守らなければいけない存在がいるからですよ、ダイアナ」

ダイアナはマチルダを見た。その顔に影がよぎった。気分が落ち着かないようだ。「どうしてあそこで寝ているの？」

「ナリは感情を感じ取るエンパスだった」コーネリアスの声に悲しみがあふれ、絶望に変わりそうに思えた。

「知らなかったわ」

「魔力は弱かった。だからわざわざ登録する気にもならなかったんだ。それでも役には立った――法廷や陪審選定を翌日に控えると、前夜あんなふうに魔法陣の中で過ごした。マチルダは母親が恋しくて、よくそばに行っては眠ったものだ」

わたしは魔法陣へと伸ばしたマチルダの手を見た。小さな小さな手。母親がいなくなってしまったので、こうしてわたしの隣で眠っている。夢と現実のはざまの短い間だけわたしを母と思い、生きて魔法陣の中にいると思っているのかもしれない。まるで胸を誰かの手でつかまれて心臓から血を絞り出されるような気がした。

ダイアナが身動きした。「うちはそういう一族ではないわ、コーネリアス。ローガン、ハウリング、モンゴメリー――どれも有名な一族ばかり。ハリソンはその中には入らないわ。あなたはわたしたち全員を危険にさらすことを認めろと言っているのよ。そんなことをしてもあなたの奥さんは戻ってこない。彼女は……配偶者でしかなかったのに」

「使い捨てということですか」

「そうは言っていないわ」

「でもそういう意味でしょう」

「彼女は人間よ」ダイアナが静かに言った。「あなたがあんなにも愛着を感じていたのは理解できなかったけれど――」

マチルダが起き上がり、ぼんやりとわたしのほうを見た。

ああ、どうか泣かないで、マチルダ。

マチルダの下唇が震えた。振り返って父と叔母を見る。ダイアナは突然はっとしてまばたきした。マチルダは起き上がってダイアナのそばに行き、膝に乗った。〝超一流〟のハリソンは身動き一つしない。マチルダはダイアナを抱きしめてすり寄り、その胸に頭をのせた。

ダイアナは息をのみ込み、少女が滑り落ちないように両手をまわした。「どうしたのかしら？」

「あなたの姪《めい》は悲しんでいるんです」コーネリアスが言った。「あなたの魔力を感じ取って親しみを抱いている。家族であり、女性であると思って、母恋しさを感じているんです。この子には慰めが必要なんです」

マチルダが静かにため息をついた。その体から力が抜けた。

「まるで……絆《きずな》のようね」

「それ以上だ」コーネリアスが答えた。「動物と絆を結ぶとき、相手の要求は単純です。

献身は最初から保証されている。子どもの場合はもっと多層的で複雑だ。でもすばらしくもある。愛は無償で与えられるからです。取引などない。幸運な人はただ愛を得て、相手からなんの見返りも求められないこともある。マチルダはあなたを信頼しているんです。相手知りもしない相手なのに」

ダイアナはコーネリアスを見やった。「どうしてわたしたちにはこれがないのかしら」

「ありましたよ。いちごシロップのことを覚えてるでしょう」

ダイアナはうめいて目を閉じた。「あれはお気に入りのシャツだったわ。大好きだった」

「でも母には内緒にしてくれた」

「ただでさえあなたは大変だったから。あのピアースの悪魔の面倒も見なければいけなかったし……」ダイアナはため息をついた。「あなたの言うとおりね、きっと。わたしたち、大人になったんだわ」

「そして今は名前だけの家族だ」

ダイアナは顔をしかめた。「そう思うと驚くほどつらいわね」

壁の時計は七時十五分前を示している。もう着替えなくては。わたしは立ち上がってゆっくりと手足を伸ばした。二人は気づかなかった。

「ブレイクに会ったのは？」コーネリアスがたずねた。

「直接？」ダイアナは顔をしかめた。「いつもメールなの。半年前かしら？　いいえ、一年前。去年の十二月にひどい夕食会でいっしょになったわ」

わたしはほうきで床のチョークの線を消した。

「ぼくは二年会ってない」コーネリアスが言った。

「三十分のところに住んでいるのよ」

「知ってますよ」

ダイアナは首を伸ばして姪を見やった。「寝ているの？」

「ええ」

わたしはドアに向かった。

「もう一度話を聞かせて」背後でダイアナの声がした。「あなたの家族のこと。あなたの奥さんのことを」


日が落ちてから二時間経《た》ってもヒューストンの中心部はペースをゆるめる気配がなかった。深い紫色の空に雲が流れ、摩天楼の上に銀色の月が輝いている。そびえ立つビジネスビルは、鈍く光るコンピュータ画面に時間を捧《ささ》げる会社員のおかげで窓に明かりが並んでいる。街が荒れる海だとしたらビルは街路から突き出た岩礁で、輝く車の流れがその足元に渦巻いている。コバルトブルーのガラスでできた左右非対称な二十五階建てのモンゴメリー国際調査会社の本部ビルは、荒海を縫って鋭い牙でわたしに襲いかかろうとする鮫《さめ》のひれのようだ。

「本当に中まで同行しなくていいんですか？」メローサが言った。家を出たとき、メローサは車のそばで待機していた。彼女はいっしょに行くと言い張り、今の危険な状況を考えればそれを断るのは愚かに思えた。

「ええ、大丈夫」

「わかりました」その口調は、とても賛成できないがどうすることもできないと物語っていた。

わたしはなじみのあるウルトラモダンなロビーに入り、エレベーターで十七階に向かった。リナの持ち場である輝くステンレスの筒型のデスクは空っぽで、椅子にバッグが置かれているわけでもなかった。オーガスティンの秘書は出かけているようだ。それはかまわない。彼のオフィスへの行き方は知っている。わたしは広々とした空間を歩いていった。左手には青い窓が広がり、右は白い壁だ。ここは鮫のひれの隅にあるオーガスティンのねぐらだ。モンゴメリー一族はエレガントな空間を作ることに出費を惜しまなかった。いつ見ても無機質で清潔すぎて個性がないように思えたが、ここからの眺めはすばらしい。日中はガラスのおかげでオフィスはまるで浅い海の底にいるかのような淡い青に染まる。しかし夜になるとガラスは暗闇に溶け込んで消え、明かりの輝く底知れぬ街並みが眼下に広がる。

目の前に白く曇った壁が立ちはだかった。ガラスの一角が開いていて、その間からオーガスティンがデスクに座りタブレットで何かを読んでいるのが見えた。わたしはドアに手を伸ばした。

「入りたまえ」オーガスティンが顔を上げずに言った。

わたしはオフィスに入って座った。オーガスティンは読むのをやめない。自分がボスだと思い知らせたいのだろう。

わたしはゆっくりと魔力を繰り出した。魔力はオフィスの中を這《は》い、細い触手を伸ばし、大木の根のように枝分かれしつつ進んでいく。わたしは力を抜き、魔力がじわじわと進むにまかせた。あせってはいけない。

ようやくオーガスティンが顔を上げた。

「契約について二、三質問があるの」わたしは口を開いた。

オーガスティンの目に驚きがよぎり、計算に変わった。単純な足し算をして答えを出したらしい。ヴィクトリア・トレメインの到着が迫ったせいでわたしが震え上がり、十年の強制労働と引き換えにモンゴメリー一族の庇護《ひご》を得るという選択肢を選んだと思ったのだろう。

「結構。誠心誠意答えさせてもらおう」

わたしは契約書のプリントアウトとカメラを取り出した。オーガスティンの眉が上がった。

「書き込みができるように紙で検討したいの。それから会話は録画します。あなたがかまわなければ」

「前言を取り消すような男だと思われたなら屈辱を感じるところだが、ここはきみの用心深さに感服するほうが先だろう。始めよう」

わたしはカメラの録画ボタンを押した。「第一段落の〝一族の営業権のために〟とあるけれど、この営業権について具体的に教えてもらえるかしら？　ちょっとあいまいなので」

「一族の営業権というのは重層的なコンセプトだ。一方では、モンゴメリー一族が顧客やクライアントとの間に持つ関係を意味する。この営業権は既存のクライアントからの再依頼や新規クライアントへの紹介という形で証明される。もう少し広義な意味では、当社の評判、名称、場所が含まれる。モンゴメリー一族という名は機密保護を意味する。我々はしっかりと地域に根付き、歴史の洗礼を受けた一族だ。この商売では信用が第一で、きみはモンゴメリー一族の雇い人として高い基準を維持し……」

オーガスティンにゆっくりと魔力が忍び寄っていく。わたしは質問し、彼が答え、そのやりとりがパターンを強化していく。答えを得るごとにわたしはオーガスティンに少しずつ入り込み、完全にわたしの魔力で包み込んだ。

「第五段落、〝財政的事務〟、これはどういう意味？」

「どこだね？」オーガスティンがタブレットをスクロールした。

「ここ」わたしは彼に紙を見せると同時にまた少し魔力を広げた。できるだけオーガスティンの気をそらしたい。

オーガスティンは文章に集中し、無言で唇を動かしている。「タイプミスだ。〝財政的義務〟が正しい」彼は顔をしかめた。「申し訳ない」

「いいのよ」わたしは文章を訂正した。

「怠慢はわたしの忌み嫌うところだ。どんなスペルチェッカーも人の目の代わりにはならない。契約を見直す目は多ければ多いほどいい」

オーガスティンは言う必要もない情報を明かそうとしている。準備は整った。いつまでも彼を引き留めておくわけにはいかない。今やらなければチャンスはない。

「わたしの業務に対する報酬はどのように支払われるの？」

オーガスティンが口を開いた。

わたしはそっと魔力で彼をうながした。

「きみの銀行口座に直接振り込む」

「送金元の銀行は？」

「ファーストハウス銀行」

「支店コードと口座番号はわかる？」

　これは賭だった。調べないとわからないなら、オーガスティンは一瞬我に返るだろう。しかし彼の細部へのこだわりは偏執的と言ってもよかった。

「もちろんだ」彼は二つの数字を口にした。わたしはそれを書き留めた。

「その口座にオンラインでアクセスできる？」

「できる」

「ユーザー名とパスワードは？」

「ジュリアン。LoT45B9！　n」

「ジュリアンというのは？」

「わたしのミドルネームだ。まったく気に入らないが」

「第十二段落、三行目で三週間の有給休暇とあるけれど、これは一度にとるの、それとも分けてとるの？」

「きみの好きなやり方でいい」

　わたしは魔力を引き上げることにした。さらに二つ質問し、わたしは彼を完全に解放した。オーガスティンは顔をしかめている。何か感じたものの、それがなんなのかよくわからないのだろう。

「これですべて網羅されているはずだ」彼は言った。「あとはきみがサインするだけだ」

わたしは椅子の背にもたれた。「契約書にサインはしないわ」

オーガスティンはわたしを見つめた。「それは間違いだ。ローガンからもっといいオファーがあったのか？」

わたしは首を振った。「いいえ。ローガンは関係ないの。わたしの能力があなたの一族にどれほど役立つかを考えれば、このオファーは取るに足らないわ。あなたの考えはお見通しよ。〝超一流〟の部下を抱えるのはモンゴメリー一族にとって大変な財産になるはずよ」

オーガスティンは疑わしげに目を細くした。「きみは自分が〝超一流〟だと思ってるのか？」

「そのように扱ってくれるなら、この話し合いを続けるのに無駄がなくていいわ」オーガスティンは耳を傾けるかもしれない。説得できるかもしれない。そうすれば、カメラに映ったものを見せなくてもすむかもしれない。

オーガスティンが見下すようなほほえみを浮かべた。「話を聞かせてもらおうじゃないか」

「明日、ヴィクトリア・トレメインがこのオフィスに来るわ。彼女はあなたの心をくるみみたいに簡単に割って開くでしょう。あなたは抵抗すらできない。彼女が巧妙なやり方を選べば、あなたには理性が残るかもしれない。でもあなたの顔が、スーツのカットが、あるいはオフィスの壁の色が気に入らなければ、脳を改造されるでしょうね」

オーガスティンは眼鏡をはずした。「それは見ものだな」

だめだ。もっとはっきり言わないと。

「わたしはかなり寛大な提案をしたつもりだ。そしてこれまで非常に忍耐深く対応してきた。そのやり方が間違っているときみが示してくれたからには、最後に無料でアドバイスしようじゃないか。きみはローガンやわたしといっしょに行動してきた経験から、一族間の力関係がどういうものかわかった気でいる。だから、あたかも立場が逆転して、わたしが無知な素人であるかのように説明してやる義務があると思い込んだわけだ」

予想どおりの反応だ。

「きみは〝超一流〟かもしれないし〝超一流〟ではないかもしれない。きみの力と能力は疑問の余地がある。きみは自分の能力や重要性を過大評価しているアマチュアにすぎない。わたしは生まれてからずっと〝超一流〟で、数百万ドル規模の国際企業を経営していて、地域では確固たる存在だ。ヴィクトリア・トレメインは衰えつつある一族の老女にすぎない」

ずいぶん誇張した言い方だ。本当に怒らせてしまったらしい。

「彼女の存在が気に入らないと思えば会わないという選択肢がある。面会を許してほしいと思うなら、行儀に気をつけて身の安全を脅かすような行動はつつしむことだ。さもなくばわたしが外に放り出すだろうからな」

わたしは契約書のいちばん上の用紙をひっくり返して彼のほうに突き出した。

「彼女がここにやってきたらわたしは心の中を明かさざるをえないだろうなどと、よくもそんなばかげたことを。きみがここにいること自体がばかげている。もう充分だ」

「これを見て」

オーガスティンはわたしをにらみ、書類に目をやった。そこには支店コードと口座番号、ユーザー名とパスワードが書かれていた。

「どうやって入手した？」

「あなたが教えてくれたのよ」

オーガスティンはカメラをつかみ、録画を再生してパスワードを口にする自分の姿をたしかめた。その顔から血の気が引いた。彼はまた再生ボタンを押して自分の声に耳を傾けた。

オーガスティンはカメラを取り落とし、テーブルの上に身を乗り出した。動く間もなかった。わたしは両手で肩をつかまれ、ぐいっと引っ張り上げられた。オーガスティンの顔は怒りでゆがみ、幻覚が揺らいで消えるかのように表情が波打っている。「ほかには？」

「何も。あなたのミドルネームがジュリアンという以外は。好きなだけ録画をチェックして。わたしがあなたの立場なら手を離すわ。わたしは電気ショック装置を埋め込んでいるし、それを使いたくないから」

オーガスティンは手を離した。

わたしは椅子に座り直した。「〝超一流〟とかかわってまだ日は浅いけれど、いくつかかわったことがあるわ。〝超一流〟が自分の能力を全部は明かさないこともその一つ。尋問者は〝超一流〟の中でもめずらしい力で、嘘を見抜くのが一次的な能力と思われているけれど、それは無意識域の力でしかないの。それは尋問者であることの副作用みたいなもので、なんの努力も必要とせずに簡単にできることなのよ」

オーガスティンはこちらを見つめている。目の中で怒りと不安が闘っている。

「ローガンがどうやってわたしが〝超一流〟だと気づいたと思う？　うちの祖母が殺されそうになったとき、わたしはローガンが犯人だと勘違いして魔力で締め上げ、無理矢理《むりやり》答えを引き出したの」

あのときは数秒しか持ちこたえることができなかった。ローガンの意思を曲げるのは津波を押しとどめるようなものだったからだ。しかしあの決定的な数秒間、わたしは彼をねじ伏せた。

男がぽかんと口を開けるのを初めて見た。心の底から満足感がこみ上げた。

「わたしが〝超一流〟として日が浅いのはたしかよ。でもヴィクトリア・トレメインは違う。ここに来たのは、ヴィクトリア・トレメインの噂《うわさ》が全部本当だと言うためよ。ホラーみたいな話も小耳にはさんだ醜い噂も、全部本当だと思ったほうがいい。彼女はうちの家族を憎んでいて、傷つけるためならなんでもするし、どんな恐ろしいこともやってのける力があるわ」

真実を都合よく隠した言い方だったが、嘘というわけではない。

「もし面会を断れば、あの人はあなたに近づくチャンスがやってくるのを待って、あなたの心をつぶしにかかるわ。知っていることを全部話したとしても、それ以上の秘密を求めて頭の中を探られる。あなたが〝超一流〟だろうと、どんなコネがあろうと、会社がどんなに大きくても関係ないわ。望みのものを追いかけて手に入れるだけよ」

これにはオーガスティンも言い返さなかった。その目が暗くなる。「きみはどうしてここに来た？」

「あなたの心を守りたいと思ったからよ」

「わたしに呪文をかけるつもりか？」オーガスティンは歯を食いしばった。「呪文には何週間もかかる」

「違うわ。呪文の見かけを整えたいだけ。アダム・ピアースの狙ってるものを見つけるためにミスター・エンメンスの心に侵入したとき、呪文の構造がよく見えたの。呪文の力が本人の魔力の真髄を利用して心の中にバリヤを作り、そのバリヤが固い殻となってすべてを包み込むの。その殻は本人の精神深くに根ざしたものよ。だから殻を力まかせに砕こうとすると、殻にエネルギーを送る心まで壊してしまう。できるのはそっとゆっくり中をのぞいて、中身を推測することだけ。本人の魔力が強いほど呪文を破ることも難しくなる。もし許してくれれば、あなたの心の中にその殻の偽物を作るわ。あなたは〝超一流〟でふんだんな魔力に恵まれているから、殻はとても強固なものに見えるはず。ヴィクトリア・トレメインがあなたの心に探りを入れたら殻にぶつかるけれど、それを壊す選択肢はない――あなたが死んでしまったら秘密も葬り去られるからよ。それ以上深く探るには時間もかかるし準備も必要になる。魔法陣を描いたり、質問の答えに対する予備知識を仕入れたりしなければいけなくなるわ。あの人が知りたいのはわたしの正体で、それは情報としてはかなり具体的なものよ。悠長にあなたの頭をいじっている余裕はないでしょうね、あなたに気づかれるから。結局求めるものには手が届かないってわかるはずよ」

「そのにせの殻というのはどれぐらいもつんだ？」

「二、三日」これは推測だった。わたしが読んだ本によると、にせの殻はちゃんと作れば二カ月はもつとされている。これが初めての殻作りになることを考えると、二、三日というのが妥当な予想だろう。「それを作るにはあなたの協力が必要になるわ。心を開いて、殻を作りたいと思う気持ちになってもらわないとだめなの」

「前に殻を作ったことは？」

「ないわ」

オーガスティンは椅子の背にもたれ、いらだたしげに息を吐いた。「リスクは?」

「あなたの心を壊すかもしれない」

「ミズ・ベイラー、それはどういう意味だね?」

「わからないわ。でも、あなたが死ぬ以外のシナリオで唯一考えられる結末よ」

「断ったらわたしは暗殺されるのか?」

嘘をついてもしょうがない。「ええ」

「どうしてそれを気にする? わたしを消したほうがことは簡単じゃないか」

なぜなら、夜寝られなくなるから。わたしはそういうことをする人間ではないから。でもオーガスティンには理解できないだろう。わたしはそういうことをする人間ではないから。でもオーガスティンには理解できないだろう。彼にも納得できるような理由、彼のプライドを傷つけないよう計算した言葉を返さないといけない。「将来ベイラー一族が成立するなら、強力な仲間が必要になるからよ」

沈黙が続いた。

オーガスティンはテーブルに眼鏡を置いた。「この面会の三十分前にローガンから電話があった」

わたしはローガンにオーガスティンを殺さないでと頼んだ。電話するなとは言っていない。「どんな用件で?」

「間違った選択を続けるといずれは選択肢がなくなると言われた。そのときはハウリングのことを言っているんだと思ったが、今考えるとあれは非難と殺害予告を含んだ一言だったわけか」

オーガスティンはまっすぐにわたしを見た。

「我々がこうして向き合っているのは、わたしの尊大さゆえだ。わたしは間違った選択を続けてしまった。きみが連続殺人犯を尋問するのをやめさせるべきだったのに、やめさせなかった。きみが魔力に対して慎重なのは知っていたし、きみの正体が明らかになる危険を承知していたにもかかわらずだ。今回の件もコーネリアスが友人だったからやったことだ。彼との社会的立場の違いを考えるとわたしから施しをするわけにはいかず、コーネリアスのほうも受け取るわけにはいかなかっただろう。だからきみが担当することを望んだ。例の連続殺人犯の尋問についても、仲介人として名前を出してしまった。尋問者とのつながりを持っていることに魅力を感じたからだ。そのあと意図的にきみに不公平な契約を提案した。きみの本当の能力を尊重すべきだった――めずらしい能力をいくつも備えた才能あふれる若い〝超一流〟として。それなのにきみが未経験なのにつけこんだ。その上ローガンとの下劣な喧嘩に勝とうとして裏から手をまわした。わたしのきみへの興味は純粋に職業的なものだが、あの男は感情的に入れ込んでいる。それがわかっていたのにだ。そのあげくが今日のこの面会だ。かつての部下であるきみはわたしの心に侵入したいと言い、それを断れば親友に殺されるはめになる」

「オーガスティン……」

彼は片手を上げた。「やめたまえ。わたしはきみよりずっと昔からあの男を知っている。電話の意味は理解した。わたしはこのギャンブルをすっかり誤解していたようだ。きみの未熟さに助けられ、きみが暴力で先手を打って問題を解決するという方法をまだ知らない事実に救われた形だ。同じことが五年後に起きたら、わたしは死んでいただろう」

「オーガスティン……」

「自分の小ささを思い知った気がするよ。あれこれ策を練ったあげく、選択肢の残らない立場に自分を追い込んでしまったわけだ。こういったことにもなんらかの教訓があるんだろう」彼はデスクのいちばん上の引き出しを開けて白いチョークを取り出し、テーブルに置いた。「それならやってくれたまえ」

一時間後、わたしは夜の中に踏み出した。服を着ていても風が冷たい。疲労がのしかかり、体を地面に引きずり倒そうとする。オーガスティンの心に殻を作ることに魔力のすべてを使いきった。これから家まで車で帰らなければいけない。わたしは運転したくなかった。歩道に倒れ込んで目をつぶりたかった。歩道が柔らかく誘っているように思える。立っているよりずっと楽そうだ……。

だめだ、家に帰らなくては。

わたしは駐車場を眺めた。ホンダがぽつんと停まっている。ローガンが車にもたれていた。

わたしは彼に近づいた。「メローサは？」

「もう帰宅した」ローガンは助手席のドアを開けてくれた。一瞬キーを奪い取ろうかと思ったけれど、だめだ。こんなに疲れていては、車を近くの木にぶつけてしまうのがおちだ。わたしは助手席に座った。ローガンが隣に座り、駐車場から車を出した。

彼の魔力が車内を満たし、わたしの肌をかすめた。鋭い牙を持つ野獣が今にも飛びかかろうとするかのようだ。今回ばかりはわたしは避けなかった。もう力が残っていない。わたしの魔力はダイアナの豹みたいにうずくまっている――気まぐれで危険だが、今だけは穏やかだ。

窓の外に街が飛び退っていく。わたしは別の誰かになろうとしている。オーガスティンは、五年後ならあっさり殺されていただろうと言った。数カ月前ならそんなことはありえない、絶対にしないと思えた。でも今は、殺すという結論にいたる滑りやすい坂道が見える。その坂道には、友人や家族の身の安全を考えて下さなければいけない決断が並んでいる。決断は下すごとに楽になり、そのうち絶対にしないと誓ったことが普通になってしまうのだろう。五年後の自分を自分と思えるだろうか？　未来を見つめても、鎧《よろい》のようなドレスを身にまとった女とブラックホールしか見えない。

ローガンの体から緊張がにじみ出ている。その顔は冷たく陰鬱で、まるで古代の兜《かぶと》についているフェイスプレートみたいな険しい仮面をつけているかのようだ。魔力が強まり、わたしをぎゅっと包み込む。血と灰のイメージが渦巻き、その奥に厳しく冷たい暗闇が見える……。

わたしはローガンの腕に手を置いた。彼ははっとしてこちらを見た。

車の内部が揺らぎ、心の中に別の場所の映像が飛び込んできた。淡い明かり、琥珀色《こはくいろ》の木材、ガラス窓。山荘だ。窓の向こうに雪山がそびえている。険しい稜線《りょうせん》は雪と遠くの森でやわらげられている。外は冬で冷たく厳しいが、山荘の中は心地よいぬくもりが満ちている。座っているのはシルクのシーツが柔らかい大きなベッドだ。白い毛布が雲のように柔らかく体を包み、極上のぬくもりを与えてくれる。ホットチョコレートの香りがする。わたしはすっかり満足している。人生も悩みも遠くに消え、雪におおわれた大自然のただ中にいる今、心配すべきことは何もない。

身動きすると幻影にさざ波が走った。わたしは車の中にいて、ローガンが運転し、手はまだ彼の筋肉質の腕に置いたままだ。ローガンがイメージを投げかけてきたのだ。きっと子どもの頃の思い出だろう。わざとやったのか、それとも思い出しているうちに無意識にそうしてしまったのかはわからないけれど、わたしは選ぶことができる。イメージを拒否し、みじめな自己憐憫《れんびん》に浸ったまま車にいるか、荒れくるう寒さをよそに安全で暖かい場所に身を浸すか。わたしはじっと座ったままそのイメージを歓迎した。

車が倉庫の前に止まるまで、わたしたちは無言のままだった。山荘は空気に溶けていった。わたしはシートベルトをはずした。中に入って母にオーガスティンを殺さなくていいと告げなくてはいけない。自分のしたことを説明しなければ。でも今はそれが恐ろしく思えた。

ローガンはエンジンを切って手を伸ばした。その手が安心させるようにわたしの手を包み、二人の間のつながりを作ろうとするのを感じた。

「あの本を送ってくれたのはあなた?」わたしは静かにたずねた。

「ああ」

わたしは座ったまま身を乗り出し、彼にキスした。時間は止まり、至福の瞬間、そこにはコナーしか存在しなかった。酔わせるような抵抗しがたい彼の味わい、香り、力強い腕、誘惑する唇の感触……わたしは車から降りた。キスの力が薄れてしまわないうちに。

13

目を開けると、光が点滅しアラームがうるさく鳴っていた。わたしはアラームをぴしゃりとたたき、ナイトテーブルから携帯電話をとった。メッセージが三つ入っていた。ローガン、ダイアナ・ハリソン、そしてもう一つは見知らぬ番号から。わたしはまずローガンのメッセージを開いた。

〈ハウリング一族はデイヴィッドとのつながりを否定した。レノーラとの面会は午前八時になった。きみと二人で行く。コーネリアスの許可は、マチルダの保護のため戦いの前面には出ないことが前提になった〉

結局コーネリアスは一族の許可を得たようだ。でも望んでいた形ではなかった。わたしは彼の姉からのメッセージを開いた。〈弟はめったに自分を主張しないけれど、甘く見てはだめよ。弟は危険な魔力使いで、今も妻を愛するあまり絆《きずな》を結んだ動物たちをすべて捧《ささ》げてもいいとまで思っています。あなたには姪《めい》の安全を守る責任を課します〉

おもしろい。五分しか会っていないのに、もうわたしに責任を課す気だ。

わたしは最後のメッセージを開いた。左手にグラスを持ち、右手の人差し指でこちらを撃つふりをした笑顔のデイヴィッド・ハウリングだ。このゲームなら経験がある。わたしはすぐに返信した。〈かわいいじゃない〉

さあ、返信してみなさい。

何も来ない。たぶんプリペイド携帯を使っているのだろう。

デイヴィッドの目に残酷さが浮かんでいてもよさそうなものだ。冷酷で計算高い殺し屋なのだから。しかしそんなものはなかった。淡いヘイゼル色の目はぬくもりがあって落ち着いている。リラックスした顔つきで、笑顔は本物だった。いったい何を考えているのだろう？

わたしあてのメッセージだったが、本当はローガンに向けたものだ。わたしはメッセージを転送した。

すぐに返信が来た。〈かわいいじゃないか〉

笑える。邪悪な魂同士、考えることは同じだ。

ノックの音がした。「誰？」

「わたし」ドアの向こうからカタリーナの声が言った。

「どうぞ」妹が中に入ってきてそっとドアを閉めた。顔は真っ青で唇を引き結んでいる。

「どうしたの？」

妹はベッドに座ってタブレットを差し出した。

「これ、マチルダの?」

カタリーナはうなずいた。「マチルダはメールアドレスを持ってるの。お母さんがよく職場からかわいい猫の画像を送ってきてたみたいで、メールの見方は知ってる。そしたら今朝こんなものが来てて」

わたしはタブレットを見た。ビデオクリップだ。なるほど。わたしはそれをタップした。デイヴィッド・ハウリングの笑顔がスクリーンいっぱいに広がった。「やあ、マチルダ」

信じられない。何を考えているんだろう。

「ママが遠いところに行っちゃったんだってね」

怒りがこみ上げた。

「ママに会いたい? ママがいなくなったのは本当に残念だ。いきなりいなくなるなんてよくないね。でも泣かないで。すぐにママに会えるよ。おじさんが会わせてあげる」

デイヴィッドは人差し指でこちらを指さし、ウインクして引き金を引く真似《まね》をした。ビデオはここで止まった。

世界が真っ赤になり、つかの間前も見えなかった。

「あの子、四歳なのよ」カタリーナの唇が抑えようのない怒りで震えている。

「コーネリアスはこれを見た?」

「ううん」

「バーンに言って、マチルダのメールボックスからもサーバーからもこのメールを削除してもらって。わたしたちを動揺させて軽率な行動に走らせるのが狙いよ」

コーネリアスはただでさえ普通の精神状態ではない。このメールを見たら一線を越えてしまうだろう。

カタリーナはタブレットをつかんだ。「ネバダ、こいつを殺して。ネバダがやらないならわたしがやる。マチルダには指一本触れさせない」

「わかったわ」わたしは約束した。

三十分後、シャワーを浴びて着替え、銃を持つと、わたしはローガンが運転するレンジローバーに乗り込んだ。後部座席からメローサが会釈した。ふだんなら銃はキャンバス地のバッグか小さなバッグに隠しておくが、今日は気にしなかった。腰のホルスターにベビー・デザート・イーグルがおさまっている。マガジンには.40S&W弾が十二発入っていて、スペアを二つ持ってきた。スペアはジャケットの裏地の内ポケットに入っている。

わたしたちは無言のまま中心部に向かった。曇り空の下、車窓にヒューストンの街並みが流れていく。レノーラ・ジョーダンの新しい本部はかつてのエレガントな司法センターとは雲泥の差だ。あのとき、ヒューストンを救おうとしてローガンがあのビルをがれきの山に変えた。新しい司法センターは、力のある有力一族の一つがビジネス用に建てた高層ビルをヒューストンが買い取り、その三日後に開業したものだ。

新しい司法センタービルは濃い赤の花崗岩《かこうがん》を使っており、正面には色付きの断熱ガラスが三角と四角の複雑な模様を描いている。太陽の角度によってはビル全体が輝き、ガラスの色は時間と空の色によって変わる。燃えるようなオレンジのときもあれば、ほとんど紫に近いときもあり、赤いときもある。トラヴィス通りからキャピトル通りまでのブロック全体を占める尖《とが》った巨大なオベリスクは雲を刺すかのようだ。ヒューストンの意思決定の象徴である細く険しいこの塔は、撃てるものなら撃ってみろと敵を挑発する。人々はこのビルを〝尖塔《せんとう》〟と呼んでいる。ぴったりの名前だ。

ローガンが二ブロック先の駐車場に車を入れた。街にそびえ立つ〝尖塔〟は曇り空のせいでできたてのあざのような紫に染まっている。わたしはいやな予感に襲われた。もっと支援を連れてくればよかった。不運なことに中心街のこのあたりは有力一族同士の取り決めにより過剰な護衛の同行禁止ゾーンとされている。今回は運転手を兼ねるメローサを連れてきたが、それだけだ。

理屈の上ではこの取り決めで中心街は平和が保たれている。でも実際はわたしたちは古い司法センターからほんの数ブロックのところで襲われた。このゾーンにいるからといって安心する気にはなれなかった。

「幸運を」メローサが言った。

そうだ、それが必要にならないといいけれど。

わたしたちは何事もなくビルまで歩き、警備員に銃を渡し、〝尖塔〟の洞窟のようなロビーを歩いていった。つややかな白い大理石のフロアに赤い花崗岩の柱が目もくらむ高さにそびえ立っている。わたしたちは右側のエレベーターを選び、何事もなく二十三階まで上がった。レノーラ・ジョーダンの門番、四十歳ぐらいのネイティブアメリカンの女性がじっとわたしたちを見ていたが、やがてドアのほうにうなずいてみせた。オフィスに入ったわたしたちはあっけにとられた。

何も変わっていなかった。前と同じ巨大な書架、来客用の革の椅子、深紅のカーテン。再生木材の大きなデスクも前と同じに見えた。ここは前のオフィスに似ているのではない。まったくの複製だ。中心部の崩壊などなかったかのようだ。

レノーラ・ジョーダンはコンピュータの前に座ってタイピングしていた。初めて会ったときは息のしかたさえ忘れてしまった。レノーラは十代の頃のわたしのヒーローだ。清廉潔白で力にあふれ、自信たっぷりで、魔力の鎖で犯罪者を縛り上げて裁きの場に引き出す。ローガンが一度言ったように、法と秩序が彼女の神であり、心からたびたびその神に祈っている。

これで会うのが三度目になるせいか、あまりにも多くのことがあったせいか、もう英雄崇拝の気持ちは持てなかった。その代わり、彼女の口のまわりのかすかな線と目の腫れぼったさが目についた。黒いカーリーヘアは完璧で、メイクが引き立てる焦げ茶の肌はしみ一つないが、疲労がその完璧さに影を落としている。ハリス郡地方検事レノーラ・ジョーダンは働きすぎだ。

「何？」レノーラは顔を上げずに言った。

ローガンは携帯電話を取り出し、スクリーンに指を走らせてガーザ上院議員の殺人現場の録画を再生し、レノーラの目とコンピュータの前に割り込ませた。レノーラはその手から携帯電話をひったくるようにとった。録画が進んでいく。レノーラの目が鋭くなった。猛禽《もうきん》のように録画に集中している。獲物に襲いかかろうとする強い鷲《わし》のようだ。

再生が終わった。

「くわしく教えようか？」ローガンが言った。

レノーラが顔を上げた。その目に強烈な怒りが兆した。わたしはうなじの毛が逆立つのを感じた。すごい。

「今わかったわ」

ローガンはデスクにUSBを置いた。レノーラはそれを受け取ってデスクの引き出しにしまった。

「どうやって入手したの？」

「ガブリエル・バラノフスキーが死ぬ前、ミズ・ベイラーに対し、フォースバーグ一族のもとで働くエレナ・トレヴィノにこの録画を託されたことを示唆した。バラノフスキーはこの録画を公開し、ミズ・ベイラーにも見せるつもりでいた」

わたしはローガンを見た。たった今嘘《うそ》をついたとはとても思えない顔だ。

「なかなかの嘘ね」レノーラは視線でわたしを釘付《くぎづ》けにした。「実際は何があったの?」

「バラノフスキーは録画を持っていることを認めたけれど、それをこちらが入手する前に殺されました。そこでフェレットのチームを使って屋敷に潜入し、コンピュータからデータを取り出したんです」

レノーラはじっとわたしを見つめた。わたしは五センチ背が伸びたような気がした。

「フェレット?」

「ええ」

「正確に言うとフェレット二匹とイタチアナグマ一匹だ」ローガンが言った。

レノーラは目を閉じたが、ゆっくりとまた開いた。落ち着こうとして数を数えていたのだろうか。

ローガンは持ってきたジップアップの黒いフォルダーを開き、レノーラの前に一枚の紙を置いた。「これは十二月十三日にフォースバーグ一族の四人の弁護士がホテル・シャシャで殺されたことを示す警察の調書のコピーだ。その四人の中にはエレナ・トレヴィノとナリ・ハリソンが含まれる。ナリはハリソン一族の継承順第三位のコーネリアス・ハリソンの妻だ」

彼はまた紙を取り出した。

「これはローガン一族とハリソン一族の間で交わされた相互協力契約で、ナリ・ハリソンの死の責任者の正体を突き止めることを目的としている」

次から次へと書類が出てきた。

「これはナリ・ハリソンとエレナ・トレヴィノの殺人現場で冷温念力の持ち主が魔力を使った証拠を示す警察の調書だ。これはローガン一族の家長である自分コナー・ローガンの宣誓供述書で、前述の殺人に関して、自我を乗っ取る魔力を持つコントローラーが一人と冷温念力の持ち主が一人関わっていることを示す証拠について詳述している。これは部下であり調査担当であるエイブラハム・レヴィンがその推測を裏付けた宣誓供述書だ」

バグの本名がエイブラハム・レヴィンだとは想像もしなかった。

「我が一族の被雇用者であるトロイ・リンマンと、ナリ・ハリソンの殺人事件を調査するためにハリソン一族が雇ったネバダ・ベイラーによる事故報告書と宣誓供述書。これらは、ミスター・リンマンとミズ・ベイラーを殺害しようとしたハウリング一族の継承順第三位デイヴィッド・ハウリングからのいわれなき攻撃を詳述したものだ。そしてこれは、デイヴィッド・ハウリングおよび彼と共謀するあらゆる第三者を裁きの場に引き出すことを目的とした、ローガン一族とハリソン一族からの宣戦布告とヴェローナ特例の申請だ」

書類仕事でローガンと競うのは絶対にやめようとわたしは頭にたたき込んだ。

レノーラ・ジョーダンは書類の山をめくった。「デイヴィッド・ハウリングと共謀しているコントローラーの正体はわかっているの？」

「目星はついている」ローガンが答えた。

レノーラは考え込んだ。ローガンは明確に事実を並べた。ガーザ上院議員の死にコントローラーが関わっていること。エレナ・トレヴィノがその殺害現場の録画を所持しており、バラノフスキーにも渡したこと。エレナとナリ・ハリソンがコントローラーと氷使いに殺されたこと。殺人事件を調査しようとしたわたしたちが氷使いに殺されかけたこと、その氷使いがデイヴィッド・ハウリングであること。コントローラーをつかまえるにはデイヴィッド・ハウリングをつかまえなければならないこと。わたしは弁護士ではないけれど、この事実が宣戦布告には足りてもレノーラが法廷に持ち込むには証拠が足りないのがわかった。ガーザ上院議員の殺害現場の録画は盗まれたもので、信憑性《しんぴょうせい》を主張するとなればフォースバーグ一族との衝突は避けられない。録画の信憑性が認められ、法廷に提出されたとしても、氷使いの関与は証明できない。どうあがいてもガーザ上院議員の殺害とデイヴィッド・ハウリングの襲撃はまったく無関係にしか見えない可能性があるのだ。

レノーラは申請書を引き寄せてサインした。「ヴェローナ特例の申請を認めます。情報をすべて開示すること、容疑者確保のために妥当な努力をし、事情聴取を法執行機関にゆだねることがルールよ。ローガン、無茶はやめてね」

わたしたちは広いロビーを抜けてミーラム通りに出た。レノーラと話している間に雲が切れて、灰色の空の隙間から日の光が細く差し込んでいた。高層ビルの足元の車通りは峡谷を流れる川のようだ。わたしたちは左に曲がってブロックの端に向かい、車通りに逆らうように右折してラスク通りに出た。ヒューストンのこの地区は一方通行で、道は直角に交わっている。ラスク通りは南東に車が流れ、ミーラムは南西に伸びている。どちらの方向にも怪しいものは見あたらない。これまでのところ順調だ。

前方のルイジアナとラスクの角に、メローサが渋い顔で腕組みしてレンジローバーにもたれているのが見えた。その隣にレオンがいて、ぼくは何もしてないしどうしてこんなことになったのかわからないという表情を浮かべている。いったい……。

「あいつ、殺してやる」わたしは歯を食いしばった。

「車が運転できるのか？」ローガンがたずねた。

わたしは足を速めた。「いいえ。車を持たせると思う？　あなたの車に忍び込んだんだわ」

「そんな時間はなかったと思うが」

「あの子には才能があるの」つかまえたら脚を引っこ抜いてやる。

ローガンがわたしの肩をつかんでぐいっと引き戻した。目の前の歩道で真っ赤な雷光がはじけた。轟音《ごうおん》が見えないこぶしで鼓膜を打った。電光使いだ。

わたしは銃を抜いた。

上からまた深紅の雷光が飛んできた。金属の地下鉄標識がビルからはがれ、空中に跳ね上がって雷光をさえぎった。標識にあたった雷光が光る血のように飛び散る。その先にある街灯が根元からねじ切られたようにまわり、ケーブル類を断ち切ってまっすぐ浮き上がった。

背後でブレーキの音がした。ローガンと背中合わせになったまま、わたしはさっと振り向いた。

何体もの怪物が車を避けながらラスク通りを跳ねてくる。体長は一メートルちょっと、鋼のような筋肉が走り、巨大な猫を思わせる動きで獲物を殺そうと迫ってくる。

「来るわ！」

「メローサ、レオンを安全な場所へ！」ローガンが怒鳴った。その声は大通りの向こうまで届いた。

わたしは思いきって振り向いた。メローサはレオンをつかんだ。そのまわりにイージスの盾の青い球がぱっと広がった。メローサはレオンを引きずるようにしてルイジアナ通りを走っていく。

頭上でまた赤い雷光がはじけ、標識を粉々にした。街灯が飛び上がり、水平に向きを変え、二階建てのビルの屋上をなぎ払った。

怪物がタクシーの上に飛び上がり、滑って止まった。喉から下は引き締まった雌ライオンのようで、青紫の毛が逆立ち、中心が赤くなった黒い斑点が散っている。肩からは毛の生えた触手が伸びている。鞭《むち》のようにしなる触手はそれぞれ勝手に動き、ひげのように空気の感触をたしかめている。頭には小さな赤い目が四つあり、目の縁は黒だ。目に見える形の鼻も耳もなく、唇のない口に牙が並んでいる。

怪物はどこに飛ぶか決めかねるようにつかの間タクシーの上で止まった。顎のはずれた蛇のように口が大きく開いている。頬の薄い膜が赤く光っている。

わたしは狙いを定めて撃った。

最初の二発が怪物の顔にめり込んだ。頭からピンクの霧が噴き出す。怪物はこちらを狙ってジャンプした。

わたしは息を吐き、やつぎばやに撃った。三発、四発。

電光使いの光が深紅の雹《ひょう》のように周囲に降り注ぎ、はじける音が空気を切り裂く。

四発目が怪物の眉間に穴を空けた。勢いは止まらず怪物は一メートルほど進んだが、やがて頭から地面に倒れ込んだ。

二頭目が車の間から飛び出してきた。二度銃弾を放つ。

五発、六発。

怪物は止まらない。残り三十発。正確に狙わなければ。

胸のどきどきが止まらず、頭で血管が脈打つのがわかる。わたしはそれを別人に起きていることのように意識の奥に押しやった。今大事なのはターゲットだ。

七発、八発、九発、十発。

怪物は急に止まり、倒れた。

すぐそばで赤い電光がはじけた。怪物が二頭躍り出てきた——一頭は車の上、もう一頭はその隣の道路の上だ。右側の怪物に向かって二発撃つと弾倉が空になった。怪物はこの世のものとは思えない甲高い不気味な咆哮《ほうこう》をあげ、こちらに突進してきた。

わたしは手際よく弾倉を抜いて新しいのと入れ替えると、銃を上げて引き金を引いた。弾丸は怪物の頭に二発あたり、正確に眉間を射貫いた。一発、二発、三発、四発……。

怪物は止まらない。

五発、六発……。

怪物の目の光が薄れた。走っているがもう死んでいる。わたしはもう一頭の怪物に銃を振り向けた。ほかのより十センチは大きい。狙いをつけ、撃つ。轟音が響く。弾丸は怪物の顔に命中した。ところが歩調はゆるまない。

男が叫び、上から落ちてきて歩道に激突した。怪物の目の前だ。ローガンが電光使いを見つけたらしい。

怪物は男を避けて突進してくる。あと十メートル。

最後の二発が響いた。弾倉は空だ。

八メートル。このままでは八つ裂きにされる。

わたしは弾倉を抜いた。

六メートル。

新しい弾倉を入れる。これで最後だ。

五メートル。怪物が牙をむき、大きな手を広げてジャンプした。赤いかぎ爪がわたしを引き裂こうとしている。

街灯が横から怪物に突き刺さり、左側の黒いビルのガラス壁に釘付けにした。ガラスが割れる。

「助けを求めてもいいんだぞ」ローガンが言った。

魔力の波がおおいかぶさってきた。いっきに莫大《ばくだい》な魔力を消費したあとの余波だ。よくない兆候だ。

ラスク通りの向こうで、逃げ遅れた車が数台、巨大な力に押しのけられたように横滑りした。歩道にマンホールほどの大きさの丸いへこみが一つ、また一つできた。目に見えない巨大な何かがこちらに歩いてくる。

ローガンが手を動かした。右側のビルの一部がはがれ、何かがいるとおぼしき空間を切り裂いた。見えない巨体を狙ったがれきはさえぎるものもなく前後、そして上下に飛んでいるだけだ。実体のないものとどう戦えばいいのだろう？　こちらは攻撃を受けるが、相手を攻撃することはできないのだ。

どすんと音がして穴が空いた。

どすん、穴が空く。

どすん。

その先は青いSUVだ。車内で女性が身をすくめている。ローガンが車をぐいっと押しのけた。見えない足はアスファルトを踏みしめて地響きをたてた。

銃で撃つこともできたが、あたるものがなければどこに着弾するかわからない。ここは中心街のど真ん中で、周囲には何千という人々がいる。

透明な巨人はほんの半ブロック先に迫っている。

ローガンは巨人が次に着地するとおぼしき場所にビルの破片をばらまいた。見えない力ががれきを踏みつぶした。並んだ足跡を避けようとして一台の車が左右によろめきながらミーラム通りを走ってきた。ローガンが片手を振ると、車は左にそれて巨人の進路からはずれた。

「民間人が多すぎる」ローガンがうなるように言った。「ここで戦うのは無理だ」

わたしは後ずさった。「あいつが狙ってるのは民間人じゃなくてわたしたちよ」

広い場所に移動しなければいけない。近くにそんなところがあるだろうか？　トランキリティ公園が二ブロック先にあるが、石塀に囲まれていてエントランスは数箇所だけだ。でも隣にはハーマンスクエアがある。中心街を縦横に走る街路の中でぽっかり空いた平地だ。「ハーマンスクエアだわ」

ローガンが振り向いた。「行くぞ」

わたしたちはレンジローバーに向かって駆け出した。

背後の足音が加速し、歩道に短いスタッカートを刻む。

もっと速く走らないとだめだ。もっと速く！

肺で空気が燃える。駐車場に駆け込んだとき、うしろを振り向いた。追ってくるものは依然として見えないが、左側のビルの黒いガラス窓が街路を映し出している。こちらに向かってくる透明な巨人の姿が、何十というガラスにばらばらになって映っている。

目をそらすことができず、わたしは顔をしかめた。それは青白く巨大で、ぶよぶよした太い二本の足でよろめくように歩いてくる。胴体は皺《しわ》の寄った楕円形《だえんけい》で毛はなく、短い前足が突き出ている。首はない。クエスチョンマークさながらに曲がった上体の先には黒く丸い口が開いていて、三角のかぎ爪のような歯が並んでいる。悪夢の中で高さ十メートルに巨大化した腸内の寄生虫みたいだ。

信じられない。

「ネバダ！　車に乗れ！」

わたしは助手席に飛び込み、シートベルトを締めた。「早く出して！」

車は駐車場を飛び出した。ラスク通りに入ったら怪物に正面からぶつかってしまう。目指す方向は一つしかない——ルイジアナ通りを北東だ。

わたしは背後を見やった。

「ついてくるか？」

ビルが高さ六メートルほどのところで砕け、歩道に黒いガラスが降り注いだ。大きな音がして歩道がへこんだ。

「ついてくるわ。どうすればいい？」

車は左折してキャピトル通りに入った。ここでは一ブロック先のことなど知らない車がまだ走っている。ローガンは右手のビルを見やった。三階の窓ガラスが横一列に割れた。

車はいっせいに道をそれた。

「あれが何かわかれば助かるんだが」

「まるで大きなうじ虫だわ」

「見えるのか？」

「ガラスに映った姿が見えたの」

怪物がキャピトル通りに入ってきた。警官はどこだろう？　中心部にはうようよいるはずだ。〝尖塔〟と市庁舎がすぐそこなのだから。

「携帯を使え」ローガンがきびきびと言った。

わたしはうしろを向いて携帯で写真を撮った。身の毛もよだつ巨大な線虫が小さなスクリーンに現れた。わたしはローガンに携帯電話を突き出した。

「クロム・クルアハか。〝超一流〟レベルの召喚生物だ。何者かが不可視にしている」

「どうして攻撃できないの？」

「この世界に実体がないからだ。奴《やつ》らは怪物そのものを召喚したわけじゃない。あれは魔力的な足跡でしかない。実体は異次元に残したままだ。人の目に見えるのは魔力的な残像だけだ」

「実体がないのになぜ道路に穴を空けられるの？」

「あれは異次元の魔力でできている。魔力がこの世界の現実とぶつかって破壊するんだ」

ローガンが手際よく車を一台道から追いやった。

「じゃあ、わたしたちもつぶされるのね」

「そのとおり」

「どうやったら倒せる？」

ローガンが一瞬歯を見せて鋭く笑った。刀剣を鞘《さや》から引き抜いたような笑いだ。「水で殺せる。あいつがこの世界にいるのは召喚者が魔力的な絆で引き留めているからだ。水はその絆を断ち切る。あれに水をかければ、実体を現すか消え失《う》せるかだ」

ハーマンスクエア公園には大きな四角い噴水がある。

ローガンはハンドルを切って左折し、スミス通りに入った。通りの左側は工事用バリケードフェンスで封鎖されていて、作業員が歩道を掘り返している。道路は二車線しかないが、ほかに車はいない。ローガンはアクセルを踏み込んだ。レンジローバーはうなりをあげて加速し、トランキリティ公園の石塀は飛ぶように過ぎ去っていった。

わたしはポケットに手を入れ、チョークをたしかめた。もしかしたら魔法陣を描く必要に迫られるかもしれない……。

前方に五人の子どもが横断待ちしているのが見えた。全員小学生で手をつないでおり、中年の女性が一人付き添っている。この先には劇場街がある。まさかこんなところで遠足の子どもと鉢合わせしてしまうとは。

中年の女性がこちらに振り向いた。薄い茶色の髪、頬骨の出た魅力的な顔、淡いピンクの口紅、高いアーチを描く細い眉の下の大きな目。その目に浮かぶのは……強烈な満足感だ。ケリー・ウォラー、ローガンのいとこだった。

子どもたちは手をつないで道に踏み出した。車の進路を阻む人間の盾だ。

「ローガン！」わたしは叫んだ。

スピードが出すぎている。とても間に合わない。

ローガンはとっさにハンドルを右に切った。レンジローバーはトランキリティ公園の狭い入口を突き抜けた。目の前にコンクリートのピクニックテーブルが迫る。レンジローバーはすさまじい音をたててそれに激突した。エアバッグが顔にぶつかる。車の勢いのせいで体が前に投げ出され、シートベルトが肩に食い込んだ。重い車体が飛び、苦しいほど長い一瞬、宙に浮いたかと思うと草地を転がった。車は元に戻って止まった。エアバッグがダッシュボードからだらりと垂れ下がっている。口に血の味がした。

「ネバダ?」

「大丈夫よ」

ローガンは動物みたいにうなってシートベルトを力まかせにはずした。その顔は人間とは思えず、熱のように攻撃性を発散させている。

車から出なければ。シートベルトをはずし、ドアをぐいっと開けて草地に出る。周囲で白いチョークの線が冷たく燃え上がった。二人は三十メートル近くある大きな魔法陣の中にいた。魔法陣が脈打ち、炎が強まる。と、何かがわたしの喉の中にぬるぬるした冷たい手を突っ込んだ。その手は内臓をつかみ、口から引っ張り出そうとしている。

地面が消えた。原始の暗闇の中で体が宙に浮いた。苦痛が体を引き裂き骨を握りつぶそうとする。次の瞬間暗闇が裂け、わたしは氷のように冷たい床に倒れ込んだ。関節の痛みがこだまのように薄れていく。ざらついた冷たい床が胸を打つ。裸だった。ローガンが隣に倒れたが、すぐに起き上がった。やはり裸だ。

わたしは涙を払おうとしてまばたきした。

道路は消えていた。ヒューストンも消えた。ここにあるのはフットボール場ほどもある石の洞窟だ。周囲には細いコンクリートの柱がきれいに並び、三階分の高さがある石の天井を支えている。柱の上に丸い電灯があり、あたりを黄色い光で照らしている。

周囲で魔法陣がターコイズブルーに燃えていた。二人はコンクリートの上に描かれた魔法陣の中にいた——これほど何層にも重なった複雑なものは見たことがない。魔法陣の中の床はむき出しだが、線の外は霜で白くなっている。完璧な直線で描かれた幅三十センチほどの力の水路が魔法陣につながっている。わたしは顔を上げた。水路は三メートル先で二つ目の小さい魔法陣へと通じていた。その真ん中に、全身を青い象形文字でおおわれた裸のデイヴィッド・ハウリングが座っていた。

「やあ」彼はそう言ってにっこりした。

寒い。耐えられないほど寒い。わたしは起き上がって体を抱きしめ、体内に残るわずかばかりのぬくもりをかき集めようとした。隣ではローガンが立っている。肩をそびやかし、足を開き、前に飛び出そうとするかのように太腿の筋肉が張りつめている。その顔を見ればデイヴィッドの骨の折れる音が聞こえてきそうだ。残念ながらデイヴィッドは手の届かないところにいて、わたしたちは魔法陣の中に閉じ込められている。

なんという複雑な魔法陣だろう。ベースになっているのは中国語で滝を意味するプーブーというハイレベルの魔法陣にちがいない。プーブーは大小二つの円から始まり、その二つを幅五十センチもない狭い水路で結ぶ。力は小さい円から大きい円に流れるが、そのとき水路はレンズのように魔力使いの力を集め増幅する。デイヴィッドはそれを改変し、象形文字を書き足して二列とした上、線の外側から枝分かれするように小さな円を書き足している。

「揃《そろ》ったな」デイヴィッドが言った。

ローガンの魔力が震え、解き放たれようとする台風のように、ゆっくりと強くなっていく。わたしは倒れないように足を踏みしめた。ローガンは力を解放し、恐ろしいあだ名の由来となった行動を起こそうとしている。

「それはお勧めできない」デイヴィッドの口調はさりげなかった。「ローガン、まわりを見てみろ。見覚えがあるだろう。記憶を巻き戻してやろう。きみはわたしと同じクラウンオーバー校の生徒だった。〝ヒューストンの有力一族の歴史〟はクラウンオーバー校では卒業に必須の授業だったはずだ。貯水池の見学と、ジョン・パイクとメリッサ・クラウンオーバーの決闘の講演は欠かせなかった。ぴんと来ないか?」

ローガンはあたりを見まわした。火を消したように魔力がしぼんだ。

わたしはローガンを見た。

険しい顔で首を振っている。

「麗しいご婦人のために言っておくと、ここは一八七八年以降にヒューストンの有力一族がいくつも作った地下貯水池の一つだ。ここはパイク一族の所有で、バッファロー・バイユーの湿地帯からは目と鼻の先だ。地上は今はパイク大学になっていて、今の時間帯ならおよそ三千人の生徒がいるだろう」

崩壊する中心街の記憶が脳裏をよぎった。あのときローガンは球体に守られて宙に浮き上がり、強烈な魔力で周囲のビルを砕いた。その顔はこの世のものとは思えず、目は澄みきっていた。メキシコの虐殺王というあだ名にふさわしい魔力を使うとき、ローガンはゼロ空間を生み出すだけではない。その魔力は現実に穴をうがつ。球体の中にいるローガンには誰も触れられないが、その力は岩を貫いて頭上の大学キャンパスを崩壊させるだろう。最初の一波で地面が割れ、次の一波が崩壊の引き金となる。わたしがあのときと同じようにローガンを止めることができたとしても、キャンパスはがれきと化し、一部は陥没し、そこに湿地帯の水が流れ込んで生存者を溺れさせてしまう。わたしたちは無事でもほかには誰一人として生き残れない。

気温が下がった。わたしは身震いした。寒くてたまらない。

ローガンが近づいてきて大きな体でわたしを抱きしめた。そのぬくもりはたまらなく心地よく、わたしは彼の体に腕をまわした。ローガンには死んでほしくない。

「これはわたしのアイデアじゃない」デイヴィッドが言葉を続けた。「手早く正確に殺すというのがわたしの好みだが、きみたちの死体を使う特別な計画があるらしい。目立った外傷や外見の損傷がないように殺せと言われたからわたしがいつも使う武器は使えない。残るは低体温症だ。残念ながらテレポーテーションでは生物しか移動させられない。そういうわけで我々は今なんの尊厳もない裸というわけだ。わたしは対決は好まないし、正直言ってこの状況全体を不愉快に感じている。この広さを考えるとあと二、三十分は必要になるだろう。死はゆっくりと進行していくが、死が近づくにつれ苦痛は減っていく。混乱状態になれば体も楽だろう。ある時点ではぬくもりさえ感じるかもしれない。錯乱状態で踊る者を見たこともある。旅立つことにも気づかずにあの世に行くというわけだ。リラックスしてくれたまえ」

あいつに手をかけられさえすれば、あの忌まわしい顔から偉そうなにやにや笑いを消してやれるのに。

ローガンの手が背中を撫《な》でている。その険しい顔つきを見れば、知りたいことはすべてわかった。わたしたちは罠《わな》にはめられた。この魔法陣の内側の円は世界から、そしてデイヴィッドからわたしたちを切り離している。誰もわたしたちの居場所を知らない。助けは来ない。二人はここで裸のまま死ぬのだ。デイヴィッド・ハウリングに笑顔で見下されながら。

寒さは耐えられないほどだ。歯がかたかたと鳴る。膝がかち合う。

足を踏み換えていると何か固いものを踏んだのがわかった。ローガンから離れてぬくもりを捨てるのは痛みに近いつらさがあった。暖をとるふりをしながらしゃがんで膝を抱き、デイヴィッドと足の下のものとの間に体を置いた。片手で探るとなじみのある形が手に触れた。車を降りたときに握っていたチョークだ。わたしは泣きそうになった。そして立ち上がってローガンの体に腕をまわした。

「思いやりがないな」ローガンはデイヴィッドを見たまま落ち着いて言った。

「ベストは尽くしたんだ。テレポーテーションは何かと複雑だ。誰もきみがぐちゃぐちゃの肉塊になることを望まなかった。そういう死に方でも許可は下りただろうが、理想的ではない。テレポーテーションには、テレポーテーション・エコーを吸収できるだけの広さと近さが必要だ。だがわたしに必要なのはきみの都市破壊衝動を封じ込められる湿度の高い閉じられた空間だった」

「それでもリスクはある。テレポーテーションの半分は失敗に終わるからだ」

デイヴィッドは首を振った。「きみたちはどちらも体内に無機物を埋め込むような大きな手術を経験していない。ミズ・ベイラーの豊胸手術に関しては、していないことに賭けた。関係者全員にとって幸いなことに、わたしは正しかったよ。そうでなければちょっと厄介なことになっていただろう。唯一読めなかったのは、きみたちが子どもをはねるかどうかだった。だがトレヴィノの家での一件のあと、きみならなんとしてでもそれを避けるだろうと確信した。主義が人を予測可能にする。人には越えないと決めた一線がある。きみの線は人よりはっきりしていた、そういうことだ」

「有機物ね」わたしの声はかすれていた。

「すまない、なんだって?」デイヴィッドがたずねた。

「テレポーテーションは生きているものには悪影響をおよぼさない。有機物起源のものには影響するのね」

「そうだが、だからどうだというのかね? きみたちが綿やシルク百パーセントのものを身につけていたとしても、死が数分延びるだけだ」

わたしはじっとデイヴィッドを見つめたままローガンにチョークを渡した。その目が輝いた。彼はわたしを引き寄せ、激しくキスした。それはキスではない。宣戦布告だ。うれしかった。ローガンはわたしを離した。

「この魔法陣からどうやって出るの?」

「あいつを殺す」

「いいわね。さっさと終わらせて帰りましょう」

「その言葉を待っていたんだ」ローガンはチョークを手に振り向き、魔法陣を眺めた。

「これは興味深い展開だ」デイヴィッドの顔にはほほえみが貼りついたままだったが、目には不安の色が見えた。

ローガンは線を見つめ、頭の中で何か計算している。唇が真っ青だ。

ローガンなら答えを出してくれる。それができる人がいるとすれば彼だ。

寒さが骨にしみた。震える息が水蒸気の白い雲となって吐き出され、貴重な体温を奪っていく。体は重かったが心拍は速く、コントロールできない。もう何日も何も食べていないかのように胃が食べ物を求めている。体が凍え死にしつつあることに気づき、体温を上げるための燃料を必死に求めているのだ。

ローガンがこちらを向いた。「エレベーターでおれに言ったことを覚えてるか？」

エレベーターではローガンにいろいろ言った。

「あの約束はまだあてにできるな？」

どの約束？　わたしは何を言っただろう？　ローガンがコーネリアスにつかみかかったとき、わたしはクライアントを放してと言った。ローガンが放したのでわたしはこう言った……〝もう一度やったら気絶させるから〟

「ええ」

ローガンは、デイヴィッドのいる魔法陣から伸びる水路がこちらの魔法陣とつながっている少し左を指さした。「そこに立ってくれ」

わたしは移動した。彼は一瞬わたしを抱きしめてしゃがみ、わたしの足元に完璧な半円を描いて内側のスペースから隔離した。足元の余裕は五十センチもない。ローガンはこちらを見つめたまま立ち上がった。手を伸ばして触れたかったが、チョークの線が二人を隔てている。その線から魔力が流れ込んでくるのがわかった。

「おれを信じろ」ローガンが言った。

わたしはうなずいた。

「無駄だぞ。この魔法陣は破れない。奇跡的に破れたとしてもどうにもならない。潮の流れと同じで、押しとどめられない変化というものが存在する」

ローガンは片膝をつき、線を描き始めた。「おまえたちはヒューストン全体を揺るがそうとしている。何が目的だ?」まるでどこかでランチでもしているように、その口調はさりげなかった。

「個人的に? それとも組織として?」

「両方だ」

「個人的にはハウリング一族が公衆の面前で崩壊するのを見たいと思ってる」

「そんなにきょうだいが憎いの?」歯ががたがたと鳴っていてしゃべるのも難しい。気温がさらに下がった。

デイヴィッドは肩をすくめた。「よくある話だ。妻を亡くした男が若い女と再婚した。前妻の子どもたちは後妻を母の記憶を汚す存在だとみなし、いじめ抜いた。ハウリング一族は仲良し一家とはほど遠い。組織的な狙いについては、きみはもうわかってるんじゃないのか？」

「ぜひ教えてもらいたいね」ローガンは円を完璧な直線で区切っていく。わたしは体の震えが止まらない。ローガンが意思の力だけで線がぶれないようにしていると思うと恐ろしかった。

「歴史は繰り返す」デイヴィッドが言った。「きみはいつも歴史が得意だったじゃないか。ハーバードできみが一年だったとき、わたしは歴史のクラスでうしろに座ってたんだ。コーマック教授が教えていた。〝古代ギリシャについて理解しておくべきなのは、大多数がホモセクシャルだったということだ〟教授は最初の授業をいつもこの言葉で始めた」

ローガンは手を止めず、床に線と象形文字のネットワークを構築している。

「わたしのことは覚えてないだろう。きみが若い秀才ぶりを見せつける間、裏でひっそりとしていたからな」

「覚えてないね」

「だと思ったよ」デイヴィッドはにっこりした。わたしは寒気を感じた。「だが教訓は思い出せるだろう。ローマは豊かだが堕落して秩序を失った。世界を支配したが自分自身を支配することはできなかった。元老院議員は露骨な政争で権力を求めた。和解というポリシーは忘れられ、個人の利益が優先された。軍人は忠誠を尽くすべき国ではなく将軍たちに従った。人々は伝統的な価値観を重んじる元老院派と薄汚い下層階級におもねる平民派に分かれた。大衆は暴力、裏切り、人殺しに走った」

「ほう」ローガンは線に沿って象形文字を書き込むと、かかとを中心にして自分のまわりにぐるりと完璧な円を描いた。

デイヴィッドは首を伸ばし頭を傾けてその線を眺めた。

ローガンは描いたばかりの円の中にあぐらをかいて座り、さらに二つ小さい円を描き足すと、正確な直線で外周とつないだ。

「おもしろい。理論的には可能だが、実際には力を使い果たすのがおちだ」デイヴィッドが言った。「まずわたしの拘束を破らないといけない」

「なりゆきを見ようじゃないか」

「その女を救おうというんだな。どの道を選んでもローガン、きみは死ぬんだ。それほどの魔力をいっきに使い果たせば高い代償を支払うことになるぞ」

ローガンは穏やかな顔つきで目を閉じた。

「それなら競争だ」デイヴィッドがにやりとした。「きみたちを先に凍らせられるかどうかやってみようじゃないか」

ローガンがしようとしていることを手伝うことはできないが、デイヴィッドの気をそらすことならできる。しゃべり続けていれば考えごとをしないわけにはいかず、わたしたちを殺すことに集中できない。「その歴史の授業のポイントはなんなの?」

「多くの先人たちと同じように、我々もローマと同じだ。有力一族は個人の利益にしか関心がない。政治の真の役割というものはすっかり忘れ去られている。多くを与えられた者は多くを求められ、我々は乏しさを感じている。目的も方向性もなく漂っている。信じるものもなく、何にも属さない。仕えること、自分自身より大きな何かのために立ち上がることには名誉がある」

頭がぼうっとした。わたしは体が揺れないように足を踏みしめた。

「ローマにはシーザーがつきものだ」ローガンが言った。

「もちろんだ。我々にもシーザーがいる」

「それがあなたの計画なのね」言葉がもつれる。意識しないと唇がうまく動かない。両足が氷の塊に変わってしまったかのようだ。肌が痛み、その下の筋肉は氷の苦痛にあえいでいる。「テキサスを混乱の渦に投げ込んで、その隙に独裁政治を始めようというの? テキサスがおとなしく言いなりになると思う?」

「我々の仕事が終わる頃には、民衆は安定をもたらす者なら誰でも諸手《もろて》を挙げて歓迎するはずだ。だいいち我々のシーザーは完璧だ。真の貴族だからな」

この男にしゃべり続けさせなければ。「ここでそれに成功したとしても、国は許さないわ」

「そんなことは造作もない。この国は自由という幻想を提供している。安定のためならどれほど多くの者が自由を手放すか、それを知ったらきみも驚くだろう」

「それで無実の市民を殺すのが正当化されると思っているのね」

「そうだ」

「子どもも？」

「必要ならね。新たな国家の誕生が簡単だったためしはない。きみがマチルダのことを言っているなら、子ども殺しは楽しくもなんともない。片付けるときは手早くやると約束するよ」

許せない。「オリヴィア・チャールズはあなたが小さい女の子を殺すことをなんとも思わないの？　あの人はマチルダの母親を殺したことに後悔とか罪悪感はないの？」

「オリヴィアは伝統ある一族の出身だ。自分に求められているものを理解し、それを実行する。ナリ・ハリソンの殺害に罪悪感を抱いていたかどうかはわたしの知るところではない」

これで確実になった。オリヴィア・チャールズはマチルダの母を殺した。ここから生きて出られたら、コーネリアスに妻を殺した犯人の名を告げよう。

ローガンは目を開け、両方の手のひらを目の前の二つの円に置いた。大きなゴングを打ち鳴らしたかのように力がほとばしり、新しい円と古い円を一つにした。ローガンの体から白い光がはじけ、導火線を走る炎のようにチョークの線を走って大きな魔法陣のターコイズブルーとぶつかった。

デイヴィッドが歯を食いしばった。その肩が震えた。

白とターコイズが相手を圧しようとして戦っている。

ローガンの全身の筋肉がこわばった。デイヴィッドの顔が、まるで重いものでも持ち上げようとしているかのように緊張で震える。うめき声があがった。

ローガンが歯をむき出した。その顔が苦しげにゆがむ。魔力が奔流となって魔法陣のラインに流れていく。

デイヴィッドの体がわななき、両腕がうしろに跳ねた。

白い光がターコイズを押さえつけて魔法陣を占領した。

「無駄だぞ」デイヴィッドは立ち上がり、怒った犬みたいに言葉を吐き捨てた。「やってみろ！　その女よりわたしのほうが二十キロ以上重い。殺しの腕も達者だ」

ローガンの腕の筋肉が震え、魔力の流れが止まった。ゆっくりと力が逆流していく。投げたロープをたぐり寄せているかのように。こんなことができるなんて。このまま魔力を引き寄せ続けたらどうなるのだろう……。

「やればいい！　おれがその女を殺す」

ローガンの背中が丸くなった。たくましい肩がオールを漕《こ》ぐように前に出る。力が入っているせいで背中が震えている。ローガンは歯を食いしばり、体をまっすぐに起こした。魔法陣のラインが逆向きになった。デイヴィッドのいる小さな円が、本人をのせたままこちらへと床を滑ってくる。わたしは呼吸を忘れた。まるで大きな魔法陣がボビンとなってデイヴィッドという危険な糸を巻き取っているかのようだ。ボビンがまわって糸を巻き取り、デイヴィッドを引き寄せていく。

「素手でこの女を絞め殺してやる」デイヴィッドがうめいた。

ローガンの鼻から血がしたたった。また引き寄せるとデイヴィッドが近づいた。

わたしには電気ショック装置があるが、相手は〝超一流〟だ。あの男のほうが強くて速さもあり、訓練されている。いっぽう今のわたしは半死半生だ。でも怒りならある。あふれるほどの怒りが。

「この女が死ぬところを見せてやる。おまえがすべての魔力を使い果たして死ぬ前に見るのは、この女の喉におれが手をかけているところだ」

デイヴィッドはコーネリアスにしようとしたまさにそのことをローガンにしている。だめだ、そうはさせない。

「この女をへし折ってやる。骨の折れる音を聞かせてやる」

寒さで歯が鳴った。「急いだほうがいいわ。のんびりしてる暇はないわよ」

デイヴィッドの目が光った。「死ぬ準備はできたか？」

「マチルダはあのメールを受け取ったわ。あんな小さな子を殺すと脅すなんて、最低のくずよ。わたしを見なさい。この目を見て。怖がっているように見える？」

デイヴィッドはまばたきした。

「このごきぶり野郎。駆除されて当然よ。三カ月もすれば誰も名前すら思い出さなくなるわ」

寒くて息をするのも苦しかった。世界が揺らぐ。意識を失ってはいけない。今はだめだ。ローガンはもうすぐ魔力が切れる。彼が気絶しないならわたしだって気絶しない。失敗したら死んでしまう。ローガンも死ぬ。デイヴィッドは自分の痕跡を消すためだけにコーネリアスを殺し、マチルダを殺すだろう。子どもを殺して何食わぬ顔で生きていくのだ。

ローガンが叫んだ。声に苦痛にあふれる。最後に魔力が動いた。デイヴィッドがこちらに向かってくる。小さな円がこちらの魔法陣に吸収されたかと思うと、次の瞬間わたしたちは同じ空間にいた。その距離は二メートル半。デイヴィッドがハンマーのようにこぶしをかざして襲いかかってきた。避けようとしたが、こぶしは胸にぶちあたった。何かが砕けた。鋭い痛みがはじけ、体を引き裂く。痛みの波をやり過ごし、わたしは相手につかみかかった。全身の体重をかけて首を狙う。わたしが倒れると思ったのだろう、デイヴィッドは避ける間もなかった。片手でがしりと相手の腕をつかむ。肩に苦痛がふくらみ、腕を駆け下りて指先に集まった。

デイヴィッド・ハウリングが叫んだ。

魔力が指先からデイヴィッドの体へとつかみかかった。送電線に触れたような衝撃でその体が痙攣《けいれん》する。口からつばが飛ぶ。デイヴィッドはまた叫んでわたしを殴ろうとした。倒そうと必死になるあまり、そのこぶしがやみくもに肩、頭、脇腹をたたく。わたしは背中を丸め、攻撃をやり過ごそうとした。口に血がたまる。デイヴィッドの手のひらが顔を打ち、親指が右目をえぐり出そうとする。わたしは相手の手首を握ったまま避けた。生きてここを出られるのはどちらか一人だ。殺されるわけにはいかない。この男がほかの誰かを殺すのも許さない。

光る虫が目の前で揺らいだ。手を離さないとわたしもショックで死んでしまう。

わたしは指を引き離した。デイヴィッドはよろめきながら後ずさった。口から泡を吹き、目は正気を失っている。わたしは足を上げ、勢いをつけて相手の膝頭を蹴った。デイヴィッドは吠《ほ》えるように叫び、くるりと離れて片膝をついた。相手が力を取り戻して飛びかかってくるまで数秒しかない。わたしはデイヴィッドの上に飛び乗り、頭をつかんで首のほうにまっすぐ押した。頸椎《けいつい》が固定されたのをたしかめ、ひねった。

目の前にナリの恐怖の表情が浮かんだ。大丈夫、あなたの娘には手出しさせない。

乾いた音とともに骨が折れた。手を離すとデイヴィッドは顔から倒れた。頭がおかしな角度にゆがんでいる。

周囲に不思議な音が響いていると思ったとき、ローガンが笑っているのだとわかった。

魔法陣の魔力が溶けていく。線はただのチョークに戻った。ローガンは床に寝そべっていた。

足が動こうとしない。わたしはよろめきながら彼に近づき、ひざまずいた。ローガンの目は開いている。胸がかすかに上がる。

「コナー?」わたしは彼の顔をこちらに向けた。「コナー、何か言って!」

「ごきぶり野郎か」その声は弱々しかった。「いいスピーチだった」

「ヘラルドのファンフィクションで読んだの」体がぐったりしている。少しの間ここに座っていたい。でも座るのは死を意味する。「さあ、立って。ここから出なきゃ」

「行ってくれ。助けを呼んできてほしい。おれはしばらくここにいても大丈夫だ」

嘘だった。

わたしは目を上げた。デイヴィッドは死んでいるが、魔力は続いている。床は霜で白い。二人とももう寒いという段階ではない。ここから出ないと死んでしまう。

「いいえ、だめよ。この空間が暖まるには何時間もかかるわ」

「おれは平気だ」

嘘だ。

「助けを呼んでくるんだ。早ければ早いほどおれが助かるチャンスも大きい。おれは大丈夫だ」

嘘だ。

「もう限界よ。わたしが戻ってくるまでに凍え死ぬわ」

「そんなことはない」

嘘だ。

「嘘はやめて!」

ローガンは手を上げて指でわたしの頬を撫でた。

「おれの話を聞け」

「ここから出るのよ!」

彼の目が一瞬わたしの顔をしっかりととらえ、鋼の冷たさが見えたが、すぐにコナーに戻った。「きみが見た洞窟とねずみの悪夢はおれの悪夢だ。なぜなのかわからないが、きみはおれに同調してしまった。おれが発するイメージに敏感なんだ。こちらから送ろうと意識を集中しているときでなくても、きみは感じ取ってしまう」

わたしはローガンを起こそうとしたが腕に力が入らなかった。

「ストレスを感じるとあのイメージを送ってしまうんだ。気を失ったとたん心が反応して、体を休ませるために頭からあの悪夢を追い出そうとする。おれが意識を失い、きみが疲れきっているとき、それが起きる。きみが防げないからだ。きみがここにいたら自分を失っておれに同化するだろう。自分がどこにいるか、何をしているかわからなくなる。だからネバダ、すぐ逃げてほしいんだ」

「いやよ」

彼は世界で唯一大事なもののようにわたしを見ている。「きみが生き残れないならこんなことはおれにとってなんの価値もない。愛してる」

「だめ」

「行くんだ。二人とも逃げられるなんて思ってない。さあ、早く」

「自分だけヒーローになろうとするのはやめて。起きて。マッド・ローガンでしょう。起きて」

「くそっ」彼はうなるように言った。「おれにかまうな」

「起きないならわたしもここでいっしょに死ぬわよ。床に寝そべってやるから」

「早く行け！」ローガンは起き上がろうとしたが、気を失った。その体が床にぶつかる前に引き戻した。重い。本当に重い。その体はぐったりとして動かない。

頬に涙が流れた。「コナー、お願い。わたしの力じゃ運べない。どうか目を覚まして。

愛してる。わたしを置いていかないで」

ローガンの肌は冷たかった。息をしていない。ああ、どうしよう。パニックが押し寄せる。その体を押し戻し、胸に耳をあてて心拍をたしかめた。遠くて弱いがちゃんと聞こえる。鼻に頬をあててみる。かすかにもれる息が肌に温かくあたった。まだ生きている。わたしは体を起こした。でも目覚める気配はない。何か考えなければ……。

デイヴィッドはここにテレポートしたわけではない。つまり服を持っているはずだ。わたしは立ち上がってよろよろと歩き出した。服、バッグ、なんでもいい。

目の前でコンクリートの空間が割れ、柱が消え、鮮やかな緑色のジャングルが現れた。わたしは全身の力を振り絞って抵抗した。これは現実じゃない。かすんだコンクリートの柱がゆらりと視界に戻った。わたしは体を無理矢理《むりやり》動かした。あった！　柱のそばにスポーツバッグが置いてある。

何かが近づいてくる。何かが茂みの中を動く音が聞こえる。あの針のような歯は、氷のように燃える一噛《か》みで肌を青黒く壊死《えし》させてしまう。近づいてきた。逃げなくては。バッグだ。バッグのことを忘れてはいけない。バッグ、バッグだ。

わたしは手を伸ばして膝をついた。服――Tシャツ、下着、ジーンズ、ウインドブレーカー。車のキー、銃、携帯電話。やった！　画面をスワイプする。パスワードでロックされている。

気がつくと見通しのいい場所にいて、針の歯を持つ何かがうしろからにらんでいる。穴が空きそうな視線だ。ここから出なくては。逃げなくては。

わたしは緊急通報の番号にかけた。圏外だ。

あれがこっちにやってくる。何もない場所なのでローガンの姿が丸見えだ。あれに見つかる前にあそこから連れ出さなければ。

わたしはバッグをつかんで肩にかけ、よろよろとローガンに駆け寄った。ウインドブレーカーを引っ張り出し、彼の腰に巻き付ける。こうすれば引っ張っていくのが楽になるはずだ。

ジャングルは現実じゃない。幻影だ。わたしはローガンの脇に腕をまわして引っ張り上げた。霜の上で足が滑り、転んでしまった。どうしてこんなことをしているのだろう?

ただ外に出たいだけなのに。誰か助けて。この悪夢からわたしを出して。もうこの悪夢を終わらせてしまいたい。自分を撃ってもいい。そうすれば終わりだ。銃もある。

自分を撃ったら誰が彼らをジャングルから連れ出す?

わたしは頭の中にあふれる幻覚の中を必死に進んでいった。三十メートルほど先の右の壁のところに、平らなコンクリートに割り込むようにドアが一つある。あそこから出よう。

わたしはローガンの大きな体を引っ張った。その体が数センチ動いた。数センチでもかまわない。さっきよりそれだけドアに近づいたということなのだから。

暖かい。どうしよう、暖かい。つまり死にかけているということだ。

階段がある。階段なんてのぼれない。ローガンが重すぎる。

ダニエラがローガンを治してくれる。ダニエラは誰だってなんだって治せる。頭に弾を撃ち込まれたのでないかぎり。

能力者を狩り出すハンターがやってくる。奴らの息遣いが聞こえる。わたしは銃を持って待った。

もっと高い場所に行かなくては。電波が届く場所に。

ヒメネスがナイフを持って上で待っている。その顔が目の前で揺らぎ、かすむ。目は底なしの暗闇のようだ。「こいつじゃない。奴ならもう正体を現してるはずだ。こいつは傭《よう》兵《へい》だ。裏に連れていって撃ち殺せ」

まだ六発残っている。もっと高い場所に行かなくては。

奴らがこちらを追ってくる。声が漂ってくる。

だめだ、ここまで来たのは奴らに殺されるためじゃない。

何かに噛まれた。体から力が抜けた。わたしは倒れた。ハンターが連れた猟犬の口がぬっと迫る。ぬるぬるした蛇みたいな舌、鋭く尖った歯。わたしは丸ごとのみ込まれた。

14

シーツは柔らかくて暖かく、まるで温めた雲に抱かれているみたいだ。

生きている。笑みが浮かぶ。

ローガン！

わたしはベッドの上に起き上がった。病院用のベッドが一つ置かれた大きな部屋だ。

「すいません、誰かいますか？」

ドアが開いてアリエス医師が入ってきた。ダニエラ・アリエスは四十歳前後で身長は百八十センチ以上と大柄だ。広い肩、たくましい脚、筋張った腕。目鼻立ちのはっきりした顔は魅力的で、かわいいというよりりりしい。今その顔は冷静なプロの仮面をかぶっていた。ダニエラには一度会ったことがある。彼女はローガンの専属医師だ。

「ローガンは生きているの？」

「あなたより元気よ」

どっと安堵《あんど》がこみ上げた。わたしは枕にもたれかかった。ローガンは生きている。二人とも無事だったのだ。

「何があったの?」

ダニエラは椅子を持ってきた。「あなたが彼を引っ張り出したの。どうやったのか知らないけれど、床を三十メートルも引きずって二階分の階段を上がったのよ。ローガンの背中はコンクリートでこすれてあざだらけだったから、ヌードモデルになりたいっていう夢はしばらくお預けね」

笑いそうになったが、ダニエラの顔にはやめたほうがいいと書いてあった。

「あの地下貯水池のドアが完全に防水仕様だったから助かったのよ。外は常温だった。二つ目の踊り場まで上がったところで圏内に入ったから、911に電話してこう言ったの。カサドレスが追ってくるから助けに来てほしい、と。電話を受けた人はあなたが錯乱していると思ったみたい。こちらでも911を監視していたのよ」

「どうやって?」

「わたしが理解した範囲では、あなたのいとことバグのおかげ。あなたたちが姿を消して、ローガンの追跡信号も消えたとき、みんな顔色を変えたわ。リベラのチームが中心街の後始末のために派遣されて、みんなであなたたちが姿を現すのを待って、信号をキャッチしてすぐにあなたたちを迎えに行ったの。意識を失ったローガンの手当は経験があったから準備はできていたわ。あなたは銃を持っていたから、テーザー銃を使って確保して、救命時に必要な処置を一通り施したの。それがだいたい二十時間前の話。あなたはあばらを二本骨折。ハウリングに顔をひどくやられたから、しばらくモデルは無理ね。家族には無事だけどしばらく動かせないって連絡したわ。体を休める時間が必要だと思って。いとこは無事よ。メローサが連れ出したから。あなたたちがテレポートしたあと、召喚生物は消えたからヒューストンも大丈夫」

「ローガンのいとこは？　あの人が子どもたちを連れて道に出てきて前をふさいだの。車をぶつけたのはそのせいよ」

ダニエラは首を振った。「消えたわ」

予想したとおりだ。ダニエラが鏡を渡してくれた。顔の右側があざだらけだ。右肩が腫れている。過酷なタイトルマッチの最終ラウンドを終えたボクサーみたいだ。

「痛みがない」

「ああ、今だけよ。痛み止めが切れたら痛くなるわ」

「ローガンはどこ？」

「あなたを休めようと思っているみたい」

それでは答えにならない。わたしは毛布に手を伸ばした。

「ドラマティックにベッドから飛び出して駆けつけたいと思ってるんでしょう」ダニエラが言った。「いい考えだと思うけど、今あなたは薬漬けだから運転どころかトイレまで行くのだって無理よ。しばらくここでおしゃべりしない?」

「答えを選べるの?」

「選べないわ」ダニエラは咳払《せきばら》いした。「わたしには甥《おい》がいるんだけど、やさしい子でね。マーティンっていって、今二十四歳。四年軍にいて大学の学費を稼いだあとUNCに入って、地質学者を目指してるの。岩石は撃ち返してこないから好きだそうよ」

冗談だと思ったけれど、ダニエラは今回も笑っていなかった。

「マーティンは一カ月前に退学になったわ。豚のマスクをかぶった男が大学キャンパスで子どもを追いまわすホラー映画を知ってる? スクリームなんとかっていう」

「『スクリーマー・ドリーマー』ね」三人のティーンエイジャーが家にいるおかげでわたしはホラー映画の専門家だ。ばかばかしいB級映画だがなぜか人気があって、ネットには犯人の豚男のパロディがあふれている。

「キャンパスラジオが生放送で学生にいたずらを仕掛けたの。豚の仮面をかぶって黒い衣装を着た男を物陰にひそませて、大きなプラスチックのナイフで学生を追いまわすといういたずらよ。それをYouTubeに上げるために撮影したの」

なるほど。いかにも大学生がやりそうなことだ。この話の結末がわかりすぎるほどよくわかった。

「マーティンはその豚男に襲われて、ナイフを奪って殴ったのよ。一度殴っただけじゃない。まずナイフを持つ手を狙って肩を脱臼させ、二秒もかけずに頭を四発殴ったの。三人がかりでマーティンを引き離したそうよ。マーティンにそのことをたずねたら、頭の中で何かが切れたんだって答えた。脅威を感じて反応してしまった、と。あの子は乱暴な子じゃないし、民間人相手に喧嘩《けんか》したことは一度もなかった。自分のしたことを心から後悔して、謝罪したわ。大学は退学になって訴えられたけど、ローガンの弁護士が軽い罪ですませてくれたの。それでも死ぬまで記録に残るのは事実よ。一月からは私立の大学に通うことになってるわ」

「豚男は死んだふりをすればよかったのよ。動くのをやめればマーティンも殴るのをやめたはずだわ」

「そうかもしれない。ナイフで人を驚かそうなんて考える子どもは病院送りになると思っていないのよ。民間人は驚かされても相手を殺そうとは考えないから」

「どちらにしても無責任な話ね」

ダニエラはため息をついた。「社会にはルールがある。盗んではいけない、他人を傷つけてはいけない、殺してはいけない。でもわたしたちは十八そこその若者を連れ出してルールはもう存在しないと言い聞かせ、戦場に送るの。彼らの中でまず戦うか逃げるかという反応が葛藤することになる。その反応のおかげで人は速く、強く、明晰《めいせき》になるけれど、代償も大きいの。戦場の兵士は生化学的には短距離をダッシュしているようなものだけど、実際には終わらないマラソンと同じ。体力がすり減ると同時に脳内に新しい神経経路が開かれて、それが人を永遠に変えてしまう。でも戦場を離れて帰宅すると、それを全部捨てて普通の人としての振る舞いを思い出さなければいけなくなる」

ダニエラは椅子の背にもたれた。

「甥のマーティンは退役軍人としてはうまく日常に順応したほうよ。民間人の世界と波長を合わせるには、時間と助けが必要になる。激しい反応を抑えるスイッチを調整しなきゃいけないのに、それが理解できない人もいるのよ」

わたしにはわかった。統計の数字は知っているし、パニックも見たことがある。母が自分を見失ったとき、この件を担当した地方検事補は母にありもしないＰＴＳＤを押し付け、時限爆弾と同じだと決めつけた。まるで母がいつ乱射事件を起こすかわからないとでもいう言い方だった。実際には退役軍人は他者ではなく自分に攻撃衝動を向ける。退役軍人の自殺率は一般人より五十パーセントも高い。

「さっきも言ったけれど、マーティンはいい子だった。軍に取り込まれるまで同じようにいい子だった人がもう一人いるんだけれど、誰かわかる？　コナー・ローガンよ。わたしはコナーが入隊したときから知ってるの。若くて自信たっぷりで生意気で理想主義者だった。軍のお偉方は早くから彼の力に気づいて、不吉なダイヤでも隠すように囲い込んで彼に入る情報をコントロールしたわ。わたしたちはローガンのことを〝バブル中尉〟と呼んだものよ。軍が彼を愛国心という泡で包み込んだから。彼は会う人全員にヒーロー呼ばわりされ、国に仕えている、正しいことをしていると教え込まれた。そして彼を戦場に連れ出し、命令どおりにすれば数千の命が救われると丸め込んだわ。ローガンが街を破壊すると、わたしたちがその残骸を調べる前に本人は上層部によって連れ戻された。死体が転がっていることはローガンも知っていたけれど、直接見ることはなかったの。中尉なんて名前だけだった。ローガンが大尉に昇進したときはみんなで笑ったものよ」

ダニエラの声がかすれた。彼女は待ってというように片手を上げ、また言葉を続けた。

「そんなことが二年続いたあと、ローガンは軍の最終兵器になった。ある地域に彼がいるという噂《うわさ》が立っただけで戦況が変わるほどになったの。その夏、マヤの森で強力な兵器が開発されているという報告が入った。マヤの森はベリーズからユカタン半島に広がる五万平方キロのジャングルよ。それはある種の超強力爆弾で、街を丸ごと破壊してその周囲のすべてを放射能で汚染する威力があると言われていたの。メキシコ側はそれを使いかねないほど追い詰められていたのよ。わたしはくわしいことを知る立場にはなかったけれど、きっとたしかな情報だったんでしょうね。司令官は攻撃チームを組織してそこにローガンを入れたわ。飛行機からカンペチェにひそかに部隊を投下して、ローガンをターゲットに向かわせ、施設を破壊したら部隊を回収するという作戦だった。パラシュートで飛行機から飛び出して十秒で罠《わな》だとわかったわ。まだ空中にいる間に敵が撃ってきたから」

ダニエラは言葉を止めた。その目に憑《つ》かれたような表情が浮かんだ。

「グレゴリー大尉は着地する前に死んでいたし、ローガンが草木をなぎ倒して相手がナパーム弾で攻撃してきたときにトップ曹長も死んだわ。なんとかそこを脱出したわたしたちは、カサドレスに遭遇したの」

カサドレスが何を意味するかは誰でも知っている。メキシコ軍が擁する特殊部隊カサドレスは能力者を狩り出すユニットだ。エリートの集まりで、有能で恐れられ、危険だ。

「罠だったのね」

「そう。相手はローガンをとらえるためにわざわざジャングルに偽の工場を造り、おびき寄せようとしたの。こちらは最高の武器を敵に献上したも同じだった」ダニエラの顔は暗かった。「敵はジャングルにカサドレスと猟犬を放ったの。猟犬といっても、実際には星界から召喚した怪物だったけれど」

「ローガンの記憶の中で見たわ」わたしは身震いを抑えた。

「それならわかるわね。一度見れば死ぬまで悪夢に出てくるような怪物だから。ルールはすぐにわかったわ。カサドレスは魔力を敏感に察知する探知者を使っていて、こちらが少しでも魔力を使えば空爆された。無線で連絡をとろうとしても同じ。一人でも姿を見られれば部隊がいくつも送り込まれてくる。迎えが来ることもなかったわ。助けを呼ぶのは死と同じだった。でもローガンには選択肢があったの。無線で連絡をとったあとでフルパワーで魔力を使い、救援が来るまでゼロ空間で生き延びるというのが一つ。ただ逃げられるのは自分だけ。もう一つはわたしたちといっしょにジャングルから脱出することで、彼はこちらを選んだの。グレゴリーが死んだあとはローガンが上官になって、三等曹長のハートが下士官になった。ハートに会ったことは？」

「ないと思うけれど」

「会っていたら忘れないはずよ。最初の計画では四十八時間で撤収の予定だった。食料は五日分。ジャングルは果物や獲物の肉が豊富な楽園のようなものって思われがちだけれど、実際のところは地獄よ。食べるものも殺すものもない。銃を封じられていたらなおさらね。夜にはしつこく虫が寄ってきて血を吸おうとする。ホエザルがついてきて、昼も夜も叫び声をあげる。きれいな水は手に入らない。わたしたちは蛇や虫を食べたわ」

脳裏に暗い洞窟の映像がよぎった。「ねずみも」

「そうよ。カサドレスがそばまで来てる夜も多かった。火は燃やせず明かりもつけられない。ジャングルの中では猟犬が聞き耳を立てて待ちかまえている。ローガンはいつでも脱出できたのよ。でも部隊を見捨てなかった。感染症でハヤシが倒れたときは、ジャングルをストレッチャーで移動するのは無理だったから、木で枠を作ってローガンがハヤシを背負ったの。彼はハヤシを二日間運び続けたわ」

わたしは少しも驚かなかった。

「山から出るにはカサドレスのキャンプ地を避けずに通るしかなかった。ローガンがわざとつかまって、自分の来た方向に捜索チームをおびき出し、その隙にわたしたちはこっそりキャンプを抜けて、次の夜ローガンが帰ってくるのを待ったの。あいつらはローガンを十四時間拘束した。悲鳴が聞こえたわ」

ダニエラは息をのみ込んだ。

「あいつらには戦争前のローガンのイメージしかなかったけれど、ジャングルで五週間過ごした彼は十歳も年をとって見えた。グレゴリーを名乗ったローガンはしばらく拷問を受けたの。そのうち責任者のヒメネスが、もしこれがローガンで一般の兵士のふりをしているなら、今頃正体を現しているはずだと考えて、銃殺するように命じたわ。あなた、ローガンの認識票を見たでしょう。あれは彼のじゃない。拷問台から下ろされたとき、ローガンはヒメネスを殺して認識票を奪ったの。生き延びた証《あかし》として」

認識票はテレポートの途中で分解してしまったはずだ。生きている証拠を手元に置きたいなら、別のものを探さなければいけない。

「結局わたしたちは九週間ジャングルにいて、飢えながら戦った。カサドレスは手負いの鹿をいたぶるようにわたしたちをいたぶったわ。二十四人の部隊で生き残ったのは十六人だった」

バグはルアンが十六人のうちの一人だと言っていた。その意味が今わかった。ローガンといっしょにジャングルを脱出した十六人だ。

「専門家の目から見て言うなら、コナー・ローガンはあのジャングルで一度死んだ。戦争がコナーをのみ込み、粉々にして、マッド・ローガンに作り替えたの。生き延びるにはそうするしかなかった。さっき、甥のマーティンは助けがあれば民間人の生活に戻れるって言ったけれど、マッド・ローガンは戻れないわ。彼の世界は黒か白かの一択。敵と仲間しかいないの」

「それ以外は民間人ね」

ダニエラはローガンに頼まれたのだろうか？　違う、ローガンは人にそんなことはさせない。汚れ仕事は自分でする人だ。ダニエラはわたしのためにわざわざ事情を説明してくれたのだろう。

「ローガンの〝民間人〟の線引きはあいまいだけれど、非戦闘員なら認識できるわ。子どもは殺さない。直接的な脅威にならないかぎり命を奪おうとはしないけれど、殺すと決めたら実行する。ローガン一族には〝超一流〟は二人しかいないの。ローガンとお母さんよ。お母さんは息子に関わろうとしない。でもローガンにはわたしたちがついていて、彼のためならなんでもするわ。一度はみんな別々の道を行こうとしたけれど、結局戻ってきたの。みんな優秀だけど〝超一流〟は一人もいない。ローガンは自分の力だけが頼りという状況が気に入っているのよ。そのおかげで意識を研ぎ澄まし、生き延びることができると思ってる。実際そのとおりかもしれない。彼は自分を変えられるのを好まないし、助けも求めないの」

「あなたの話は知っていることばかりだわ。ローガンのことならこの目で見たからわかるの」

「それなら彼に〝普通〟が存在しないのもわかるわね。彼は甘いとか軽いとかという言葉とは無縁よ」

本当のことを知ったら驚くだろう。「わかってる」

「愛は人を無力にする。愛情の対象のことをいつも考えるようになる。相手の気分によってしあわせにもなればみじめにもなる。自分をコントロールする力を愛する相手に渡すことになるし、それをやさしく扱ってくれることを信じるしかない。少佐が何より嫌っているものが何かわかる？」

「無力感？」

「それを避けるためならなんでもするでしょうね。ローガンに普通の意味での関係を続ける力があるかどうかすらわたしにはわからない。ネバダ、彼は変わらないわ。敬意と思いやりから多少行動を変えるぐらいのことは期待できても、自分のしていることが間違っているとは思わないでしょう。非情な人だし、誰かに自分自身を捧《ささ》げたとしても、現実とぶつかったとき必ずしもその気持ちを貫くとは限らない。わたしのアドバイスはこれ。彼には近づかないほうがいい」

「そのつもりはないわ」

「ローガンはここにはいない。あなたに考える時間が必要だと思ったから置いて帰宅したの。罪悪感もプレッシャーもない状態であなたが逃げ出せるようにドアを開けておいたのよ。今ならまだあなたは普通の人と出会ってしあわせな人生を送ることができる」

「話はおしまい？」

「もっと話したほうがいい？」

「いいえ。あなたの話はわかったわ。心配してくれてありがとう」わたしは毛布をはねのけ、脚を下ろした。

「誰かにいやなことをされたってローガンに話したら、彼はその相手を屋上から突き落とすかもしれないわよ」

「大丈夫。わたしにまかせてくれるからそんなことはしないわ。彼の意思を尊重できるのは、わたしの意思を尊重してくれるとわかっているからよ」

「あきらめたほうが身のためよ」ダニエラはまたそう言った。

「ローガンからこの話をしろって言われたの？」

「そんな必要はないわ。彼の面倒を見るのはわたしたちみんなの仕事。彼が傷つくのを見たくないの。そしてあなたにも傷ついてほしくない」

わたしはダニエラと向き合った。そして自分の中の〝超一流〟のすべてを目に込めた。
「わたしは一時間もここであなたの話を聞いて、理解したわ。これでおしまい。もう起きて着替える時間よ。ローガンがいるところまで行く車を手配して。止めようとしたり、邪魔しようとしたりしたら、電気ショックを使うつもりよ。これでお互い理解できたかしら、ドクター・アリエス?」

わたしは深呼吸してローガンの家のドアベルを鳴らした。病室のベッドを出ると、ローガンの部下たちはパニックになった。いや、パニックは言いすぎかもしれない。彼らはきびきびと行動した。スウェットパンツとTシャツが用意され、建物を出ると外には車と運転手が待っていた。助手席にはメローサが座っていて、そのうしろには武装した護衛がいっぱい乗った車がもう一台ついていた。彼らはわたしをローガンの家の玄関まで送り届けると、すみやかに退却した。

メローサにレオンのことをたずねるチャンスがあった。レオンはわたしとローガンに悪いことが起きると感じ、銃を保管する棚からグロックを取り出して中心街まで車でやってきた。メローサの盾で守られながらかっこよく敵を全員撃ち殺すつもりでいたらしい。イージスの盾は両方向に働くことに気づいたとき、レオンがあまりに落胆したのでメローサは気の毒になったという。

わたしはばかみたいな気がしながら待った。ローガンは家のどこかにいる。わたしはスウェットパンツと皺《しわ》だらけの白いTシャツ姿だ。髪はべたついているにちがいない。顔の右側はひどいあざになっている。それに……。

ドアが開いて、ローガンがリビングルームに立っているのが見えた。

そのときようやく納得した。二人とも生き延びたのだ。生きてここに立っている。ローガンを見て、こんなにハンサムな人は見たことがないと思った。その目を見つめると氷に包まれた暗闇がこちらを見返した。

違う。彼はわたしのものだ。あの氷の下にはドラゴンがひそんでいる。わたしはそのドラゴンを引き出すつもりだった。

わたしは中に入った。ドアは開いたままだ。ローガンはわたしに逃げ道を残すつもりだ。

「見つかったな」

「隠れるのが下手ね。わたしは私立探偵なのよ」

「ネバダ、何も変わらない」

彼の表情は落ち着いていて声はさりげないと言ってもよかった。鋼鉄の意志で感情を隠している。手遅れよ、ローガン。地下貯水池でわたしを見たまなざしは忘れない。

「きみはいずれ一族を名乗る」

「それはもう聞いたわ」

「遺伝子と子どもが重要になる」

「子どもはいつだって大事よ」

「おれにはできない。無理だ」

「できないって?」

「きみを誰かと共有することだ」その声はかすれていた。彼の中から荒々しい何かが這《は》い出そうとしている。冷たい仮面がはがれつつある。「ほかの男のもとへ帰っていくとわかっていながらきみといっしょにいることはできない。きみがその男を愛していてもいなくても関係ない。無理だ。うまくいくわけがない」

「よかった。わたしもあなたを誰かと共有する気はないの」

「警告はしたぞ。全部を受け入れるか捨てるかだ。ネバダ、決めてくれ」

「あなたはわかっていないのね、コナー」わたしは靴を脱いで一歩近づいた。

背後のドアが閉まった。

彼の目に炎が燃え上がり、暗闇を追い払った。それは欲望以上の何かだ。こんな目でわたしを見た人は一人もいない。

期待が体をわしづかみにする。

ローガンが自信たっぷりの足取りで近づいてきた。自分の王国にいるドラゴンだ。

「これは罠?」

「おれのねぐらに入ってきたのはきみだ」ローガンはわたしのまわりを歩いた。

魔力の最初のしずくがうなじに落ちた。熱く、ベルベットのように柔らかい。喉で息が止まった。

「逃げるチャンスは与えた」

魔力は背筋を滑り、神経に火をともしていく。

「だがきみは逃げなかった」ローガンは背後にいる。

羽根のような感触が肩をかすめ、腰へと下りていった。わたしは振り向いた。ローガンは一メートルほど先に立っている。

「もうおれのものだ」

動いたとたん、Tシャツとスウェットパンツが落ちた。

わたしは息をのんだ。

ローガンがTシャツを脱いだ。大きくたくましい黄金色の体がそこで待っている。わたしが最後に逃げるチャンスを与えている。

二歩でローガンの前に立った。美しい胸筋と胸のふくらみがぶつかる。力強い体が発散する熱がわたしを焦がす。ローガンの片手が髪を包み、唇が唇を求めた。

はちみつのようにねっとりとした熱い魔力が腿に移った。それは肌にたまり、熱を発している。その感覚は強烈で、とてつもない快感だ。体から力が抜け、胸がうずいて突然重く感じられた。

サンダルウッドの香りがする。唇の味わいが理性を奪っていく。

腿の間が熱くうずいた。わたしは体を寄せ、誘うように、じらすように、挑発するように肌を重ねた。

ローガンが低くうめいた。その手がヒップをつかみ、体重などものともせずに腰の上へと引っ張り上げた。うずく部分に張りつめた硬いものがあたる。舌が何度も入り、奪う。頭がぼうっとする。なめらかな肌に包まれた鋼鉄のようなこの高まりを感じたい。下着を消してしまいたい。貫いてほしい。待たされるのが拷問のようだ。わたしは両手で背中のたくましい筋肉を抱きしめ、彼にあたるように腰を動かした。

腿の内側をベルベットのようなぬくもりがゆっくりと這い上がっていく。一センチ、また一センチ。ああ、たまらない。

ローガンが唇を離した。顔と顔が見つめあう。彼の目は暗く野獣のようだ。

「叫ぶなって言わないの？」

「好きなだけ叫んでいい」

「わたしを叫ばせる自信があるのね」

刺激的なぬくもりが腿をいっきに這い上がり、うずく部分にまっすぐ届いた。はちみつのようなぬくもりがクリトリスをおおう。快感がはじけ、わたしは叫んだ。

コナーはわたしを家の奥へと運んでいった。

目の前で重い木のドアがさっと開いた。部屋には大きなベッドがあった。高くがっしりとしていて、古いヘッドボードには傷がある。わたしはベッドに投げ出された。ドアがばたんと閉まった。

ここはドラゴンの洞窟でドラゴンのベッドだ。彼はわたしをつかまえたと思っている。でもそれは間違いだ。わたしがつかまえたのだから。

コナーが目の前に立った。下着はない。筋肉でおおわれた裸の肉体。そこにそそり立つもの。自分の目が信じられない。

彼の手がわたしの下着を脱がせた。視線が体を舐《な》める。その目は見たものが気に入ったと告げていた。

彼がほしい。期待で苦しいほどだ。わたしは身を震わせた。

「寒いのか？」その声は落ち着きを装っていた。

魔力が鎖骨の上にはじけて転がり落ちていく。それはやさしい力となって胸を包んだ。先端が硬くなる。酔わせるような熱さが胸を撫《な》で、うずきを快感へと変えていく。

わたしはうめいた。ローガンが上に乗り、大きな手がわたしを愛撫《あいぶ》する。左の乳首を吸われ、舌が魔力のぬくもりに熱さを加える。とても耐えられない。

彼の頭と魔力がうめき声を引き出しながら同時に下へと移っていく。

彼がお腹《なか》にキスした。

そして脚を押し広げる。

その髪をつかんでうずく部分に引き寄せたいと思った。でも腕を両脇で押さえつけられていてできない。

舌が右腿の内側を愛撫する。

待つのが苦しい。

魔力が高まり、腿の間のひだに入り込んだ。なめらかなぬくもりがそっと集まり、離れていく。それがだんだん速く繰り返される。コナーの唇がわたしを愛撫する。舌がクリトリスの上に踊る。

わたしは叫んだ。

彼は何度も舐め、魔力はわたしを愛撫した。わたしは身をよじった。脚が震える。ベッドも部屋ももう見えない。できるのは待つことだけだ。熱く体をこわばらせ、彼に押さえつけられて、解放されるときを待っている。今いかなければ死んでしまいそうな気がした。

クライマックスの最初の波がやってきて、体が震えた。

世界が爆発する。

オーガズムが体を揺るがす。いつもならすぐに過ぎ去るエクスタシーの瞬間は終わらなかった。絶頂感がどんどん高まっていく。快感はあまりにも強く完璧だった。まさか自分の体にこんなことが起きるとは。息さえできない。目を開けて彼を見る。わたしの上にいる彼の目は荒々しく酔っているかのようだ。彼も感じている。わたしの快感を分かちあっている。

ようやくエクスタシーが頂点を越え、心地よい余韻へと薄れていった。わたしはぐったりとベッドに身を預けた。顔に汗を感じる。魔力はまだ離れていないが羽根のように軽い。

ローガンは隣でわたしの脇腹を撫でている。

これが触知者とのセックスだ。

彼がまばたきした瞬間、その目が明晰になり、欲望が戻ってきた。そのまなざしには飢えたような荒々しさ、男らしさがあった。彼の手が腰をつかみ、ベッドの真ん中へと引き寄せた。

腿の間のベルベットの感触が温かく、そして熱くなった。我慢できないほど熱い。そのせいでわたしは至福の雲の上から現実へと戻った。

ローガンが目の前にいる。胸と腹の筋肉は引き締まり、青い目は暗い。その手がわたしを引き寄せ、脚を肩にのせる。手はそのまま脚を滑り、温かい指が肌を撫でる。触れられて体に震えが走る。

オーガズムの最後のこだまが消えた。

彼はわたしの腿に両手を置き、貫いた。

ああ、信じられない。

わたしは叫び、彼のすべてを受け入れるために腰を傾けた。激しく、容赦なく、支配するように彼が何度も入ってくる。貫かれるたびに首まで快感の衝撃が走るのがわかる。魔力がわたしを焼き尽くす。神経のすべてが燃え上がる。突かれるたびにわたしはあえいだ。中は熱く濡《ぬ》れ、彼の動きは止まらない。魔力が安定したリズムで体を愛撫する。

体の奥で何かがふくらみ始めた。

手でわたしの両足を押し開き、背中へとまわすと、彼が上におおいかぶさった。そのリズムに追いつこうとしてわたしは身をよじった。黄金色のたくましい体がわたしを閉じ込める。たった一つの動きのために彼の全身の筋肉が引き締まっている。

エクスタシーが襲いかかった。中が収縮し、すべてを搾り取ろうとする。二度目のクライマックスで体が震えた。

ローガンはうめき声をあげて動きを止めた。その目を見れば、わたしのオーガズムが彼に伝わり絶頂へと引きずり込もうとしているのがわかった。ローガンはその誘惑と闘い、自分を押しとどめた。

快感が波になって襲ってくる。もうこれ以上動けない。わたしはぐったりと震えたまま余波が去っていくのを待った。

首筋に彼の唇を感じた。キスされ、上に引っ張り上げられた。わたしは彼の腰にまたがった。ローガンはわたしがまるで世界一美しい女でもあるかのようにこちらを見つめている。

手を伸ばし、指と指をからめると、わたしは動き出した。こうなるように定められていたかのように、二人は完璧なリズムで動いた。

ローガンの魔力が体を取り巻く。わたしはそれにもたれ、肩を預けた。

彼が腰を突き上げる。

わたしはクライマックスへと駆け上がった。波のように快感が砕ける。中に彼の高まりを感じながらわたしは体を震わせ、疲れ果ててぐったりと彼の肩の上に倒れた。こんなにも満たされ、しあわせなのは生まれて初めてだ。

ローガンはわたしをぎゅっと抱きしめたまま、短く荒々しい声をあげてすべてを解き放った。快感の爆発が体を焼き尽くす。その強烈さの前にはすべてが色あせてしまう。気がつくとわたしは彼のオーガズムの余韻を感じていた。

二人は強く抱きあったまま動けなかった。

やがてローガンがゆっくりとわたしを下ろした。体を丸くすると、彼がうしろからわたしを包み込み、シーツをかけてくれた。眠らずに抱かれる感覚を味わっていたかったが、わたしはあくびをして眠りに落ちた。

目が覚めたとき最初に感じたのは隣にいるローガンだった。

わたしの首筋に顔を埋《うず》め、お腹を撫でている。「生きてるな？」

「まだわからないわ」わたしはほほえもうとした。頬に痛みが走り、わたしは顔をしかめた。「痛い」

「おれのせいか？」

「いいえ、痛み止めの効果が消えたからよ」ゆっくりと体の向きを変えようとしたが、右側全体が痛くなってしまった。わたしはなんとか仰向けになった。

ローガンがそっと手を伸ばしてわたしの顔から髪を払った。その目に怒りがこみ上げた。

「おれがばかだった」

「今やっとわかったの？」

「待てばよかったんだ」

わたしは精一杯セクシーな顔をしてみせた。目が腫れているからばかみたいな顔になったにちがいない。「あなたが決めたことじゃないわ」

「いや、おれが決めたことだ」

「ほかに選択肢があった？　わたしをリビングルームに裸で立たせておくつもりだった？　靴なんて最初の一歩でしかなかったし、服も脱がされてしまったのよ」

「きみに飛びつかず、原始人みたいに寝室に引きずっていかないという選択肢だ」

わたしは彼にキスした。「ローガン、本当に何もわかっていないのね」

「また始まるぞ」ローガンが警告した。

「これからわたしが〝何もわかっていない〟って言うたびにセックスのことを考えるようになるってわかってる？」

彼は首を振った。「きみの幻想を台無しにしたくないが、何も変わらない。きみが何を言ってもセックスのことを考えるし、きみを見るたびにセックスのことを考える」

わたしは彼の頬を愛撫した。「顔はあざだらけで髪はめちゃくちゃなのに、そんなにセクシーに見える？」

彼はわたしにキスした。その唇は軽くやさしかった。「見える」

「背中を見せて」

ローガンは起き上がって背中を見せた。背中全体が赤くなっている。車に引っ張られてアスファルトの上を引きずられたみたいだ。

わたしはうめいた。「服を着せてあげればよかった」

「おれを放って逃げればよかったんだ」ローガンはこちらに向き直って体を寄せた。「今度おれが逃げろと言ったら逃げろ。わかったな？」

「わからない。自分が正しいと思ったことをするだけよ」今度って……。

「どうした?」

「今度があるの?」

「あるかもしれない。この事件は終わっていない。おれたちは危険なゲームのただ中にいる。もう引き返せない」

魔法陣の中でぐったりしていた彼の姿が脳裏によみがえり、デイヴィッド・ハウリングの首に手をかけたことを思い出した。あれは耐えられない。わたしは両手で顔をおおった。

「やめるんだ」ローガンが静かに言った。

「わたしは素手であの男の首を折ったのよ。よくあんなことができたものだわ」

「見事だった。見事すぎるぐらいだ」

わたしはじっと彼を見つめた。

「一瞬だった。あれでは足りないぐらいだ。おれがあいつをつかまえたなら、もっと長々と苦しめてやっただろう。おれは動くこともできずにただ床に転がって、きみが襲われるのを眺めていただけだ」

わたしは体を寄せた。ローガンはわたしの怪我《けが》が少ないほうにまわり、引き寄せた。わたしはその腕に頭をのせた。

「あんなもの、ほしいと思わない」

「あんなもの?」

「〝超一流〟の人生。いらないわ」

「手遅れだ」ローガンはわたしの髪にキスした。「もう選べない」

こんなにもいろいろなことがあったのに、オリヴィア・チャールズはまだ自由の身だ。オリヴィアが自由でいるかぎりわたしたちに安全はないし、コーネリアスは裁きを求めている。この件を終わらせなければいけない。

でも終わらせたところで……デイヴィッドはシーザーのことを話していた。オリヴィアはシーザーではない。デイヴィッドが彼女の話をするとき、ビジネスライクだった。けれどもシーザーの言葉を出すと、その声には敬意があふれた。

「バグはデイヴィッドの携帯電話から何か探り出した？」

「携帯電話は新品だった。ハウリングはメールも電話も慎重だった――送信先はプリペイドばかりだ。メールのほうは興味深い。相当根深いのがうかがえる。少なくとも六つかおそらくそれ以上の有力一族が関わっている。それから、おれたちがレノーラのオフィスに足を踏み入れた瞬間、あの映像がネットにアップされた」ローガンの口元がゆがんだ。

「どうしてそれがおもしろいの？」すべてが台無しだ。あんな目にあったのに成果は上がっていない。それなのにこの事件の黒幕は世間を震撼《しんかん》させたのだ。

「あの録画を手に入れてすぐおれがレノーラにメールで送ったからだ。きみとバーンより十分早かった」

わたしは起き上がった。「なんですって？」

「驚いた顔をしなくていい。きみがコピーをほしいと言った瞬間、レノーラに送る気だとわかったよ」

わたしは彼をまじまじと見つめた。

「おれがドラゴンならきみは勇者だ」ローガンは頭のうしろで両手を組み、どうだと言わんばかりの顔をした。

「どうして全部教えてくれなかったの？」

「奴《やつ》らには二つの選択肢があった。ハウリングの脅迫を続けるか、ハウリングの行為を録画した映像を公開して世間を騒がせるかだ。こちらに録画があるとわかったら、敵は自分たちの録画を公開するだろう。きみは正しかった。既存の権力構造を不安定化させたいなら、世間を焚《た》き付けるのがいちばんだ。あとは効果が最大になるようにタイミングさえ間違えなければいい。奴らはタイミングを見計らっていた。バラノフスキーの屋敷でハウリングがわざわざきみに見せるために遠くからウインクして笑ったとき、そのタイミングはおれたちにも関係があるとぴんと来たんだ。おれたちはあちこちつつきまわる面倒な存在だった。だから無力化する必要があった。奴らはおれたちを、というかおれたちの死体を利用するつもりだったらしい。あいつらの焚き火の燃料にされる計画だったわけだ」

ローガンは戦争の英雄であり、アダム・ピアースからヒューストンを救った男だ。人の命をなんとも思わない、泣く子も黙るこの男を、ヒューストンは息子として誇りにしている。もし敵がガーザ上院議員の殺害現場の録画を公開し、わたしとローガンの全裸死体を目につく場所にごみのように捨てたとしたら、そのメッセージは明確だ。〝おまえたちの代表を殺し、英雄を殺した。裸にして辱め、命を奪った。この男は自分のことも連れの女のことも守れなかった。この男がこんな目にあうなら、自分がどんな目にあうか考えればいい〟ハウリングが低体温症にこだわったのはそれが理由だ。魔力で殺したいのと同時に、一目でわかる状態にしておきたかった。わたしとローガンが苦しみながら死んだことを見せつけたかったのだ。

間違いなくヒューストンで暴動が起きただろう。

ローガンが指先でわたしの腕を撫でた。

わたしはゆっくりと息を吐いた。事態はかなり危険なところに迫っていたのだ。

「あのフェレット忍者作戦のあとできみが眠ってしまってから、レノーラから専用回線に電話があった。そしてオーガスティン、レノーラと三人で話し合った。レノーラはリチャード・ハウリングを安全に確保する必要があった。おそらく監視がついているだろうと考え、オーガスティンが仕事を買って出た。あの日、リチャード・ハウリングはふだんどおり出勤したあと、二人に分かれた。一人はオフィスに入り、もう一人はこっそりヒューストン警察に連行された。そのあと一人目のハウリングも姿を消したというわけだ」

「オーガスティンにはなんの得があるの？」

「あいつは仕事にかけては容赦なく人を操るが、法律や地方検事事務所、とくにレノーラに対しては正しい側に立とうとする。自分ではそれがビジネスのためだと言っているが、実際は自分の中のルールにとらわれているんだ」

「オーガスティンが？」

「わかるよ、ショックだろう」ローガンはにやりとしてみせた。

わたしは彼にキスした。「そのあとは？」

「レノーラがチェスの駒を動かせるよう、時間を稼ぐ必要があった。オリヴィアとハウリングがバラノフスキーを狙ったのは、録画が存在しバラノフスキーがそのコピーを持っていると知っていたからだ。誰かに金をつかませたか、単純な計算で答えを出したかどちらかだろう。エレナ・トレヴィノは録画のことを知っていた。彼女が保険を求めたなら、録画の安全のために知人の中でもっとも力のある者にコピーを託したはずだ」

たしかにそのとおりだ。

「おれたちが表に出るようになってから監視されているのはわかっていた。証拠もなしにレノーラに会いに行く者はいないから、おれたちが動き出したときに敵は状況から答えを導き出し、こちらが録画を持っているか、ありかを知っていると感づいたんだろう。だからおれはわざとらしくない程度に時間を空け、真っ昼間にきみと二人でレノーラを訪ねた。

レノーラは盗み聞きしている者を意識して芝居してくれた。その間にハウリングを確保し、レノーラの右腕のアトウッドが記者会見を招集した。録画が各種ＳＮＳに出まわる頃、アトウッドは自分たちのほうがいかに上手だったかを話していた。オリヴィアの花火は不発に終わった。世間は怒るだろうが、あいつらが望んでいたほどじゃない」

「最初から全部教えてくれたらよかったのに」

「きみはオーガスティンのことで決断を迫られていた。タイミングが悪いと思ったんだ」

「次の手は？」

「心を支配するとき、支配者とハイジャックされる者の間につながりができることがわかった。リチャード・ハウリングはガーザ上院議員殺しの支配者としてオリヴィア・チャールズの名前を挙げた。オリヴィアは姿を消した。レノーラが署名したヴェローナ特例のおかげで、おれたちはデイヴィッド・ハウリングおよび襲撃に関係した全員を自由に追いかけることができる。居場所さえわかればオリヴィアも狙えるわけだ。地方検事事務所はオリヴィア・チャールズを生きたまま引き渡すことを望んでいるが、状況しだいでそれが不可能になることは理解してくれるだろう」

「じゃあオリヴィアを捜さなきゃ」

ローガンは獣のように歯を見せた。「ハウリングの部下がおれの車に盗聴器を仕掛けた。最新式の盗聴器で、ねじ山にしか見えない。うっかりひいてしまったせいでタイヤに付着したんだ。ハウリングは自分の携帯電話を盗聴器につないでいて、四六時中おれたちの居場所がわかる仕組みだった。だが奴はアプリにアクセスするたびに自分の居場所が記録されることに気づかなかった」

わたしは笑った。

「デイヴィッドはほぼいつもヒューストン近郊のディーダラス社が所有する大牧場にいた。バグは黒幕の調査を続けている。牧場には要塞化した建物がある。十六時間前、オリヴィアが武装したボディガードを連れ山ほどのスーツケースを持ってそこに到着した」

「いつ行く?」

「明日だ。建物には大勢いる。長い戦いになるぞ」

「家族に会いに行かなきゃ」

「おれが連れていく」

「でも今はまだいいわ」

「何をしたい?」

わたしはうつぶせになって彼の胸に寄りかかった。「これが現実で、二人が生きているという事実を味わわせてほしいの。マッド・ローガン、あなたにそれができる?」

彼の魔力が肌を滑った。青い目が深くなった。「ああ」

15

わたしは倉庫の娯楽室に座っていた。頭がぼうっとする。ダニエラがうちに送ってくれたすばらしくよく効く痛み止めをのんでみた。痛みはなくなったが頭がふらつき、どうしても右によろめいてしまった。

わたしが顔を紫にして帰ってきたことも、マッド・ローガンが道の向こうの本部に戻る前みんなの前でキスしたことも、家族は同じように受け止めた。誰も何も言わなかった。

ローガンが恋しい。別れてから二時間も経《た》たないのに、もう会いたかった。最低だ。

わたしはコーネリアスに、奥さんに向かって引き金を引いて殺したのはオリヴィア・チャールズだと正式に告げた。デイヴィッド・ハウリングも手を貸したが、ローガンの部下の心を乗っ取ったのはオリヴィアだ。コーネリアスはやはり正式にわたしに感謝の言葉を述べ、全額を支払った上でわたしを契約から解放することを申し出た。

「いいえ、最後まで見届けるわ」

「わかった」コーネリアスは静かに答えた。

コーネリアスとマチルダはキッチンに行ってしまった。娘に特別な夕食を作るらしい。母は襲撃計画を見直していた。妹は二人とも部屋で静かに座っていた。レオンはテレビで牧場の映像を見ている。上空から映したものだ。コーネリアスとバグはタロンのハーネスにカメラをつけた。

何もない場所に恐ろしげなスペインの砦《とりで》のような建物が現れた。それはまさに砦だった。大きな長方形の構造で、見張り塔、分厚い壁、屋根付きの通路が見える。バグの報告によるとM240G機関銃とM249軽機関銃が見えるようだ。

「武装兵は何人ぐらい？」母がたずねた。

「見積もりは百名近く。元軍人、元民間警備会社勤務、民間の傭兵《ようへい》、いろいろよ」

「ローガンがぶっつぶせばいいじゃないか」レオンが言った。

「そんなことをしたら中にいる人は全員死ぬわ。人でいっぱいの砦を壊すなんてだめ。降伏のチャンスを与えないと」頭の中の雑音のせいで集中するのが難しい。「中には自分が何に参加しているのかわかっていない人もいるのよ」

「でもそのほうが安全だ」レオンが言った。

「それは悪者がすることよ。わたしたちは悪者とは違う」少なくとも一部は。自分がどちらなのかもう自信がなかった。「それにコーネリアスとの契約でナリの殺人犯と対決する権利を認めているの。だから基本的にオリヴィア・チャールズを殺すことはできないわ」

「契約は大事だよね」レオンがうなずいた。

わたしは母のほうを見た。

「レオン」母が言った。「男は自分の中にルールを持ってこそ男なのよ。人には越えない一線があって、そこに仕事をやり遂げるための自制心や覚悟や意志の強さが表れるの。自分の中に高い基準を持っている人が信頼されるのよ。その姿勢が敬意を勝ちとるの。自分の中の基準をどこに置くのかじっくり考えないと、誰にも見向きされなくなるわ。お金のために家族を売ってしまうような愚か者は困るの」母は二人の妹を見た。「あなたたちも同じよ。レオンに話したから男と言ったけれど、同じことを女に置き換えて、それをもとに自分の中の基準を作りなさい」

誰も何も言わなかった。

カタリーナが咳払《せきばら》いした。「ネバダ、ちょっと話せる?」

「もちろん」

「ネバダのオフィスで」

わたしは体を引きずるように立ち上がり、オフィスに歩いていって椅子に座った。カタリーナとアラベラがあとからついてきた。

「その建物には百人を超える人がいるんでしょう?」カタリーナがきいた。

「ええ」

「しかも武装してる」

「そうよ」

カタリーナは細い肩をそびやかした。「それならわたしも行くわ」

「絶対だめ」

「ネバダが撃たれたらどうするの？」カタリーナは腕組みした。「ローガンやコーネリアスが撃たれたら？　ローガンの部下だっているでしょう」

「でもみんな大人なのよ、だから……」

「こんなことのためにネバダがいなくなるのはいや。あいつらはここに来てわたしたちを殺そうとしたのよ。マチルダまで殺そうとした」

「ほんとくそむかつく」アラベラが口を開いた。

「そういう言い方はやめなさい」

アラベラはブロンドの頭を振った。「やめてよ。ネバダだって下品な言葉使うくせに」

「わたしは二十五だから」

「まああたしは十五だけど、むかつくことならネバダよりいっぱいあるんだから」

「わたしが行けば」わたしたちに負けまいとカタリーナが声を張り上げた。「誰も撃たれなくてすむわ！」

「だめ」

カタリーナはわたしを見た。「行く」

「コントロールできないくせに」

「できるわよ」カタリーナは顎をつんと上げた。「うまくなったんだから」

「本当に？」わたしは首を傾《かし》げた。「撤退できる？」

「なんとか」

「撤退できなくったって平気よ」アラベラが言った。「あたしが連れ出すから」

「大勢の人の前でカタリーナを連れ出すの？　みんなに見られるわよ。二人ともどうかしてる」

「もう関係ないって」アラベラが言った。

「知ってるのよ」カタリーナが言い足した。

「何を？」

「ママからトレメインのこと聞いたの」カタリーナが答えた。「父方のおばあちゃんのこと」

わたしは顔をこすった。二人は知る権利があるけれど、ママはもう少し待ってくれればよかったのにと思わずにいられなかった。三人の間に重いれんがのように沈黙が落ちた。

「あたしたち、見つかったらどうなるの？」アラベラがきいた。

「まずいわね」くわしく説明したくなかった。

「どうやってママを守る?」またアラベラだ。「それから、あたしたちは檻《おり》に閉じ込められるってママは思ってるみたい」

何十年も何も教えてくれなかったのに、いきなり情報の洪水だ。ありがとう、ママ。

「ママは大丈夫だし、誰もあなたを檻に入れたりしないわ。これが終わったら、わたしたちは一族を作るのよ」

二人ともまじまじとこちらを見ている。二人は全然似ていない。髪が黒っぽいカタリーナは背が高くすらりとしている。カールしたブロンドのアラベラは背が低くたくましい。それなのにどうしてまったく同じ表情を浮かべられるのか本当に不思議だ。

「あたしたちが一族?」アラベラが言った。

「そう。一族を形成すればトレメインも三年は手が出せないの。三年あれば守りを固められるわ」

「ネバダが死んだら一族どころじゃないわよ」カタリーナがそっけなく言った。「わたしも行く。止めたって無駄だから」

「だめよ。あなた未成年でしょう」

カタリーナは顎を上げた。「でも〝超一流〟よ」

「それはわたしも同じ」

「そうそう、みんな特別よね」アラベラが言った。「でもカタリーナの言うとおりだよ。

ネバダが撃たれたらどうするの？　誰があたしたちの面倒を見るの？　誰がスシを買ってきてくれる？」

「わたしは行く」カタリーナが言った。「あいつらにはコーネリアスにもマチルダにもほかの誰にも手出しさせない。わたしのやり方なら誰も怪我《けが》せずにすむわ」

八年前、両親に向かって家業を人に売り渡すなと言ったときのわたしもこんな感じだったのだろう。仕事はわたしが引き継いで成功させると言いきり、実際そのとおりにした。あのときわたしは十七歳だった。

カタリーナの言うとおりだ。カタリーナを連れていけば死人も怪我人も最小限ですむ。

「わかったわ」わたしは椅子の背にもたれた。「魔力を使ったら全力で撤退するのよ」わたしはアラベラのほうを向いた。「アラベラはカタリーナを連れて逃げ出すこと。誰も傷つけてはだめ。カタリーナをひっつかんで一目散に逃げるの。英雄ごっこはやめて」

アラベラは甲高い歓声をあげた。「ありがとう、ボス！」

「ママには内緒よ。それらしいことをほのめかしたり、生意気なことを言ったりするのもなし」

カタリーナとわたしはアラベラを見やった。

「何も言わないって」

「それならいいわ」どうかこのことを後悔しませんように。

二人がオフィスを出ていったのでわたしはローガンに電話した。彼はすぐに出た。「なんだ?」

「砦を襲撃する必要はないかもしれない。妹たちが同行することになったから」

ローガンはしばらく何も言わなかった。「何を準備すればいい?」

「オリヴィア・チャールズを確保できる人数の攻撃チームが一つ。でも攻撃の必要はないと思う」

「本当に大丈夫なのか?」

「ええ」

「喜んでいる口調じゃないな」

「喜んでないからよ」カタリーナの魔力のマイナス面を説明するには今はタイミングが悪い。「大事なのは、砦の中で人が大勢集まる場所にカタリーナを連れていくことよ。多ければ多いほどいいわ。わたしを信じて」

「わかった」

沈黙が続いた。会いたくてたまらない。

「今どこだ?」

「オフィスよ。あなたは?」

「きみのオフィスのドアの前だ」

胸がどきどきした。立ち上がってオフィスのブラインドを下げ、居住区域へのドアの鍵を閉めて入口のドアを開けた。ローガンが携帯電話を耳から離して中に入ってきた。二人でオフィスに戻る。ドアを閉めると彼がわたしを抱きしめ、明日は消えた。長く熱いキス。全裸で隣に横たわる彼の姿が脳裏によみがえる。何度もキスし、唇をついばみ、舌を舐《な》め、息を奪う……。

携帯電話が鳴った。わたしは無視した。

ローガンの携帯電話が鳴った。

インターコムからバーンの声が聞こえてきた。「ネバダ、どこにいる？　話がある。緊急なんだ」

ローガンの携帯電話が鳴り続け、高周波の電子音が響いた。ローガンはうなり声をあげて携帯電話を耳にあてた。「なんだ？」

先方の小さい声が緊急事態を告げた。ローガンはうんざりした顔をした。「ああ、わかった。いや、いい。対処してくれ。そうだ」

彼は電話を切って携帯電話をテーブルに投げた。しかしまた鳴り出した。彼は蛇を見る目で携帯電話を見やった。

「出て」わたしはそう言った。

ローガンがこちらを向いた。その顔にマッド・ローガンの面影はない。そこにいるのはただの男で、欲求不満に苦しんでいる。「これが終わったら、どこでもいい、きみが好きなところに行こう」

「あの山あいの山荘は本物？」

「ああ」

「連れていって」

十分後、〝悪魔の小屋〟に行くと妹たちがバーンのコンピュータの前に立っていた。

バーンの顔は真っ青だ。「オーガスティンがこれを送ってきた」

バーンがキーを押すと動画が始まり、オーガスティンの会社のウルトラモダンなオフィスが映った。カメラはオーガスティンの右背後にある。ドアは開いたままだ。室内を区切っている曇りガラスの壁が今は透き通っている。このカメラの位置からだと受付のデスクまで見渡せる。リナはいなかった。その代わりに若い男が椅子に座り、忙しくコンピュータを操作している。見たことのない男性で、彼もおそらくわたしの存在を知らないだろう。

顔に年齢が刻まれた長身の女性が廊下を歩いてきた。まっすぐに伸ばした背筋、丁寧に整えられた銀髪、邪魔するものを許さないダークブラウンの目。そのあとからスーツ姿のボディガードが二人歩いてきた。二人とも顎は角張り、似たようなショートカットで、同じ顔つきをしている。

オーガスティンが立ち上がった。「こんにちは、ミセス・トレメイン。お役に立てれば光栄に思います」

彼女はじっとオーガスティンを見つめ、獲物を見定める猛禽《もうきん》のような鋭さで相手を推し量っていた。わたしは背筋を氷の爪でつかまれたような気がした。こういうことなのか。

ヴィクトリア・トレメインは一言も発さずにきびすを返し、オフィスを出ていった。


わたしはスコーピオンの防弾ベスト、ヘルメット、戦闘服、ブーツを身につけた。ローガンの部下が軽機関銃を勧めてくれたが、わたしは愛用のデザート・イーグルを持った。そのほうが安心するからだ。

オリヴィア・チャールズのいる砦を囲むフェンスのそばに茂みがあった。わたしたちはその茂みに身をひそめた。この先の詰め所に護衛が一人座っている。

わたしは亀になった気がした。母も祖母もよく何年もこんな服を着ていたものだ。

わたしと同じ格好のアラベラが、隣で唇をすぼめて自撮りしていた。やれやれ。

「脱出ルートは覚えている？」

アラベラはうなずいた。「全速力で北に向かい、林を八キロ抜けてローガンのヘリに乗り込む。わかってるから心配しないで」

リムジンが走ってきてゲートの前で止まった。

「本当にうまくいくんだね？」コーネリアスがたずねた。

「ええ」

コーネリアスはわたしを心配している。見たかぎりでは動物も連れず銃も持っていない。顔は落ち着いていて、目は遠くを見ているようだ。コーネリアスの頭の中で何か不思議なことが起きている。

「妹さんはシャイらしい」彼はつぶやいた。「きみの家に一週間いたのに、ろくに話しかけてこなかった」

リムジンのウィンドウが開いた。この角度から中は見えないが、誰が乗っているのかは知っている。運転席にはメローサがいて、いつでもイージスの盾を展開できるように用意している。助手席にいるのは妹だ。後部座席には全身を武装したリベラが乗っている。

護衛が何か言った。

カタリーナ、あなたならできる。

ゲートが開いた。護衛は詰め所を離れ、車の隣に立った。

「いいわ」わたしは立ち上がった。

数メートル先の木のうしろからローガンが出てきた。もしうまくいかなければ、彼が護衛ごと詰め所をつぶすことになっていた。わたしは小枝を振り払い、リムジンへと走った。周囲でローガンが選び抜いた六人の攻撃チームが位置についた。コーネリアスが隣で肩をすくめた。

ローガンがやってきた。リムジンまで行くと、護衛が待っていた。彼はわたしたちを見てウインクした。その顔が変わり、オーガスティンの見慣れた完璧な顔が現れた。「ローガン、子どもを連れてきたのか？　一段と卑劣な手を使うじゃないか」

「ここで何をしている？」ローガンがたずねた。

「見逃せないと思ってね。おまえに手柄と情報を独り占めさせるわけにはいかない」オーガスティンは眼鏡を押し上げた。「行こうか？」

リムジンが動き出した。わたしたちはそのあとについていった。

二つ目の詰め所が見えてきた。

「今度は本物の兵士？」わたしはそうたずねた。

「そうだ」

リムジンが止まり、ウィンドウが開いた。遠くで魔力が動き出すのがわかった。夜半の雨のようなかすかな気配だ。兵士は詰め所を離れ、リムジンに近づいた。わたしたちは砦の入口にある詰め所に向かって走り出した。相手がこちらに気づき、いっせいに銃口を上げた。

兵士が護衛たちに手を振った。リムジンがまた止まった。護衛たちは武器を下ろし、二人目の兵士のところに集まった。

「きみの妹は何者だ？」オーガスティンがたずねた。

「今にわかるわ」その力には名前がない。こういう能力は記録になかった。でも一度見たら忘れられない力だ。「ただし、妹が始めたら直接目で見ないこと」

兵士たちは大きな入口ドアを開けた。護衛の一人がリムジンのそばまで歩いてきてドアを開けた。カタリーナが車を降りた。兵士はリラックスした顔つきで、高級ホテルのベルボーイみたいに妹のうしろに控えている。車から降りたメローサは目を丸くしている。

カタリーナが振り向いてこちらに手を振った。わたしはスピードを上げて距離を詰めた。灰色の制服を着た年配の男が兵士らしくこちらに笑いかけた。

「あの子の友だち?」

「そうよ」わたしは答えた。

「そいつはすばらしい。来なさい。中を案内してあげよう。ちょうど昼時だ」

カタリーナは肩をそびやかして砦の中に入った。二人の護衛が立ち上がった。年配の兵士が手を振った。「こっちだ」

わたしたちは狭い通路を抜けて右に曲がり、左に曲がった。口の中に銅の味がする。カタリーナにこんなことをさせたのが間違いだった。前方のドアが開いていて、大きなカフェテリアが見えた。

周囲の攻撃チームが耳栓をして足を止めた。計画段階からこの手順は何度も確認している。中に入ったら攻撃チームは攻撃チームでなくなってしまう。ローガン、コーネリアス、アラベラ、オーガスティンがわたしといっしょにカタリーナのあとについて食堂に入った。やめておけと言ったのに、全員行くと言って聞かなかったのだ。

中では少なくとも六十人がテーブルについて食事していた。全員手を止めてこちらを見た。

妹がにっこりした。「こんにちは！」

「こんにちは、って」そばの席の女性が言った。「あんた、誰？」

「ただの子どもよ」

全員がカタリーナを見ている。

「シーダー高校に通ってるんだけど、昨日代数のクラスで信じられないことが起きたの」

ローガンがわたしを見た。

「黙って見てて」わたしは口を動かした。

「自分の席にいたら、デイス・コリンズが彼女にもう別れようって言い出したの」

六十人の中に食べている者は一人もいない。みんな静まりかえっている。

「クラス全員の前でよ？　彼女のほうは泣いちゃって、いたたまれなかったわ。どうしていいかわからなかった」

部屋中が沈黙している。

「デイス・コリンズは最低だ」左側の男が言った。

「ほんとだよ」右の若い男が言った。「そんなこと言い出すなんて、いったいどういうつもりだ？」

「あんたは気にしなくていいんだよ」最初の女が言った。「そんな奴《やつ》、あんたがストレスためる価値もないんだから」

「その男、よくあなたをそんな目にあわせたわね。そいつと恋人のことであなたが恥ずかしい思いをするなんて間違ってる」別の女が言った。「わたしたちが行ってその男をつかまえてあげましょうか？　今すぐ行ってもいいけど」

年配の兵士が皆に向かってうなずいた。「ジェイクとマーシャ、車庫から一台車を出して、デイスって奴をつかまえてここに引っ張ってこい。女性の扱い方をみっちり説教してやろうじゃないか」

「いいえ、いいの」カタリーナが言った。デイス・コリンズを連れてくるのはできない相談だ。最新の十代向け恋愛ドラマ『ライアーズ』の登場人物なのだから。「それより、この話の続き、聞きたくない？」

「聞きたい」何人かが声を揃《そろ》えて言った。「ぜひ聞きたいな」

彼らはカタリーナに近づいてきて半円形に並んだ。

「そのへんで大丈夫よ」

彼らは止まりたくない様子だったが、カタリーナの言葉に従った。

「続きを話したいんだけど、ほかの人たちもここに連れてこられる？　その人たちもこの話を聞きたいかもしれないでしょう？」

年配の兵士が無線を使った。「総員ただちに食堂に集合せよ。繰り返す、総員ただちに食堂に集合せよ」彼はカタリーナを見た。その顔はほほえみでやさしくなっている。「すぐにみんな来るよ」

「よかった。じゃあ座って」

兵士たちは喜びで顔を輝かせていっせいに腰を下ろした。隣でコーネリアスも座ろうとした。わたしはその腕をつかんで引っ張り上げた。

「友だちがね、これからあそこの壁に穴を空けるの」カタリーナは奥の壁を指さした。

「もっと光が入るように」

「それはいいアイデアだ」

「そうね。明るくなるのはいいことだわ」

わたしはローガンを肘で突いた。彼は片手を上げた。奥の壁に切れ目ができ、強化コンクリートに八メートル弱の穴が空いた。

「もっと大きく」アラベラはすみやかに脱出する必要がある。

穴は十メートルを超えた。

「もっと」

壁が爆発した。

「ありがとう!」カタリーナが言った。

「あんた、親切だな」兵士がローガンに言った。「彼女にあんたみたいないい友だちがいてよかったよ」

「あれ、お兄さん?」一人の女性が言った。

「いいえ、姉の恋人よ」

「お姉さんがいるの? すごいじゃない。わたしも姉がいるの」

人が食堂に流れ込んできた。顔に長い傷のあるがっしりした男が先頭だ。男はわたしたちを見て疑わしげに目を細くした。「いったい何をしてる?」

「この子が話をしてくれるんだ」年配の兵士が言った。「ゲイブ、あんたも聞かなきゃだめだ。いい話だぞ」

「おまえたち、頭がおかしくなったのか?」

「ようこそ、ガブリエル」カタリーナが言った。「みんな入って」

ガブリエルの目がやさしくなった。彼は片手を上げた。顔に恥ずかしげな笑みが浮かんでいる。「やあ」

「さっきデイスのこと話したわよね」カタリーナが始めた。「デイスってどうでもいい存在なの。頭がいいわけでもスポーツができるわけでもない。かっこつけてるだけのその他

「マチルダがカタリーナを大好きなのはそのせいか」コーネリアスが言った。

「愛よ。あの人たち、あの子を愛したの」

「あれはなんなんだ?」オーガスティンが驚いた顔で言った。

振り返った。

わたしは外に出てドアを閉めた。攻撃チームは距離を詰め、オーガスティンとコーネリアスを護衛しながら通路を進んでいった。二十メートルも行かないうちに二人が肩越しに
アラベラはうなずいた。「あいつらに手出しはさせないから」

「あとは頼むわよ」わたしはアラベラに言った。

ずくで外に連れ出した。

ローガンは右腕をオーガスティンの肩に、左腕をコーネリアスの肩にまわし、二人を力
「でも引き込まれるじゃないか」コーネリアスがささやいた。

「いいえ、だめよ」

「待ってくれ」オーガスティンが言い出した。「最後まで聞きたいんだが」

ローガンは今目覚めたようにはっとした。

「もう行きましょう」わたしはささやいた。

兵士たちはうっとりした顔でカタリーナを見つめている。

大勢の一人」

「いいえ。カタリーナは親しい人にはあの魔力を使わないの。マチルダがカタリーナを好きなのは、あの子がやさしく面倒を見たからよ。残り時間はあとおよそ三十分。兵士たちはカタリーナのそばにいる時間が長いほど強く愛するようになるわ。そのうち触りたくなって、服の切れ端とか髪とか指をほしがるようになる。カタリーナは自分では止められないの。アラベラが二十分以内に連れ出さないと、兵士たちはカタリーナを八つ裂きにしてしまうでしょうね」

「アラベラは大丈夫なのか？」コーネリアスがたずねた。

「あの子とわたしは影響されないの。姉妹だから、魔力には関係なく大好きなのよ」

わたしたちは狭い通路を走り抜け、部屋を一つずつチェックしていった。食堂を出たときからコーネリアスが低くハミングを始めた。眠りを誘うような途切れないハミングだ。これまで聞いたどんな曲にも似ていない。コーネリアスは今回のストレスで自分を見失ってしまったのだろうか。

三人の兵士が飛びかかってきた。攻撃チームが二人を倒し、ローガンが三人目とぶつかって相手をぼろ人形のように投げ飛ばした。男は肩で息をしながら床に崩れ落ちた。右足がおかしな角度に曲がっている。わたしはそのそばにしゃがんだ。

「オリヴィア・チャールズがどこにいるか言いなさい」

男の手がこぶしを握りしめた。抵抗しているが、わたしの魔力は抵抗などものともしなかった。「一階に通じる通路をまっすぐ行くと、その突き当たりの部屋にいる」

わたしたちはすすり泣く男を残して立ち去った。

八分後、その部屋が見つかった。がらんとした広い部屋で床も壁も真っ黒だ。これと似た部屋をモンゴメリー国際調査会社で見たことがある。使ってあるのは黒板用の塗料だ。床に描きかけの円があり、そのそばにチョークがうち捨てられている。オリヴィア・チャールズの姿はどこにもない。わたしたちは室内に広がった。入ってきた入口以外にドアはなかった。

ローガンの無線が音をたてた。「SWATが向かってる」バグの声だ。「車三台」

レノーラ・ジョーダンがしびれを切らしたにちがいない。わたしはローガンのほうを向いて低い声で言った。「すぐオリヴィアを見つけないと。SWATにアラベラを目撃されるのはまずいわ。殺そうとするだろうから」

「オリヴィアはここにいる」コーネリアスが言った。

コーネリアスは壁際に立っていた。ローガンとわたしはそのそばに近寄った。

「間違いないな?」ローガンが言った。

「ああ」コーネリアスはうなずいた。その目が曇っている。「ここにいる」

ローガンが壁を見た。壁が震えた。

小柄な黒髪のコリンがさっと銃を上げた。リベラがすぐさまコリンにヘッドロックをかけた。オリヴィアに操られたら何をするかわからない。

わたしは壁に向きあい、魔力を集め、壁の裏にひそむ気配に向かってぶつけた。

強い力が襲いかかってきてわたしの意思を押さえつけた。苦痛がはじける。その力を押しとどめるのが精一杯だ。

コリンはもがくのをやめ、頭を抱え込んだ。

目の隅でローガンがわたしの足元にしゃがみこむのがわかった。彼はわたしのブーツを順番に脱がせた。

「少佐、壁を壊せばいいんじゃないですか?」リベラが言った。

「意思系の能力者二人がぶつかっているときに邪魔をしてはいけない」オーガスティンが言った。「一人を殺せば、もう一人は心をなくしてしまう」

わたしの意思をつかむ熱い力が強くなった。

持ちこたえなければいけない。オリヴィアはわたしと戦っている間はほかの人には手を出せない。

素足が床に触れた。ローガンが魔法陣を描いていく。

オリヴィアはわたしの心を木の実のように砕くつもりだ。

足元に魔力が広がった。水面に足を踏み出したような感じだが、あるのは水ではなく純粋な力だ。ローガンは魔力増幅の魔法陣を描いた。わたしは痛みに少しだけ身を預けてそこに魔力をぶつけた。と、力が跳ね返ってきてわたしを強くした。血管に力がみなぎる。わたしは五回魔力をぶつけた。これ以上やると体力を消耗してしまう。

締め付ける力をはじき飛ばしたが、それはすぐさま鎖となってわたしの心を締め上げた。

部屋は消えた。暗い洞窟が広がっている。足元だけが丸く明るい。両手が光っている。うっすらと黄色に染まった白に近い淡い色だ。横にいくつかの姿が見えた。コーネリアスを思わせる白っぽい金色の光。鮮やかな青はローガンにちがいない。白とグレーがせめぎあっているのはきっとオーガスティンだろう。目の前にもう一つ人影が見えた。わたしと同じような円の中に立つ、脈打つ紫の影。遠くに二つの影がたたずんでいる。一つはわたしに似た白と明るい黄色で、もう一つは編み上げたような深紅だ。カタリーナとアラベラだった。

これはなんだろう？　ここはどこ？

敵の魔力がわたしをつぶそうとして力を増した。

わたしは鎖を断ち切った。紫色の魔力はひるんだが、また襲いかかった。わたしを封じ込めようとして見えないチェーンでぐるぐる巻きにしていく。わたしは自分の中を深く探り、魔力を爆発させた。魔力は光の洪水となって体から飛び出した。

その勢いに耐えようとして体が震える。相手がわたしに意思の鎖を巻き付ける。心がひるみ、自我の中へとどんどん退却していくのがわかる。

妹たちの光が薄れた。

勝たなければ。絶対に勝つ。すべての事件を陰で操っている者の正体を暴かなければいけない。シーザーと対決しなければ。わたしが失敗すれば、シーザーはわたしの家族を狙い続けるだろう。絶対にその正体をつかんでやる。

わたしを拘束しようとして暗闇から次から次へと鎖が飛び出した。

だめよ。縛らせはしない。心を支配することは許さない。わたしは自由になる。

魔力を押し返す。負けるわけにはいかない。

一つ目の鎖がはじけ、切れた。鎖が一つずつ切れていく。

わたしを支配するのはわたしだけだ。

鎖がなくなった。光る人影が叫んだ。魔力が奔流となり、人影を一呑《の》みする。周囲の闇が爆発し、砕け散った。

わたしは口を開き、魔力に言葉を与えた。「どうやってドアを開けるか言いなさい」

「左側にパネルがある」オリヴィア・チャールズの乾いた声が隠れたスピーカーから聞こえた。「コードは３１ＢＣ」

ローマ帝国が誕生した年だ。

ローガンがパネルを開け、コードを打ち込んだ。壁の中で音がした。ドアは五センチほど開いて止まった。

「どうしてドアが開かない？」体の奥で痛みがうずき出した。デイヴィッド・ハウリングに電気ショックを与えたときに力を使い果たしたため、百パーセントの状態に戻っていなかった。もうすぐ力が切れる。

「内側から機械を壊したからよ」

「もう時間がない」ローガンが手を上げた。「断ち切れ」

わたしは魔力を引き戻した。「いいわ」

壁の一部が震えた。とどろくような音をたてて亀裂が走った。壁の破片がうまくわたしたちを避けて飛び散り、小部屋が現れた。中に魔力増幅の魔法陣があり、その中心にオリヴィア・チャールズが立っていた。その目がわたしに釘付《くぎづ》けになった。「おまえか！」

「わたしよ」

オリヴィアはローガンに目を向けた。「わずかばかりの勝利にしがみつくがいいわ。そんなもの、今だけよ」

わたしは魔力を繰り出し、オリヴィアの心をのぞいた。だめだ。

「呪文で閉じられているわ。必要な情報を持っているけれど、それを引き出すには時間がかかる」

「どれぐらいだ？」ローガンがたずねた。

「数日」オリヴィアの呪文を解くだけの魔力を回復するにはそれぐらいかかってしまう。

「だめだ」コーネリアスの声は不気味だった。言葉に感情があふれている。「この女はぼくの妻を殺した」

ローガンの目に葛藤が浮かんだ。わたしたちにはオリヴィアが必要だ。どうしても必要だ。

ローガンの顎の筋肉がこわばった。

約束は約束だ。

ローガンが口を開いた。「自分の言葉は守る。この女を好きにしていい」

「魔力を解いてくれ」コーネリアスがわたしに言った。

わたしはオリヴィアを解放した。あと一瞬遅ければ、もうコントロールできなくなっていただろう。

コーネリアスは血の気のない顔でオリヴィアを見つめた。「おまえはナリの命を奪った。ぼくから妻を奪い、娘から母を奪った」

オリヴィアはせせら笑った。「だからどうするつもり？　ろくな力もないくせに。おまえは〝超一流〟でさえない。子犬でも呼び出してわたしを舐め殺させるというの？　それならやってみればいいわ」

「祖父がこの国に来たとき、新たな同胞になじみやすい名前に変えた」

オリヴィアは腕組みした。

「ぼくたちの本当の名前はハリソンじゃない。ハーメルンだ」

滝壺《たきつぼ》の轟音《ごうおん》に似た音が背後から聞こえてきた。執拗《しつよう》で人を不安にさせる音だ。

「その名前は生地からつけたものじゃない。オシリス血清が発見される何年も前、祖先がその魔力で名をはせた土地の名からつけられたものだ」

コーネリアスが口を開き、言葉のない長い歌を歌い始めた。黒い波が部屋になだれ込んできた。それは形を変えながら前に進んでいく。一つの生き物ではない。数千という小さな生物の群れだ。

オリヴィア・チャールズが悲鳴をあげた。その声に恐怖が生々しくにじんだ。

コーネリアスが声を高めた。有無を言わせない美しい声だ。人の胸に直接届き、冷たいこぶしで心臓をつかみ、止めてしまう。黒い波はわたしたちの間をうねり、オリヴィアをのみ込んで体を埋め尽くした。オリヴィアは叫び、手を振りまわしたが、数千、数万のねずみは止まらず、やがてその体はうごめく毛の山と化した。オリヴィアが生きながら食べられていくのをわたしは何もせずにただ見つめ、耳を傾けることしかできなかった。そしてヒューストンの笛吹き男は、生涯の愛を失ったことを嘆きつつ天使のように歌い続けた。

わたしはオフィスに座り、ニュース番組のレポーターが骨だけになったオリヴィア・チャールズの残骸の静止画を見て言葉を失うのを眺めた。どうやってあの映像を手に入れたのかはわからない。ヒューストン警察は現場を厳重に封鎖したはずだ。わたしたちがあの建物を出たとき、妹たちはもう脱出していて、兵士たちの大部分も二人を追って外に出た。その後SWATが泣きながら林をうろつく兵士たちを見つけた。彼らはある女の子のこと、その女の子を連れ去った〝何か〟のことを口にしたが、それをはっきり説明できるものは一人もおらず、ただ怪物のように巨大だったと言うだけだった。これはかえって好都合だ。銃弾も避けることができた。

レノーラはローガンとコーネリアスに状況説明と山ほどの書類仕事を求めた。わたしが来いと言われなかったのは幸いだった。わたしは家に帰り、妹たちを抱きしめ、ピザを注文し、届く前にソファで寝てしまった。今は昼過ぎだ——午前中ずっと眠っていたけれど、起こされなかったらそのまま寝ていただろう。フリーダおばあちゃんが心配して、わたしが〝昏睡《こんすい》に陥っていないか〟たしかめようとして顔に氷をあてた。そろそろクライアントと最後の話しあいをするときだ。もういつオフィスに入ってきてもおかしくない。彼は今日ずっと引っ越しの作業をしていた。

ローガンからは連絡がなかった。電話もメッセージもない。連絡がなくなってから二十四時間も経たないのに、デジャブのようないやな予感がした。もう二度と黙って姿を消すなんて許さない。

合図があったかのようにコーネリアスが居住区とオフィスを区切るドアから入ってきて、オフィスのガラスの壁をノックした。

わたしはノートパソコンのテレビ映像を切った。「どうぞ」

コーネリアスは入ってきて椅子に座った。

「気分は？」わたしはたずねた。

コーネリアスは考え込んだ。「ほっとしたよ。怒りはなくなった。残っているのは悲しみだけだ。きみには本当に世話になった」

「どういたしまして。ほっとしてくれてよかった」

「よかったら教えてほしいんだが、どうして気が変わったんだ？　殺人犯を殺すのに手を貸すのは絶対にいやだと言っていたのに」

「デイヴィッド・ハウリングはマチルダを殺すと脅してきたの」

コーネリアスがまっすぐ座り直した。「どうしてぼくに教えてくれなかった？」

「あなたの心のバランスを失わせるための脅しだったからよ。わたしはあなたの精神状態が心配だった。寝ていなかったし、謎の袋を不思議な場所に運んでいたし」

「あれは穀物の袋だよ。ねずみを大群に育てるには餌が大量に必要なんだ。人はねずみのことを誤解している。ねずみは群れる動物として知能が高い。たとえば、研究によるとねずみは自分が餌を食べる前に檻の中の仲間に食べさせるそうだ。しかし人は本能的にねずみを恐れる。だから復讐《ふくしゅう》の方法は誰にも言わなかったんだ。精神状態についていえば、不安定というわけじゃなかった」

「どちらにしても、わたしはそう決断したの」

コーネリアスはうなずいた。「続けてくれ」

「地下貯水池でハウリングと対決したとき、あいつは子ども殺しは楽しいとは思わないが、やるとすれば苦痛は最低限に抑えるとわたしに言ったのよ」

コーネリアスの顎がこわばった。「そうだったのか」

「オリヴィア・チャールズが生きているかぎり、マチルダは安全じゃないことに気づいたの。オリヴィアにはつかまって尋問される気がないこともわかっていた。理由はわからないけれど、あの人たちのシーザーに対する忠誠心は絶対的だわ。ハウリングがビジョンを語るとき、顔が輝いていた。自分が愛国者だと心から信じていたわ。愛国者は共犯証言なんかせずに殉教者になる。わたしは手を引いてローガンとあなたに力仕事をまかせてもよかったし、手助けしてもよかった。結局助けることにしたけれど、その決断に後悔はないわ」

わたしはファイルを開いてコーネリアスに請求書を渡した。「これが最終的な請求書」

コーネリアスはつかの間それを見つめていた。「これだけ?」

「ええ。下に請求時間と経費の内訳が書いてあるわ。ドレスの料金について説明すると、不可抗力によって期限内に返却できなかったので二千ドルの追加料金が発生したの。その不可抗力は調査の直接的な結果として生じたものなので、追加料金はあなたに請求します。五万ドルの手付け金があるので最終的な請求額は七千二百四十五ドルちょうどよ」

コーネリアスは小切手帳を出して金額を書き込んだ。通常小切手は受け取らないことにしているが、コーネリアスの小切手が不渡りになることは考えられない。

「ありがとう」

わたしは領収書にサインしてコーネリアスに渡した。彼はそれを見つめた。「これでは足りない気がするな」

「払いたかったらもっと払ってもらってもいいけれど、あなたはお金が必要でしょう？これから生活はどうするの？」わたしは〝奥さんが亡くなったから〟とは言わなかった。

コーネリアスの家庭ではナリが大黒柱だった。

「仕事を探すよ。じつはきみに頼もうかと思っていたんだ」

「わたしに？」

「そうだ。きみの仕事内容は見せてもらった。ぼくは使える人材だと思う」

わたしはまばたきした。家族以外の人から仕事がほしいと言われたのは初めてだ。コーネリアスが働いてくれるというなら、わたしはうれしくて踊り出すだろう。鳥や猫やフェレットの助けがあればリスクを抑えつつ調査の幅を広げることができる。二倍稼げるだろう。それはもしもの話だ。この〝もしも〟は大きい。

「うちに来てもらえたらうれしいけれど」

「けれど？」

「あなたは有力一族の一員で、すごい魔力の持ち主よ。その能力に見合うだけの報酬を支払えるかどうか」

「支払いの仕組みは？」

「案件によるわ。バーンは時間給。案件に最初から最後まで関わるわけじゃなくて、必要に応じて仕事をしてもらうという形だから。妹たちに個々の案件をまかせて、成功報酬に応じた手数料を歩合制で払うこともあるわ。会社が三割、契約者が七割とることになっているの。福利厚生は医療と歯科治療の給付」

「それなら歩合制がいい」

「最初はそれほど大きな金額にはならないけれど」

「余裕はある。きみのおかげでね。このオフィスに来たとき、ぼくは五十万ドルの小切手を切るつもりだった」

「経費のことは説明したと思うけれど」

「そうだ」コーネリアスはにっこりした。「でもきみがその契約にこだわるとは思ってなかった」

「それならその点はしっかり頭に入れておいて。クライアントに見積もった金額がこちらの収入だから。それからうちにはルールがあるの。一つ目は顧客を裏切らないこと。一度雇われたら敵方に寝返ることはしない。二つ目は、よほど異常な状況でないかぎり法を破らないこと。三つ目は、一日の終わりに自分のした選択とちゃんと向きあえること」

コーネリアスはわたしの言葉を考えている。

外から大きな音が聞こえた。ローガンが現れたら、家の近所一帯を軍の駐屯地に変えてしまったことについて話しあいをしなければいけない。いつかはこんな大騒ぎをやめて、通常の仕事に戻らなければいけないのだから。もし彼が現れたらの話だ。不安が胸を締め付けた。もしかしたらローガンは心変わりしたのかもしれない。

いや、疑心暗鬼になっているだけだ。

「了解した。いつから始めようか？」

今日は水曜だ。少なくとも二、三日は休みがほしい。

「来週から」

「わかった。それじゃ、来週また」

コーネリアスは立ち上がって片手を差し出した。わたしも立ってその手を握った。

「失礼するよ」

コーネリアスが出ていき、わたしは椅子に座り込んだ。これでうちに初めて正式な社員を迎えることになる。

ドアが開く音が聞こえた。部屋に爆音が響いた。本当にもううんざりだ。

「ネバダ！」コーネリアスが大きな機械音の上から声を張り上げた。「きみに用があるみたいだ」

今度はなんだろう？　わたしは立ち上がって廊下に出た。見慣れない型の軍用ヘリが交差点の真ん中に着陸し、プロペラが通りに風を巻き上げている。ローガンがこちらに歩いてきた。いったい……。

彼はそばまで来てわたしの手を握った。「行こう」

「行こうってどこへ？」

「山荘を見たいと言っていただろう」彼はにやりとした。

「着替えがないわ」

ローガンがウインクした。「服なんかいらない」

頬が熱くなる。「家族に言わなきゃ……」

「離陸してから電話すればいい」

「でも……」

青い目が温かく明るく笑っている。「来てくれ、ネバダ」

わたしは口をつぐみ、彼といっしょにヘリコプターへと駆け出した。

エピローグ

ネバダは雪を丸めた。笑顔が文字どおり輝いてる。こんなに楽しそうに雪遊びをする人を見るのは初めてだ。ネバダの周囲の雪が溶けないのが不思議だった。彼女はまるで春のようにぬくもりと生命力と希望に満ちている。いっしょにいると冷たさを感じなくなる。

二人は雪とおいしい料理と燃える炎と炎より熱いセックスの三日間を過ごした。永遠にこの山荘にいてもいい。しかしそんなわけにはいかない。下界に戻ることを考えると彼は恐怖に襲われた。きっと戦場に戻るような気持ちになるだろう。

肩の力を抜け、と彼は自分に言い聞かせた。今ネバダは目の前にいて、安全でしあわせだ。家族はクリスマスには彼女に会いたがるだろうから、連れ戻さないといけない。でも今だけは雪の中でたわむれていたい。

プレゼントはもう買ってある。

雪玉が空中を飛んできて胸にあたった。

「本気だな」

「やり返せば？」ネバダが目を輝かせた。

彼は片手を上げ、魔力を呼び寄せた。背後の雪だまりから次々と雪玉が飛び出し、空を切ってネバダにあたった。雪玉は命中する直前で崩れるようにしたから衝撃はやわらげてある。ネバダはよろめき、笑いながら仰向けに倒れ込んだ。

「ずるいわ！」

「おれはマッド・ローガンだ。ずるい手も使う」

携帯電話が鳴った。彼はそれを取って画面に指を滑らせた。バグからのメッセージだ。

体が冷たくなった。

気がつくとネバダが上に乗っていた。彼に飛びついて押し倒したのだ。唇と唇が重なる。キスを返しながら彼は何十もの戦略を頭の中で吟味した。

「どうしたの？」

「えっ？」

「さっきまでいっしょにいたのに、もういない。コナー、何があったの？」

彼は口を開いてなんでもないと言おうとした。貪欲にもあと数時間の至福を求めたのだ。だが彼はネバダが何者なのか思い出した。

「バグがきみのローンを買い取ろうとしたダミー会社を突き止めた」

ネバダは帽子を押し上げた。「それで？」

「オーガスティンだとばかり思っていたが、違った。トレメイン一族に属するペーパーカンパニーだった。ネバダ、きみのおばあさんは嗅ぎつけたぞ。戻らないといけない。きみの家族が危ない」

訳者あとがき

一つの薬がパワーバランスを変えた現代の世界で、恐るべき力をひそかに受け継いだベイラー家の三姉妹たち。その活躍をロマンスをからめて描いた〈Hidden Legacy〉シリーズの第二巻、『白き刹那』の新装版をお届けします。

第一巻『蒼の略奪者』で自分の力の重大さ、影響力の強さを意識しはじめたベイラー家の長女ネバダが、じょじょにその責任を受け入れ、紳士淑女の顔をした魑魅魍魎《ちみもうりょう》が跋扈《ばっこ》する世界にいよいよ足を踏み入れていく――本書は「起」を受けた「承転」的な巻でもあります。

今回の事件の発端となるのは、前巻でちらりと登場した、動物と心を通わせる能力を持つコーネリアス・ハリソン。名門一族の一人でありながら華やかさとは距離を置く彼がベイラー探偵事務所を訪れたのは、無残にも命を奪われた妻の死の真相を知るためでした。

冒頭近くで映像という形で再現されるその最期のシーンは凄惨で、ネバダが飛び込んでいくのが容赦ない弱肉強食の世界であることを強く印象づけます。有力一族として権力を維持するためなら相手の命を奪うこともいとわない〝超一流〟たちと、弱いものは守るのが当然、自分のために友人を犠牲にするなんてありえないというネバダ。本書では、この価値観の対立がより大きなスケールとなって展開していきます。

もう一人の主役コナー・ローガンについても、前巻に比べてキャラクターがぐっと深まったのを感じます。ネバダはローガンに強く惹《ひ》かれながらも人の命を軽んじる一面に反発してきましたが、今回彼が冷血な暴力装置にならざるを得なかった過去の出来事を知り、吹っ切れたように気持ちをぶつけます。

そして「私を守るのではなくアドバイスがほしい」と言うネバダを誇りに思い、二人の関係を断ち切るとわかっていても、彼女とその家族の安全を優先しようとするローガン。ラスト近くでは、このシリーズに共通する、〝満身創痍《まんしんそうい》になりながらも相手を守り抜こうとする〟という形の男女関係が描かれます。

キーパーソンの一人であるコーネリアスは、第一巻に続き端正で控え目な印象ですが、彼と動物たちの絆《きずな》は時にとてもユーモラスで、時に身の毛もよだつほど恐ろしくもあることがわかります。〝犯人は必ず見つけるが、代わりに報復することはできない〟というネバダの言葉を受け入れ、コーネリアスが最後に下した決断、そして隠してきた意外な出自は、アクションとロマンスにあふれる本書に不思議な静けさをもたらしたように思えます。

本書で見逃せない場面の一つが、〈Hidden Legacy〉シリーズ四巻目の『蒼玉のセイレーン』から主役となる、ネバダの妹カタリーナの事実上の登場シーンです。その型破りな力のせいで、控え目で人目につかないよう生きてきたカタリーナが、敵のあまりの非道ぶりに怒りを抑えきれなくなり、人前に出る覚悟を決めて姉ネバダを手助けすると宣言。味方さえも幻惑するその力の特殊さが、ユーモアをまじえて描かれています。

ネバダの存在が貴族階級の権力者たちに知れ渡るようになるとともに、ベイラー家の家族も危険にさらされることが多くなりました。そんな中でネバダの祖母、フリーダおばあちゃんが元気なのは頼もしいかぎりです。メカの声を聞き取れるという能力を生かして物騒な車両の修理を生業とするおばあちゃんは、抗争の戦利品をめぐり、ローガンの部下をレンチで脅すというさすがの一幕を見せてくれました。

さて、新たにコーネリアスという仲間を迎え入れ、ネバダのストーリーはいよいよ最終章に向かいます。ネバダ三部作最終巻『深紅の刻印』で、ベイラー家との再会をお楽しみください。

二〇二四年九月

仁嶋いずる

＊本書は、2017年11月にMIRA文庫より刊行された
『白き刹那』の新装版です。

mira

白《しろ》き刹《せつ》那《な》

2024年9月15日発行　第1刷

著　者　イローナ・アンドルーズ
訳　者　仁嶋《にしま》いずる
発行人　鈴木幸辰
発行所　株式会社ハーパーコリンズ・ジャパン
東京都千代田区大手町1-5-1
04-2951-2000（注文）
0570-008091（読者サービス係）
印刷・製本　中央精版印刷株式会社

定価はカバーに表示してあります。
造本には十分注意しておりますが、乱丁（ページ順序の間違い）・落丁（本文の一部抜け落ち）がありました場合は、お取り替えいたします。ご面倒ですが、購入された書店名を明記の上、小社読者サービス係宛ご送付ください。送料小社負担にてお取り替えいたします。ただし、古書店で購入されたものはお取り替えできません。

この書籍の本文は環境対応型の植物油インクを使用して印刷しています。

VEGETABLE OIL INK

ISBN978-4-596-71413-8